LE CHOIX D'AIMER

Traduit de l'anglais par
Amélie Sarn

Titre original : *Checkmate*
Copyright © Oneta Malorie Blackman, 2005
First published in Great Britain by Doubleday,
a division of Transworld Publishers

Pour l'édition française :
© 2006, Éditions Milan, pour le texte et l'illustration
300, rue Léon-Joulin, 31101 Toulouse Cedex 9, France
Loi 49-956 du 16 juillet 1949
Sur les publications destinées à la jeunesse
ISBN : 2-7459-2038-3
www.editionsmilan.com

LE CHOIX D'AIMER

MACADAM
MILAN

*Ce livre est dédié
à Neil et Lizzy,
comme toujours.
Je vous aime.
Comme toujours.*

*Et je voudrais remercier les personnes qui m'ont soutenue
et sans qui cette trilogie m'aurait pris
deux fois plus de temps à écrire :
Maman et Wendy
Sue Cook et Annie Eaton
Roma et Eddie
Sean et Gill
Lesley
Minerva
Et tous ceux qui m'ont envoyé des e-mails et des lettres pour
m'encourager.*

*Enfin et surtout, ce livre est dédié à ma belle-mère, Molly, pour
son amour et sa tendresse.*

Hope is the thing with feathers
That perches in the soul,
And sings the tune without the words,
And never stops at all.
Emily Dickinson

L'espoir, léger comme une plume,
Se perche sur l'âme,
Chante sans prononcer un mot
Et ne s'arrête jamais.

Le caractère d'un homme définit son destin.
Héraclite

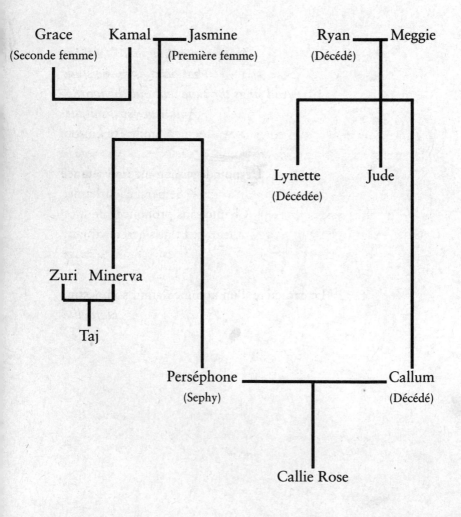

LA FAMILLE HADLEY   LA FAMILLE MCGRÉGOR

Grace   Kamal   Jasmine   Ryan   Meggie
(Seconde femme)   (Première femme)   (Décédé)

Lynette   Jude
(Décédée)

Zuri   Minerva

Taj

Perséphone   Callum
(Sephy)   (Décédé)

Callie Rose

Prologue

Le général regardait ses chefs de section prendre place autour de l'immense table d'ébène. Il les observait les uns après les autres. Des années d'autodiscipline cultivée depuis l'enfance lui permettaient de garder facilement une expression neutre. Les six hommes et les trois femmes, enfin assis, ont levé vers lui un regard plein d'attente respectueuse. La plupart étaient plus âgés que le général qui, à près de quarante ans, était le plus jeune leader que la milice ait jamais connu.

– Vous avez nettoyé la pièce ? a demandé le général à Morgan Green, son bras droit et assistant personnel, qui n'était pas assis autour de la table, mais derrière lui.

Près de Morgan, se trouvait Tanya, son assistante. À eux deux, ils constituaient l'escorte du général, et il était fort rare de le croiser sans au moins l'un d'entre eux.

– Oui, monsieur, j'ai éliminé tous les mouchards. J'ai vérifié deux fois.

Le général a scruté la pièce de son regard perçant. La réunion avait lieu dans le manoir d'un sympathisant de la Milice de libération qui était également un homme d'affaires nihil influent. Il y avait à présent un ou deux Nihils importants dans chaque secteur économique ou artistique du pays. Un ou deux. Une danseuse étoile prometteuse, quelques courtiers, un assistant de l'assistant du chef de la police. Ils étaient toujours mis en avant dans les médias. Il était très habile de la part des Primas à la peau sombre d'« autoriser » ces quelques Nihils bien blancs à s'en sortir. Ces Nihils qui avaient atteint un certain niveau social servaient de soupape de sécurité. Un alibi qui permettait aux Primas d'affirmer : « Vous voyez, eux, ils ont réussi. S'ils le peuvent, vous le pouvez aussi, et si vous restez pauvres, c'est votre faute, pas la nôtre. »

La réunion était évidemment top-secret et nécessitait la plus grande discrétion. Les chefs de section étaient arrivés un par un au cours de la nuit, dans des voitures noires et seulement après que les environs eurent été parfaitement inspectés et débarrassés de tout curieux inopportun. C'était la fin de l'hiver et le ciel était sombre. Des rideaux foncés avaient été accrochés aux fenêtres dès le milieu de l'après-midi. Deux chandeliers de cristal munis d'ampoules en forme de bougies éclairaient la table. On se serait cru à Noël. Les murs étaient en boiseries sculptées. Un tapis de soie rouge, manifestement très cher et précieux, recouvrait le sol. Des portraits et des paysages étaient accrochés aux murs et reflétaient les goûts très conservateurs du propriétaire du manoir.

– Mes frères et mes sœurs, a commencé le général d'un ton assuré, les dés sont jetés. Dans un peu plus de douze semaines, tout le pays se rendra aux urnes. C'est le moment pour nous, Nihils de la Milice de libération, de faire entendre notre voix plus fortement que jamais. N'oublions pas que nous agissons au nom de nos camarades emprisonnés, ou morts en se battant pour l'égalité entre les Nihils et les Primas. Nous n'avons pas le droit d'échouer. Sur la table, devant chacun d'entre vous, se trouve une chemise contenant une mission. Chacun a une cible à éliminer avant les élections. Parfois les cibles sont des bâtiments stratégiques, parfois des ennemis influents. En tant que chefs de section, vous devrez régler tous les détails.

Le général s'est tu pour se donner le temps de fixer ses interlocuteurs un par un dans les yeux.

– Je *sais* que vous ne me laisserez pas tomber, a-t-il repris. Personne à la Milice de libération ne peut se permettre d'abandonner la lutte avant que nous ayons obtenu l'égalité politique et la justice sociale pour tous les Nihils.

Des murmures et des signes d'acquiescement ont parcouru la salle. Le général a impatiemment tapoté la table du bout des doigts pour demander le silence.

– Les règles de sécurité sont les mêmes que d'habitude. Vous ne connaîtrez pas les missions des autres chefs de section. Vous devrez vous assurer que vos lieutenants agissent uniquement dans leur secteur. J'espère que c'est compris.

– Oui, général.

– Bien sûr, général.

– Je prends moi-même en charge un événement majeur qui agira comme un ouragan dévastateur sur les autorités en place, a repris le général. Il aura lieu la veille des élections. Nous jouerons ainsi tous notre rôle dans le démantèlement de ce soi-disant gouvernement.

– Si je peux me permettre, mon général, de quel événement s'agit-il ?

Le général a fusillé du regard l'homme qui venait de prendre la parole. Jonathan Kidd, le chef de la section du sud-ouest. Il ne pouvait jamais s'empêcher de poser des questions. Des questions inappropriées. Pourquoi faisait-il cela ? Pourquoi posait-il à lui seul plus de questions que tous les autres réunis ?

– Jon, nous n'avons pas à poser de questions au général, l'a calmement réprimandé Anna Tenski, la chef de la section de l'ouest.

– Non, Anna, notre système n'est pas dictatorial. Si Jon, ou qui que ce soit d'autre, veut parler, je l'y encourage. J'espère que vous

vous sentez libres d'exprimer vos idées ou de me confier vos soucis à tout moment. Vos interventions sont les bienvenues.

Le général s'est tourné vers Jon.

– Il vaut mieux que vous ne soyez pas au courant, Jon. Vous êtes un membre du conseil que j'estime beaucoup et je sais que, plus que tout autre, vous préféreriez mourir plutôt que de trahir vos frères et vos sœurs de la milice. Mais ce que je prépare va faire de ceux qui y sont mêlés des fugitifs pour toute leur vie. Les services secrets gouvernementaux ne nous laisseront plus jamais de répit. Seules deux personnes seront donc impliquées dans cette mission.

– Bien sûr, général, a acquiescé Jonathan sans ciller. Je veux que vous sachiez que vous pouvez compter sur moi pour participer à n'importe quelle mission à vos côtés.

– Merci Jon, a lâché le général avant de se tourner de nouveau vers les autres chefs de section. Vous avez dix minutes pour prendre connaissance du contenu de votre chemise, ensuite je vous verrai en privé l'un après l'autre pour entendre vos plans et propositions. Analysez et mémorisez ce qui est écrit, vous ne serez autorisés à emporter aucun document avec vous.

Le général s'est levé. Derrière lui, son assistant a fait de même, aussitôt imité par Tanya. Mais le général lui a adressé un imperceptible signe de tête et elle a repris sa place.

Sans un regard en arrière, le général a quitté la pièce. Il n'avait pas besoin de se retourner pour être sûr que son assistant Morgan Green le suivait. Il savait aussi que tous les yeux étaient fixés sur lui.

– Qu'est-ce qui ne va pas, général ? a demandé Morgan dès qu'ils ont été seuls dans le couloir, les portes de la salle à manger fermées derrière eux.

– Qu'est-ce qui te fait penser que quelque chose ne va pas ? a rétorqué le général en plissant les yeux.

Morgan n'a pas répondu. C'était inutile. Il fréquentait le général depuis de nombreuses années, il avait même servi dans la même section que son frère et il était à son service depuis plus de quatre ans. Morgan connaissait parfaitement le personnage et savait déceler ses plus minimes changements d'humeur. Il pouvait évaluer l'ampleur de sa colère à la manière dont il raidissait les épaules, ou dont il pliait les doigts, ou à la façon dont son visage se vidait soudain de toute expression.

Après toutes ces années, Morgan estimait qu'il était devenu, pour le général, ce qui ressemblait le plus à un « ami ». Ce qui voulait tout et rien dire. En dépit de sa capacité à déchiffrer les humeurs du général, Morgan n'avait jamais compris exactement ce qui les provoquait. Tout ce dont il était sûr, c'est que le général mangeait, dormait et respirait « Milice de libération ». C'était sans doute sa seule raison de vivre.

– Je veux que Jonathan Kidd soit mis sous surveillance 24 heures sur 24. Je veux que son téléphone soit sur écoute et qu'il soit suivi jour et nuit, a ordonné le général.

– Pourquoi, monsieur ? a demandé Morgan, surpris.

– Tu me connais, Morgan, je ne fais confiance à personne. Et Jon m'inquiète.

– Bien, monsieur, j'enverrai nos meilleurs hommes pour le surveiller.

– Parfait. Et je veux des rapports réguliers. C'est compris ?

– Oui, monsieur.

– Tu as vérifié le bureau. Il a également été nettoyé ?

– Oui, monsieur, je me suis personnellement occupé de toute la maison.

– Très bien. Laisse cinq minutes supplémentaires aux chefs de section, puis envoie-moi Anna.

Le général s'est dirigé vers le bureau. Il a ouvert la porte avant de s'immobiliser et de se tourner vers Morgan, un pli soucieux sur le front.

– En fait, je veux que *tous* les téléphones soient sur écoute. Rapporte-moi tout ce qui te semblera suspect.

Puis il a doucement fermé derrière lui.

Morgan n'a pas bougé. Le général était un homme brillant, dévoué et impitoyable, mais son comportement devenait de plus en plus perturbant. S'il continuait ainsi, c'était lui, et non les autorités primas, qui signerait l'arrêt de mort de la Milice de libération. La nouvelle offensive qu'il avait imaginée était de loin la plus audacieuse et la plus sanglante de l'histoire de la milice. Il avait prévu d'atteindre ses cibles dans tout le pays en 72 heures. Morgan lui-même ne connaissait pas les détails du projet. Mais il se doutait que ce serait spectaculaire. Violent et spectaculaire.

Morgan ne pouvait s'empêcher de penser que si le but était de s'assurer le soutien des citoyens, c'était une étrange façon de s'y prendre. Mais le général avait abandonné depuis longtemps l'idée de rendre la milice sympathique. Sa philosophie consistait à frapper et frapper dur. Et si l'ennemi relevait la tête, frapper encore. Laquelle de ses règles personnelles le général appliquait-il le plus souvent ? La première sans doute : *Un bon Prima est un Prima mort.* À moins que ce soit la dix-huitième : *Demande et tu n'obtiendras rien. Exige et menace, tout ce que tu désires te sera accordé.*

Les règles personnelles du général… Il prétendait qu'elles lui permettaient d'être encore en vie.

Ce n'était pas le rôle de Morgan de défier le général. Il serait mort avant d'en avoir eu l'idée.

Mais ça ne l'empêchait pas d'avoir peur parfois. Morgan savait – il était l'un des seuls – ce qui avait fait du général ce qu'il était. Le général était, et de loin, le leader le plus talentueux que la milice ait connu. Il était toujours au plus près de la conscience publique, c'était un tacticien de génie – il l'avait prouvé à maintes reprises – et il tenait les rênes du mouvement d'une poigne ferme.

Mais où voulait-il les mener ?

Morgan pensait que, parfois, le dévouement intégral du général à la milice était plus une malédiction qu'autre chose. Les œillères vous permettent de vous concentrer sur une seule chose, mais elles empêchent aussi d'avoir une vue d'ensemble. Il devait s'accrocher à l'idée que le général savait ce qu'il faisait. S'il avait été à sa place, il aurait choisi un chemin plus lisse, mais l'objectif était le même pour tous... Du moins, Morgan l'espérait.

Quand le général se couchait, soir après soir, avec ses pensées pour seule compagnie, lui arrivait-il d'être assailli d'incertitudes ? Ou était-il trop discipliné pour laisser le doute infiltrer son esprit ? Qui le général appelait-il quand il était préoccupé ou quand il avait besoin d'oublier et d'alléger son fardeau ? Le général était admiré, respecté, craint, mais il n'était pas aimé. Tout le monde lui donnait du « monsieur » ou du « général » et même Morgan, qui le connaissait depuis longtemps, n'aurait jamais songé à l'appeler autrement, du moins pas en public. Le général possédait des passeports et des papiers d'identité avec de faux noms, mais Morgan faisait partie des rares qui savaient son véritable nom. Depuis combien d'années personne, à l'exception de sa mère, n'avait-il plus prononcé son prénom avec affection ?

Depuis combien d'années personne ne l'avait-il plus appelé Jude ?

Trois mois plus tard...

Callie Rose

Voici les choses de ma vie dont je suis sûre :

Je m'appelle Callie Rose. Je n'ai pas de nom de famille.

J'ai seize ans aujourd'hui. Bon anniversaire, Callie Rose.

Ma mère s'appelle Perséphone Hadley, fille de Kamal Hadley.

Kamal Hadley est le chef de l'opposition – et c'est un salaud intégral.

Ma mère est une Prima – elle fait donc partie de la soi-disant élite dirigeante.

Mon père s'appelait Callum McGrégor.

Mon père était un Nihil.

Mon père était un meurtrier.

Mon père était un violeur.

Mon père était un terroriste.

Mon père brûle en enfer.

Chaque fois que ma mère pose les yeux sur moi, elle souhaite de toutes ses forces que mon père soit en vie – et que je sois morte.

Ces faits sont les seuls dont je sois sûre. Le reste de ma vie zig-zague autour de semblants de vérité. Du coup, elle ne m'intéresse pas beaucoup. Il n'y a rien qui vaille qu'on s'y accroche vraiment.

Grand-mère Meggie m'a raconté un jour que quand on meurt, on va au paradis et que l'on s'y sent comme chez soi.

Mais je ne sais même pas ce que ça veut dire, se sentir *chez soi*.

Je ne parle pas de la définition du dictionnaire, mais de celle du cœur. Il ne s'agit pas de la notion abstraite de « chez soi », mais de la sensation que cette expression est censée procurer.

Je n'ai jamais eu de chez-moi. Alors je ne peux pas imaginer le paradis. Je voyage sans doute vers l'enfer. Tel père, telle fille ! Du moins de ce point de vue.

Maintenant que j'y pense, j'ai entrepris ce voyage depuis long-temps maintenant. Et dans quelques heures, j'atteindrai ma destination. En attendant, il me reste quelques minutes pour m'asseoir et, de toutes mes forces, essayer de me débarrasser de tout regret…

J'aimais tellement la plage privée de grand-mère Jasmine ; si le reste du monde pouvait ressembler à cet endroit, je n'aurais pas besoin de tout ce que j'ai mis dans le sac de toile posé près de moi. Il me suffit d'inspirer pour emplir mes poumons de l'air pur et iodé. Si cette inspiration pouvait durer toute ma vie. La mer et l'horizon, magiques, s'étendent plus loin que toute imagination. Mais moi, j'étais sur la plage. Ce n'est pas une de ces plages de carte postale sans caractère. Elle est parsemée de morceaux de bois, de varech, le sable n'est pas fin et les rochers sont si hauts qu'on peut les escalader. La mer, toujours mouvante, caresse le rivage. Je comprends pourquoi cet endroit était un des lieux favoris de ma mère lorsqu'elle était enfant.

C'est si beau.

La mer était encore sombre à l'horizon mais le ciel reflétait déjà les couleurs d'un rutilant lever de soleil. Je voulais que cet instant dure encore et encore. L'air autour de moi était chargé de tristesse et d'une excitation étrange.

– Callie, tu m'as complètement oublié !

Je me suis tournée vers mon compagnon.

– Bien sûr que non, je…

– Tu n'as pas prononcé plus de deux mots depuis ce matin, m'a-t-il interrompue. Pourquoi m'inviter ici et m'ignorer ?

Je l'ai fixé, son incompréhension me rendait incroyablement triste. Mais comment aurait-il pu comprendre ? Pourquoi lui avais-je demandé de me retrouver sur cette plage ? Pour partager avec lui la mer, le ciel et mon état d'esprit. Pour passer un moment avec quelqu'un qui avait vraiment envie d'être avec moi. Avoir un témoin à mon dernier matin. Mais il ne comprenait pas.

– Je ne suis pas d'humeur causante, c'est tout, ai-je essayé de me justifier.

– Tu es d'humeur quoi, alors ?

J'ai haussé les épaules, mais il a mal interprété ce geste. Il a approché son visage du mien, ses lèvres ont effleuré les miennes. Ce n'était pas la première fois. Mais c'était la dernière. Je n'avais plus le courage. C'était une image trop douloureuse de tout ce que je n'aurais jamais. Je me suis reculée.

– Ne fais pas ça, je ne suis pas non plus d'humeur à t'embrasser.

Après un silence, il a lâché :

– Bon, d'accord.

Nous nous sommes tous deux tournés vers la mer. Mais le moment était gâché. J'ai fixé mon regard sur l'horizon ; la mer n'était plus qu'une étendue sans relief et seule une pâle lumière éclairait à présent le ciel. Et alors ? Ça n'avait plus d'importance. Plus rien n'avait d'importance.

– Callie, qu'est-ce que tu as ?

Je me suis levée et j'ai épousseté le sable de mon pantalon. Il s'est levé à son tour, sans me quitter des yeux.

– Rien, je n'ai rien. Je dois y aller maintenant, ai-je répondu en me penchant pour prendre mon sac.

Mais il a saisi ma main avant que je l'atteigne.

– Dis-moi, parle-moi ! Qu'est-ce qui ne va pas ?

– S'il te plaît, ne fais pas ça, ai-je gémi, surprise de me trouver au bord des larmes.

Je me suis mordu la lèvre. Ça n'a rien changé. Peut-être que la colère allait réussir là où la tendresse avait échoué.

– Pourquoi tu restes là ? Pourquoi tu ne t'en vas pas ? Je n'ai aucune envie de ta compagnie mais tu me colles comme un pauvre chiot pathétique.

Des mots durs. Pour le forcer à partir. S'il me quittait maintenant sans un regard derrière lui, alors je trouverais le courage ; mais il restait là, immobile, même pas fâché. Je voulais qu'il se mette en colère contre moi. J'en avais besoin.

À ma grande surprise, il m'a de nouveau embrassée. Il ne m'avait jamais embrassée comme ça auparavant. Assez fort pour faire bondir mon cœur dans ma poitrine, mais avec tant de douceur que j'avais envie de fermer les yeux, de me fondre en lui, de m'accrocher à lui et à ma chère vie. Au début, j'ai été trop surprise pour le repousser, mais je me suis vite reprise. Je l'ai cogné dans la poitrine. Il ne s'y attendait pas et a chancelé avant de reprendre son équilibre. J'en ai profité, j'ai pris mon sac et je suis partie en courant. J'ai couru aussi vite que j'ai pu pour m'éloigner de lui. J'ai grimpé les marches de l'escalier de pierre quatre à quatre.

– Callie, attends ! a-t-il crié. Callie ! On se voit demain ? Callie !

Cours, Callie, cours, surtout ne t'arrête pas de courir.

Demain. On se voit demain ? Tous mes demains sont aujourd'hui et aujourd'hui est tout ce qui me reste.

Moins de dix minutes plus tard, j'entrais dans la maison de grand-mère Jasmine. Une grande maison qui ressemblait à un mausolée. Sa seule compagnie était son assistante personnelle, Sarah Pike, et sa gouvernante, Mme Soames. Nihils, toutes les deux. Grand-Mère nous avait donné nos propres clés à Maman et moi, afin que nous puissions aller et venir librement.

Maman ne lui rendait jamais visite sans la prévenir, mais moi, je faisais des apparitions régulières, souvent après les cours. La maison de grand-mère Jasmine et celle de grand-mère Meggie – où Maman et moi vivions – étaient à égale distance d'Heathcroft, mon collège. Dans des directions opposées mais à égale distance. Grand-mère Jasmine refusait de vendre son « cottage », comme elle l'appelait. Il faisait partie de la liquidation de son divorce et elle était déterminée à s'y accrocher, même si la demeure était beaucoup trop grande, et impossible à chauffer. Grand-mère Jasmine affirmait que cette maison était elle, qu'elle était sa maison et qu'elles ne pouvaient pas se séparer. Bizarre, mais bon ! À sa place, je la vendrais tout de suite et j'utiliserais l'argent pour sortir, rencontrer des gens et m'amuser.

Grand-mère Jasmine est très seule.

Depuis son divorce, elle n'a eu de relation amoureuse avec personne. C'est vraiment dommage, parce que même si elle est malade, elle est encore très jolie et elle ne fait pas du tout son âge. Une fois, je lui ai demandé pourquoi elle ne s'était pas remariée.

– Un mariage comme le mien laisse des cicatrices, m'a-t-elle répondu. Les miennes sont encore… douloureuses.

Au cours des années, sa douleur ne s'est jamais apaisée. Je sais maintenant que certaines douleurs ne s'apaisent jamais.

– Grand-Mère !

Habituellement, Sarah ou Mme Soames apparaissent avant que j'aie traversé le couloir. Mais pas aujourd'hui.

– Callie, ma chérie ? Je suis dans la cuisine, m'a répondu grand-mère Jasmine, sans élever la voix.

Grand-mère Jasmine affirmait qu'on ne devait crier que pour prévenir d'un incendie. Je l'ai rejointe dans son immense cuisine.

– Bonjour, Grand-Mère, ai-je souri.

Elle a posé les yeux sur mon sac de toile. J'ai serré l'anse dans mes doigts. Ostensiblement. Grand-mère Jasmine s'est approchée de moi, l'inévitable verre de jus d'orange à la main. Elle m'a embrassé le front comme d'habitude et m'a tendu le verre. Je l'ai pris de ma main libre.

J'ai attendu qu'elle retourne vers le réfrigérateur avant de poser mon sac.

– C'est gentil d'être venue, a dit Grand-Mère. Et au fait, bon anniversaire. Je te donnerai ton cadeau avant que tu partes.

– Tu n'es pas obligée de m'offrir quelque chose.

Ce n'est pas comme si ça allait m'être utile. Quel que soit le cadeau.

– Je sais que je ne suis pas obligée mais j'en ai envie, a affirmé Grand-Mère.

J'ai haussé les épaules. Je n'étais pas d'humeur à discuter.

– Tu as bonne mine aujourd'hui, Grand-Mère.

Ce n'était pas seulement pour être gentille. Les yeux de grand-mère Jasmine étincelaient. Une amélioration notable par rapport à la dernière fois où je l'avais vue.

– Merci, je me sens beaucoup mieux, a souri Grand-Mère, toujours polie.

J'ai bu une gorgée de jus d'orange.

– Je ne reste pas longtemps, l'ai-je prévenue. J'ai un rendez-vous et je ne peux pas être en retard.

– Quelques minutes avec moi ne vont pas te mettre en retard, a affirmé Grand-Mère.

Elle s'est versé un verre d'eau gazeuse. Grand-mère Jasmine ne buvait que de l'eau et du jus de fruit. Elle était si parfaite à tant de points de vue que parfois j'imaginais qu'elle était née la tête auréolée d'un halo d'anges en train de chanter alléluia.

– D'accord, ai-je acquiescé. Tu voulais me dire quelque chose ?

– Bois ton jus d'orange, je t'explique après, m'a-t-elle répondu. Tu as besoin de vitamine C.

J'étais prête à faire tout ce qu'elle voulait, pourvu qu'elle ne me pose pas de questions. J'ai vidé mon verre. Grand-Mère me l'a aussitôt pris des mains, l'a rincé et mis dans le lave-vaisselle. Eh bien ! Au moins, elle m'avait laissée le terminer.

– Alors, c'est quoi, ce rendez-vous que tu ne dois pas manquer ? a-t-elle lancé.

Je n'ai pas répondu. Je ne voulais pas lui mentir.

– Ça a quelque chose à voir avec Jude McGrégor ? a-t-elle insisté.

J'étais stupéfaite. La réponse a dû s'inscrire sur mon visage parce que Grand-Mère a soupiré :

– Je vois.

– C'est pour ça que tu m'as demandé de passer ? me suis-je rebellée. Pour me faire un sermon sur oncle Jude ?

Si elle prononçait un mot, une syllabe pour critiquer mon oncle, je quitterais la maison si vite que ça ferait comme si je n'étais jamais venue. Je l'ai fixée, la défiant presque de prendre la parole. Mais elle m'a surprise de nouveau. Elle souriait. Elle souriait, c'est tout.

– Callie, je voulais te voir pour ton anniversaire. Quel est le problème ? Assieds-toi, ma chérie. Je veux te demander quelque chose.

Méfiante, j'ai obéi et j'ai posé mon sac entre mes pieds. Son contenu était trop précieux pour que je prenne le risque de le quitter des yeux. Même une seconde. Grand-Mère a pris place à côté de moi.

– En fait, j'ai une ou deux questions à te poser, a-t-elle commencé.

– Vas-y.

Mon ton était amer. Grand-Mère a continué de sourire.

– Ne boude pas, ma chérie. C'est une habitude détestable.

Les yeux de Grand-Mère pétillaient. Mais elle a regardé mon sac et son air amusé s'est effacé.

– Callie, est-ce que tu me promets de répondre sincèrement ?

J'ai réfléchi.

– Je te dirai la vérité ou je garderai le silence, ai-je proposé. Ça te va ?

– D'accord. Es-tu membre de la Milice de libération ?

Waouh ! Grand-mère Jasmine n'y allait pas par quatre chemins ! Droit au but. Je n'ai pas répondu. Et puis, j'ai pensé : pourquoi pas ? Quelle différence ça fera maintenant ? J'ai lâché en levant le menton :

– Oui.

Grand-Mère a hoché la tête pensivement.

– Je m'en doutais. Depuis quand ?

– Deux ans.

– Je vois. Quand est-ce que ton oncle est entré en contact avec toi ?

– Il y a quatre ou cinq ans… je ne me rappelle plus exactement.

Grand-Mère a eu un air choqué et surpris, qu'elle a vite masqué.

– Est-ce que… est-ce que tu as quelque chose à voir avec les terribles événements de ce week-end ?

Aucune chance que je réponde cette fois.

– Je vois, a repris Grand-Mère.

Qu'est-ce qu'elle voyait ? Trop ? Ou trop peu ?

– Ce rendez-vous auquel tu te précipites a-t-il un rapport avec la Milice de libération ?

Pas de réponse.

– Très bien. Ne t'inquiète pas, Callie, je ne vais plus t'embêter.

Grand-Mère s'est levée.

– Avant de partir, est-ce que tu peux me rendre un service ?

– Lequel ?

– J'ai besoin que tu m'aides à remonter quelques bouteilles de vin de la cave. Je veux que le rouge soit à température ambiante et que le blanc soit bien glacé, a dit grand-mère Jasmine.

26

– Tu m'as fait venir pour ça ?

– Oui, ma chérie. Mais ta façon de parler n'est pas très élégante, a répondu Grand-Mère calmement.

Puis elle a ajouté :

– Tu es… tu es très proche de ton oncle, n'est-ce pas ?

Grand-mère Jasmine ne prenait pas un ton de reproche et pourtant, j'avais toujours l'impression qu'elle m'accusait de quelque chose. Je ne sais pas comment elle arrivait à faire ça. Son visage et sa voix étaient neutres, pourtant sa désapprobation ne laissait aucun doute. Mais voilà, je n'étais pas venue pour discuter d'oncle Jude.

– Je t'aide avec tes bouteilles, et après je dois vraiment partir, ai-je dit.

– Tu ne m'aides pas à finir de préparer mon repas ?

– Je n'ai pas le temps, Grand-Mère.

– Tant pis. Quand tu auras remonté le vin, j'appellerai un taxi. Il te déposera où tu voudras.

J'ai acquiescé et, soudain, j'ai réalisé. C'était la dernière fois que je voyais Grand-Mère. La dernière fois que je lui parlais. La dernière fois…

Non. Je ne dois pas penser comme ça. Je ne dois pas penser. Je vais me rendre utile. Je ne suis née que pour accomplir cet acte et je refuse de fuir comme une lâche maintenant que je dois faire face. Comme oncle Jude me l'avait dit : j'allais faire toute la différence.

Une étrange fatigue, une soudaine tristesse m'ont enveloppée comme un linceul. Je me suis levée.

Secoue-toi, Callie. Reprends-toi.

– Ça va, chérie ? s'est inquiétée grand-mère Jasmine.

J'ai acquiescé.

– Juste deux ou trois idées qui me traversaient l'esprit, ai-je affirmé.

– Bon, aide-moi avec les bouteilles et après je te laisserai tranquille, a souri Grand-Mère. Mais fais-moi un câlin d'abord.

J'étais sur le point de discutailler. Pourquoi lui ferais-je un câlin avant de lui remonter quelques bouteilles ? Et puis je me suis rappelé… comment avais-je pu oublier ? Grand-mère Jasmine m'a serrée contre elle et pour une fois, mes bras ne sont pas restés le long de mon corps, mous comme des spaghettis trop cuits. Je l'ai prise contre moi et je l'ai serrée. Très fort.

Pour lui dire au revoir.

J'ai laissé mon sac sur le carrelage et j'ai suivi Grand-Mère dans l'escalier qui mène à la cave. Mon sac ne risquait rien puisque nous serions toutes les deux en bas. La porte de la cave n'était pas fermée à clé. Grand-Mère a posé ses deux mains sur la poignée, ses lèvres se sont pincées sous l'effort que lui coûtait le fait de bouger cette grosse porte. J'ai placé mes mains à côté des siennes et je l'ai aidée. La porte n'a pas grincé. Comme toute la maison de grand-mère Jasmine, elle était trop bien huilée pour émettre la moindre protestation vulgaire. Un « couinement » aurait été l'équivalent d'une « façon de parler pas très élégante ». La porte en chêne massif faisait près de trois mètres de haut. Elle était munie de grosses barres de métal noir qui servaient à la bloquer. Grand-Mère s'est effacée pour me laisser passer devant elle.

– Où sont les bouteilles ? ai-je demandé.

– Le Château d'Azonama 95 est tout au fond, m'a indiqué Grand-Mère. Prends quatre… non, cinq bouteilles, ça devrait suffire.

Je me suis dirigée vers les étagères remplies de bouteilles. Les étagères étaient droites comme des soldats et les bouteilles parfaitement alignées. Mais en m'approchant, j'ai eu le choc de ma vie. Quelqu'un se tenait dans l'ombre. Je l'ai reconnue avant même qu'elle lève la tête vers moi. Je me suis arrêtée brusquement. Que faisait-elle ici ? J'avais juré de ne plus jamais me tenir dans la même pièce qu'elle. J'ai fait volte-face, prête à sortir, mais je me suis de nouveau immobilisée.

Grand-mère Jasmine était en train de fermer la porte.

– Grand-Mère… ?

– Je suis désolée, ma chérie, mais je ne peux plus te laisser faire le sale boulot de Jude ! a lancé Grand-Mère. Je t'aime, ma chérie, je t'aime, Callie Rose McGrégor. Ne l'oublie jamais.

Une seconde plus tard, la porte était close. J'ai couru, je me suis jetée sur la poignée, mais j'ai entendu les barres glisser de l'autre côté. Et résonner en s'enclenchant. Résonner comme un glas.

Trop tard. La panique est montée en moi, comme la lave d'un volcan en éruption.

– Grand-mère Jasmine, ouvre cette porte ! ai-je hurlé en secouant la poignée.

Mais je perdais mon temps.

– LAISSE-MOI SORTIR !

Seul le silence m'a répondu. Même pas de bruits de pas. La porte était trop épaisse pour laisser passer le moindre son. Je me suis retournée vers la femme que je détestais le plus au monde.

Ma mère.

Je m'étais fait rouler. C'était un plan ridicule pour m'empêcher de suivre les ordres d'oncle Jude.

Les ordres d'oncle Jude…

J'ai poussé un grognement de douleur. J'étais ici, enfermée dans le cellier de grand-mère Jasmine en compagnie d'une femme que je méprisais et mon sac, mon précieux sac, était de l'autre côté de la porte.

Avec grand-mère Jasmine.

Jude
contre
Jasmine

Jasmine

Je marchais à pas rapides dans le couloir, au dernier étage de l'hôtel, en essayant de ne pas penser aux nausées qui tordaient mon cœur et ricochaient dans ma cage thoracique. Ma fille Sephy et ma petite-fille, Callie Rose, étaient enfermées dans ma cave, à une heure d'ici. Quelques kilomètres nous séparaient et en elles étaient tous mes espoirs et tous mes rêves. Je me suis arrêtée pour observer le couloir deux étoiles de cet hôtel trois étoiles. La moquette était grise avec des arabesques rose sale. Les murs étaient du même rose et décorés de tableaux de peintres oubliés depuis longtemps. J'ai regardé la meilleure peinture que j'avais sous les yeux et ce n'était franchement pas terrible. Le tableau représentait une espèce de tourbillon de couleurs complémentaires qui faisait penser à ces échantillons de peinture que l'on trouve dans les magasins de bricolage. Le rose framboise entrait en collision avec le bordeaux qui se heurtait au pourpre foncé. Je lui ai accordé les quelques secondes d'attention qu'il méritait et je suis repartie. Chaque porte devant laquelle je passais était marron clair. La peinture était brossée pour faire apparaître les veines du bois. Une odeur de cire bon marché flottait dans l'air. Je me suis concentrée sur la couche de poussière – assez épaisse – qui recouvrait les plinthes et les néons. Pas de doute, l'équipe de nettoyage de cet hôtel se contentait de parfumer les couloirs avec de la cire en aérosol, pour donner l'illusion que tout avait été briqué. J'ai eu un demi-sourire et j'ai secoué la tête. Je le faisais encore. Remarquer ces détails dont tout le monde se fichait.

Tout le monde.

J'ai courbé la nuque. Il était temps d'arrêter de retarder le moment de la confrontation. Temps d'arrêter d'avoir peur. Oui, j'avais peur. J'étais même terrifiée. C'est la peur qui me donnait des nausées. Mais il était hors de question que je fasse marche arrière. Impossible. J'avais trop à perdre. Sephy et, plus encore, Callie Rose. Que pouvaient-elles bien faire toutes deux enfermées dans ma cave ? Quoi qu'il arrive, elles allaient y rester un bon bout de temps. C'était un peu mélodramatique peut-être, mais ça valait le coup.

Je me suis dirigée vers la chambre 31. C'est ce qu'elle avait dit, non ? 31…

Allez, Jasmine, vas-y. Ne commence pas à douter avant même d'avoir posé le premier acte…

La porte était tout au bout du couloir, juste à côté de l'issue de secours. C'était ça. J'y étais. J'étais sur le point d'entrer dans une pièce dont je ne sortirais jamais. Cette idée m'a noué l'estomac. Un mélange d'émotions étranges et désagréables m'envahissait. Qu'aurais-je dû ressentir ? Je ne savais pas. J'ai jeté – malgré moi – un dernier regard au couloir, j'ai pris une grande inspiration, et j'ai levé la main pour frapper à la porte. Le visage de Callum McGrégor, le père de Callie, m'est soudain apparu. Je me suis rappelé cette fois, il y a longtemps, très longtemps, où ma fille Callie avait été battue, au collège. Callum était venu à la maison pour la voir et j'avais donné l'ordre de ne le laisser entrer sous aucun prétexte. Je me rappelle qu'il se tenait devant la barrière, chaque matin et chaque soir. Jusqu'à ce que Sephy retourne en classe. Il se contentait de regarder la maison. Derrière mes rideaux, je l'observais, espérant de toutes mes forces qu'il s'en aille. Comme je regrette aujourd'hui de ne pas l'avoir laissé entrer.

Oh, comme je regrette…

Mais le regret est inutile.

Une femme que j'ai rencontrée à l'hôpital m'a raconté que quand elle lisait un livre, elle arrachait les pages, au fur et à mesure. Ainsi, quand elle reprenait sa lecture, elle était toujours à la bonne page. J'ai l'impression que ma vie est comme ça. Et que même si je veux revenir sur telle ou telle page, ou sur le chapitre précédent, relire, réécrire, je ne peux pas. Le passé est mort. À présent, il reste si peu de pages. Et une immense inconnue à la fin du livre. Il y a tant de choses que j'aurais voulu faire différemment. Tant de mots que j'aurais dû prononcer. Tant que je n'aurais pas dû prononcer. Et tant de ces choses avaient trait à Sephy et Callum.

Callum McGrégor.

Callum, un garçon qui avait toujours le sourire aux lèvres et pourtant le regard le plus triste que j'aie jamais vu. Un regard vieux avant l'âge. Un regard qui en avait trop vu, trop tôt. Alors qu'au fil des jours sa relation avec ma fille devenait plus forte, plus proche, plus profonde, celle que j'avais avec elle se flétrissait. Mais il est vrai qu'à cette époque, la seule véritable relation qui m'intéressait était celle que j'entretenais avec les bouteilles de chardonnay.

C'est étrange de se demander à quoi ma vie aurait ressemblé si Meggie, la mère de Callum, n'était pas venue s'occuper de Minerva et Sephy, quand elles étaient petites. Meggie et moi nous entendions si bien. Notre amitié n'avait rien à voir avec le fait que j'étais son employeur prima et elle mon employée nihil. Mais c'est moi qui ai brisé cette amitié. C'est moi qui l'ai mise à la porte sans réfléchir. C'est moi qui ai estimé que nos enfants ne devaient plus se voir, malgré le fait qu'ils avaient grandi ensemble et qu'ils étaient comme des jumeaux. Je me suis montrée égoïste et superficielle. J'en étais écœurée de moi-même encore aujourd'hui.

Étrange que je pense à Callum précisément maintenant. Ou peut-être pas si étrange au fond.

J'ai pris une nouvelle inspiration et j'ai frappé. Trois coups brefs. Avant de réfléchir plus avant.

– Une minute, a grogné une voix d'homme.

Des bruits de pas ont résonné. J'ai ouvert mon manteau. J'avais la main dans ma veste, le doigt posé sur l'interrupteur. Une veste vert olive, absolument horrible. Elle jurait affreusement avec mon pantalon gris et mon manteau noir, mais personne d'important ne me verrait dans cette tenue. La porte s'est ouverte. Un homme nihil au visage renfermé, hostile, s'est avancé dans l'encadrement. Je n'avais pas besoin de lui demander son nom. Il ressemblait tant à son frère, en plus sec et plus sournois, que c'en était effrayant.

– Bonjour, puis-je entrer ?

– Vous êtes qui ? a-t-il aussitôt demandé, d'une voix fatiguée à l'avance.

– Némésis, ai-je rétorqué en me frayant un passage.

Il s'est déplacé pour me barrer le chemin.

– Jude, laisse-moi entrer, ai-je insisté d'une voix calme.

– Qui êtes-vous, bon Dieu ? a-t-il encore demandé.

Le fait que j'utilise son prénom l'avait perturbé. Sa main s'est dirigée vers sa poche.

Mais j'ai ouvert ma veste pour lui montrer ce qu'elle contenait et sa main s'est immobilisée. Je savais que mes arguments le convaincraient.

J'ai souri.

– En arrière, s'il te plaît.

Jude a reculé. J'ai avancé et, sans le quitter des yeux, j'ai refermé la porte du pied. La pièce était en L, avec une salle de bains à droite et un grand placard en face de la salle de bains. Devant moi, une petite fenêtre peinte en vert était agrémentée de rideaux de couleur. Un meuble haut avec une télé à l'intérieur était appuyé contre le mur, pas loin du placard. J'ai supposé que le lit était face à la télé, mais d'où j'étais, je ne le voyais pas.

— Recule de trois pas, s'il te plaît. NON ! Ne te retourne pas. N'insulte pas mon intelligence. Fais trois pas en arrière. S'il te plaît.

Jude a obéi. J'ai pu avancer et j'ai découvert le lit. Il y avait une deuxième fenêtre sous laquelle avait été installée une petite table et deux chaises. C'était une chambre d'hôtel classique. La chambre voisine devait être très exactement disposée de la même manière.

— Enlève ta veste, s'il te plaît, ai-je lancé. Doucement. Très lentement.

Jude a une fois de plus obtempéré. Il avait deux holsters croisés sur la poitrine. Une arme dans chacun.

— Utilise ton pouce et ton majeur pour prendre tes armes une par une, par la crosse, et jette-les sur le lit, s'il te plaît, ai-je poursuivi.

Jude n'a pas bougé.

— Ne m'oblige pas à me répéter, ai-je soupiré.

J'ai caressé l'interrupteur du bout du pouce, en espérant qu'il comprendrait le message. Il a immédiatement compris. Il a jeté ses armes, une par une, au milieu du lit. Les yeux toujours fixés sur lui, j'ai retiré mon manteau au prix d'une légère contorsion. Le pouce de ma main droite n'a quitté son poste qu'une seconde, pendant laquelle le pouce de ma main gauche l'a remplacé. Le temps que je passe ma main dans la manche. Ce n'était pas facile, mais faisable. J'ai laissé glisser le manteau sur mon bras, et je l'ai rattrapé par le col avant de le jeter sur le lit pour dissimuler les armes. Je n'ai jamais aimé les armes.

— Qui êtes-vous, bon Dieu ? a répété Jude. Qu'est-ce que vous fichez ?

J'avais fait disparaître les armes, mais je ne me suis pas autorisée à me détendre. Je n'étais pas folle. J'ai étudié le spécimen que j'avais face à moi. Les années ne lui avaient pas fait de cadeau. Des rides profondes traversaient son front et descendaient des deux côtés de sa bouche. Les commissures de ses lèvres étaient orientées vers le bas et, s'il avait un jour su sourire, il était évident qu'il avait oublié. Ses yeux bruns étaient froids et sans vie, comme des yeux de poupée. Non, comme des yeux de requin. Il était grand et bien bâti, ses mains semblaient rêches, mais ses ongles étaient soigneusement manucurés. Son costume était bien coupé et mettait son physique athlétique en valeur.

Je lui ai indiqué une des deux chaises.

– Assieds-toi, s'il te plaît.

Il a obéi, lentement, ses yeux plongés dans les miens. Il me faisait penser à un tigre attendant le bon moment pour bondir. Mon pouce a une fois de plus effleuré l'interrupteur. La machine à laquelle il était relié se trouvait dans une des poches intérieures de la veste. Elle formait une petite bosse, mais personne ne pouvait deviner ce que je transportais. Jude n'avait pas besoin de deviner. Il le savait. En gardant le pouce sur l'interrupteur, je me sentais moins en danger. Jude était sûrement rapide mais nous savions tous les deux que je serais plus rapide que lui.

Je me suis assise sur le lit afin de faire face à mon adversaire.

– Est-ce que vous allez répondre à ma question, maintenant ? a demandé Jude, en essayant de dissimuler – sans y parvenir – toute trace de malveillance dans sa voix. Qui êtes-vous ?

– Mon nom est Jasmine Dharma Ninah Adeyebe Hadley, mais tu peux m'appeler Mᵐᵉ Hadley.

Jude a immédiatement plissé les yeux. Il n'avait pas reconnu mon visage – logique, après toutes ces années – mais il n'avait pas oublié mon nom.

– Qu'est-ce que vous voulez ? a-t-il craché.

J'ai souri, me régalant de ce moment mélodramatique.

– Toi.

Rose a sept ans et demi

Papa, est-ce que tu me regardes ? Est-ce que tu peux me voir ? J'aimerais tellement que tu sois là pour m'aider. J'ai dû faire une grosse bêtise.

Maman va être très en colère cette fois. Je ne comprends pas pourquoi Mme Hoyle m'a demandé de sortir de la classe et de rester dans le couloir.

Qu'est-ce que j'ai fait ?

Je ne suis dans sa classe que depuis deux jours. Pourquoi elle me demande de sortir ? Tu crois qu'elle le dira à Maman ? J'avais hâte d'entrer à la grande école mais si ça veut dire qu'on va tout le temps me demander de sortir de la classe pour rien…

J'ai envie de pleurer mais je me retiens. Maman dit que pleurer, c'est gaspiller de la bonne eau. J'aimerais bien retourner dans la classe. Je m'ennuie, debout dans ce couloir. Et il n'y a même pas des trucs accrochés au mur parce que c'est le début de l'année. Pas de dessins, pas de peintures, pas d'écritures, rien de rien.

C'est pas juste.

Qu'est-ce que j'ai fait, Papa ?

Sephy

J'avais à peine mis le pied dans la cour que Mme Hoyle s'est jetée sur moi. Sa bouche pincée et son expression coincée m'ont noué l'estomac. J'étais en train de discuter avec Joshua et Rupal, qui ont des enfants dans la même classe que Rose. Elle a traversé la cour d'un pas ferme.

– Mademoiselle Hadley, je suis désolée d'avoir à vous annoncer ce genre de nouvelle, mais j'ai dû faire sortir Callie Rose de classe aujourd'hui.

– Ah oui, ai-je répondu avec un calme forcé, et pourquoi ?

J'avais le visage en feu. Un peu parce que j'étais gênée et beaucoup parce que j'étais en colère et incrédule. Pourquoi Mme Hoyle se sentait-elle obligée de venir me faire ce genre d'annonce au milieu de la cour et devant les autres parents ? J'avais ma petite idée. Mme Hoyle ne devait pas avoir beaucoup de sympathie pour moi et ma fille « sans race ».

Mon Dieu, comme je détestais cette expression ! Quand j'avais rencontré cette institutrice à la fin du dernier trimestre, l'an dernier, elle m'avait regardée avec des yeux ronds et sa poignée de main avait été plutôt molle. Elle imaginait sans doute que la mère de Callie Rose serait nihil. Il y avait essentiellement des Primas dans la classe de Callie Rose. Quelques Nihils aussi, mais ma fille était unique. Lors de cette réunion, beaucoup de parents m'avaient également regardée de travers. Je n'avais cessé de me répéter que ce n'était pas parce qu'on m'observait à la dérobée que c'était avec de mauvaises intentions. Mais l'expérience m'avait rendue méfiante.

Mme Hoyle a pincé les lèvres un peu plus.

– Votre fille m'a dit un gros mot !

N'importe quoi ! Rose n'aurait jamais dit un gros mot à qui que ce soit !

– Rose ne connaît pas de gros mots, madame Hoyle.

– Pardonnez-moi, mademoiselle Hadley, a repris Mme Hoyle de son ton pédant et précieux, mais tous les parents pensent que leurs enfants sont des petits anges. Et je vous assure que votre fille m'a dit un gros mot.

J'ai compté mentalement jusqu'à dix. Puis j'ai de nouveau pris la parole. Si elle utilisait ce ton impérieux en m'appelant « mademoiselle Hadley », une fois de plus…

– J'en parlerai avec Rose et je découvrirai ce qui s'est exactement passé, ai-je fini par lâcher.

– Je ne mens pas, mademoiselle Hadley.

– Je n'ai jamais prétendu que vous mentiez, madame Hoyle, mais je suis certaine qu'il s'agit d'un malentendu.

– Hum. J'espère que ça ne se reproduira plus, a grincé l'institutrice.

Dégage, vieille chouette, ai-je pensé. D'autres mots plus grossiers me sont venus à l'esprit, mais j'ai souri, prenant soin de ne faire passer mon message que par mes yeux. J'ai tourné les talons la première, juste à temps pour voir Rose qui courait vers moi. Elle s'est brutalement immobilisée en apercevant sa maîtresse. Et même d'où j'étais, j'ai remarqué que ses yeux s'éteignaient et que ses épaules s'affaissaient.

Elle est venue jusqu'à moi, à pas lents, les yeux rivés au sol. Une larme est tombée par terre, puis une autre.

Et c'était la faute de Mme Hoyle. Non contente de gâcher la première semaine de Rose à l'école primaire, elle m'avait délibérément humiliée devant les autres parents. Je n'oublierai pas ça de si tôt.

– Si vous voulez bien m'excuser, madame Hoyle, ma fille a besoin de moi.

Je n'ai pas attendu sa réponse, j'ai rejoint Rose.

– Arrête de pleurer, ma chérie. Ne laisse pas ton institutrice ou qui que ce soit te voir pleurer. Tu m'entends ? lui ai-je murmuré d'une voix douce.

– Oui, Maman, a reniflé Rose.

Je me suis accroupie devant elle.

– Callie Rose, arrête de pleurer. Tout de suite.

Rose a étouffé un sanglot, a reniflé de nouveau et le flot de larmes a commencé à se tarir.

– Maintenant, nous allons sortir et tu vas garder la tête haute, d'accord ?

– Oui, Maman.

– Viens. Rentrons à la maison.

J'ai pris la main de Rose, en faisant attention de ne pas la serrer trop fort. Nous avons marché tranquillement jusqu'au portail sans regarder personne. Je n'ai pas ouvert la bouche avant que l'école soit loin derrière nous. Puis je me suis arrêtée et j'ai regardé ma fille.

– Très bien, Rose, à présent, raconte-moi pourquoi Mme Hoyle t'a demandé de sortir de la classe aujourd'hui.

Les yeux de Rose ont brillé à nouveau. Les larmes étaient prêtes à couler. J'ai secoué la tête.

– Non, non. Pas de larmes. Raconte.

– Je ne sais pas, Maman. Je ne sais vraiment pas.

– Alors dis-moi ce qui s'est passé juste avant qu'elle te mette dehors.

– Eh bien…

Rose s'est mordu la lèvre. Elle a réfléchi intensément.

– Mme Hoyle nous racontait l'histoire de Pioupiou la poulette, celle où un épi de maïs lui tombe sur la tête et qu'elle court dans tous les sens en criant que le ciel est en train de dégringoler. Tu la connais ?

– Oui, ma chérie. Et après, que s'est-il passé ?

– Mme Hoyle lisait, elle en était où Pioupiou court vers l'oie Louisette et crie : « Le ciel est en train de tomber, le ciel est en train de tomber ! » Et puis, elle a relevé la tête et a demandé : « À votre avis, que lui a répondu l'oie Louisette ? » Alors moi j'ai levé la main.

– Et qu'est-ce que tu as dit ?

– Tobey m'avait déjà raconté cette histoire, alors je l'ai dit à la maîtresse : « Nom de Dieu, un poulet qui cause ! » Et Mme Hoyle m'a mise à la porte.

Je me suis mordu l'intérieur de la joue.

– Je vois, ai-je fini par soupirer. Écoute-moi, Rose, « nom de Dieu », c'est un gros mot. Et ce n'est pas comme ça que finit l'histoire de Pioupiou.

– Ah non ?

– Non, ma chérie. Pas du tout.

– Mais c'est ce que Tobey m'a raconté.

J'ai secoué la tête. Tobey était notre petit voisin et il passait son temps à jouer des tours à Rose. Sa version de Pioupiou la poulette n'était évidemment pas des plus recommandables. Rose m'a regardée, l'air angoissé.

– Maman, est-ce que tu vas crier ?

– Tu veux que je crie ?

Rose a vigoureusement secoué la tête.

– Si j'étais toi, Rose, ai-je repris, j'arrêterais de croire tout ce que dit Tobey.

Les yeux de Rose sont devenus noirs de colère et elle a gonflé les joues. Heureusement que Tobey n'était pas en face d'elle.

– Rose, ma chérie, respire, tu es en train de gonfler comme un ballon.

Elle a expiré bruyamment.

– Alors, comment elle finit, cette histoire de Pioupiou la poulette ? a-t-elle demandé.

– Pioupiou et ses imbéciles d'amis se font tous croquer par le renard pour avoir été aussi bêtes.

– Oh !

Rose a cligné des yeux de surprise.

– Je n'aime pas beaucoup cette fin, a-t-elle déclaré. Le renard n'est pas très gentil.

– C'est comme ça que ça se passe dans la vie, l'ai-je prévenue. Si tu es naïve, c'est-à-dire immature, ou inexpérimentée, ou un peu bête, tu te feras manger toute crue.

– Oh !

Nous avons repris notre marche vers la maison.

– Pioupiou la poulette n'est plus mon histoire préférée, a soudain lancé Rose.

Non, Rose, je ne voulais pas te bouleverser. Et je ne veux pas non plus te gâcher ton histoire préférée, c'est juste que… j'essaie seulement de…

J'ai ouvert la bouche pour tenter d'exprimer ce que je ressentais, mais comme d'habitude, j'ai préféré me taire. Les mots de réconfort que je voulais lui offrir ont disparu.

– Viens, Rose, ai-je soupiré. On va faire quelques courses avant de rentrer à la maison.

– Oui, Maman, a répondu Rose.

Un tour à notre supérette de quartier rallongeait notre trajet de dix bonnes minutes, mais je n'avais pas envie de rentrer puis de ressortir. Rose était perdue dans ses pensées. J'ai à nouveau essayé de trouver des mots susceptibles de la rassurer, mais tout sonnait faux.

Nous avons tourné au coin de la rue et j'ai failli me cogner dans deux hommes primas qui discutaient sans regarder où ils allaient.

– Excusez-moi, ai-je lancé stupidement.

Ce sont eux qui m'étaient rentrés dedans et pas l'inverse. Les deux hommes m'ont toisée puis ont regardé Rose. Le plus grand a plissé les yeux.

– Beurk ! Une pute à Néants !

Et ils ont repris leur route. Sonnée, je les ai regardés s'éloigner. Comment osaient-ils ?… Ils ne me connaissaient pas, ne m'avaient jamais vue, mais il leur avait suffi d'un coup d'œil sur Rose pour me juger et me condamner. J'ai observé Rose, mais elle était toujours perdue dans ses pensées. Dieu merci.

Cela dit, si elle n'avait pas été là, j'aurais rattrapé ces hommes. Ils étaient peut-être plus grands et plus forts que moi, mais je leur aurais fait avaler leur langue.

Si Callie Rose n'avait pas été là.

Rose a sept ans et demi

Je n'aime pas me balancer d'avant en arrière. Tout le monde fait ça. Moi, ce que j'aime, c'est faire tourner la balançoire sur elle-même et laisser la corde se dérouler toute seule. C'est beaucoup plus drôle. Je mets ma tête en arrière et je regarde le ciel. Je joue à chasse-nuages. J'aime bien chasse-nuages. Regarde ce nuage ! On dirait un chien géant avec de longues oreilles en train de courir après quelque chose qu'on ne voit pas. Ou peut-être qu'il fuit. Je ne sais pas. J'aimerais bien le savoir.

J'aime bien m'asseoir sur la balançoire et tourner. Je le fais presque tous les après-midi après l'école quand il ne pleut pas. Mais aujourd'hui, tourner sur la balançoire ne me fait pas aussi plaisir que d'habitude. La brise qui me caresse le visage m'apporte le parfum des fleurs du jardin. Et moi, j'aime bien l'odeur des fleurs. Mais même ça aujourd'hui, ça ne me rend pas heureuse.

La porte de la cuisine s'est ouverte. J'ai enfoncé mes talons dans la terre pour arrêter de tourner.

– Tu es vraiment trop méchant! ai-je crié à Tobey dès que la porte de la cuisine s'est refermée derrière lui.

Il portait le T-shirt que Maman et moi lui avons offert pour ses huit ans. Celui avec la photo de son serpent, Câlinou. Maman a apporté la photo de Câlinou dans un magasin où ils font des trucs – je ne sais pas quoi – et ils arrivent à mettre la photo sur un T-shirt. C'est moi qui avais eu l'idée. Maintenant, je regrette de m'être donné cette peine. Et pourquoi Maman l'a-t-elle laissé entrer après ce qu'il a fait?

– Je suis désolé, Rosie, ta mère vient juste de me disputer pour ce qui s'est passé à l'école aujourd'hui.

Il s'est approché de moi. Sa bouche ne riait pas, mais ses yeux oui.

– Ce n'est pas drôle, j'ai eu des tas de problèmes à cause de toi!

Tobey a essayé de prendre un air d'excuse, mais il n'y est pas arrivé. Il a passé la main sur sa frange châtain clair, comme il en avait pris le tic. Mais ses cheveux n'étaient pas assez longs pour cacher ses yeux qui riaient toujours.

– Je suis désolé, Rose.

J'ai sauté de la balançoire.

– Va-t'en!

J'ai levé le menton et je lui ai jeté mon regard le plus noir. J'étais tellement en colère que j'avais l'impression que mon visage avait rapetissé. Mes sourcils se touchaient au-dessus de mon nez.

– Je t'ai dit que je m'excusais, a répété Tobey. Je ne voulais pas t'attirer autant d'ennuis. C'était une plaisanterie.

– Une plaisanterie ! Tu aurais dû me prévenir. Je l'ai répétée à mon institutrice qui m'a mise à la porte parce que je disais des gros mots.

Tobey a éclaté de rire. J'ai plissé les yeux, j'ai gonflé les joues et j'ai serré les lèvres jusqu'à ce qu'elles me fassent mal.

– Oups, s'est repris Tobey, je ne suis pas le bienvenu ici, aujourd'hui, n'est-ce pas ?

J'avais envie de le traiter de toutes sortes de choses mais les mots se bousculaient dans ma tête et se mélangeaient avant de sortir de ma bouche. Et puis mes yeux m'ont picotée, ce qui était encore bien pire.

– Tobey Durbridge, je ne croirai plus jamais un seul mot de tout ce que tu me diras. De toute ma vie.

J'avais voulu mettre toute ma colère dans cette menace mais mes larmes coulaient sur mes joues. Ce qui me rendait encore plus furieuse contre Tobey. Il était toujours mon voisin parce que je n'y pouvais rien, mais il n'était plus mon meilleur ami.

– Rose, je ne voulais pas te faire pleurer.

Et tout à coup, son sourire stupide a disparu. Il semblait sérieux, mais je m'en fichais. Trop tard, c'est trop tard, comme disait Maman.

– Je ne te crois pas, ai-je lancé férocement.

– Rosie, je suis vraiment désolé, a-t-il répété. Tu sais quoi ? Tu peux me demander ce que tu veux et je le ferai. Rien que pour me faire pardonner.

– N'importe quoi ?

– N'importe quoi !

Hmmm ! Je n'avais plus envie de pleurer à présent. Le ciel me semblait plus bleu et le soleil plus brillant. C'est moi qui avais le contrôle de la situation.

– Tu ferais vraiment n'importe quoi ?

– Promis.

– Manger une limace ?

– Si tu veux.

– M'embrasser les pieds ?

– Beurk ! Si tu veux.

– Parfait !

J'ai jeté un regard alentour. Maman avait planté des buissons de roses rouges et roses tout autour de notre minuscule jardin. Et elle leur mettait régulièrement du crottin de cheval au pied. Elle disait que ça les aidait à pousser. Il était temps pour Tobey de payer. Je commençais à m'amuser.

– Va chercher une poignée de crottin au pied de ces rosiers, ai-je ordonné.

Tobey a semblé soulagé.

– C'est tout ?

– Non. Je veux que tu en manges.

– Que je mange quoi ?

– Du crottin.

Il n'appréciait pas l'idée. Pas du tout.

– Tu es sérieuse ?

– Tout à fait sérieuse. Mange le crottin et après, je croirai que tu es vraiment désolé.

Tobey s'est dirigé vers le rosier le plus proche. Il était tout fleuri de roses rouge foncé, mais la moitié des pétales recouvrait le sol. Ça donnait l'impression que le rosier avait saigné du nez. Tobey a ramassé une bonne poignée de terre et de crottin, et est revenu vers moi. Ça m'a retourné l'estomac. Berk de berk ! Ce n'est pas moi qui mettrais les mains dans ce truc.

– Ne songe pas une seconde à me le jeter sur moi, ai-je prévenu d'une voix féroce.

– Je n'y avais même pas pensé, a rétorqué Tobey, qui avait toujours l'air aussi sérieux.

Nous nous sommes regardés droit dans les yeux et Tobey a lentement porté sa main à sa bouche. Il a penché la tête. Ses cheveux ont balayé le crottin qu'il avait à la main. Est-ce qu'il allait vraiment le faire ? Non... Si ! Ses lèvres n'étaient plus qu'à quelques millimètres du crottin. Il a ouvert la bouche. Je me suis précipitée vers lui et j'ai baissé son bras. Je voulais seulement faire tomber le crottin de sa main, mais tout a rebondi et s'est écrasé – splash – sur son visage. Tobey m'a regardée à travers son masque de crottin de cheval et nous avons tous deux éclaté de rire.

– Tu ferais mieux d'aller te laver avant que ta mère te voie comme ça, lui ai-je conseillé.

Tobey a essayé d'en enlever avec la main, mais il arrivait seulement à l'étaler sur ses joues et à en faire tomber sur son T-shirt. Il en avait dans les cheveux, sur ses habits, partout. Nous sommes allés dans la cuisine. Je gardais mes distances. Il ne sentait pas très bon. Il sentait même très mauvais.

– Tu veux que je te raconte la vraie fin de l'histoire de Pioupiou la poulette ? m'a proposé Tobey.

– Maman l'a déjà fait. Ils se font tous manger par un renard pour avoir été stupides.

– Je vais t'en raconter une autre, alors. Sauf que... ce n'est pas vraiment une histoire. C'est un secret. Un secret à propos de moi. Et tu dois me promettre de ne le répéter à personne.

– Promis.

Mes yeux étaient aussi grands que ma bouche béante. Et puis je me suis rappelé les ennuis que j'avais eus aujourd'hui et j'ai froncé les sourcils d'un air soupçonneux.

– Je te jure que c'est vrai, aussi vrai que je suis debout devant toi, a protesté Tobey.

Il s'est assis dans l'herbe.

– Assieds-toi en face de moi. Je ne vais pas te raconter ça comme ça.

J'ai obéi. J'aimais bien les histoires de Tobey.

– Je suis toujours en colère contre toi, l'ai-je prévenu.

– D'accord, a acquiescé Tobey. Si j'étais à ta place, je serais fâché aussi. C'est pour ça que je vais te raconter une chose que personne d'autre au monde ne sait.

– Tobey, n'ai-je pas pu m'empêcher de l'interrompre. Est-ce que tu comptais vraiment manger ce crottin ?

Tobey a souri.

– Tu ne le sauras jamais.

Sephy

Une nouvelle nuit. Une nouvelle nuit solitaire et silencieuse où, quoi que je fasse, le sommeil m'échapperait. J'étais une fois encore assise dans l'obscurité avec pour seule occupation penser, penser, penser. C'était une nuit sans nuage et très douce pour une mi-septembre. J'étais à ma fenêtre, complètement immobile, à regarder les étoiles apparaître les unes après les autres, les feuilles du noisetier que je venais de planter, se balancer doucement. Tous mes regrets passés tournaient dans ma tête, comme toujours quand je n'arrivais pas à dormir. Des souvenirs qui s'emparaient de moi et refusaient de me lâcher. Comme j'aurais aimé avoir quelqu'un vers qui me tourner, une personne à qui parler. Quelqu'un avec qui partager mes doutes et mes peurs.

– Maman…

J'ai tourné la tête, je n'avais même pas entendu Rose entrer dans ma chambre.

– Oui, trésor ?

– J'ai fait un cauchemar.

Rose se tenait dans l'encadrement de la porte, la main sur la poignée. Mes yeux étaient habitués à l'obscurité et je distinguais son pantalon de pyjama tout de travers à sa taille, ses cheveux tout emmêlés et ses yeux ronds comme des pleines lunes miniatures qui reflétaient son angoisse. Une angoisse qui n'était pas seulement due à son cauchemar.

– Viens, ma chérie.

J'ai pris garde de parler à voix basse. Je ne voulais surtout pas réveiller Meggie. Nous avions cette discussion si souvent. À chaque fois que quelque chose allait mal avec mon bébé, Meggie insistait pour s'en occuper… pour m'épargner la peine. Parfois, je protestais, mais le plus souvent, je la laissais. Qu'aurais-je fait sans Meggie ? Rose s'est approchée de moi. Je n'ai pas tendu mes bras vers elle.

– Tu veux t'asseoir sur mes genoux ?

Rose a acquiescé.

– Monte alors.

Rose a grimpé sur mes genoux et a passé ses bras autour de mon cou. Mes mains se sont posées, comme des oiseaux précautionneux, une sur son dos, une sur sa cuisse. J'ai pris une longue inspiration. Je ne me lassais pas de l'odeur de ma fille. Elle sentait le propre et l'enfance.

– C'était quoi, ce cauchemar ?

– Tu promets que tu ne vas pas te mettre en colère ?

J'ai froncé les sourcils.

– Pourquoi me mettrais-je en colère, Rose ? Ce n'est pas ta faute si tu fais un cauchemar.

– Je sais, mais… j'ai rêvé que…

– Raconte.

– J'ai rêvé que Tobey se transformait en loup et passait par la fenêtre de ma chambre pour venir me manger.

– C'était juste un rêve, Rosie. Mais cela dit, le simple fait de rêver de Tobey peut suffire à te donner des cauchemars, ai-je ajouté en riant.

– Maman, ce n'était pas seulement un cauchemar…

– Qu'est-ce que tu veux dire ?

– Si je te dis un secret à propos de Tobey, tu me promets de ne le répéter à personne ? m'a demandé Rose sur un ton très sérieux.

J'étais fatiguée à l'avance.

– Je promets.

– Eh bien… à la pleine lune, Tobey se transforme en loup-garou, a dit Rose.

Je me suis retenue d'éclater de rire. Je ne sais pas ce à quoi je m'étais attendue mais certainement pas à ça.

– C'est impossible, ma chérie. Ça n'existe pas, les loups-garous.

– Si, Tobey me l'a raconté cet après-midi. Il a dit que quand la lune était pleine, il se transformait en loup-garou et il ne savait pas ce qu'il faisait. Il a dit que sa mère l'enfermait dans un placard sous l'escalier toutes les nuits de pleine lune. Elle ne le laisse sortir que le matin et elle met des coussins pour boucher le trou sous la porte, pour que personne n'entende ses hurlements et…

– Doucement, ma chérie. Ralentis ou tes poumons vont imploser !

– Ça veut dire quoi, imploser ?

– Ça veut dire s'effondrer de l'intérieur, au contraire d'exploser qui veut dire que tout est envoyé vers l'extérieur, ai-je expliqué avec impatience. Alors Tobey t'a raconté ça, hein ?

Rose a acquiescé.

– Et il a dit aussi que parfois, il arrivait à s'échapper du placard et que du coup, quand c'était la pleine lune, il fallait que je garde la fenêtre de ma chambre bien fermée et il a dit…

– Je ne veux rien entendre de plus, l'ai-je interrompue. Ce que je voudrais, c'est lui tordre le cou !

– Quoi ? s'est exclamée Rose, la voix pleine de reproche. Ce n'est pas sa faute s'il est un loup-garou !

– Callie Rose, ce garçon t'a une fois de plus raconté des histoires ; les loups-garous n'existent pas. Et si Tobey était un loup-garou, je ne le laisserais pas entrer par ta fenêtre. Je l'assommerais et je le jetterais dans le jardin.

Rosie a ri. C'est ce que je voulais. Mais je ne plaisantais qu'à moitié en disant que j'avais envie d'assommer Tobey et de le jeter par la fenêtre. Il n'avait que huit mois de plus que Rose mais un paquet d'années d'expérience de bêtises de plus. Il passait son temps à raconter des absurdités à ma fille depuis qu'il avait l'âge de parler. Et Rose gobait ses idioties, pratiquement à chaque fois.

– Rose, je ne laisserai jamais, *jamais* personne te faire du mal, lui ai-je promis, ma main sur son dos aussi légère qu'un souffle.

– Oui, Maman.

Elle a souri puis bâillé.

– Tu dois vraiment arrêter de croire tout ce que Tobey raconte. Lui ou n'importe quel autre garçon.

– Oui, Maman, a de nouveau bâillé Rose.

– Ils ne disent que des mensonges, ma chérie.

– Oui, Maman.

– Promets-moi que tu vas arrêter de croire ce que racontent Tobey ou tes autres camarades.

Rose était au bord de l'endormissement, j'ai dû me pencher et tendre l'oreille pour entendre sa réponse.

– Je te le promets, Maman.

– Très bien. Je te ramène dans ton lit, alors.

– Je peux rester avec toi ?

Rose avait rouvert les yeux. J'ai soupiré.

– D'accord, mais on dort. On en a bien besoin toutes les deux.

– D'accord.

J'ai souri.

– Et tu sais, Rose, les loups-garous n'existent vraiment pas. Je ne te mens pas.

– Je sais, Maman. Tu ne me mens jamais.

Mon estomac s'est à nouveau noué comme pour se venger. Mensonges. Mensonges par omission. Demi-vérités pour de mauvaises raisons. Demi-mensonges avec les meilleures intentions. Mensonges que l'on regrette. Mensonges pour protéger une trop petite fille. Mais à quel moment tous ces mensonges déséquilibrent-ils la balance ?

– Callie Rose, je…

Mais Rose était déjà endormie. Et puis que lui aurais-je dit ? Est-ce que ça avait de l'importance ? Même le nom de mon bébé était un mensonge. Tout ce que je m'étais promis, tout ce que j'avais juré à la face du monde, tout ce que j'avais murmuré à Callum… Tout reposait sur des mensonges. Je devais le dire ; mais je devais choisir mon moment. Et ce n'était pas maintenant. La lumière argentée de la pleine lune éclairait le visage de Rose. Elle était si belle, les yeux clos, ses longs cils sur ses joues rondes. Je me suis levée, en tenant précautionneusement Rose dans mes bras. Elle était toujours accrochée à mon cou. J'ai tiré la couette d'une seule main et je l'ai couchée. Je l'ai embrassée sur la joue et j'ai caressé ses cheveux. J'ai eu envie de m'allonger près d'elle et de m'endormir. J'étais fatiguée et je sentais le sommeil me gagner. Mais je suis retournée à la fenêtre et je me suis assise.

Je n'avais pas encore assez payé.

Meggie

– Vous voulez autre chose, madame McGrégor ?

J'ai jeté un coup d'œil dans la boutique, comme si l'article que j'aurais pu oublier allait bondir d'un rayon et sauter dans mon sac.

– Je ne crois pas, monsieur Aswad, ai-je répondu. De toute façon, je ne pourrais pas porter plus.

J'ai soulevé les sacs plastique que j'avais à la main pour lui montrer.

– Vous faites des courses de Noël de dernière minute ?

– De première et de dernière minute, ai-je soupiré. Je suis éreintée.

M. Aswad a hoché la tête.

– Ne m'en parlez pas, J'ai fait toutes mes courses de Noël la semaine dernière ; ça m'a pris deux heures pour rentrer chez moi en bus. Deux heures !

J'ai froncé les sourcils.

– Vous n'aviez pas votre voiture ?

M. Aswad a tristement secoué la tête.

– Je l'ai vendue, madame McGrégor.

J'étais surprise. À chaque fois que je venais dans sa boutique, M. Aswad parlait de sa merveilleuse et précieuse QRB. Je ne savais pas ce que signifiaient les initiales. Une blague nihil prétendait que ça voulait dire : Quatre Roues pour Blancs. Dès qu'un Nihil avait un peu d'argent, il s'achetait une QRB. Je reconnaissais que c'était une jolie voiture – pour les gens qui aiment les voitures – et elle méritait sa réputation de voiture de luxe. Son prix en témoignait.

– Comment se fait-il que vous l'ayez vendue ? n'ai-je pu m'empêcher de m'étonner.

À ma connaissance, M. Aswad aurait préféré vendre sa boutique plutôt que sa voiture.

– J'ai été obligé, madame McGrégor. Je me faisais tout le temps arrêter par la police, qui me demandait de prouver que cette voiture m'appartenait. J'en ai eu assez. J'attends qu'on me livre un nouveau véhicule. Mais il n'arrivera pas avant Noël.

– Quel modèle avez-vous choisi, cette fois ?

M. Aswad m'a donné une marque de voiture passe-partout, qui, apparemment, n'était pas du tout son genre.

Il s'est penché sur son comptoir et, bien que nous fussions seuls dans la boutique, il a baissé la voix pour ajouter :

– J'ai raconté à une de mes bonnes clientes primas pourquoi je me suis décidé à vendre ma QRB et vous savez ce qu'elle m'a répondu ?

J'ai secoué la tête.

– Elle m'a assuré que la police n'agissait pas de cette façon, a lancé M. Aswad avec indignation mais toujours à voix basse. Je lui raconte ce qui m'arrive à moi presque quotidiennement et elle refuse de me croire ! « La police n'agit pas de cette façon ! » Je vous demande un peu.

La porte s'est ouverte, suivie du carillon électronique.

C'était un jeune Prima, en jean, avec une veste polaire, des lunettes sans montures et une boucle d'oreille. Il s'est dirigé droit vers le comptoir.

– Un paquet de cigarettes.

– Quelle marque ? a demandé M. Aswad.

– N'importe, a répondu l'homme.

M. Aswad s'est tourné pour prendre le paquet le plus proche. Il a donné le prix. L'homme a sorti de l'argent de sa poche et a compté la monnaie exacte. Puis il a laissé tomber l'argent dans la main de M. Aswad. C'était une autre des complaintes de M. Aswad. Les

Primas refusaient de le toucher quand ils le payaient et laissaient toujours tomber les pièces de quelques centimètres. Je n'avais pas le temps de rester et d'écouter l'épicier se plaindre à nouveau et j'ai profité de la présence du Prima pour m'esquiver.

– J'ai été ravie de discuter avec vous, monsieur Aswad, ai-je lancé en marchant vers la porte.

– Moi aussi, madame McGrégor. Prenez soin de vous.

Ses cigarettes à la main, le Prima est passé devant moi pour atteindre la porte le premier. Je n'allais apparemment pas assez vite pour lui. En sortant, j'ai frissonné et je me suis emmitouflée dans mon long manteau de laine. Les sacs plastique gênaient mes mouvements. Le vent hivernal m'a frigorifiée. Malgré mon manteau, mon chapeau et mes gants, j'étais gelée. La nuit était déjà presque tombée et la bise me givrait les lèvres. Le froid me mettait de mauvaise humeur. Est-ce que le temps s'accordait à mon humeur ? Ou est-ce que mon humeur s'accordait au temps ? Enfin, au moins, j'avais les cadeaux de Noël de Jude. Cette longue marche n'aura pas été complètement inutile. Comme tous les ans, je lui avais acheté une chemise et un pantalon. Que je ne verrai jamais sur lui.

Et puis, je ne sais pas ce qui s'est passé. Je commençais à marcher quand mes jambes se sont dérobées. Je suis tombée sur les fesses, puis sur le dos. M. Aswad s'est précipité hors de sa boutique. L'instant d'après, j'étais entourée de gens qui essayaient tous de me remettre debout en me posant la même question ridicule : « Vous allez bien ? Vous allez bien ? »

Bien sûr que non ! Je venais de me ridiculiser au milieu de la grand-rue. Et puis j'avais mal au dos. Un Prima d'une quarantaine d'années a ramassé mes sacs et a couru après mes pommes de terre qui roulaient sur le trottoir gelé. Il les a remises dans mon sac avant de me le rendre.

– Merci, ai-je marmonné, trop gênée pour le regarder dans les yeux. C'est très gentil.

– Vous êtes sûre que vous allez bien, madame McGrégor ? s'est inquiété M. Aswad. Vous ne vous êtes pas ratée.

– Ça va, monsieur Aswad, ça va.

J'ai ajouté entre mes dents :

– Mes fesses ont amorti la chute !

M. Aswad a souri en secouant la tête.

– Oh, madame McGrégor, une bonne croyante comme vous !

J'ai haussé les épaules.

– Vous avez des oreilles de chauve-souris !

La foule autour de moi, se rendant compte que je tenais de nouveau sur mes jambes, s'est dispersée. Dieu merci.

– Voulez-vous rentrer vous asseoir quelques instants ? m'a proposé M. Aswad. Je peux vous préparer une tasse de thé.

– Non, merci, ai-je refusé. Je veux juste rentrer à la maison et prendre un bon bain chaud.

Je suis repartie avant qu'il insiste. Au bout de la rue, je me suis retournée. M. Aswad envoyait de grandes volées de sel sur le trottoir devant sa boutique.

Trop tard, ai-je pensé amèrement.

J'ai continué à marcher en me frottant la cuisse. Pas de doute, j'allais avoir un joli bleu.

Sephy

– Maman, Maman !

Rose est entrée en courant dans la pièce, Tobey sur les talons.

– Que se passe-t-il ? ai-je demandé en levant la tête de mon journal.

– Le ciel est en train de faire l'amour !

– Pardon ?

– Le ciel, regarde le ciel !

J'ai froncé les sourcils et j'ai ouvert les rideaux du salon. Il n'était pas tard, mais le ciel était déjà très sombre. À la lumière des lampadaires, j'ai vu des flocons de neige orangés danser sous mes yeux.

– Tu vois ! s'est écriée Rose, presque indignée que j'aie mis sa parole en doute.

J'ai regardé Rose, puis Tobey, puis Rose de nouveau. Qu'est-ce que Tobey avait encore raconté à ma fille ?

– Je ne comprends toujours pas, ai-je dit avec prudence. Qu'est-ce que la neige a à voir avec le sexe ?

– Tu ne sais pas ? s'est exclamée Rose, stupéfaite.

Elle a souri, ravie d'avoir l'occasion de m'apprendre quelque chose.

– Le ciel et la terre se font un gros câlin, m'a-t-elle expliqué, ils font l'amour et les flocons, c'est le sperme qui arrive sur la terre. Les brins d'herbe, c'est leurs bébés.

– Et qui t'a raconté ça ?

Comme si je ne m'en doutais pas. Rose a eu l'air surpris.

– Tobey.

À la vue de mes yeux noirs de colère, Tobey a bondi vers la porte.

– Euh, faut que j'y aille, moi. Bonsoir.

– Tobey, reviens ici.

Je lui ai couru après mais il avait filé.

Tu as raison de courir, mon garçon, ai-je songé amèrement. Tu as bien raison.

– Maman ? m'a demandé Rose en hochant la tête. C'est quoi, le sperme ?

Meggie

Et voilà, une fois de plus, j'avais raté mon gâteau. Comment se faisait-il que j'étais douée pour cuisiner du salé et que je ratais tout ce qui était sucré ? La seule chose que je réussissais et qui contenait du sucre, c'était le café. Mon gâteau au chocolat s'était effondré au milieu et les bords étaient tout brûlés. On aurait dit un… bol. Et pourtant, j'avais suivi la recette à la lettre. Je ne pouvais pas apporter cette chose à l'église. Mes amies me jetteraient d'insupportables regards de pitié. Peut-être que si je le recouvrais de glaçage et que je remplissais le creux du milieu avec des bonbons, ou je ne sais quoi…

Mon téléphone portable a sonné. Je l'avais laissé dans l'entrée. Je suis sortie de la cuisine, bien contente de m'éloigner de ce désastreux gâteau qui me narguait. J'ai extirpé mon téléphone de mon sac à main, j'ai regardé qui m'appelait, mais aucun numéro n'était affiché.

– Meggie McGrégor.

– Bonjour. C'est moi.

Trois mots et mon cœur avait cessé de battre. Je suis retournée dans la cuisine, le téléphone collé à mon oreille, et j'ai refermé derrière moi avant de répondre.

– Bonjour, mon fils, comment vas-tu ?

– Comme d'habitude, Maman. Et toi ?

– Ça va. Ça va. J'ai fait une mauvaise chute, il y a quelques semaines.

– Tu n'as pas de problèmes ?

– Non, je me suis remise.

– Pourquoi ne m'as-tu pas appelé ?

– Et qu'est-ce que tu aurais fait ? ai-je demandé. J'avais un bleu de toutes les couleurs sur la cuisse, mais il est parti maintenant.

Jude n'a pas répondu.

– Où es-tu ? ai-je demandé.

– À l'hôtel *Isis*.

J'ai soupiré. Jude était presque toujours à cet hôtel bon marché. Il devrait s'acheter une maison. Quand allait-il cesser de toujours vivre entre deux valises ?

– Je t'appelle parce que je pars à l'étranger pour quelque temps. Demain, a repris Jude.

– Pourquoi ?

– J'essaie de trouver des financements.

– Où ?

– Partout où je trouve des sympathisants de la milice. Je vais là où est l'argent.

– Tu m'avais dit que tu ne faisais plus partie de la Milice de libération. Tu m'avais promis que…

– Je ne fais plus partie des membres actifs, Maman. Je ne suis plus soldat. Je me contente de trouver des financements et de faire du travail administratif, s'est impatienté Jude.

Rassurée, j'ai repris ma respiration.

– J'aimerais bien te voir avant ton départ, ai-je tenté.

– Je suis un peu occupé, mais… d'accord, a accepté Jude.

– On se retrouve où ? Au café ou…

– À l'hôtel, c'est plus sûr. Je nous ferai monter un repas.

Il m'a donné son numéro de chambre avant de raccrocher. Jude n'aimait pas les longues conversations. Au téléphone ou en face-à-face. J'ai ôté mon tablier, ne pensant plus qu'à mon fils. Le dernier enfant qui me restait. Il était sorti de prison depuis longtemps mais il était toujours prisonnier de son amertume. Si seulement je pouvais l'empêcher de fréquenter ces gens de la Milice de libération. J'étais persuadée que c'étaient eux qui empoisonnaient ainsi son âme. Je n'avais pas abandonné l'idée de convaincre un jour mon fils que la Milice de libération ne menait pas le bon combat. Au moins, il n'était plus membre actif, mais j'aurais préféré qu'il quitte complètement l'organisation. Il devait y avoir un moyen de le ramener à la raison. Il fallait juste découvrir lequel. Je ne cesserai jamais d'y croire.

Et je ne cesserai jamais d'essayer.

S e p h y

– Je sors, a lancé Meggie dans l'entrebâillement de la porte. Inutile de me garder le dîner au chaud.

– Où allez-vous ?

– Je dîne avec une amie, a répondu Meggie laconiquement.

Je savais que je n'aurais pas dû être surprise, mais je l'étais. Je pouvais compter sur les doigts des mains de nos nains de jardin le nombre de fois où Meggie était sortie dîner avec une amie. Elle n'était pas du genre à « sortir dîner ». Meggie a regardé dans la pièce en fronçant les sourcils.

– Où est Callie Rose ?

– Chez Tobey.

– Si tard ?

– Il n'est pas tard, Meggie. Je lui donne encore un quart d'heure et ensuite j'irai la chercher.

– Tu vas… tu vas t'en sortir ? a demandé Meggie sans me regarder dans les yeux.

Pourquoi ne posez-vous pas la question qui vous brûle les lèvres ?

Combien de temps Meggie et moi allions encore jouer au chat et à la souris ?

– Ça ira. Je me débrouillerai, l'ai-je défiée.

– Si tu as besoin de moi, appelle.

– Meggie, je suis parfaitement capable de coucher ma fille, ai-je dit d'une voix calme.

– Oui, oui, bien sûr. Je n'ai jamais dit le contraire. Au fait, ne la laisse pas regarder la télévision ce soir, a-t-elle sombrement ajouté.

– Pourquoi ?

– Il y a une émission sur la Milice de libération à huit heures. Ils risquent de mentionner…

– Je vois.

J'étais à présent aussi sombre que Meggie. Chaque fois qu'il était question de la Milice de libération à la télévision, mon sang se figeait dans mes veines. C'était sans doute stupide de ma part. Après tout, le nom de Callum n'avait été cité qu'une seule fois dans un documentaire. À ma connaissance. C'est en partie pour cette raison que j'avais renoncé à donner à Callie Rose le nom de son père. Meggie n'avait pas opposé de commentaires à cette décision. Malgré tout, ça ne m'empêchait pas de pani-quer quand la milice était mentionnée. Je ne voulais pas que mon bébé entende parler de ça. Je ne voulais pas qu'elle sache…

pas encore. J'attendais qu'elle soit assez grande pour comprendre. Mais je n'avais pas seulement peur de voir remuer les cendres du passé… j'étais aussi terrifiée à l'idée d'entendre le nom de Jude.

– Vous avez eu des nouvelles de Jude récemment ? ai-je demandé à Meggie.

Elle est devenue pâle comme un linceul, puis le rouge lui est monté aux joues et a couvert son visage jusqu'à son cou. Elle a détourné le regard.

– Non. Pourquoi ?

J'ai froncé les sourcils. Pourquoi était-elle si gênée ? Non, d'ailleurs, elle était plus que gênée. Elle mentait.

– Si vous l'aviez vu, vous me le diriez ?

– Bien sûr, pourquoi est-ce que je te le cacherai !

Meggie m'a regardée dans les yeux avant d'ajouter :

– Pourquoi me demandes-tu ça maintenant ? Ça fait des siècles que tu n'avais pas parlé de Jude.

– Il est toujours dans la Milice de libération, n'est-ce pas ?

– Non. Plus maintenant.

– Qui vous l'a dit ?

– C'est lui.

– Quand ?

– La dernière fois que je lui ai parlé.

– Et vous l'avez cru ?

– Jude ne me mentirait pas, a affirmé Meggie en bombant le torse.

Elle était sérieuse ?

– Jude ne profère que des mensonges, ai-je lancé. Il a tué cette coiffeuse, Cara Imega, et il vous a menti.

– Je ne le crois pas ! Ce n'est pas vrai ! Jude m'a juré qu'il ne l'avait pas fait et j'ai confiance en lui !

Dans la grande bataille du « il a dit - elle a dit », Jude était le grand gagnant. J'arrivais lamentablement, et avec difficulté, loin derrière.

– Et puis s'il t'a dit qu'il l'avait fait, c'était probablement pour… pour…

Est-ce que Meggie s'entendait ? Est-ce qu'elle se rendait compte des excuses qu'elle inventait pour son démon de fils ?

– Oui ? ai-je grondé. Pourquoi m'a-t-il dit une chose pareille ? Pour me jouer un vilain tour ? Ou pour que je sache que j'étais en train d'aider un meurtrier ? Laquelle de ces deux raisons vous semble la plus plausible ?

– Jude n'a pas tué cette fille.

C'était une perte de temps et d'énergie.

– Si vous le dites, Meggie. Amusez-vous bien, ce soir.

Je me suis retournée vers la télé. Meggie est restée immobile quelques instants, avant de se diriger vers la sortie. Quand j'ai entendu la porte d'entrée claquer, je me suis enfin détendue.

Il m'était difficile de me détendre chez Meggie, au milieu des meubles de Meggie, des bibelots de Meggie. Et ça m'était impossible avec Meggie dans la même pièce que moi. Elle avait sa propre vision des choses et n'en acceptait pas d'autre. Et elle ne m'accordait aucune confiance. Mais comment une personne en pleine possession de ses facultés mentales pouvait-elle croire que Jude ne faisait plus partie de la Milice de libération ? Ou qu'il n'avait rien à voir avec le meurtre de Cara Imega ?

Cara Imega…

Ce nom me hanterait jusqu'à mon dernier jour. Pendant longtemps, j'avais pensé que tout ce qui m'arrivait de mauvais était une punition méritée. Le destin me réduisait en miettes pour mes actes coupables. Mais c'était avant que je me rende compte que je n'avais pas besoin du destin ou d'une quelconque intervention divine pour me faire du mal à moi-même.

Jude était un assassin.

En mentant pour lui, qu'étais-je devenue ?

En ne révélant pas la vérité quand j'en avais eu l'occasion, qu'étais-je devenue ?

Je connaissais la réponse.

Je me suis levée. Il était l'heure d'aller chercher ma fille. Il était l'heure pour moi de me perdre dans son sourire et d'oublier le passé. Pour quelques instants.

Rose a huit ans et demi

Bonjour Papa,

Comment vas-tu aujourd'hui ? Il fait beau au paradis ? Il y a du soleil, je parie. Ici, aussi, sur la Terre. C'est un jour à manger des gâteaux. Maman est dans la cuisine. Elle fait la vaisselle et son visage brille. Les rayons du soleil l'éclairent et donnent l'impression qu'elle est en or. Elle ressemble à un ange. Oui, exactement comme l'ange qu'on met en haut du sapin tous les ans. J'aime Maman. Et elle m'aime. Elle t'aime aussi, Papa.

Est-ce que ce n'est pas merveilleux ?

Est-ce que tu peux sentir la soupe que Maman a préparée pour ce midi ? J'aime cette odeur. Ça sent le chaud et le confort. Je suis sûre, que tu m'envies et que tu aimerais bien goûter cette soupe. Ah, tu devrais nous faire une apparition, tu sais, te montrer sous forme d'un fantôme pendant qu'on est tous autour de la table. Je te donnerais une cuillerée. Si tu ne m'as pas fait trop peur.

Bon, à plus tard, Papa.

Saluuuut.

Sephy

Le soleil m'éblouit et ça m'agace. J'ai tiré le store, mais il était coincé. J'ai tiré plus fort et, heureusement pour moi, il n'a pas dégringolé avec la moitié du mur. Mais il est resté coincé. J'ai plongé mes mains dans l'eau de vaisselle et j'ai frotté la grande casserole qui m'a servi à faire cuire notre soupe de légumes familiale. Frotter une casserole, ça me fait le même effet que secouer des oreillers ou battre de la pâte à crêpes. Je déteste. Et cette fois encore, je me suis fait avoir par Meggie.

– Maman, je peux t'aider à faire la vaisselle ?

Je me suis tournée et j'ai souri à Rose.

– Ça va, mon cœur, il ne me reste que cette casserole.

Rose a froncé les sourcils.

– Pourquoi tu ne la laves pas avec le reste ?

– Parce qu'elle est en cuivre et que sa poignée est en bois. le cuivre ne réagit pas très bien avec les produits chimiques contenus dans le liquide vaisselle.

La bouche de Rose a pris la forme d'un parapluie. Encore une fois à cause de moi. Peut-être que je ressemblais plus à ma mère que je ne voulais bien le reconnaître. Rose a de la chance quand elle peut prononcer trois phrases entières sans que ma mère reprenne ses fautes de grammaire.

– C'est quoi le cuirve ? a-t-elle demandé.

– Le cuivre. C'est un métal doré et brillant comme cette casserole.

J'ai sorti la casserole de l'eau. De grands cercles de savon sont restés dessus comme des flocons de neige géants. Les yeux de Rose se sont allumés. Elle s'est approchée de l'évier et a soufflé sur l'amas de bulles qui s'est envolé dans toutes les directions.

– Rose !

Ma fille a ri et a levé ses yeux étincelants vers moi. Je lui ai souri. J'aimais tant l'entendre rire. À chaque fois, j'essayais de rester le plus longtemps accrochée à la sensation que ce rire me procurait. Tout à coup, Rose a jeté ses bras autour de ma taille. Sans cesser de sourire, les mains toujours dans l'eau de vaisselle, je l'ai repoussée.

– Maman, de quoi il est mort, mon papa ? a demandé Rose, en s'appuyant contre le plan de travail à côté de moi.

Je me suis détournée avant qu'elle puisse apercevoir mon regard. Ce n'était pas la première fois que Rose me posait cette question. Mais à chaque fois, j'étais terrifiée. J'ai recommencé à frotter la casserole, en essayant de formuler une réponse. J'essayais à chaque fois de lui en apprendre un peu plus, de m'approcher de la vérité. Mais...

– Maman, de quoi il est mort, mon papa ? a répété Rose. Il était malade ?

– Rose, je n'ai pas le temps de répondre à tes questions, pour le moment, l'ai-je rembarrée.

– Pourquoi ? T'es juste en train de faire la vaisselle.

J'ai ouvert la bouche pour la disputer, puis je l'ai refermée sans avoir prononcé un mot. Inspiration. Expiration. On se calme.

– Pardonne-moi, Rose, je me suis promis que je ne ferais jamais ça.

– Quoi ?

J'ai esquissé un sourire.

– C'est sans importance, ma chérie. Que veux-tu savoir ?

– De quoi mon papa est mort.

– Il a été tué, ai-je dit lentement.

Les yeux de Rose se sont immédiatement embués. Qu'est-ce que j'étais en train de faire ? Elle m'avait posé cette question des centaines de fois, et je m'étais toujours contentée d'un : « Ton papa est mort, ma chérie, c'est très triste », puis je détournais gentiment la conversation sur ce que son père faisait au paradis. Ça avait toujours marché. C'était pour... pour la protéger.

Mais pas aujourd'hui.

Je me suis rincé les mains, je les ai essuyées sur le torchon pendu derrière moi et je me suis accroupie face à ma fille. J'ai essuyé les larmes qui coulaient sur ses joues.

– Ne pleure pas, Rose, ai-je murmuré d'une voix douce. La mort de ton papa était... un accident... un accident tragique.

– Comme l'accident de voiture du papa de Sam ?

– Un peu comme ça.

J'ai caressé les cheveux de Rose et je l'ai embrassée sur le front.

– Ce que tu ne dois jamais oublier, c'est que ton papa t'aimait beaucoup.

– Mais il est mort avant ma naissance. Comment on peut aimer quelqu'un qu'on ne connaît même pas ?

J'ai souri de nouveau. Rose m'a souri en retour. J'aimais bien quand elle me souriait. Mais mes souvenirs ont balayé le bonheur de ce sourire.

– Ton papa t'aimait déjà quand tu poussais dans mon ventre. Ton père aimait l'idée qu'il avait de toi.

– Je ne comprends pas.

69

– Ton papa était très content quand j'ai découvert que j'étais enceinte. Il m'a écrit une lettre pour me le dire…

J'ai hésité. Je ne voulais plus mentir. Je n'allais dire que la vérité.

– Si je me rappelle bien, le mot qu'il employait était « extatique ».

– Ça veut dire quoi, esstatique ?

– Extatique. Ça veut dire très très content, ravi, super heureux, comblé, incroyablement joyeux…

– D'accord, d'accord, je vois, m'a interrompue Rose avant que je lui aie cité tout le dictionnaire des synonymes.

– Et puis, tu n'as pas besoin d'être tout le temps avec quelqu'un pour l'aimer…

Rose a réfléchi un long moment.

– Ça, c'est vrai, a-t-elle acquiescé. Parce que j'aime grand-père Kamal et je ne l'ai jamais rencontré.

Mon cœur a cessé de battre durant quelques secondes. Juste quelques secondes.

– Est-ce que je peux voir la lettre que Papa t'a envoyée pour te parler de moi ? a demandé Rose.

– Je l'ai jetée, il y a des années.

Ce n'était qu'un minuscule mensonge. Un mensonge sans conséquence.

– C'est dommage. J'aurais bien voulu rencontrer mon papa. Pas quand j'étais un bébé, mais plus tard. Comme ça, je me souviendrais de lui, a soupiré Rose.

– Moi aussi, j'aurais bien aimé que vous vous rencontriez. Vous vous seriez très bien entendus.

– Est-ce que je lui ressemble ?

Oh Rose, est-ce que tu ressembles à Callum ? Si tu savais…

J'ai senti une expression de tristesse se peindre sur mon visage au moment où cette pensée me traversait.

Ne laisse pas Rosie voir ce que tu ressens, Perséphone. Elle ne doit pas savoir.

– Vous avez le même sourire, la même forme d'yeux, la même façon de pencher la tête pour écouter, vous êtes tous les deux aussi têtus et vous avez le même esprit pratique. Vous vous ressemblez beaucoup.

Je me suis forcée à sourire. Je sentais que je pouvais éclater en larmes à tout moment.

– Parle-moi encore de lui.

– Pourquoi ?

– Parce que je pense beaucoup à Papa, en ce moment.

– C'est étrange, moi aussi, ai-je reconnu. Eh bien, ton père se battait pour ce qu'il pensait juste. Et il aimait sa famille. Il était sincère, loyal et droit envers ceux qu'il aimait. Très loyal.

– Ça veut dire quoi, loyal ?

– Fidèle, dévoué, qui te soutient, toujours présent...

– D'accord, Maman, j'ai compris. Est-ce que tu aimais mon papa ?

Un oiseau chantait dans le jardin. Je me suis demandé ce que sa chanson signifiait. Peut-être rien.

– Tu peux dire des trucs romantiques, a ajouté Rose en riant.

– Oui, ai-je répondu. J'aimais ton papa très fort.

– Et lui, il t'aimait ?

Oh, mon Dieu.

– Oui, il m'aimait avant de mourir, ai-je réussi à murmurer.

– Évidemment avant de mourir, a rétorqué Rose. Il pouvait plus t'aimer *après*. T'es bête !

– Je ne sais pas.

J'ai embrassé Rose sur le nez.

– Peut-être que l'amour perdure après la mort. Peut-être que c'est la seule chose qui reste.

– Alors, je lui ressemble ? a insisté Rose pour être vraiment sûre.

– Oh oui, ai-je acquiescé.

– Je suis contente. Si je ressemble à Papa, alors c'est un peu comme si je le connaissais. C'est mieux que de ne pas être du tout comme lui. Je peux aller faire un tour de vélo ?

Le brusque changement de sujet m'a ébahie. Ça ne cesserait jamais de m'étonner, cette façon que Rose avait de sauter d'une idée à une autre le temps de cligner un œil.

– Seulement dans la rue devant la maison et seulement sur le trottoir, et fais attention aux piétons… piétons, ça veut dire les gens qui marchent.

– Oui, Maman, je sais.

Rose a bondi pour aller chercher son casque dans le placard de l'entrée. En levant la tête pour la suivre des yeux, j'ai vu Meggie, debout dans l'encadrement de la porte. Elle avait écouté tout ce que j'avais dit à propos de son fils.

Rose a huit ans et demi

Grand-mère Meggie regardait Maman avec une drôle de tête. Et Maman regardait Grand-Mère avec une drôle de tête aussi, mais pas la même. C'était la même tête que moi quand Jill me prenait mes crayons de couleur en classe sans me demander la permission.

– Qu'est-ce qu'il y a, grand-mère Meggie ? ai-je demandé.

– Rien, ma chérie.

Les sourcils froncés de Grand-Mère se sont défroncés et elle a souri.

– Je vais faire un tour de vélo, lui ai-je annoncé.

– Sois prudente.

– Oui, je sais, Maman me l'a déjà dit.

J'ai couru hors de la pièce avant que grand-mère Meggie me répète ce que Maman m'avait déjà dit à propos des voitures et des gens. Les adultes adorent répéter et répéter et répéter. Peut-être qu'en secret ils vont tous à la même école pour adultes et qu'on leur apprend à être tous pareils. J'ai mis mon casque et je me suis faufilée hors de la cuisine. Maman avait recommencé à frotter la casserole qui allait être la casserole la plus propre du monde. Grand-mère Meggie avait ouvert la porte du réfrigérateur et cherchait sans doute un truc à grignoter.

Mon vélo était appuyé contre le mur sous la fenêtre de la cuisine. Je me suis penchée pour vérifier les pneus, comme Maman m'avait montré. J'ai appuyé dessus très fort. Ils étaient fermes et pas tout mous comme des bananes pourries. J'aimais bien faire du vélo dans notre rue. Parfois, je roulais si vite que j'avais l'impression que le vent, jaloux, essayait de me faire tomber. Mais il n'y arrivait jamais. Au début, après que Maman m'a enlevé mes petites roues, elle courait derrière moi en tenant ma selle. Et de temps en temps, elle me lâchait sans me le dire. Mais je ne me suis cassé la figure qu'une seule fois et je n'ai pas pleuré, même si j'en avais très envie parce que mes coudes me faisaient très mal. Maman m'a enlevé la poussière sur mes habits, m'a embrassé le front et m'a dit que j'étais très courageuse de ne pas pleurer. Alors je me suis retenue encore plus fort et pas une seule larme n'a coulé. Pas une seule.

– Quand vas-tu dire la vérité à Callie ?

La voix de grand-mère Meggie passait par la fenêtre.

– C'est ce que j'ai fait, a répondu Maman.

– La mort de mon fils n'était pas un accident, a dit grand-mère Meggie.

– Ah non ? Il est né Nihil dans un monde de Primas, vous n'appelez pas ça un accident ?

– C'est un… comment dit-on déjà ? Un sophisme !

Il y a eu un silence avant que Grand-Mère ajoute :

– N'aie pas l'air aussi étonnée. Je n'ai pas fait autant d'études que toi, mais je lis et je ne suis pas idiote !

– Meggie, je n'ai jamais pensé que vous étiez idiote. Et qu'aurais-je dû raconter à Rose ? a repris Maman. Elle est trop jeune pour connaître tous les détails sordides.

– Tu ne veux pas que je lui raconte ! Alors quand as-tu prévu de le faire ?

– Quand elle sera prête. Entre-temps, quel mal y a-t-il à lui faire croire que son père a vécu comme un saint et qu'il est mort comme un martyr ?

– Je pense que…

– Je sais déjà ce que vous pensez, a continué Maman. Mais vous n'allez pas quand même vous battre avec moi à ce sujet, Meggie. Pas celui-là.

Je ne savais pas ce que ces mots signifiaient. C'était quoi, un « martire » et un « sofisme »… Pourquoi est-ce que grand-mère Meggie était en colère contre Maman ? Peut-être qu'elle ne voulait pas que Maman parle de Papa devant moi. La voix de Maman était comme le gel qu'on enlève sur le pare-brise de la voiture, l'hiver.

– Je parlerai de son père à Callie Rose quand elle aura l'âge de comprendre l'entière vérité, a dit Maman.

– Tu devrais tout lui raconter avant que quelqu'un d'autre le fasse.

– C'est une menace ?

– Non, bien sûr que non. Mais tu ne crois pas que c'est mieux si c'est toi qui lui apprends la vérité ?

– Quand elle sera plus âgée ! Est-ce que vous allez me critiquer aussi pour ça ?

– Ce qui veut dire ? a demandé grand-mère Meggie.

– Vous le savez parfaitement ! Vous croyez que je n'ai pas remarqué votre façon de m'observer quand je suis avec Rose ? Vous croyez que je ne sais pas ce que vous pensez ?

Je ne comprenais pas de quoi Maman et grand-mère Meggie parlaient. De quelle façon Grand-Mère regardait-elle Maman ? Et qu'est-ce que Maman aurait dû me dire sur mon papa ? C'était quoi, l'entière vérité ? Est-ce que Maman avait menti en me racontant que Papa était mort dans un accident ? Non, Maman ne ment jamais. C'est impossible.

J'étais sur le point de retourner dans la maison leur demander de quoi elles parlaient quand un papillon jaune pâle, de la même couleur que les feuilles de musique de Maman, a voleté autour de moi. J'ai retenu ma respiration et j'ai tendu la main. Il s'est posé tout doucement sur ma paume, plus léger qu'une plume. Il était si beau. Rien qu'à le regarder, j'avais envie de sourire. Puis d'un petit coup d'ailes, il a décollé et s'est éloigné. Je l'ai regardé disparaître dans le ciel, comme s'il n'avait jamais existé. Et même si Grand-Mère et Maman étaient toujours en pleine discussion, je ne les entendais plus. J'ai poussé mon vélo dans l'allée du jardin et j'ai passé la barrière. Aujourd'hui, je serais... une guerrière des étoiles. Mon vélo serait mon vaisseau spatial et je tuerais des méchants. Des tas de méchants.

Quand grand-mère Meggie revient de l'église le dimanche, je lui demande toujours ce qu'elle a fait là-bas. Elle me répond à chaque fois : « On a parlé des méchants. »

J'aimerais bien aller à l'église avec elle, mais Maman ne veut pas. Maman dit que l'église, c'est une perte de temps. Maman dit que Dieu, c'est une perte de temps. Parfois, Maman dit ça devant grand-mère Meggie et ça embête grand-mère Meggie. Parfois, je me demande si Maman dit ça rien que pour embêter grand-mère Meggie. Parfois, Maman regarde grand-mère Meggie comme si elle ne l'aimait pas beaucoup. Et parfois, grand-mère Meggie regarde Maman presque comme si elle avait peur d'elle.

Les adultes sont vraiment bizarres.

Sephy

– S'il ne se dépêche pas d'arriver, je le verrai pas, s'est plainte Rose.

Le soleil de ce début d'après-midi l'éblouissait mais elle ne voulait pas s'éloigner de la fenêtre du salon. J'ai jeté un coup d'œil à ma montre. Sonny était en retard. Meggie n'était pas encore partie. La météo entre Meggie et moi était glaciale, comme d'habitude.

– Le voilà !

Rose a bondi. J'étais à peine sortie du salon qu'elle avait déjà ouvert la porte d'entrée.

– Sonny !

– Coucou, ma belle !

Rose a sauté dans les bras de Sonny sans lui laisser le temps de s'y préparer.

– Ouch ! a-t-il souri en la rattrapant.

– Rose, ne fais pas ça, ai-je grondé, un peu surprise. Tu es trop grande pour ce genre de choses !

– Mais non! Ma petite poulette ne sera jamais trop grande! Pas vrai, ma belle?

Il a essayé d'ébouriffer les cheveux de Rose, mais elle a bougé la tête. Sonny traitait Rose comme si... comme si c'était sa propre fille. Et Rose traitait Sonny comme s'il faisait partie de la famille. Mais ce n'était pas le cas.

Mon cœur s'est un peu emballé pendant que je les regardais tous les deux, inconscients du monde qui les entourait. Ils m'avaient même oubliée.

– Allez, viens, Rose, descends.

Au ton de ma voix, Rose a compris qu'elle devait obéir tout de suite.

– Prêt à bosser, Sonny? ai-je demandé.

– Toujours prêt! a répondu Sonny.

Comme à chaque fois.

Meggie est apparue devant la porte. Elle avait enfilé son manteau et portait celui de Rose.

– Bonjour, madame McGrégor, l'a saluée Sonny. Comment allez-vous?

– Bien, Sonny, a répondu Meggie sans le regarder.

– Vous êtes très élégante aujourd'hui, a souri Sonny.

– Tu devrais sortir plus souvent, a amèrement rétorqué Meggie avant d'ajouter: Nous partons chez ma sœur. Nous rentrerons après le dîner.

– Très bien.

J'avais pris garde à adopter un ton neutre. Meggie et moi poursuivions notre petit jeu: son regard sur moi, le mien sur elle, son manque de confiance, sa suspicion permanente. Meggie a détourné les yeux la première.

– Au revoir, a lancé Meggie.

– Au revoir, Maman.

Rose m'a serrée contre elle. Je me rappelais l'époque où je pouvais la soulever d'une seule main. Quand elle ne pesait pas plus lourd qu'un paquet de céréales. Et maintenant... j'ai posé ma main sur son bras. Pas pour la rapprocher de moi, mais pour la repousser. Je lui ai embrassé le haut du crâne, respirant le parfum de son shampooing.

– Sonny, tu seras pas parti quand on reviendra ?

Sonny a secoué la tête.

– Tu me dois encore une partie d'échecs.

– À quoi ça sert ? tu gagnes à chaque fois ! a dit Rose.

– Plus pour longtemps, tu deviens tellement forte que tu finiras par me battre, a promis Sonny.

Rosie a souri à cette idée.

– C'est vrai ? Tu crois vraiment ?

Sonny a acquiescé.

– Viens, Rose, a lâché Meggie d'un ton brusque.

– À tout à l'heure.

Rose a agité la main et a suivi sa grand-mère. Sonny et moi sommes restés silencieux jusqu'à ce que nous soyons dans la maison et que j'aie refermé la porte.

– Tu veux qu'on essaie de terminer le texte de « Demande-moi » ? lui ai-je proposé.

Sonny a hoché la tête.

Je suis montée la première et Sonny m'a suivie. Mais au milieu de l'escalier, un sixième sens m'a alertée et je me suis retournée. Sonny avait les yeux fixés sur mes fesses.

– Ce n'est pas là que tu vas trouver de l'inspiration, ai-je dit froidement.

– Oh, je ne sais pas, a souri Sonny, ce balancement était très poétique.

– Sonny, tiens-toi !

J'ai aussitôt ajouté :

— Comment va Kasha ? C'est bien comme ça qu'elle s'appelle, la dernière en date, je ne me trompe pas ?

— On a cassé.

— Déjà ?

J'étais surprise et amusée. Kasha avait duré... combien de temps ? Deux mois ?

— C'était pas la bonne.

— Tu dis ça à chaque fois que tu largues une de tes petites copines. Tu ne reconnaîtrais pas la bonne si on te la mettait dans les bras.

— Oh si, a immédiatement répondu Sonny.

— Alors pourquoi tu ne prends pas directement celle-là ? ai-je demandé, exaspérée.

Sonny m'a dévisagée pendant un long moment.

— Excuse-moi, ai-je dit très vite. Ça ne me regarde pas. Je n'ai absolument pas envie de me disputer avec mon meilleur ami.

— C'est ce que je suis ?

— Bien sûr.

— C'est tout ce que je suis ? a insisté Sonny.

J'ai froncé les sourcils.

— Quoi d'autre ?

Sonny a souri comme pour lui-même – un sourire sans amusement.

— J'aimerais être plus... si tu acceptais...

— Je n'ai aucune intention d'être un numéro de plus dans ton harem. Sans façon.

— Tu ne ferais pas partie du harem.

— Ah oui ? Et je serais quoi alors ?

— La seule et l'unique.

Je me suis esclaffée. J'étais sûre à présent que Sonny n'était pas sérieux. Nous avons repris notre marche. Je ne savais pas si je devais sourire ou soupirer. Sonny était encore d'une drôle d'humeur. Si on arrivait à écrire une ligne de la chanson, on aurait de la chance.

– Pourquoi est-ce que Meggie ne m'aime pas ? a-t-il soudain demandé.

Je me suis arrêtée sur le palier et je me suis de nouveau retournée vers lui.

– Ce n'est pas vraiment ça.

En fait, Meggie n'aimait personne. C'était difficile de la connaître vraiment, de savoir ce qu'elle pensait. Mais on pouvait dire la même chose de moi.

– Je travaille avec toi depuis cinq ans et Meggie n'a pas dû m'adresser plus de cinq phrases. Toi et moi écrivons des chansons ensemble, des chansons qui marchent. On gagne de quoi vivre correctement et elle me traite comme si je profitais de toi.

– C'est juste sa façon d'être, ai-je répondu en me demandant pourquoi je la défendais.

Après tout, Meggie et moi n'avions plus rien à nous dire depuis bien longtemps.

– Tu sais ce que je crois ? a poursuivi Sonny. Elle a peur de moi.

– De quoi tu parles ?

– Elle a peur de te perdre, toi et sa petite-fille. Elle croit que j'essaie de prendre la place de Callum.

J'étais bouche bée.

– Quelle connerie ! ai-je lancé d'une façon pas très élégante quand j'ai retrouvé ma voix.

– C'est quoi, la connerie ? Qu'elle le croie ou que je le fasse ?

– Sonny, je suis sérieuse, me suis-je agacée.

Si ses yeux n'avaient pas brillé, je me serais inquiétée. J'avais le visage crispé et il m'a fallu me concentrer pour détendre les muscles autour de ma bouche. Est-ce que les plaisanteries de

Sonny prenaient racine dans une quelconque réalité ? Est-ce que l'antipathie de Meggie à son égard s'expliquait par le fait qu'elle croyait que je cherchais à remplacer Callum ? Non, c'était impossible. Pourquoi aurais-je attendu si longtemps, près de neuf ans ? Sonny et moi ? N'importe quoi. Il ne pensait plus à moi de cette façon depuis longtemps.

Nous sommes entrés dans la salle de travail. C'était mon espace depuis que j'avais payé pour faire agrandir la maison. Ce n'était pas immense, loin de là, et le jardin du coup était encore plus petit, mais au moins, j'avais un endroit à moi pour travailler et j'en avais profité pour agrandir la cuisine. La pièce contenait un clavier, deux fauteuils rapiécés, un bureau en pin bon marché, un pupitre et des livres. Le bureau était couvert de feuilles de musique manuscrites, un lecteur de CD était sagement posé à côté. J'ai allumé le clavier et j'ai chargé la dernière chanson sur laquelle Sonny et moi étions en train de travailler.

J'allais m'asseoir, mais la pièce était silencieuse. Trop silencieuse. J'ai regardé Sonny. Il me fixait. Je l'avais souvent surpris à m'observer ainsi ces derniers temps.

– Je pensais ce que je disais, a-t-il murmuré. Tu es la seule et l'unique. Tu l'as toujours été et tu le seras toujours.

Il avait prononcé cette phrase d'une voix si sincère, si solennelle… J'étais vraiment impressionnée. Ça ne m'étonnait pas qu'il ait autant de petites amies. Il était maître dans l'art de feindre l'amour.

– Sonny, tu as une nouvelle petite amie tous les trois mois. Tu les dragues, tu les invites à dîner, tu couches avec elles et tu les jettes. Et pas forcément dans cet ordre.

– C'est ma façon de me protéger, a reparti Sonny. Je sors avec plein de filles pour m'empêcher de fantasmer sur la seule qui compte.

Ses yeux ne quittaient pas les miens. Je me noyais dans son regard.

– Sonny, je…

Mais je ne suis pas allée plus loin. Sonny m'a prise par le bras et m'a embrassée. Et, à notre surprise à tous les deux, je lui ai rendu son baiser. J'ai clos les paupières et je me suis abandonnée. Immédiatement, Sonny m'a enlacée et m'a serrée fort. Presque trop fort. Je me suis collée à lui. Il m'embrassait.

Quelqu'un me désirait.

Moi.

Après toutes ces années.

Et je n'avais pas envie de rouvrir les yeux.

Rose a neuf ans

Bonjour Papa,

Comment ça va au paradis ? M. Brewster nous a demandé d'écrire une lettre à quelqu'un qui est loin. J'ai tout de suite pensé à toi. Grand-mère Meggie trouve que c'est une bonne idée. Je crois que Maman n'était pas d'accord. Elle a dit que je devrais écrire à mon cousin ou même inventer quelqu'un. Je ne vois pas l'intérêt d'écrire à mon cousin Taj alors que je n'ai qu'à lui passer un coup de téléphone ou lui envoyer un mail. Et puis, il est trop petit pour avoir une vraie conversation. Quant à inventer quelqu'un, je vois encore moins l'intérêt. Ce n'est que de la perte de temps et de papier. Alors je t'ai choisi. Il a fallu que je pose des questions à Maman. Est-ce que tu entends quand je parle avec Maman du haut du paradis ? Je lui ai demandé :

– Maman, il est où Papa, exactement ?

– Au paradis, je te l'ai déjà dit, ma chérie.

– Oui, mais où est-ce qu'il est enterré ?

Maman a fait la tête qu'elle fait tout le temps quand je lui pose des questions auxquelles elle n'a pas envie de répondre. Elle détourne le regard, ses mains s'immobilisent et elle baisse la tête et les épaules avant de parler. Je me demande pourquoi.

– Ton père a été brûlé et ses cendres ont été dispersées.

– Dispersées où ?

– Je ne me rappelle plus.

– Comment ça se fait que tu ne te rappelles plus ? Si je dispersais tes cendres, je saurais où.

– C'était il y a longtemps, Rose.

– Oui, mais ce n'est pas comme perdre un parapluie ou un gant ! Là, je comprendrais, mais les cendres de Papa et…

– Ses cendres ont été dispersées dans le jardin de grand-mère Jasmine, m'a interrompue Maman.

– Mais tu disais que tu ne te rappelais plus !

Maman a soupiré.

– Callie Rose, est-ce que j'ai besoin d'un avocat ?

– Ne sois pas sarcastique, ai-je grommelé. Comment se fait-il que tu ne te souviennes plus et que tout à coup, ça te revienne ?

– Ça m'avait échappé mais ton harcèlement m'a ravivé la mémoire !

J'ai décidé d'ignorer le commentaire acide de Maman. J'ai continué.

– J'avais quel âge quand Papa est mort ?

– Je te l'ai déjà dit, Rose, il est mort avant ta naissance.

– Oui, je sais, mais j'avais quel âge exactement ?

– Je crois que j'étais enceinte de quatre mois. Je crois.

– Il savait que tu étais enceinte ?

– Oui, bien sûr, je te l'ai déjà dit.

– Et il était content ?

– Bien sûr, ma chérie. Pourquoi toutes ces questions ?

– C'est à cause d'un truc que Tobey m'a dit.

– Qu'est-ce que Tobey t'a dit ?

Le ton de Maman est soudain devenu sec.

– Tobey trouvait que c'était une bonne idée que j'écrive à Papa, c'est tout. Mais il trouvait aussi que je devais en savoir un peu plus sur lui, pour ne pas poser des questions bêtes.

– Oh, je vois.

Alors, voilà les réponses que j'ai obtenues de Maman. C'est comme ça que j'ai eu l'idée de t'écrire. Le paradis, c'est loin, pas vrai ? Et puis grand-mère Meggie dit qu'on a tous besoin de quelqu'un à qui confier nos problèmes. Elle, elle parle à Dieu. Dans son dos, Maman l'appelle « la grenouille de bénitier ». Mais en vrai, grand-mère Meggie le sait. Et puis, grand-mère Meggie dit que Dieu aime bien qu'on le dérange tout le temps. J'ai demandé à Maman à qui elle confiait ses soucis. Elle n'a pas répondu. Peut-être qu'elle devrait t'écrire elle aussi. Je regrette tellement de ne jamais t'avoir rencontré. Maman m'a dit qu'après avoir arrêté l'école, tu étais devenu jardinier chez grand-mère Jasmine. Elle m'a dit qu'avant, grand-mère Meggie travaillait pour grand-mère Jasmine et que c'est comme ça qu'elle t'avait rencontré. Maman dit que vous avez grandi ensemble. Est-ce que tu as déjà embrassé Maman ? Je suis sûre que non. C'est trop dégoûtant. Grand-mère Meggie me parle beaucoup de toi quand tu étais petit : ce que tu aimais manger, tes matières préférées en classe, ce genre de choses. Mais à chaque fois que je lui demande des trucs sur Maman et toi, elle me répond toujours : « Demande à ta mère. » C'est très frustrant.

D'ailleurs, ça me rappelle que je n'ai pas passé une très bonne journée à l'école hier. Lucas, qui est dans la classe au-dessus, m'a insultée et il a essayé de me donner un coup de pied, mais je lui ai envoyé un coup de poing dans le nez. Après, j'ai eu des problèmes parce que son nez saignait. Le sang coulait comme une fontaine sur son T-shirt. C'était dégueu. Il a pleuré et il est allé tout raconter à M. Brewster. M. Brewster m'a disputée. Je déteste Lucas Cheschie. C'est un gros nul. C'est lui qui avait commencé mais M. Brewster ne m'a pas crue parce que je n'avais pas de marque. C'est injuste. Quand j'ai commencé à aller à l'école, grand-mère Jasmine m'a dit que si on m'insultait, je ne devais pas... comment a-t-elle dit ça déjà ? User de représailles – j'espère que je n'ai pas fait de fautes... elle m'a dit que je devais prévenir le professeur ou attendre que ma mère arrive pour lui raconter.

– Tu dois montrer à ton agresseur que tu es plus intelligente que lui et au-dessus de ses insultes, m'a expliqué grand-mère Jasmine.

Mais grand-mère Meggie n'était pas d'accord. Elle m'a dit :

– Si quelqu'un t'insulte à l'école ou essaie de te taper, donne-lui un bon coup, il n'y reviendra pas.

Et grand-mère Meggie va à l'église. Quand j'ai demandé à Maman ce qu'elle en pensait, elle n'a pas hésité :

– Tu viens m'en parler. Tu ne répliques pas parce que sinon, l'école s'en servira contre toi. Tu m'en parles et je règle le problème.

Mais je n'ai pas raconté à Maman pour Lucas. Ça la rend triste quand des gens m'embêtent. Elle prend une drôle d'expression, féroce et effrayante. Si je lui parle de Lucas, elle va sûrement se précipiter à l'école ou chez lui. Elle est même capable de lui mettre la tête dans les toilettes et de tirer la chasse d'eau. Ça pourrait être marrant.

Papa, tu aimais bien faire des gros câlins et des baisers sur la bouche ? Je suis sûre que non. C'est vraiment trop dégueu. Pas les bisous sur la joue, hein ! Comme me fait grand-mère Meggie avant que je parte à l'école ou grand-mère Jasmine à chaque fois que je la vois. Non, je te parle des vrais baisers d'amoureux. Berk ! Comment est-ce qu'on peut poser ses lèvres sur celles de quelqu'un d'autre ? C'est pas très hygiénique. On doit attraper plein de microbes. Grand-mère Meggie a dit que vous aviez toujours été amis et amoureux. C'est trop romantique. J'ai demandé à Maman si elle t'aimait toujours, mais elle a détourné les yeux. Elle ne veut plus répondre à cette question. Maman n'aime pas parler de toi. C'est sûrement parce que tu lui manques trop. Je vais arrêter d'écrire maintenant. Je commence à avoir mal au bras. J'ai écrit beaucoup déjà. J'espère que je vais avoir une bonne note pour cette lettre. Tu crois que M. Brewster va me donner une bonne note ? Peut-être que je devrais enlever le passage où je dis qu'il m'a crié dessus. Et puis non ! Après tout, c'est comme ça que ça s'est passé. Je n'invente rien. Grand-mère Meggie m'aide pour l'orthographe, comme ça ma lettre sera une des meilleures de la classe. Et sûrement la plus longue. J'espère que j'aurai une bonne note. Maman serait contente. Peut-être qu'elle me fera un câlin. Bon, j'ai vraiment mal au bras, maintenant.

Au revoir Papa, à un de ces jours au paradis,

Je t'aime,

Rose

Rose a neuf ans

Bonjour Papa,

J'ai beaucoup pensé à toi aujourd'hui. J'aimerais bien avoir une photo de toi, mais Maman dit qu'elle n'en a pas. Grand-mère Meggie dit qu'elle en a plein mais qu'elle les a rangées dans une boîte et qu'elle ne se souvient plus où elle a mis la boîte. Je lui ai proposé de l'aider à chercher, mais elle dit qu'elle la retrouvera un beau jour, quand elle n'y pensera plus. Mais moi, je la veux aujourd'hui. J'ai envie de te voir. J'ai très envie de te voir. Grand-mère Meggie dit que de toute façon, tu n'aimais pas te faire prendre en photo. Dommage. J'aimerais bien savoir à quel point je te ressemble. Si j'ai les mêmes yeux, ou le même nez, le même front ou la même bouche, ou la même forme de visage que toi. Et je voudrais savoir comment tu étais dedans. Je me le demande souvent. Je ne parle pas de ton cœur, de tes reins ou de ton sang. Ils sont sans doute comme ceux de tout le monde. Je parle de ce que l'on a tous profondément en soi, cette partie qui parfois apparaît et parfois non. Je sais que tu aimais être dehors, tu aimais les arbres, les fleurs, la nature… C'est sûrement pour ça que tu es devenu jardinier. Et c'est aussi la raison pour laquelle tu as voulu m'appeler Rose. Maman dit que c'est ton idée. Je reconnais que je n'aimais pas mon prénom avant que Maman me dise ça. C'est sans doute pour ça qu'elle m'appelle Rose au lieu de Callie Rose, pour que tu sois encore un peu plus proche de nous. Tu dois être content d'être au paradis. Il y a sans doute des grands champs, beaucoup de fleurs et toujours du soleil. C'est parfait pour un jardinier. Tu me manques, Papa. Tu me manques beaucoup. Maman ne me croit pas quand je lui dis.

« Une personne que tu n'as jamais connue ne peut pas te manquer ! », c'est ce qu'elle dit. (J'espère que je l'ai bien écrit. Maman dit que quand j'écris les paroles des gens, je dois mettre des guillemets avant et après. Mais à mon avis, tu t'en fiches, si je me suis trompée.)

Papa, tu me manques. Je t'écrirai à nouveau très bientôt. Tu ne fais plus partie de mes devoirs maintenant, mais j'aime bien écrire. Surtout t'écrire à toi. C'est comme si on discutait, ou au moins comme si je te parlais et que tu m'écoutais. J'ai vraiment l'impression que tu regardes par-dessus mon épaule, ou que tu es dans ma tête ou dans mon cœur. Grand-mère Jasmine m'a dit que je pourrais avoir une de ses jolies boîtes. Celle avec du velours. Je mettrai mes lettres dedans et toutes mes autres affaires précieuses. Et personne ne pourra ouvrir la boîte parce que je la fermerai à clé. (Ne t'inquiète pas, je cacherai aussi la clé.) Je n'écrirai pas tous les jours, seulement quand j'en aurai envie. J'espère que ça te va. Comme je te l'ai dit, tu ne fais plus partie de mes devoirs, mais j'ai encore envie de t'écrire, parce que je t'aime.

Je te fais des tonnes de gros bisous, Papa.

Je t'aime,

Rose

Sephy

La nuit était silencieuse comme elle ne l'est qu'aux petites heures de l'aube. Une sirène de police hurlait au loin, mais je n'avais aucun mal à l'occulter. J'ai regardé les étoiles par la fenêtre, essayant de retrouver celles que Callum m'avait apprises à reconnaître. J'étais chez Sonny, dans la petite pièce du rez-de-chaussée qu'il avait transformée en studio. En face de moi, Sonny, assis au clavier, ajoutait la touche finale à notre dernière chanson : « Demande-moi ».

C'était une commande d'un nouveau groupe prima plutôt populaire. En général, je n'aimais pas écrire pour un groupe pop à succès, mais ces filles étaient ensemble depuis l'école et avaient répété durant des années avant d'obtenir leur premier contrat dans une maison de disques. Les groupes préfabriqués pour répondre à un créneau n'avaient la plupart du temps qu'une durée de vie de deux ans. Quand ils disparaissaient, leurs chansons disparaissaient avec eux. C'est-à-dire, nos chansons disparaissaient avec eux. Dans ce job, pour gagner de l'argent, c'est la longévité qui compte.

Lors d'une réunion, Dan Applegate, un des producteurs d'Anytime Sometime, nous avait expliqué qu'il voulait un rythme dansant et des paroles faciles à mémoriser. Sonny et moi nous étions mordu la langue en entendant ça. L'hostilité de Sonny était presque palpable, mais heureusement, le producteur manquait de sensibilité pour la ressentir également. Et après tout, ce n'était pas la commande la plus débile qu'on nous ait passée. Anytime Sometime étaient d'excellents payeurs. Et ils envoyaient les chèques rapidement. Nous étions censés livrer la chanson la semaine suivante, et on avait intérêt à s'y mettre.

Sauf que j'étais épuisée… Sonny s'était finalement assoupi et dormait à poings fermés. J'ai relu ce que nous avions écrit, et je l'ai fredonné à voix basse pour ne pas réveiller la belle au bois dormant.

Un soupçon de dévouement
Une pincée de consolation
Mélangez un peu de frustration
Ajoutez une larme ou bien cent

Une envie d'être sauvé
Nous pousse à masquer
À dissimuler, à parler
Mais toi tu peux m'aider

Refrain :
Tu n'as qu'à me demander
Ce que je veux
Pour me faire rêver
Pour faire briller mes yeux
Demande-moi
Ce qui me fait danser
Ce qui me fait pleurer
Demande-moi
Ce que je veux posséder
Ce qui me fait vibrer
Ce qui me fait oublier

Des caresses pour se stimuler
Ne crois pas aux faux-semblants
Avec un peu de bonne volonté
Tu peux sentir ce que je sens

Je me laisse aller
Je me laisse embrasser
Je te donne ce que tu veux
Trouve le reste dans mes yeux

Refrain :
Tu n'as qu'à me demander
Ce que je veux
Pour me faire rêver
Pour faire briller mes yeux
Demande-moi
Ce qui me fait danser
Ce qui me fait pleurer

Demande-moi
Ce que je veux posséder
Ce qui me fait vibrer
Ce qui me fait oublier

Si tu veux
Toi et moi pour la vie
Si tu veux
Toi et moi pour une nuit
Si l'on peut
Un frisson alibi
Et je ferme les yeux

Refrain :
Tu n'as qu'à me demander
Ce que je veux
Pour me faire rêver
Pour faire briller mes yeux
Demande-moi
Ce qui me fait danser
Ce qui me fait pleurer
Demande-moi
Ce que je veux posséder
Ce qui me fait vibrer
Ce qui me fait oublier
(Demande-moi)
Pourquoi ne me demandes-tu pas
Demande-moi
(Demande-moi)
Tu ne sauras pas
Si tu ne me demandes pas

J'ai secoué la tête. Quelque chose clochait. Je devais trouver quoi. Sonny était assez doué en général pour trouver le point faible d'une chanson, mais il avait griffonné depuis une heure sans avoir la moindre idée. Nous étions fatigués. Tous les deux. Nous aurions dû peut-être laisser tomber, aller nous coucher et nous y remettre après avoir dormi.

Mes paupières étaient lourdes. Je n'arrêtais pas de les frotter. Le marchand de sable est passé... c'est ce que ma mère disait quand, enfants, ma sœur et moi luttions contre le sommeil. J'ai soupiré. La vie est si étrange. Maman et moi nous entendons parfaitement en ce moment. Nous avons la relation dont je rêvais quand j'avais quinze ans. Entre Meggie et moi, c'est différent. Parfois, j'ai le sentiment que nous vivons sur deux planètes différentes et que nous jouons à la guerre autour de ma fille. Quant à Sonny... sa tête était posée sur ses bras. Il s'était écroulé sur le clavier et dormait profondément. Je l'ai regardé, surprise du bonheur que je ressentais. Nous nous entendions si bien en ce moment. Beaucoup mieux que je n'aurais osé l'espérer. Mais une part de moi restait à l'extérieur, en spectatrice. C'est Sonny qui menait notre relation, il me l'avait fait remarquer plus d'une fois. Nous sortions ensemble depuis six mois maintenant. Mais Sonny précisait que nous ne sortions jamais. On regardait des DVD, on écoutait de la musique, on dînait chez lui ou plus rarement chez moi, quand Meggie et Rose n'étaient pas là. Mais on n'était pas les rois des fêtes à l'extérieur. Et quand nous faisons l'amour, c'est toujours à la demande de Sonny. Ce n'est pas que je ne voulais pas. Sonny était un amant attentionné et tendre, et je l'aimais autant que je pouvais aimer quelqu'un d'autre que ma fille. C'était juste que...

Mes pensées se sont brutalement arrêtées. Je venais de remarquer un papier presque caché sous le bras de Sonny. J'ai d'abord cru que c'étaient des notes pour la chanson, jusqu'à ce que j'aperçoive mon prénom. Le début de mon prénom : *Seph*. Était-il en train de m'écrire une lettre ? Pour me dire des mots qu'il n'osait pas prononcer… Je me suis penchée et j'ai doucement tiré la feuille. Sonny a grogné dans son sommeil et a soulevé le bras une fraction de seconde. J'ai profité de l'occasion. Il a tourné la tête sans se réveiller. Mon cœur hoquetait. J'ai commencé à lire. J'avais eu raison, c'était bien mon nom en haut de la page, mais Sonny ne m'écrivait pas à moi, il écrivait sur moi.

Sephy a peur

Elle a si peur
Qu'elle se défend
Elle a peur que je découvre
Ce qu'elle est vraiment
Elle croit que je ne sais pas
Que je ne ressens pas
Que je ne devine pas
Ce qui est au-delà

Elle est perdue
Ne veut pas être retrouvée
Aimerait bondir et se hisser
Mais son élan a disparu
Tout ce que je veux
C'est son cœur
Le mien est en feu
Mais moi je n'ai pas peur

Elle ne sait pas, ne ressent pas
Ne devine pas, ce qui est au-delà

Elle est si seule
Dans son cœur et dans sa tête
Chaque jour plus seule
Je ne suis pour elle qu'une amourette
Un rien du tout, un amuse-gueule

Et pourtant je l'aime
Plus qu'elle ne peut l'imaginer
Et pourtant je l'aime...

Je ne pouvais pas en lire plus.
Sephy a peur.
C'est ainsi qu'il me voyait ? C'est ainsi que j'étais ? J'ai reposé la feuille qui soudain me brûlait les doigts. J'ai pris mon sac, je me suis levée et, après un dernier regard à Sonny, je suis partie sans bruit.

Rose a neuf ans

Ella et moi étions en train de jouer. C'était la première fois qu'Ella venait à la maison après l'école. C'était chouette. Nous n'étions pas vraiment amies avant, mais elle a commencé à tout le temps me demander de jouer avec elle pendant la récré de la cantine. Et quand en classe, on devait avoir un partenaire, elle venait toujours vers moi en courant. Alors nous sommes devenues amies. On s'amusait bien toutes les deux. Pas comme avec son frère Lucas qui est vraiment trop pénible. Nous avons joué à des jeux vidéo, mais Ella n'aimait pas trop ça, alors on a joué à cache-cache. Maman nous a préparé des saucisses et des frites pour le déjeuner, c'était super. J'ai noyé mes frites dans une mare de vinaigre pendant que Maman avait le dos tourné. Après, elles étaient toutes molles et amères. Je n'avais plus envie de les manger alors j'ai fait croire à Maman que je n'avais pas très faim de frites. Je ne lui ai pas dit que si je les avais essorées, j'aurais récupéré une tasse de vinaigre pour chaque frite.

– Mes compliments à la cuisinière, Maman, ai-je lancé en reposant mon couteau et ma fourchette.

Elle ne m'oblige jamais à finir mon assiette quand je dis ça.

– Merci mademoiselle, a souri Maman en faisant une petite révérence.

Maman et moi avons ri. Ella regardait Maman comme si elle était extraordinaire. Après, Ella et moi sommes allées dans le jardin pour jouer à la balançoire. Quand on en a eu marre, j'ai eu une idée géniale.

– Tu veux pas qu'on fasse une pièce de théâtre avec mes marionnettes ? ai-je proposé. Grand-mère Jasmine me les a offertes pour mon anniversaire.

– Oui, je veux bien.

On allait commencer quand la sonnette de la porte d'entrée a retenti.

– Oooh !

Ella et moi avons poussé un grognement de dépit. La mère d'Ella arrivait trop tôt.

– Rose, tu peux aller ouvrir la porte, s'il te plaît ? m'a demandé Maman de la cuisine.

– Je reste ici avec les marionnettes, a dit Ella.

– Je reviens tout de suite.

J'espérais de tout cœur que la maman d'Ella voudrait rester bavarder un peu avec ma mère. J'ai demandé à Ella :

– C'est quoi le prénom de ta maman ?

– Nichelle.

– C'est joli.

Je suis allée jusqu'à la porte d'entrée. J'aimais bien la maman d'Ella. Elle avait des cheveux longs et bouclés qu'elle n'attachait jamais. En tout cas, moi je ne les avais jamais vus attachés. Quand elle venait chercher Ella à l'école, elle avait toujours du rouge à lèvres et de l'ombre à paupières, mais elle n'avait pas l'air voyante ni rien. En fait, elle semblait sortir d'un des magazines de mode de grand-mère Meggie. J'ai ouvert la porte, la maman d'Ella souriait.

– Bonjour, madame Cheschie.

– Bonjour Rose, a-t-elle répondu. Appelle-moi Nichelle.

C'était vraiment gentil de sa part. Des tas d'adultes détestent que des enfants les appellent par leur prénom. Peut-être accepterait-elle qu'Ella reste un peu plus longtemps ?

Mais à ce moment, je l'ai vu. Lucas, le grand frère d'Ella. Ella m'avait prévenue qu'il était débile – mais je le savais déjà. Je n'avais pas oublié la fois où j'avais eu des problèmes à cause de lui avec M. Brewster. Je n'avais pas non plus oublié ses insultes. Il n'avait qu'un an de plus qu'Ella et moi, mais il se comportait comme s'il dirigeait le monde. Il ressemblait un peu à Ella, sauf que ses boucles étaient plus courtes. Il avait les plus longs cils que j'avais jamais vus à un garçon. Ses yeux avait la couleur des marrons grillés et il était plutôt mignon, mais il m'envoyait de tels regards que j'avais du mal à l'apprécier vraiment. Enfin, s'il voulait jouer à ça ! Je l'ai fixé à mon tour. Ses paupières ont cillé, mon regard est devenu encore plus féroce. Il s'est caché derrière sa mère. Maman est arrivée en s'essuyant les mains sur un torchon.

– Je peux vous aider ? a-t-elle demandé poliment.

– Je suis venue chercher Ella.

– Vous êtes Nichelle ?

– Oui.

– Bonjour, je m'appelle Perséphone. Je suis la maman de Callie Rose. Mais appelez-moi Sephy. Entrez, je vous en prie. Voulez-vous une tasse de thé ?

La maman d'Ella a eu l'air surpris. Est-ce qu'on ne lui avait jamais proposé de tasse de thé ?

– Avec plaisir, a-t-elle souri.

Ouais ! Génial ! Ella et moi allions pouvoir jouer un peu plus longtemps. On allait inventer une histoire avec les marionnettes. Maman et Nichelle ont disparu dans la cuisine. Elles allaient sans doute discuter pendant des heures. Lucas a refermé la porte derrière lui. J'ai remonté l'escalier en courant, l'abandonnant dans l'entrée. Ella a dessiné une pancarte que nous avons accrochée sur la porte : *Va-t'en Lucas ! C'est que pour les filles, ici !*

Mais quelques secondes plus tard, la porte s'est quand même ouverte sur Lucas.

– Tu ne sais pas lire ? lui a demandé Ella. La pancarte sur la porte dit « va-t'en Lucas ! ».

– Non, c'est pas vrai.

– Si, c'est vrai !

– Va-t'en, Lucas ! ai-je dit.

– Non.

Il se tenait au milieu de ma chambre, les pieds comme plantés dans la moquette, comme s'il avait pris racine.

Ella le fixait mais il ne bougeait pas. Il n'avait pas changé depuis l'année d'avant. J'ai songé à le pousser hors de ma chambre, mais Maman ne serait pas contente et la maman d'Ella la ramènerait chez elle.

– Ignore-le, ai-je conseillé à Ella. Quand il aura compris, il s'en ira.

Mais je n'étais pas sûre de ce que j'affirmais. Il ne me jetait plus ses regards noirs, il m'observait comme s'il m'était subitement poussé une deuxième tête. Il avait la même expression que moi quand il y a un truc que je ne comprends pas dans un livre. Et il avait l'air de se fiche complètement que nous l'ignorions. Il voulait être là et tout le reste ne serait que du bonus pour lui. Ella et moi nous sommes agenouillées, pour décider quelles marionnettes nous allions utiliser pour notre histoire.

– Je peux jouer ? a demandé Lucas.

– NON ! a crié Ella.

J'ai regardé Lucas, il allait peut-être partir cette fois. Eh bien non, même pas. Il était toujours debout dans ma chambre et ne nous quittait pas des yeux. Quand il a vu que je l'observais, à ma grande surprise, il m'a souri. Et, ce qui était encore plus surprenant, je lui ai rendu son sourire. Lucas avait un sourire très agréable.

– Rose, ne l'encourage pas, m'a grondée Ella.

– Désolée, ai-je marmonné.

Et je suis retournée à mes marionnettes.

Ella et moi – mais surtout Ella – avons inventé une histoire qui parlait d'un vilain petit garçon du nom de Lucas. Il était capturé par un dragon. Le dragon essayait de le manger, mais il était si dur et avait si mauvais goût que le dragon le recrachait. Mais malheureusement, le petit garçon était mort quand même. (Ella tenait à cette partie.) Alors, la sœur de Lucas et sa meilleure amie (sa meilleure amie !) imaginaient un plan pour le sauver. Nous faisions jouer toute l'histoire par nos marionnettes en prenant une voix différente pour chaque personnage. On s'amusait bien. Enfin, pas Lucas qui était toujours debout à nous regarder. De temps en temps, il nous demandait s'il pouvait jouer avec nous, mais Ella répondait toujours non. Je crois que je l'aurais laissé venir. Je n'aimais pas le voir comme ça, debout dans la chambre, en train de nous regarder.

Au bout d'un moment, la maman d'Ella a appelé ses enfants du bas de l'escalier. Lucas est sorti de la chambre en courant – enfin.

– Rangeons tout ça, a dit Ella.

J'étais surprise.

– On pourrait continuer un tout petit peu.

– Non. Maman m'a prévenue que si je ne venais pas tout de suite quand elle m'appelait, je n'aurais plus le droit de te rendre visite, a murmuré Ella.

On a remis les marionnettes dans leur boîte et posé le castelet contre le mur avant de sortir de la chambre. Le froncement de sourcils de la maman d'Ella ne m'a pas échappé pendant que nous descendions.

– Ella m'aidait à ranger les jouets, ai-je tout de suite expliqué.

Je ne voulais pas qu'Ella ait des ennuis.

J'ai jeté un coup d'œil vers Lucas et il me regardait lui aussi. Il avait toujours la même expression d'incompréhension peinte sur le visage.

– Maman, qu'est-ce qu'elle a, Rose ? a demandé Lucas assez fort pour que toute la rue entende.

– Rien, à ma connaissance, a reparti sa mère. Qu'est-ce que tu veux dire ?

– Pourquoi est-ce que Papa ne voulait pas qu'Ella vienne jouer chez elle, alors ? a poursuivi Lucas.

– C'est absurde.

La voix de Nichelle était plus piquante que des aiguilles.

– Ton père n'a jamais dit ça.

– Si, a protesté Lucas. Il a dit qu'il ne voulait pas que Callie Rose mette un pied chez nous et qu'il refusait qu'Ella joue avec une sale bâtarde !

Le monde s'est arrêté. La maison s'est immobilisée. J'ai cessé de respirer. Mon cœur a cessé de battre, il s'est transformé en glace. Pour un instant.

– Lucas, ça suffit ! a sifflé sa mère.

On aurait dit un serpent en colère.

Lucas l'a regardée, stupéfait.

– Ton père n'a jamais dit ça, a répété Nichelle, très fâchée.

– Mais je l'ai entendu… a hésité Lucas, les sourcils en arc de cercle. Je vous ai entendus hier soir, Papa et toi. Mais Rose n'est pas sale, elle…

– Lucas, tais-toi ! Tu m'entends ? Tais-toi !

J'ai cru que Nichelle allait le gifler. J'ai regardé Ella, mais elle avait détourné les yeux. Elle ne disait rien… ce qui en disait beaucoup.

– Nous devons y aller maintenant. Ella, viens ici, a ordonné Nichelle.

Je suis restée dans l'escalier. J'ai regardé Lucas ; il me fixait toujours. Du coin de l'œil, j'ai aperçu Nichelle prendre violemment le sac de classe d'Ella.

– Ella, qu'as-tu à dire à Rose et à sa mère ?

– Merci de m'avoir invitée, a lancé Ella très poliment.

– De rien, a répondu Maman calmement.

Nichelle a ouvert la porte et a presque poussé Ella dehors. Lucas ne m'avait toujours pas quittée des yeux.

– Lucas ! a appelé Nichelle.

– Au revoir, Rose, m'a saluée Lucas.

Je n'ai pas répondu.

– Au revoir, Rose, a-t-il répété.

– Au revoir.

Après m'avoir adressé un grand sourire, il a suivi Ella et Nichelle, et Maman a doucement fermé la porte derrière eux.

– Maman, c'est quoi un bâtard ?

– C'est un mot stupide prononcé par des gens stupides, qui veut dire que la maman est prima et que le papa est nihil, ou vice versa. Pour les gens qui le prononcent, ça veut dire que tu es à moitié prima, à moitié nihil.

Elle parlait calmement mais ses mots se détachaient les uns des autres avec une grande précision.

– C'est bien ce que je pensais, ai-je dit.

– J'aurais aimé que tu ne l'entendes pas, a soupiré Maman.

– Pourquoi est-ce que le papa d'Ella ne m'aime pas ?

– Le père d'Ella ne te connaît pas et certaines personnes… beaucoup de personnes ont peur de ce qu'elles ne connaissent pas.

Une grande personne avait peur de moi ? C'était absurde.

– Il a peur de quoi ?

– Du changement, a répondu Maman. Des tas de gens ont peur du changement. Ils aiment que les choses ne bougent pas. Mais la vie n'est pas comme ça. La vie n'est faite que de changements, des bons ou des mauvais. Certaines personnes, comme le père d'Ella, ne comprennent pas ça.

Je n'étais pas sûre de tout comprendre, moi non plus. J'ai commencé à remonter les marches.

– Rose… est-ce que tu veux… est-ce que tu as envie de me poser des questions ? a demandé Maman solennellement.

J'ai secoué la tête.

– Faut que je range ma chambre.

– Je suis désolée que tu aies entendu cet affreux mot, a soupiré Maman.

– T'inquiète pas, Maman. C'est pas la première fois que je l'entends et je savais que c'était pas un compliment. Je me demandais juste ce que ça voulait dire.

– Est-ce que quelqu'un t'a déjà appelée comme ça ? a voulu savoir Maman, en alerte. Tu ne me l'as jamais dit.

J'ai haussé les épaules.

– Ça n'a pas d'importance.

– Si, ça en a. Écoute-moi, Callie Rose Hadley, tu n'es pas une « bâtarde », tu n'es pas la moitié de quelque chose, tu es toi, complètement toi. Tu n'as pas la moitié d'une langue, ni la moitié d'un cerveau. Et tu n'es pas un zèbre, avec des rayures noires et blanches !

– Je sais, Maman.

– J'espère que tu le sais.

Maman a monté quelques marches pour me rejoindre.

– Tu as de la chance. Tu peux prendre le meilleur des Primas et le meilleur des Nihils et créer la personne que tu veux être. Tu comprends ?

– C'est bon, Maman. Ça va.

Maman tremblait de tous ses membres.

– Je suis contente d'avoir une maman prima et un papa nihil.

– Pourquoi ?

– Je ne peux pas me dire que je préfère les Nihils aux Primas ou « vice versa », comme tu dis. Je ne peux pas, parce que je suis les deux.

Maman a fini par m'adresser un vrai sourire.

– Qu'est-ce que tu as, Maman ?

J'étais obligée de demander. Elle souriait, c'est vrai, mais elle semblait aussi sur le point d'éclater en sanglots.

– Je… parfois, j'oublie à quel point tu es intelligente.

Maman m'a embrassée sur le front et je lui ai fait un câlin. J'étais contente d'avoir réussi à la consoler un peu.

– On ne devrait pas faire de câlins dans l'escalier, s'est reprise Maman. C'est dangereux.

Elle s'est écartée de moi. Une fois de plus.

J'ai continué à monter les marches.

– Ça va, Rose ? m'a demandé Maman.

Je n'ai pas répondu.

À quoi ça aurait servi ?

Rose a neuf ans

Bonjour Papa,

Demain, c'est mon anniversaire, mais aujourd'hui, j'ai eu une sale journée. J'ai fouillé dans les affaires de Maman pour trouver mon cadeau et devine ce que j'ai découvert ? Un journal. Le journal de Maman. Je l'ai ouvert et une vieille feuille de papier est tombée. J'ai jeté un coup d'œil derrière moi mais heureusement, j'étais seule. Maman serait en rage si elle me voyait fouiller pour trouver mon cadeau. J'ai soulevé un coin de la lettre, mais il n'y avait rien d'intéressant. Juste des mots. J'ai remis le papier à sa place et j'ai feuilleté le journal. Maman écrit très mal. Je reconnaissais seulement les mots bizarres. Il n'y avait pas de dessins, mais à la fin du journal, il y avait une photo. Elle représentait une fille prima avec un jeune homme nihil. Ils se tenaient par les épaules et souriaient. J'ai observé de plus près et devine quoi ? C'était Maman. Elle avait l'air toute jeune. Et l'homme, c'était peut-être… c'était peut-être Papa ? J'ai presque posé mon nez sur la photo. Il souriait comme moi, avec sa bouche et ses yeux. Il n'avait pas la même forme de visage que moi, mais nos yeux étaient identiques. Est-ce que c'était Papa ? J'ai pris la photo et j'ai remis le journal où je l'avais trouvé. Et puis je suis descendue.

Maman était dans la cuisine à se préparer un verre de jus d'orange.

– Maman, est-ce que c'est mon papa ?

Maman s'est approchée et quand elle a reconnu la photo, son visage s'est décomposé. Elle m'a regardée, comme pétrifiée.

– Où as-tu trouvé ça ?

Sa voix était étrangement calme. J'aurais pourtant juré qu'elle allait crier. D'ailleurs, je crois que j'aurais préféré qu'elle crie.

– Callie Rose Hadley, je t'ai posé une question.

Quand Maman utilisait mon nom et mon prénom en entier, c'était plus que mauvais signe.

– Je l'ai trouvée.

– Où ?

J'ai décidé de garder le silence. Maman ressemblait à une Cocotte-Minute sur le point d'exploser.

– Tu as fouillé dans mon placard ? RÉPONDS !

– Oui, Maman.

Maman a levé la main. Elle allait l'abattre sur ma joue quand elle s'est immobilisée. Je ne pouvais pas faire un mouvement. Je ne pouvais même plus respirer. Maman a fermé le poing – je l'ai vu du coin de l'œil – et elle a laissé retomber son bras. Mon visage était couvert de larmes. Je ne m'étais même pas aperçue que je m'étais mise à pleurer. Maman me regardait. Je regardais Maman. Aucune de nous deux ne parlait.

– Pourquoi pleures-tu ? a soudain lancé Maman d'une voix féroce. Je ne t'ai pas frappée, n'est-ce pas ?

C'était vrai, mais elle avait failli. Maman n'avait jamais levé la main sur moi, avant. Jamais, jusqu'à aujourd'hui.

– Donne-moi cette photo, a exigé Maman.

Je la lui ai tendue sans un mot.

– Maintenant va dans ta chambre et restes-y jusqu'à ce que je t'appelle !

J'ai couru. Je voulais être le plus loin possible de Maman. Elle avait voulu me gifler. Tout ce que j'avais fait, c'était poser une question à propos d'une photo. Puisque c'était comme ça, je ne lui demanderai plus jamais rien. Plus jamais.

Sephy

Oh, mon Dieu, pardonne-moi.

Callum, pardonne-moi.

Je suis désolée, Callie Rose. Je ne voulais pas. Je ne t'aurais pas frappée. J'ai promis… j'ai promis que de toute ma vie plus jamais je ne te ferai du mal. Et pourtant, j'ai failli.

La peur a guidé ma main. La peur du passé. La peur des questions. La peur des réponses.

Regarde-nous, Callum. Nous étions si heureux sur cette photo. Je l'avais presque oubliée. Regarde-nous, prêts à nous jeter dans les bras du monde. Nous étions ensemble et nous ne pouvions pas perdre le combat.

Mais nous avons perdu.

Regarder cette photo, après toutes ces années, fait remonter le passé. Et j'ai failli gifler ma fille.

Je suis désolée, Callie Rose.

Je suis tellement désolée.

Rose a dix ans

Grand-mère Meggie et Maman étaient chacune assise dans un coin de la pièce. Elles s'ignoraient. Non, c'est un trop grand mot. Elles ne sont pas indifférentes l'une à l'autre comme ce couple dans le feuilleton que regarde grand-mère Meggie. (C'est nul, ce feuilleton. Maman est d'accord avec moi. On n'y croit pas une seconde. Comment ce propriétaire de restaurant peut-il inviter quatre frères au même moment sans qu'aucun des quatre s'en aperçoive ? Et en plus, il trouve le moyen de s'occuper de son restaurant, d'acheter et de diriger une boîte de nuit et d'élever les deux enfants de sa sœur. N'importe quoi !) Non, Grand-Mère et Maman se contentaient juste de ne pas se parler. Elles s'adressaient à moi, c'est tout. Oh, si une des deux avait posé une question à l'autre, cette dernière aurait répondu, mais aucune ne voulait rompre le silence et c'était une fois de plus à moi de faire tout le boulot.

J'aimerais bien savoir ce qui ne va pas entre elles.

Parfois l'ambiance est tellement glaciale que je quitte la pièce, de peur que mes doigts de pied se transforment en glaçons. D'ailleurs, je me levais quand Tobey est entré dans la pièce.

– Bonjour tout le monde.

J'ai froncé les sourcils.

– Comment t'es entré ?

– La porte de derrière était ouverte.

– Ça ne veut pas dire que tu peux venir ici quand ça te chante, l'a rembarré grand-mère Meggie.

Qu'est-ce qui lui prenait ? Depuis quand est-ce que ça embêtait grand-mère Meggie que Tobey vienne à la maison ?

– Il ne voulait pas faire de mal.

– Ce n'est pas la question, a rétorqué Grand-Mère, ce n'est pas chez lui. Il pourrait au moins frapper.

– Viens Tobey, allons dehors, ai-je proposé.

Nous avons quitté la pièce mais pas avant que je me retourne pour lancer un regard noir à Grand-Mère. Mais elle n'y a même pas fait attention. Elle était bien trop occupée à observer Tobey, comme s'il lui avait piétiné les pieds et donné des coups de pied dans les tibias.

– Qu'est-ce qu'elle a, ta grand-mère ? m'a murmuré Tobey en refermant la porte.

J'ai haussé les épaules.

– Je ne sais pas.

Je me dirigeais vers la cuisine quand j'ai eu une excellente idée (oui, je sais, ça fait frimeur de dire ça). J'ai désigné le salon. Tobey a tout de suite compris, et nous sommes allés sur la pointe des pieds coller notre oreille à la porte.

– ... Ce n'est certainement pas le genre de relation que tu devrais encourager. Surtout toi !

– Pour l'amour de Dieu. Elle a dix ans et lui onze.

– Et alors ? Callum et toi étiez encore plus jeunes.

– Meggie, qu'essayez-vous de me dire au juste ?

– Seulement que Callie et Tobey s'entendent très bien et qu'ils grandissent de jour en jour, a répondu grand-mère Meggie. Je ne veux pas que Callie soit blessée comme... comme...

– Comme Callum l'a été, a fini Maman.

– Je pense autant à toi qu'à mon fils. Callie a une chance de s'en tirer dans la vie.

– Et vous pensez que son amitié pour Tobey peut l'en empêcher.

– Tobey est tellement insignifiant qu'il existe à peine, a dit Grand-Mère avec colère.

Je me suis retournée pour sourire à Tobey, mais il faisait la tête d'un chien qui vient d'avaler une guêpe.

– Tobey a encore beaucoup de temps devant lui pour décider de ce qu'il veut devenir.

– Je ne veux pas que ses mauvaises habitudes déteignent sur Callie Rose...

– Quelles mauvaises habitudes ? Il ne se met pas les doigts dans le nez, il ne mange pas ses crottes de nez – du moins, il ne l'a jamais fait devant moi. Il ne cire pas les poignées de porte avec le cérumen qu'il trouverait dans ses oreilles... à quelles mauvaises habitudes faites-vous allusion ?

Silence.

– Meggie, pas vous...

– Je sais comment fonctionne le monde. La société attend l'impossible et condamne pour rien tous les Nihils, comme mon fils par exemple. Tobey ne fera pas exception.

– Callum est mort il y a dix ans. La situation s'est beaucoup améliorée depuis...

– Améliorée ? Et pour qui ? s'est énervée Grand-Mère. J'adorais aller à la piscine du quartier. Je pensais même prendre des cours de gymnastique aquatique sur les conseils de mon médecin. Est-ce que tu t'es seulement demandé pourquoi j'avais tout arrêté ? Parce que tout le personnel embauché pour nettoyer ou servir est composé de Nihils et que le personnel chargé de l'accueil est prima. Le directeur de la piscine aussi est prima. Voilà pourquoi ! Depuis que Callie va à l'école, a-t-elle eu un seul enseignant nihil ? Non. Et quand j'entre dans une librairie ou une bijouterie, il y a toujours un vigile idiot pour me suivre partout. Où est cette amélioration dont tout le monde me parle ?

– Je sais qu'il reste un long chemin à parcourir. Je ne le nie pas. Mais Tobey a une chance d'être admis à l'université et de choisir un métier, a dit Maman. Ce n'était pas le cas du vivant de Callum.

– C'est exactement là où je veux en arriver. Tobey a des tas de portes qui s'ouvrent devant lui, tellement plus que mon fils. Et que veut-il faire ? D'après ses propres mots, un minimum ! Il n'a aucune ambition !

– Il a *onze* ans, a protesté Maman. Il n'est même pas encore entré au collège. Laissez-lui sa chance.

– Callie mérite mieux et j'espère qu'elle le sait, a grommelé Grand-Mère.

– Vous voulez dire qu'elle devrait épouser un Prima, c'est ça ?

Le visage de Tobey était à présent aussi figé que le granit du plan de travail dans la cuisine de grand-mère Jasmine. Il s'est raidi et m'a regardée. Mais il écoutait toujours. Et moi j'avais envie de me donner des gifles pour avoir suggéré cet espionnage.

– Je ne veux pas que Callie soit blessée d'une façon ou d'une autre, a insisté grand-mère Meggie. Si elle traîne avec Tobey ou quelque autre Nihil, elle aura forcément des problèmes.

– Je ne savais pas que vous aviez planifié la vie de Rose dans tous les détails, a dit Maman. Si vous daignez me donner le programme pour aujourd'hui et pour demain, je me ferai un plaisir de le suivre à la lettre.

– Il n'est pas question de ça. Je veux seulement que Callie soit heureuse. Elle le mérite.

Tobey a tourné les talons et a couru vers la cuisine. J'avais envie d'entrer dans le salon et de cracher à grand-mère Meggie tout ce que je pensais d'elle, mais Tobey était en train de partir !

– Tobey, attends ! l'ai-je appelé.

Mais il a continué à courir.

Je l'ai rattrapé et je me suis accrochée à son bras pour le retenir. Mais il s'est débattu et a continué à fuir.

– Tobey, ce n'est pas moi qui ai dit ça !

– Tu penses sûrement la même chose ! Tu penses que je ne suis pas assez bien pour toi !

– Tu devrais me connaître un peu mieux que ça !

– Je rentre à la maison. La prochaine fois, je sonnerai avant d'entrer.

– Ne sois pas bête, ai-je dit. Tu n'as jamais sonné.

– Eh bien, ce sera un début !

– Tu sais quoi, lui ai-je lancé, furieuse, la prochaine fois, sonne et quand je t'aurai ouvert, tu n'auras plus qu'à m'embrasser les pieds et ceux de ma mère et ceux de ma grand-mère aussi ! Qu'est-ce que tu en penses ?

– Je le ferai si je veux être sûr de vomir, a riposté Tobey.

Une esquisse de sourire flottait sur ses lèvres.

– Contente de voir que tu reviens à la raison.

Le sourire de Tobey s'est effacé.

– Oublie les paroles de grand-mère Meggie, ai-je murmuré. Moi je les ai déjà oubliées.

Tobey s'est mordu la lèvre.

– Moi, je n'oublierai jamais.

Jasmine

Je crois que je vais redécorer cette chambre. Je ne l'ai pas touchée depuis mon divorce. Ce blanc crème est si fade. J'ai envie de quelque chose de plus vibrant, de plus moderne, de plus vivant.

J'ai tellement peur.

Cette chose en moi. Ce n'est sûrement... rien. Un kyste, au pire une tumeur bénigne. Pas de quoi s'inquiéter. Tout va aller bien. Je me sens bien. Je suis bien.

Alors pourquoi est-ce que j'ai tant de mal à m'endormir ? Cette boule dans mon sein est si douloureuse. J'aurais dû aller chez le médecin, il y a des semaines, quand je l'ai remarquée pour la première fois. Je pensais qu'elle partirait. Mais elle est toujours là. Elle ne grossit pas mais elle ne rapetisse pas non plus.

J'aimerais en parler à Minerva ou Perséphone, mais c'est inutile d'ennuyer mes filles avec des petits riens. Minerva et son mari Zuri ont des vies très remplies et je suis contente pour eux. Zuri est un homme bien et Minerva mérite un garçon sérieux. Leur fils Taj est un amour. Ils doivent se concentrer sur eux-mêmes, pas sur moi. Quant à Sephy, elle a déjà eu trop de soucis dans sa vie. Beaucoup trop. Je ne leur en parlerai donc pas. En tout cas, pas tout de suite. Il est temps que je pense d'abord à mes enfants. En ce qui concerne cette grosseur, je ne leur en toucherai un mot que si c'est grave. En attendant, je vais prier pour que ce soit bénin.

Jasmine, ne craque pas maintenant. Tu as traversé bien pire. Tout ira bien.

Répète-toi que tout ira bien.

Quoi que la vie te réserve, tout ira bien.

Sephy

J'étais en train d'essuyer la vaisselle quand des lèvres se sont posées sur ma nuque. J'ai sursauté.

– Salut, ma belle, m'a saluée Sonny de sa voix douce.

J'ai jeté un regard anxieux autour de moi.

– Sonny, ne fais pas ça. N'importe qui pourrait arriver.

– Et alors, on est majeurs, non ?

Sonny a essayé de m'attirer dans ses bras. Mon angoisse s'est transformée en panique.

– Sonny, s'il te plaît…

– Quoi ?

– Je ne suis pas ce genre de fille !

– Quel genre de fille ? s'est étonné Sonny.

– Le genre qui aime les câlins. Et j'aime encore moins qu'on me tripote.

Sonny a laissé retomber son bras.

– Depuis quand un baiser dans le cou équivaut à « tripoter » ?

– Ce n'est pas ça, c'est juste que je n'aime pas être malmenée.

– Ce n'est pas ce que tu disais la nuit dernière.

Quel coup bas !

– C'était la nuit dernière et maintenant, c'est maintenant ! ai-je lâché. Et ce n'est pas non plus parce que j'ai *peur*.

– Oh, nous y revoilà, a soupiré Sonny. Sephy. C'était il y a des mois.

– C'est toi qui as écrit ces mots, lui ai-je rappelé.

Ma petite voix intérieure me soufflait de laisser tomber. Mais ma bouche ne pouvait plus s'arrêter. J'avais été tellement blessée par cette chanson que c'était comme si je l'avais lue la veille. Après l'avoir découverte, je ne lui avais pas adressé la parole pendant deux jours. Et ça, malgré les fleurs et les excuses qu'il était venu présenter en personne.

– Je me suis déjà excusé, a dit Sonny. Ce que je n'aurais pas été obligé de faire si tu n'avais pas lu un texte qui ne t'était pas destiné. Mais tu ne peux pas t'empêcher d'en remettre une couche à chaque fois. Tu sembles résolue à provoquer une dispute mais je ne suis vraiment pas d'humeur.

– Je veux juste éviter que Callie Rose nous surprenne en train de nous embrasser.

– Et pourquoi ? Deux grandes personnes qui se montrent leur affection, c'est sain et naturel.

– Pourquoi ne pas inviter les voisins, tant qu'on y est ! On pourrait organiser une orgie dans le salon et demander à Rose d'y assister !

– Ce n'est pas ce que je veux dire et tu le sais très bien. Il n'y a rien de mal à nous embrasser devant elle. Dieu sait qu'elle a besoin de voir un peu d'amour dans cette maison !

Un tremblement de terre silencieux et fatal a ouvert la terre entre nous deux.

– Que veux-tu dire par là ? ai-je demandé calmement.

Sonny était près de moi, mais jamais il ne m'avait semblé si lointain.

– Ça n'a pas d'importance. Oublie ce que je viens de dire.

Sonny m'a tourné le dos. Je lui ai pris la main.

– Que veux-tu dire ?

– C'est juste que Meggie et toi… quelquefois, quand j'entre dans cette maison, la tension est si palpable. Et Rose n'est pas idiote, elle sait qu'il y a un problème entre vous.

– Ça n'a rien à voir avec Rose…

– C'est faux, m'a interrompue Sonny. Tout a à voir avec Rose. Meggie et toi ne vous rendez pas compte du mal que vous lui faites !

– Rose est ma fille, pas la tienne.

– Je le sais, a doucement acquiescé Sonny. Mais tu ne peux pas empêcher mes yeux de voir et mon cœur d'avoir mal.

– Va-t'en !

– Pourquoi ? Parce que tu n'es pas prête à entendre la vérité ? Parce que tu es contente que Rose grandisse dans cette maison sans amour, à condition que personne n'en parle ?

– Va-t'en !

– Si je pars, Sephy, je ne reviendrai pas !

Je n'ai rien dit. Mon visage disait : « Alors va-t'en ! »

Sonny a tourné les talons et est sorti de la cuisine. Je l'ai suivi, seulement pour m'assurer qu'il partait vraiment. Du moins, c'est ce que je me suis dit.

Après avoir ouvert la porte, Sonny s'est tourné vers moi.

– Au revoir Perséphone.

Il est sorti et a tiré la porte sans bruit.

J'ai eu l'impression qu'il emportait mon cœur avec lui.

– Sonny...

Mais la porte n'était pas entièrement fermée. Elle s'est rouverte, très lentement. J'ai regardé Sonny à l'autre bout du couloir, à l'autre bout du monde, mais à un battement de cœur. Avais-je la même expression que lui ? Aussi peu sûre, aussi désespérée ? Est-ce que je ressemblais plus à Sonny que je ne voulais l'admettre ? Partagions-nous la même souffrance profonde ?

– Ne pars pas, ai-je murmuré.

Après un long moment, la porte s'est de nouveau fermée. Mais cette fois, Sonny était dans le couloir avec moi.

Rose a dix ans

Dis-lui ! Ce n'est pas si compliqué. Ouvre la bouche et dis-lui.

Nikki, ma meilleure amie, et moi nous sommes mises d'accord pour parler à nos parents ce soir à exactement huit heures. Ella Cheschie a cessé d'être mon amie, après cette première fois où elle est venue jouer chez moi, mais je m'en fiche. J'ai Nikki et Nikki est beaucoup plus gentille. Même quand Ella était mon amie, elle passait son temps à critiquer tout le monde. J'ai jeté un coup d'œil à ma montre. Huit heures moins deux.

Papa, je sais que tu me regardes, s'il te plaît, aide-moi à convaincre Maman. S'il te plaît.

– Maman ?

– Oui, ma chérie.

– Nikki entrera au collège de Farnby Manor à la rentrée prochaine.

– Ah oui ? C'est bien.

Maman ne quittait pas la télé des yeux. Elle regardait un vieux film en noir et blanc.

– Nikki et moi avons décidé que nous aimerions aller au même collège.

– À Farnby Manor ?

– Oui, s'il te plaît.

– Non, Rose.

Maman est retournée à son écran.

– Mais Maman, Nikki et moi l'avons décidé.

– Nikki et toi pouvez décider que la lune est faite de purée et que ses cratères sont remplis de nuggets, ça ne changera rien. Tu iras à Heathcroft.

– Mais c'est une école pour les super bons élèves !

– C'est l'école où tes deux grands-mères veulent que tu ailles. Et moi aussi, a déclaré Maman.

– Mais c'est une école privée. Ça va coûter cher.

– Grand-mère Jasmine a offert de payer.

– Et pour Nikki et moi ?

– Fréquenter des écoles différentes ne signifie pas que vous devez cesser d'être amies. Vous pourrez toujours vous voir.

– Ce sera pas pareil, ai-je protesté.

– Callie Rose, tu iras à Heathcroft, un point c'est tout. Fin de la discussion.

– Je n'ai même pas mon mot à dire ?

– Non, a répliqué Maman. Pas en ce qui concerne ton éducation. Tu dois nous faire confiance. Nous choisissons ce qu'il y a de mieux pour toi.

– Mais Nikki n'a pas les moyens d'aller à Heathcroft, ai-je gémi.

– Je n'y peux rien.

– Tu ne veux jamais me faire plaisir !

Je suis partie du salon en courant. Ma poitrine hoquetait déjà.

– Je veux toujours te faire plaisir, a crié Maman derrière moi. Je veux toujours que tu sois heureuse. C'est pour cette raison que je t'envoie à Heathcroft.

Au milieu de l'escalier, j'ai décidé que ma chambre n'était pas assez loin de ma mère. C'était injuste. Heathcroft était le choix de ma mère, pas le mien. Maman décidait toujours pour moi, mais c'était ma vie, pas la sienne. C'était vraiment injuste.

– Je vais faire un tour de vélo, ai-je crié.

– Pardon ?

Maman est apparue dans l'encadrement de la porte et son visage était comme un orage prêt à éclater. Mes scènes avaient toujours cet effet sur elle.

– Est-ce que je peux aller faire un tour de vélo, s'il te plaît ?

– C'est bien ce que j'avais cru entendre, a lâché Maman. Seulement dans la rue, d'accord ? Et pas plus d'une demi-heure. Ensuite, je veux que tu rentres et que tu te prépares à te coucher.

– Mais je n'aurai le temps de rien faire en une demi-heure, ai-je protesté.

– Tu préfères un quart d'heure ?

– Une demi-heure, c'est bien, ai-je marmonné.

– Heureuse de l'entendre.

– Oui, Maman.

– Rose, je ne t'envoie pas à Heathcroft pour le plaisir de t'embêter, ma chérie, a ajouté Maman. Je veux que tu aies une belle vie. Que tu aies du choix. Si tu veux diriger le monde, ou devenir avocate, ou médecin ou gardienne de zoo, tu pourras. Mais tu n'auras le choix que si tu as bénéficié d'une bonne école et que tu acquiers un bon niveau scolaire. Sinon, tu n'auras pas de choix, tu comprends ?

– Oui, Maman.

– Je suis désolée pour Nikki, a ajouté Maman. Je sais que vous êtes très proches, mais tu ne peux pas vivre ta vie en fonction des autres. Tu dois faire ce qu'il y a de mieux pour toi, pas pour Nikki.

– Si je ne dois pas vivre ma vie en fonction des autres, pourquoi est-ce que tu me dictes tout ce que je dois faire ?

– Parce que je suis ta mère, a répondu Maman, avec cette logique de grande personne.

– Maman, est-ce que tu peux y réfléchir, s'il te plaît ? Juste y réfléchir…

– Rose, tu n'iras pas à Farnby Manor. Je ne veux pas te faire croire que je compte y réfléchir alors que je sais déjà que ma décision finale sera en faveur de Heathcroft. Si ce collège a été bien pour ton père et moi, il sera bien pour toi.

– Mais Maman…

– Callie Rose, quelle partie du mot « non » ne comprends-tu pas ? Le N ou le ON ?

Secouant la tête, Maman est retournée dans le salon. Je suis sortie dans le jardin pour prendre mon vélo. Une minute plus tard, je pédalais sur le trottoir, le plus loin possible de Maman et de la maison. J'avais promis à Nikki que nous irions à la même école ; et Maman allait m'obliger à briser ma promesse.

C'était injuste.

Quand je serai plus grande, plus personne ne me dira ce que je dois faire ou non. Où aller et à quelle heure rentrer. J'organiserai ma vie comme je l'entendrai et personne ne viendra y mettre son nez. Pas même Maman.

Je suis arrivée au bas de la rue, mais j'étais encore très en colère. Maman ne m'autorisait pas à dépasser les limites de la rue, mais j'avais dix ans à présent. Je n'étais plus un bébé. Je pouvais quand même bien faire le tour du pâté de maisons. Je le faisais souvent avec Maman ou grand-mère Meggie. Je devais quand même être capable de le faire toute seule.

– Excuse-moi ?

Un homme nihil, avec des cheveux châtains et des yeux marron très foncés, se tenait juste en face de moi. Si je n'avais pas freiné de toutes mes forces, je lui serais rentrée dedans. J'ai tout de suite mis pied à terre pour que mon vélo ne verse pas.

– Excuse-moi, je ne voulais pas t'effrayer, a souri l'homme. Je cherche une personne du nom de Sephy Hadley. On m'a dit qu'elle vivait dans ce quartier. Est-ce que tu sais où je peux la trouver ?

– C'est ma…

Je n'ai pas fini ma phrase. Combien de fois Maman et grand-mère Meggie m'avaient-elles interdit de parler à des étrangers ? L'homme s'est approché de moi. J'avais la bouche toute sèche. D'un mouvement du pied, j'ai fait faire demi-tour à mon vélo. L'homme s'est immobilisé.

– Tu la connais ? m'a-t-il demandé à nouveau.

– Je n'ai pas le droit de parler aux étrangers, ai-je répliqué.

J'ai jeté un regard rapide autour de moi. La rue était vide. L'étrange homme et moi étions seuls. Et je n'étais même plus dans ma rue.

– Il faut que j'y aille, ai-je marmonné, en posant un pied sur la pédale.

– Non, attends, je ne vais pas te faire de mal, je te le promets.

– Même si vous vouliez me faire du mal, vous ne me le diriez pas, ai-je rétorqué.

– Non, tu as raison. Mais je cherche Sephy Hadley pour qu'elle me donne des nouvelles d'un homme du nom de Callum McGrégor. Je suis parti depuis très longtemps et j'ai besoin de le retrouver.

J'avais un pied à terre mais l'autre sur la pédale, et j'étais prête à m'enfuir à toute vitesse s'il le fallait.

– Qui êtes-vous ? ai-je demandé en gardant mes distances.

– C'est moi qui ai posé les questions en premier, a souri l'homme. Tu sais où vit Sephy Hadley ?

– Vous êtes un de ses amis ?

L'homme a soupiré et a secoué la tête.

– Pas vraiment. Vois-tu, Sephy et moi avons eu une grosse dispute il y a très très longtemps et nous ne nous sommes plus adressé la parole depuis. Aujourd'hui, j'ai vraiment envie de me réconcilier avec elle et Callum. C'est ce que je veux le plus au monde. Laisser le passé derrière moi.

– Oh, je comprends.

J'ai enlevé mon pied de la pédale.

– Vous ne pouvez pas voir Callum. Il est mort avant ma naissance.

– Callum est mort ?

L'homme a chancelé, comme si mes mots l'avaient sonné.

– Ça va ? lui ai-je demandé.

– Oui... non... je ne peux pas croire que Callum est mort. Comment cela est-il arrivé ?

– Il est mort dans un accident de voiture.

L'homme a eu un air ébahi et ses yeux se sont brièvement élargis.

– Qui t'a dit ça ? a-t-il demandé un peu sèchement.

– Ma mère. Callum McGrégor était mon père.

L'homme m'a longuement dévisagée.

– Tu es Callie Rose ?

– Oui.

J'ai remis mon pied sur ma pédale.

– Et Callum est mort ?

– Oui.

– Et qui t'a dit qu'il était mort dans un accident de voiture ?

– Ma mère. Pourquoi ?

– Je me demandais, c'est tout, a répondu l'homme.

La manière dont il me regardait me mettait mal à l'aise.

– Qui êtes-vous ? lui ai-je demandé.

– Je m'appelle Jude, a répondu l'homme.

Jude

Aucune réaction quand je lui ai dit mon nom. Non seulement Sephy ne lui avait jamais parlé de moi, mais ma propre mère non plus. Peu importe. Ça peut m'être d'une grande utilité. Trois semaines que je rôde autour de la maison de ma mère et ça a finalement payé. Je commençais à désespérer de trouver une occasion de parler à la bâtarde de Sephy seul à seule. Je pense avoir employé la bonne approche. En faisant semblant de ne pas savoir que Callum était mort. Ça a paru la détendre un peu. Mais qu'est-ce que c'était cette connerie d'accident de voiture ?

Elles ont caché la vérité à cette gamine. Ça aussi, je vais l'utiliser. Mais ne te précipite pas, Jude. Tu as tout le temps. Maintenant elle est assez âgée, je vais pouvoir la prendre en main. Ce sera si facile. Cette gamine va jouer un rôle capital dans mes futurs plans. Un très grand rôle.

Et personne ne se mettra en travers de mon chemin.

Je m'en assurerai personnellement.

Rose a dix ans

L'homme m'a tendu la main, mais s'il pensait vraiment que j'allais la prendre, c'est qu'il lui manquait un boulon. Je n'étais pas idiote. Il a laissé retomber sa main.

– Comment vous connaissez ma mère et mon père ?

– Callum est… était mon frère.

– Vous êtes mon oncle ?

Un… feu d'artifice, oui, un feu d'artifice a explosé dans ma poitrine. Mais je me suis reprise. Reste sur tes gardes, Rose. Cet homme était-il réellement mon oncle ? Jude… je me souvenais maintenant. Quand j'avais huit ou neuf ans, j'ai demandé à grand-mère Meggie si j'avais des oncles et des tantes à part tante Minerva. Grand-Mère m'a répondu que j'avais eu une tante du nom de Lynette mais elle était morte très jeune, longtemps avant ma naissance. Je m'étais mise à pleurer à l'idée que grand-mère Meggie avait perdu mon père et sa sœur. C'était très triste. Alors Grand-Mère m'avait parlé d'oncle Jude. C'était le frère aîné de Papa. Mais Grand-Mère m'avait expliqué que je ne pouvais pas le voir parce qu'il était très loin.

Mais il était de retour… enfin, si c'était vraiment lui… je devais rester prudente.

– Oui, a répondu l'homme avec un sourire bref. Je suis ton oncle.

– Comment s'appelle ta sœur ? lui ai-je brusquement demandé.

– Lynette, a-t-il immédiatement répondu. Elle est morte il y a très longtemps.

– Quel est le deuxième prénom de grand-mère Meggie ?

L'homme a froncé les sourcils puis son visage s'est éclairé.

– Ah, je vois. Justement, ma mère n'a pas de deuxième prénom. Elle s'appelle Margaret McGrégor, mais elle déteste Margaret et ne l'utilise jamais.

J'ai souri jusqu'aux oreilles.

C'était mon oncle !

Wahou ! Regarde, Papa. C'est ton frère. Mon oncle. Est-ce qu'il te ressemble ? Il a de beaux yeux noirs et un sourire très gentil. J'essaie de ne pas cligner des yeux, j'ai trop peur qu'il disparaisse. Je veux tout, tout me rappeler de lui. Papa, regarde, c'est ton frère !

– Bonjour, oncle Jude, ai-je souri.

Oncle Jude a secoué la tête.

– Je… je ne sais pas très bien quoi te dire. Je suis si content de te rencontrer, mais… apprendre que mon frère est mort !

– Je suis désolée.

Mon sourire s'est effacé. C'était affreux. Il venait d'apprendre que son frère était mort, après toutes ces années…

– Grand-mère Meggie n'est pas à la maison, mais viens, tu pourras voir Maman. Je suis sûre qu'elle sera très heureuse de te revoir.

– Eh bien… non… je ne suis pas sûr. Plus maintenant que je sais pour mon frère.

– Pourquoi ?

– Comme je te l'ai dit, Sephy et moi avons eu une grosse dispute, il y a des années, et je suis sans doute la dernière personne qu'elle a envie de voir.

– Oh… mais…

– Non, Callie… je viens d'apprendre la mort de mon frère et… j'ai besoin d'être un peu seul.

Oncle Jude a tourné les talons.

– Est-ce que je vais te revoir ? ai-je crié.

– Tu aimerais ?

– Oh oui.

J'adorerais.

– À une condition, a dit oncle Jude très sérieusement.

– Laquelle ?

– Je préférerais que tu ne parles à personne de ma visite.

– Pourquoi ?

Oncle Jude a pris un air très triste.

– Je dois penser à un moyen de me réconcilier avec ta mère. Nous nous sommes tous les deux jeté des horreurs à la figure… Si elle apprenait maintenant que je suis revenu, ou que je t'ai parlé sans sa permission, il n'y aurait aucune chance que nous redevenions amis.

– Alors, je ne lui dirai pas. Jusqu'à ce que tu me le permettes.

– Promis ?

– Promis.

– Est-ce que tu es une petite fille qui tient ses promesses ? a demandé oncle Jude.

– Toujours.

Oncle Jude a hoché la tête et m'a dévisagée. Je n'ai pas tourné la tête. Je l'ai regardé droit dans les yeux. Je voulais le persuader que je ne mentais pas. Je ne briserai jamais ma promesse. Jamais.

– Je ne reviendrai pas tout de suite, a dit oncle Jude. Peut-être pas avant quelques mois, mais tu ne dois parler de moi à personne. Ni à ta mère, ni à personne.

– Promis. Je ne dirai pas un mot.

– Tu es une gentille fille. Je pense que tu es digne de confiance, Callie Rose. Je te crois capable de garder notre secret de grandes personnes.

J'ai acquiescé si fort que ma tête aurait pu tomber de mes épaules. J'avais enfin trouvé quelqu'un qui avait remarqué que j'avais dix ans et pas dix mois. Et j'allais prouver à oncle Jude que personne au monde n'était aussi capable que moi de garder un secret.

– Au revoir, Callie Rose, à bientôt.

– Au revoir, oncle Jude.

Il est parti. Le dos droit, mais la tête baissée.

Est-ce que c'est comme ça que tu marchais, Papa? Comme oncle Jude? Je suis sûre que c'est toi qui as amené oncle Jude jusqu'à moi. Merci, merci beaucoup, Papa. Merci de t'occuper de moi.

Sephy

Rose a été très calme ces deux dernières semaines. Au début, j'ai pensé qu'elle faisait la tête à l'idée de ne pas aller à la même école que son amie Nikki, mais je crois maintenant que ça n'a rien à voir. C'est plus profond que ça. Je lui ai demandé des centaines de fois si elle avait un problème, mais elle répond toujours « rien ».

Je ne supporte plus ce mot.

Rien.

Elle répond « rien » alors que je vois bien qu'il y a quelque chose.

Oh, et puis, je n'ai qu'à attendre. Quand Callie Rose sera prête, elle me dira ce qui lui trotte dans la tête.

Rose a dix ans

– Rose, arrête de sauter sur ton lit, tu vas finir par passer par la fenêtre.

Quand mes pieds ne touchent plus le matelas, je monte mes genoux le plus haut possible, jusqu'à ma poitrine, comme j'ai appris en sport à l'école quand on fait du trampoline. Je déplie mes genoux au moment de la descente et woooosh, je saute encore plus haut. Yahoo !

– Rose, est-ce que je parle martien ?

– Mais Maman, ai-je souri, c'est drôle.

– Rose, ne m'oblige pas à répéter.

J'ai regardé Maman et j'ai bougé mes bras comme les ailes d'un moulin. Elle fronçait les sourcils mais elle n'était pas si fâchée. Je pouvais me permettre encore un ou deux sauts.

En haut ! En bas ! En haut ! En bas ! Le lit de Maman est le meilleur de la maison pour faire du trampoline. J'ai écarté les jambes, je les ai resserrées et puis j'ai atterri assise. C'était vraiment chouette !

– Callie Rose, descends, a insisté Maman.

J'avais encore du temps pour un saut. Ce serait le plus haut de tous. Je toucherai le plafond. J'ai bondi. Dès que je serai redescendue, je sauterai sur le parquet et je filerai dans ma chambre avant que Maman ait le temps de me crier dessus. Mais… ça ne s'est pas passé comme je l'avais prévu. Mon pied a glissé sur un coin du lit et je suis tombée sur le sol plus vite que prévu. Mon dos a râpé contre le bord du lit et mes fesses ont brutalement atterri sur le sol.

Aussitôt, j'ai hurlé.

Maman s'est précipitée vers moi.

– Ça va, ma chérie ?

Elle s'est accroupie.

– Rose, ça va ?

J'avais le dos en feu. J'ai essayé de parler mais je n'arrivais qu'à pleurer. J'ai ouvert les bras, pour que Maman me porte. Maman a ouvert les bras aussi, puis a pris mes mains dans les siennes.

– Rose, ma chérie, calme-toi. Où est-ce que tu as mal ? Montremoi.

La porte de la chambre s'est ouverte brusquement et grand-mère Meggie a couru vers moi.

– Qu'est-ce qui s'est passé ? On aurait dit que le plafond allait s'écrouler !

Grand-Mère m'a regardée, assise par terre en train de brailler, et elle s'est agenouillée près de moi pour me prendre dans ses bras. Comme cette fleur gobe-mouche qu'on avait vue au jardin botanique. J'ai enfoncé mon visage dans les plis de sa robe bleue, qui sentait son parfum fleuri avec un mélange de poulet rôti. Grand-Mère appuyait sa main contre mon dos, pile où j'avais le plus mal. Elle me serrait si fort contre elle que je pouvais à peine respirer.

– Grand-Mère, je suis tombée du lit et je me suis fait très mal, ai-je pleuré.

Grand-Mère m'a serrée encore plus contre elle, ce qui m'a fait pleurer plus fort.

– Tu me fais mal !

Grand-Mère a retiré ses mains de mon dos et s'est penchée pour m'embrasser sur le front et sur chacune de mes joues trempées.

– Tout va bien aller, ma chérie. Grand-Mère est là. D'accord ?

Elle a soulevé le dos de mon T-shirt. Mon visage était toujours enfoui dans sa robe.

– Mon Dieu, tu as déjà un énorme bleu sous l'omoplate, s'est exclamée Grand-Mère. Il sera de toutes les couleurs demain.

– Il faut lui mettre de la glace, a lancé Maman.

J'ai repoussé Grand-Mère et je me suis tournée vers Maman, les bras tendus.

– Maman, ça fait mal.

Maman m'a pris les mains.

– Viens, ma chérie. On va s'occuper de ça.

Et elle est sortie en passant devant grand-mère Meggie.

– Maman, tu me portes ?

Maman m'a regardée.

– Tu es trop lourde, Rose. Et puis, je risque de te faire encore plus mal. Tu devrais marcher.

Nous sommes allées dans la salle de bains. Maman a mouillé un coton et a soulevé mon T-shirt. Elle a passé le coton très doucement sur ma blessure. Elle ne se pressait pas, elle faisait très attention. Je la regardais et mes larmes séchaient.

Le coton humide m'a soulagée mais j'avais toujours mal. Je reniflais en essayant de retenir mes larmes ; Maman n'aimait pas que je pleure.

J'ai de nouveau tendu les bras vers elle. Maman a souri et m'a embrassée sur le front.

– Tu ne crois pas que tu es un peu grande pour demander un câlin à chaque fois que tu as un bobo ?

J'ai laissé retomber les bras et j'ai penché la tête.

– Oui, Maman.

– Tu es très courageuse, ma chérie. Tu t'es fait une grosse blessure et ça saigne même un peu. Mais pas assez pour que tu aies besoin d'un pansement.

– D'accord, Maman.

– Qu'est-ce qui ne va pas, ma chérie ?

– Rien, Maman.

J'ai regardé le sol. Je ne voulais pas que Maman voie mon visage. Mon dos me lançait à présent. Maman m'a tournée, a resoulevé mon T-shirt et a passé sa main doucement, très doucement sur mon bleu et tout à coup, elle m'a embrassée juste là où j'avais le plus mal.

– Voilà, ma chérie, ça va mieux maintenant ?

Je me suis retournée et j'ai serré les bras autour de son cou.

– Oh oui, Maman. Beaucoup mieux.

– Très bien.

Maman m'a caressé les bras avant de les enlever de son cou.

– Tu m'étrangles, Rose.

– Désolée.

Je me suis écartée.

À présent, mon dos me faisait encore un peu mal, mais il ne me lançait plus. Quelque chose dans mon cœur était beaucoup plus douloureux.

Maman m'a embrassé le front.

– Viens, je t'offre une glace pour récompenser ton courage, a-t-elle dit. Peu de gens le savent, mais la glace, c'est excellent pour soigner les bleus dans le dos.

Maman m'a acheté une glace au chocolat et c'était délicieux.

Et la douleur dans mon dos, tout doucement, a disparu.

Pour la douleur dans mon cœur, ça a pris beaucoup plus longtemps.

Rose a dix ans

Tobey était d'une drôle d'humeur aujourd'hui. Pas drôle dans le sens de « marrante ». Pas du tout. Maman et moi étions sur le point de partir rendre visite à grand-mère Jasmine et comme il était à la maison, Maman l'a invité à nous accompagner.

– Nous partons voir ma mère, Tobey, a dit Maman. Tu veux venir ?

– Oui, j'aimerais bien, a-t-il aussitôt répondu.

Mais à peine avait-il prononcé ces mots qu'une expression bizarre s'est peinte sur son visage, comme si sa bouche avait parlé sans attendre l'avis de son cerveau et que son cerveau était en train de le lui reprocher. Il n'était jamais allé chez grand-mère Jasmine, mais je lui en avais beaucoup parlé. C'est sûrement ce qui l'avait poussé à répondre oui. Malgré tout, il devait aussi se sentir très nerveux à l'idée de rencontrer ma grand-mère. Il est allé demander la permission à sa mère et nous sommes partis. Il n'a pas dit un mot pendant le trajet. J'ai essayé de lui parler des tas de fois, mais il se contentait de hausser les épaules ou de hocher la tête. Du coup, j'ai laissé tomber et j'ai discuté avec Maman.

– Ça va, Tobey ? a demandé Maman, pour la centième fois.

– Oui, merci mademoiselle Hadley.

C'est la seule phrase qu'il a prononcée du voyage.

– Rose, tu resteras au moins dix minutes dans la maison avant de disparaître avec Tobey dans le jardin, m'a demandé Maman.

– Oui, Maman, ai-je soupiré.

Maman et moi avions eu cette discussion des milliers de fois. Elle me reprochait de courir dans le jardin ou sur la plage à chaque fois que nous allions rendre visite à grand-mère Jasmine. Et

Maman trouvait que ce n'était pas très gentil de ma part de saluer ma grand-mère par un « Bonjour Grand-Mère, est-ce que je peux aller sur la plage ? ».

Nous nous sommes assis dans l'immense salon de grand-mère Jasmine. Grand-Mère l'appelait sa salle de réception. Ce qui donnait l'impression qu'elle y recevait des gens pour faire la fête. Alors qu'en réalité… Les canapés de grand-mère Jasmine coûtaient plus cher que la voiture de Maman (c'est ce que disait Maman) et je devais faire attention à ne pas toucher les bibelots et à ne pas marcher sur le tapis avec mes chaussures. Maman ne voulait jamais que je boive autre chose que de l'eau dans la salle de réception de Grand-Mère. Grand-Mère, elle, affirmait que ça lui était égal.

– Ce n'est pas ce que tu me disais quand j'étais petite, a fait remarquer Maman à sa mère. Je n'avais pas le droit ni au thé, ni au jus d'orange dans cette pièce.

– C'était il y a longtemps, a répondu grand-mère Jasmine. Les temps changent. Les gens changent.

– Pas tant que ça, a ricané Maman.

– Sephy, tu devrais reprendre confiance, recommencer à croire aux gens, lui a rétorqué Grand-Mère.

– Et comment je fais ça ? a lancé Maman.

– En ayant davantage confiance en toi-même pour commencer, a soupiré Grand-Mère.

Puis elle a tourné la tête vers moi comme si elle venait juste de se souvenir de ma présence.

– Trop de mots pour de jeunes oreilles, a dit Grand-Mère.

Comme si je n'avais pas compris leur conversation.

J'étais perchée sur le canapé, essayant de m'intéresser aux figurines de cristal sur l'étagère de Grand-Mère. J'ai compté jusqu'à cent et je me suis dit que si je restais une seconde de plus, j'allais devenir folle. J'ai donné un coup de coude à Tobey qui était assis près de moi. Mais il ne me prêtait aucune attention. Il regardait partout, chaque coin et recoin de la pièce. Qu'est-ce qui pouvait le fasciner autant ? J'ai essayé de regarder le salon avec les yeux de Tobey, c'est-à-dire comme si je le voyais pour la première fois. C'était une grande pièce, aussi grande que notre cuisine, notre salon et la salle de musique de Maman toutes mises ensemble. C'était trop propre.

– Grand-Mère, est-ce que moi et Tobey on peut aller sur la plage ? ai-je demandé, ignorant le regard que Maman dardait dans ma direction.

– « Tobey et moi », m'a corrigée Grand-Mère.

Grand-Mère était si pointilleuse. Elle m'avait comprise. C'était le principal, non ? Mais je savais d'expérience qu'elle ne me répondrait que quand j'aurais formulé ma question correctement.

– Est-ce que Tobey et moi on peut aller sur la plage ?

– Vous pouvez, a acquiescé grand-mère Jasmine. Mais ça ne veut pas dire que je vous y autorise.

Tobey était très gêné, mais pour la mauvaise raison.

J'ai recommencé.

– Tobey et moi pourrions-nous aller sur la plage, s'il te plaît, Grand-Mère ?

– Oui, mais soyez de retour pour le déjeuner.

– D'accord, Grand-Mère.

Je me suis levée et j'ai pris Tobey par le bras avant que Maman ait le temps de faire une remarque. Je l'ai entraîné dans la cuisine.

– Tu veux faire une partie de tennis de plage ?

– C'est quoi ça ? a demandé Tobey.

– Du tennis sur la plage, gros malin !

– Ah !

Il m'a suivie jusqu'au placard où étaient rangés tous les jeux de plein air, comme le croquet, les boules, et le reste. J'ai pris deux raquettes et deux balles avant de courir dans le jardin.

– C'est par là, ai-je crié à Tobey.

Nous avons traversé le jardin de grand-mère Jasmine en courant. Je me suis arrêtée dans la roseraie. Grand-Mère m'avait expliqué qu'avant la roseraie était dans une grande serre qu'elle avait fait enlever après son divorce. Quand je lui en avais demandé la raison, elle avait répondu : « Je veux que les fleurs profitent du vent et de la pluie. Les fleurs doivent connaître l'été et l'hiver, ça les rend plus fortes. Il ne faut pas trop préserver les plantes. Ni les gens d'ailleurs. » C'était moi qui avais posé la question, mais grand-mère Jasmine avait regardé Maman en répondant.

C'était bizarre de penser que mon père avait travaillé dans ce jardin avant ma naissance. Que ses cendres avaient été dispersées là. Je me doutais qu'elles avaient disparu depuis longtemps, mais j'aimais bien penser que Papa était peut-être en train de tourner autour de moi en ce moment même. Il était dans le parfum des roses, et même dans le chant de l'oiseau qui sifflotait un peu plus loin. Après tout, les oiseaux mangent des vers et peut-être que les vers avaient mangé un peu des cendres de Papa, il y a très longtemps. Peut-être qu'à présent, Papa était un oiseau qui chantait ! (Combien de temps vivent les oiseaux ?) Chaque fois que nous venions chez grand-mère Jasmine, je venais dans la roseraie. Je sais que ça semblait idiot, mais je me sentais plus proche de Papa, dans cet endroit.

– Coucou, Papa, ai-je murmuré.

Je ne voulais pas que Tobey m'entende. Il risquait de croire que j'étais folle.

On a ensuite repris notre course. Une fois sur la plage, nous avons tout de suite commencé à jouer.

– Où est le filet ? a voulu savoir Tobey.

– Dans nos têtes !

Tobey était d'une humeur vraiment étrange. On jouait, mais la balle rebondissait dans tous les sens. Tobey courait après et haletait et râlait en essayant de la rattraper. Il ne s'amusait manifestement pas. Au bout de dix minutes, j'ai décidé de laisser tomber le tennis.

– Qu'est-ce qui ne va pas, Tobey ?

– La maison de ta grand-mère est immense.

– Et alors ?

– Elle vit là toute seule ?

– Oui, mais elle a une secrétaire, Sarah, et une cuisinière qui viennent tous les jours.

– Et c'est tout ?

– Oui, pourquoi ?

– C'est pas juste. Une femme toute seule qui vit dans une aussi grande maison.

– Eh bien, mon grand-père et elle ont divorcé il y a longtemps.

– Ce n'est pas ce que je veux dire. Cette maison est assez grande pour être un hôtel et elle est toute pour elle. Un quart des habitants du quartier des Prairies pourrait vivre là.

Je n'y avais jamais pensé. Tobey n'avait pas tort. C'était une très grande maison pour une personne toute seule. Quand je pensais à tous les gens dans notre quartier qui n'avaient pas de maison et dormaient dans des cartons… mais en même temps, si Grand-Mère et Grand-Père avaient travaillé pour gagner assez d'argent pour acheter une grande maison, je ne voyais pas le problème.

– Maman dit que si on a des diplômes, tout est possible. C'est pour ça qu'elle veut que j'aille à Heathcroft. Elle dit qu'avec des diplômes, j'aurai beaucoup plus de choix : je pourrai balayer les rues ou devenir Premier ministre. Mais c'est moi qui choisirai. Elle dit que des diplômes vous ouvrent toutes les portes.

– Sauf que tout le monde n'a pas la possibilité d'aller dans une grande école pour obtenir tous ces diplômes, a rétorqué Tobey.

Il fallait que je réfléchisse aussi à ça. Heathcroft n'était pas gratuit. Grand-mère Jasmine allait payer pour moi.

– Et toi, comment tu vas faire pour le collège ? ai-je demandé à Tobey.

– Je vais me bouger le cul pour entrer dans la meilleure école !

Il avait dit un gros mot et il n'avait pas le droit.

– Si ta mère t'entendait parler comme ça, lui ai-je fait remarquer, tu te ferais tirer les oreilles.

– C'est ma mère qui m'a dit que je devais me bouger le cul pour pouvoir entrer dans une bonne école.

– Elle a utilisé ces mots-là ?

– Exactement ces mots-là !

Peut-être qu'un jour, je comprendrai les grandes personnes avec leur « fais ce que je dis, fais pas ce que je fais ». Mais pour le moment, je laissais tomber !

Jude
contre Jasmine

Jude

Je n'arrive toujours pas à y croire. Jasmine Salope Hadley est dans ma chambre d'hôtel. Dans ma chambre d'hôtel. Comment m'a-t-elle trouvé ? Je n'ai pas suivi la règle de Jude n° 14 : *Garde les yeux sur tes ennemis, garde une longueur d'avance et garde la vie.* C'est bien fait pour moi. J'étais sur le point de célébrer mon dernier acte de vengeance sur Sephy Hadley et sa progéniture. Je me proposais de sortir quelques bières du minibar quand j'ai pensé : non, ça vaut plus que quelques bières. Ça mérite du *champagne.* J'ai appelé le service de chambre et j'ai commandé une de leurs meilleures bouteilles.

— Pas un de ces mousseux que vous servez au premier venu, ai-je prévenu le type de la réception.

Puis je me suis assis sur le lit, j'ai regardé la télé et j'ai attendu mon champagne. J'étais trop satisfait de moi pour rester encore sur mes gardes. Quand on a frappé à la porte, j'ai pensé que pour une fois, le service de chambre avait été rapide. J'ai ouvert la porte sans réfléchir.

Et à cause de ce manque de concentration, cette folle est assise sur mon lit, un sourire aux lèvres. Je ne lui en veux pas. À sa place, je sourirais aussi. Mais j'ai du mal à croire que j'aie pu être aussi stupide. Jasmine Hadley m'avait piégé alors que des tonnes de policiers et quelques traîtres avaient cherché à me retrouver sans jamais y parvenir. Comment a-t-elle découvert mon repaire ? Pas par Callie. Mais cette veste verte que Jasmine porte, qui cache son corps maigre – squelettique –, appartient pourtant à Callie. J'avais ordonné à Callie de coudre des poches à l'intérieur de cette veste. Et chaque poche est pleine d'explosifs. Il y en a assez pour envoyer le dernier étage de l'hôtel en orbite.

Avec cette veste sur le dos, Jasmine ressemblait à une brindille enroulée dans une couette matelassée. Elle avait dû se faire faire de la liposuccion, un lifting, et un remontage de nichons pour être comme ça. Elle n'avait pas une miette de graisse. Ses cheveux étaient noirs, avec une grande mèche blanche, et son visage était soigneusement maquillé. Elle avait choisi le ton de rouge idéal pour ses lèvres, son mascara était parfaitement appliqué, ses paupières rehaussées de bleu argent et ses joues d'une touche très légère de rouge. Impeccable. Voilà une femme qui savait mener ses affaires. Je devais faire très attention à chacun de mes mouvements. Je ne doutais pas que Jasmine Hadley était capable de nous envoyer tous en enfer en moins de temps qu'il ne faut pour le dire. J'ai songé à la distraire et à me jeter sur elle. Mais deux bons mètres nous séparaient. Elle aurait grandement le temps d'appuyer sur le bouton de la bombe. J'ai pensé au couteau, planqué dans une jambe de mon pantalon, et au revolver, dans l'autre jambe. Il devait y avoir un moyen pour moi de récupérer mon flingue et de la zigouiller avant qu'elle ait le temps de réagir. Je devais prendre mon temps et attendre le bon moment. La vie m'a appris que les occasions finissent toujours par se présenter. Il suffit juste de les attendre et de les saisir.

– Et on fait quoi, maintenant ? ai-je demandé d'une voix douce.

Jasmine a haussé les épaules.

– On attend.

– On attend quoi ?

Jasmine a rapidement regardé sa montre.

– On attend, a-t-elle répété.

Elle gardait consciencieusement le doigt sur l'interrupteur.

Jasmine

Je dois reconnaître une chose à propos de Jude, il n'a pas cillé une seconde. J'étais beaucoup plus nerveuse que lui. Il devait se retrouver régulièrement dans ce genre de situation. À quoi un type comme lui passait-il ses journées ? À réfléchir et planifier ? Et comment dormait-il la nuit ? Comme une bûche, probablement. Il ne devait être traversé d'aucun doute, ni d'aucune angoisse. D'aucun regret non plus. Quelle chance. Soudain, quelqu'un a frappé à la porte. Je ne m'y attendais pas.

— Service d'étage, a lancé une voix chantante.

J'ai tourné la tête. Grossière erreur. J'ai senti plus que je n'ai vu Jude se jeter sur moi.

— Entrez ! ai-je crié.

Et plutôt que de me pousser, j'ai eu le réflexe de m'allonger sur le lit. Jude était sur moi, je sentais ses armes me rentrer dans le dos et il avait les mains autour de mon cou. La porte s'est ouverte. Mon cœur s'est serré. J'ai essayé de remettre la main sur l'interrupteur. Jude pesait plus lourd qu'un âne mort sur moi. Sa main cherchait la mienne. Il aurait dû commencer par ça. Il a commencé par essayer de m'étrangler, ce qui m'avait donné le temps de remettre le pouce sur l'interrupteur.

— Boum, ai-je murmuré à son oreille.

Il a aussitôt retiré sa main.

Le serveur est apparu et a vu Jude allongé sur moi.

— Oh, excusez-moi !

— Tire-toi, ai-je soufflé à Jude.

Jude s'est redressé. Je me suis redressée, et j'ai repris ma respiration. Je commençais à retrouver mon self-control. J'avais une douleur dans le dos, là où les armes s'étaient enfoncées. Et une autre douleur dans la poitrine. Je n'avais pas envie de recommencer ce petit numéro. Le serveur nihil était plus rouge qu'un coucher de soleil en été.

– Dé… désolé, je suis désolé.

Il regardait la moquette, le placard, la porte de la salle de bains, partout sauf vers Jude et moi.

– Assieds-toi, tu mets le serveur mal à l'aise, ai-je demandé à Jude en lui montrant la chaise de ma main libre.

Jude a obéi avec réticence.

– Où… où voulez-vous que je pose le champagne ? a demandé le serveur.

– Près de moi, sur le lit, ai-je répondu sans quitter Jude des yeux.

Le serveur a obtempéré.

– Qui signe le bon de commande ? s'est enquis le serveur d'une voix timide.

– Posez la note sur la table près de mon ami et puis reculez, ai-je répondu sur un ton charmant.

Étonné, mais trop bien élevé pour poser des questions, le serveur a une fois de plus obéi. Il a posé un stylo-bille près de la note ; il feignait la nonchalance et avait placé ses deux mains, l'une sur l'autre, au niveau de son estomac. Mais il n'arrêtait pas de bouger les doigts et son regard allait de Jude à moi et de moi à Jude. Pensait-il que Jude était mon gigolo ? Mon petit Nihil d'amour. C'était très drôle.

– Eh bien, chéri, signe, ai-je lancé à Jude.

Jude s'est penché et a signé. Je l'ai observé attentivement pour m'assurer qu'il n'écrivait rien d'autre que son nom. Cependant, il n'a pas écrit Jude McGrégor, mais quelque chose comme Steve Wine ou Steve Winner. Ce n'était pas facile de lire d'où j'étais. Mais au moins, ce n'était pas un message secret. Ou alors, le nom en lui-même était un message. Quel meilleur moyen d'alerter la direction de l'hôtel qu'en signant d'un faux nom ?

– Reste assis, mon amour, tu rends le serveur nerveux, ai-je dit gentiment.

Jude a repris sa position.

– Vous pouvez y aller, ai-je lancé au serveur.

Il a pris la note et a vérifié la signature. Il a souri et n'a pas semblé le moins du monde perturbé. Il était logique que Jude n'ait pas réservé de chambre à son véritable nom.

Le serveur nous a regardés, en attente.

Désolé, chéri, pas de pourboire aujourd'hui.

– Madame, monsieur.

Il s'est incliné, le sourire plaqué sur sa face a légèrement vacillé mais il a tourné les talons.

– Merci beaucoup, lui ai-je souri quand il est passé devant moi. Pourriez-vous me rendre un service, s'il vous plaît ?

– Bien sûr.

– Pouvez-vous accrocher la pancarte *Ne pas déranger* à la poignée, s'il vous plaît ?

– Pas de problème.

J'ai gardé les yeux fixés sur Jude pendant que le serveur quittait la pièce en refermant doucement la porte derrière lui. Je l'ai entendu accrocher la pancarte.

Puis il y a eu un silence.

Plus loin dans le couloir, une femme a ri. Un rire insouciant. Une télé s'est allumée dans la chambre au-dessus mais le son s'est rapidement baissé. Puis le silence complet est revenu. Ce silence qui accompagne l'éveil des sens.

– Alors, quel nom utilises-tu en ce moment ? ai-je demandé à Jude.

– Steven Winner, a-t-il répondu après une hésitation.

— Steven Winner, ai-je répété. Où as-tu pêché ça ?

Jude est resté silencieux.

— Depuis quand n'es-tu plus Jude McGrégor ? n'ai-je pu m'empêcher de le provoquer.

Je n'attendais pas de réponse et pourtant...

— Depuis la mort de mon frère.

J'ai doucement hoché la tête. Je commençais à avoir la nausée et ce n'était pas seulement dû à la situation dans laquelle je me trouvais. J'avais besoin d'un cachet, mais ils m'embrouillaient l'esprit et m'empêchaient de réfléchir clairement. Je ne pouvais pas me le permettre. Je devais rester en éveil pour négocier avec l'homme en face de moi. Un sourire discret est apparu sur les lèvres de Jude. Je suis restée parfaitement immobile. Jude a écarquillé les yeux de telle façon que je pouvais voir l'iris au milieu de ses pupilles. À quoi pensait-il ? Quel tour préparait-il ? Ou essayait-il seulement de me faire baisser ma garde ?

Attention, Jasmine.

Sois prudente, très prudente.

Jude

Était-elle capable de le faire ? Aurait-elle le courage de nous tuer tous les deux en appuyant sur cet interrupteur ? Si elle avait eu un couteau ou un revolver, je l'aurais désarmée facilement. Poignarder quelqu'un exige une grande motivation. Sentir une lame transpercer les chairs, les muscles, sentir le sang chaud jaillir et se répandre sur vos mains, ce n'est pas rien. Braquer une arme sur une personne que vous regardez dans les yeux en pensant que vous êtes sur le point de lui ôter la vie n'est pas non plus ce qu'il y a de plus aisé. Même si ce n'était pas aussi intime que poignarder. Mais appuyer sur un bouton... on pouvait se sentir détaché, loin. C'était comme éteindre une lumière. Qu'est-ce que cette salope d'Hadley s'était dit avant d'entrer dans cette pièce ? Qu'elle n'avait pas réellement l'intention de me tuer ? Se disait-elle que la bombe la tuerait et que je ferais partie des dommages collatéraux ? C'était vraiment une façon propre de tuer. On appuie sur le bouton et plus rien. Pas de sang, pas de bagarre, pas de désordre. Pas pour nous en tout cas. Pour ceux qui allaient ramasser les morceaux, ce serait une autre histoire, mais ce ne serait pas son problème et elle avait décidé que ce ne serait pas le mien non plus.

Mais aurait-elle le courage ? C'était difficile à deviner. Elle était habituée à masquer ses sentiments. Que faire, Jude ? Que faire ? Lui parler ? Tenter de la convaincre ? La raisonner ? L'obliger à me voir comme un être humain dont on ne peut ainsi effacer l'existence...

Que dire ? Cette femme et moi n'avons rien en commun. Je ne la connais pas et je ne veux pas la connaître. Il me reste tant à penser, tant à organiser. Tant de plans à mettre en pratique. Je ne peux pas laisser cette femme réduire mes projets en miettes. Alors, parle-lui, Jude. Dis quelque chose.

– Comment va Minerva ?

– Celle sur qui tu as tiré il y a quelques années ?

J'ai failli grimacer. J'avais oublié cet épisode. Minerva n'existait pas pour moi. Elle ne m'intéressait pas. Seule sa sœur, Sephy, était importante à mes yeux.

– Minerva va bien, a continué Jasmine.

– Elle est toujours journaliste ?

– Rédactrice en chef, à présent.

– Elle est mariée ?

– Depuis cinq ans. Elle a un petit garçon du nom de Taj. Elle est enceinte du deuxième.

Je l'ai provoquée.

– Vous devez avoir hâte de le voir naître, ce bébé.

Jasmine n'a pas répondu.

– Vous devez être très excitée, ai-je repris.

J'essayais, un peu grossièrement, de la faire penser à tout ce qu'elle manquerait si elle appuyait sur ce fichu bouton.

– Ce sera un garçon ou une fille ? Est-ce que vous le savez ?

– Un garçon. C'est ce que Minerva m'a annoncé.

– Encore un garçon, ai-je souri. Un nouveau petit-fils à aimer et chérir.

– Que sais-tu de l'amour, Jude ? m'a calmement lancé Jasmine. As-tu jamais aimé quelqu'un dans ta vie ?

Les battements de mon cœur ont ralenti. Mais je me suis repris très vite.

– As-tu été ému un jour dans ta vie ? As-tu eu un jour la chance d'oublier qui tu étais, assez longtemps pour connaître le bonheur ? a poursuivi Jasmine avec insistance. As-tu jamais aimé personne, à part toi ? T'es-tu jamais aimé toi-même ?

– Qu'est-ce que ça peut vous foutre ? ai-je répliqué.

– Rien, a acquiescé Jasmine. Je suis curieuse, c'est tout.

Je n'ai pas répondu. Nous sommes restés silencieux un bon moment. Jasmine s'est balancée sur le lit, en avant et en arrière, très doucement. Ses yeux s'assombrissaient, son visage se fermait. J'ai froncé les sourcils. Je voyais qu'elle souffrait. Mais c'était impossible, à moins que je ne l'aie blessée un peu plus tôt en essayant de lui enlever la main de ce satané bouton. J'aurais dû lui casser le bras, pas me jeter sur son cou. Grossière erreur. Je n'en commettrai pas d'autre. Que dire ? Que pourrais-je lui poser comme question ? J'étais entraîné pourtant. Plusieurs solutions s'ouvraient à moi. J'ai choisi la plus dangereuse.

– Pourquoi n'avez-vous pas encore appuyé sur ce bouton ?

– Ce n'est pas le moment.

Jasmine a de nouveau jeté un coup d'œil sur sa montre.

– Mais qu'est-ce qu'on attend ?

– De la compagnie !

Sephy
contre
Callie Rose

Sephy

Callie Rose faisait les cent pas dans la cave comme une balle de squash rebondissant sur un mur. Elle avait agité la poignée et appelé ma mère pendant une heure, sans résultat. Elle me donnait mal à la tête. J'étais assise sur le sol nu, le dos appuyé contre le mur frais. La cave à vin était presque glaciale et l'ampoule soixante watts qui diffusait une lumière jaunâtre n'égayait pas vraiment l'ambiance.

Mon Dieu. Voilà que je me mettais à penser comme ma mère.

– Callie, assieds-toi, s'il te plaît. Ça ne sert à rien, ai-je soupiré.

Elle m'a ignorée et a continué à se jeter contre la porte de chêne. Il aurait fallu un bulldozer pour ébranler cette porte. Il suffisait d'un seul œil pour s'en apercevoir, mais ma fille n'était pas du genre à admettre la défaite.

J'ai regardé autour de moi. Au moins, nous ne mourrions pas de soif. D'une cirrhose du foie peut-être. C'était bien de ma mère, une ex-alcoolique, de conserver tout cet alcool pour ses invités alors qu'elle-même n'en ingurgitait plus une goutte. Un nouvel exemple, s'il en fallait, de sa volonté de fer. Il n'y avait pas de fenêtres et la porte était fermée de l'extérieur. J'ai regardé l'heure. Nous étions au tout début de l'après-midi, même si on avait plutôt l'impression d'être au milieu de la nuit. Sans aucune ouverture pour indiquer le moment de la journée, le temps lui-même avait subtilement changé de rythme.

– Tu ne commences pas à avoir mal à l'épaule ? ai-je demandé à Callie.

Sans me prêter attention, Callie a reculé pour mieux prendre son élan et se précipiter de nouveau contre la porte. En moins de temps qu'il n'en faut pour pousser un cri de douleur, elle s'est retrouvée par terre, la jambe dans une étrange position, à manifestement essayer de savoir quelle partie de son corps lui faisait le plus mal.

Ma patience est arrivée à son terme.

— Ça suffit, Callie Rose ! Arrête ça maintenant ! Si tu te casses le cou, je ne pourrai rien faire pour toi en étant enfermée ici.

— C'est toi qui as forcé grand-mère Jasmine à se prêter à ce petit complot, hein ? a craché Callie en se tournant vers moi.

J'ai soupiré. Je m'y attendais. Nous étions enfermées ici depuis deux heures et elle ne m'avait pas une seule fois adressé la parole. Elle s'était jetée contre la porte, avait appelé ma mère, mais m'avait totalement ignorée. Pourtant, je savais que tôt ou tard, les accusations et les récriminations commenceraient. J'ai regardé ma fille se frotter le bras. Elle devait avoir très mal à présent. Une jolie collection de bleus particulièrement impressionnants s'étalaient sans doute sur ses fesses et son dos. Elle avait de la chance de ne pas s'être déboîté l'épaule. Mais je n'étais pas assez stupide pour dire ça à voix haute.

Callie s'est agenouillée pour se redresser. Elle a continué à se frotter le bras. Elle a traversé la cave pour se trouver à l'endroit le plus éloigné de moi. Elle s'est assise, face à moi. Plus de six mètres nous séparaient.

— Est-ce que c'est toi qui as demandé à grand-mère Jasmine de fermer cette porte à clé ? a-t-elle demandé.

— Pourquoi est-ce que j'aurais fait ça ?

— Comment était-elle au courant de ma mission ? C'est toi qui l'as prévenue ?

— Comment j'aurais pu ? Tu m'as parlé de quelque chose ?

— Alors, comment a-t-elle su ?

— Comment a-t-elle su quoi ?

— Ne joue pas à ça, a sifflé Callie.

– Ne me parle pas sur ce ton, Callie Rose. Je suis ta mère.

– De nom, seulement.

Je l'avais déjà entendue dire ça, mais ça me faisait toujours aussi mal. J'ai détourné le regard.

– Tu peux me croire, je n'apprécie pas cette situation plus que toi.

Callie a laissé échapper un ricanement incrédule. Elle a pris ses genoux dans ses bras. Même après toutes ces années, j'avais toujours du mal à la quitter des yeux. Elle était si belle. C'était la plus belle fille du monde entier. Depuis le jour de sa naissance, seize ans plus tôt, je trouvais qu'elle était la plus belle chose du monde. Callie a levé les yeux vers moi, j'ai baissé les yeux.

– Et on fait quoi maintenant ? a craché Callie d'une voix pleine de venin.

J'ai haussé les épaules.

– On attend que ta grand-mère retrouve son sens commun et nous ouvre la porte, j'imagine.

– C'est impossible ! a crié Callie. Il faut que je sorte d'ici.

– Cette mission est-elle tellement urgente ?

La question m'avait échappé.

Callie s'est transformée en statue de glace.

– Je croyais que tu ne savais pas ce que j'avais à faire.

Pour une fois, je n'ai pas tout de suite détourné le regard. Je me suis obligée à soutenir le mépris que je lisais dans ses yeux. Je me suis laissé balayer par ce mépris, je me suis noyée dans ce mépris. Comme je l'avais fait tant de fois auparavant. Comme je le ferais encore souvent. Car enfin, elle était là pour me haïr. Elle me donnait au moins ça. Sa haine. Ma fille m'a lancé le regard le plus mauvais de tout son arsenal, avant de tourner la tête. Peu importait. Je pouvais en profiter pour la regarder tout mon soûl.

Regarde ta fille, Callum. Elle est belle, n'est-ce pas ? Elle est si belle. Elle rit comme moi, mais quand elle sourit… Oh Callum, quand elle sourit, tout revient : les pique-niques au parc, les couchers de soleil sur la plage, notre plage, et notre premier baiser. Quand Callie Rose me sourit, elle éclaire ma vie.

Quand Callie Rose me sourit.

Callie Rose

Si Maman s'imagine que je vais tourner les yeux vers elle ou lui adresser la parole, elle rêve. Je vais rester assise, en silence. J'en suis capable. Et au bout d'un moment, grand-mère Jasmine en aura assez de son petit jeu et elle viendra ouvrir. De toute façon, je sais que c'est Maman qui a comploté tout ça. C'est peut-être Grand-Mère qui nous a enfermées, mais c'était une idée de Maman. Après avoir essayé de défoncer la porte d'un coup d'épaule comme dans les films, tout ce que j'avais récolté, c'est un bras qui semblait avoir servi de punching-ball à un champion de boxe poids lourd.

– Callie Rose, je te promets que je n'ai pas demandé à Grand-Mère de nous enfermer ici, a dit Maman.

– Je ne te crois pas.

– Pourquoi est-ce que j'aurais fait ça, ma chérie ?

– Ne m'appelle pas comme ça. Ne m'appelle plus jamais comme ça.

– Pourquoi est-ce que ça te dérange autant ? a demandé Maman d'une voix calme.

– Parce que tu n'en penses pas un mot, ai-je rétorqué. Pourquoi tu te donnes du mal à me donner des petits noms qui ne sont que des mensonges de plus ?

Maman m'a regardée en silence pendant un long moment. Je me suis demandé ce qu'elle pensait. Son visage était indéchiffrable. Rien à voir avec grand-mère Meggie ou grand-mère Jasmine. Avec elles, je savais où j'en étais.

– Callie, tu te rappelles ce jour, tu avais environ sept ans et nous prenions le petit déjeuner, et je t'ai expliqué comment tu devais réagir si nous étions victimes d'un accident d'avion ?

– Vaguement.

J'ai froncé les sourcils.

– Pourquoi ?

– Que te rappelles-tu exactement de cette conversation ? a insisté Maman.

J'ai plissé le front. Pourquoi parlait-elle de ça ? Une discussion vieille de neuf ans ? Mais au fur et à mesure que les minutes passaient, le souvenir de cette matinée se faisait de plus en plus précis. Elle se déroulait dans ma tête comme un film.

Maman me regardait bizarrement. Très bizarrement. J'étais à table et je mangeais mes céréales. Maman m'avait versé du lait chaud et une cuillerée de sucre roux, dessus. Elle était face à moi et mangeait du raisin. Grain par grain. Pas par poignées, comme je le faisais moi. J'ai levé la tête parce que je me sentais observée. J'avais raison.

– Oui, Maman ?

– Rosie, si nous étions dans un avion et qu'il s'écrasait en pleine montagne dans la neige. Si toute recherche avait cessé. Si j'étais morte, eh bien, je t'autorise à me manger pour rester en vie, a dit Maman. Je te recommande la chair des cuisses et des bras en premier. Elle n'est pas trop grasse.

Des larmes se sont mises à couler sur mes joues.

– Qu'est-ce qui t'arrive ? m'a demandé Maman, surprise.

– Ne parle pas d'accident d'avion. Je n'aime pas ça.

– Ce ne sont que des mots, a dit Maman. Ce n'est pas parce qu'on évoque un événement qu'il va se produire.

– Arrête de parler de ça.

J'avais presque crié.

– D'accord, d'accord, je ne voulais pas t'effrayer.

– Eh bien, c'est ce que tu as fait, ai-je dit, en m'essuyant les yeux. Je ne veux plus que tu parles d'accident d'avion. Plus jamais.

Maman a pris un autre grain de raisin et elle a haussé les épaules.

– C'était juste pour discuter, a-t-elle dit avant de mettre le grain de raisin dans sa bouche.

J'ai planté ma cuiller dans mes céréales. Et puis j'ai enfourné une énorme bouchée.

– Rose, tu n'es pas obligée de manger tout le contenu de ton bol en une seule fois, a dit Maman. Et ne fais pas cette tête-là. Tu es toute renfrognée.

J'ai continué à mâcher. Mais j'avais une boule dans la gorge. Elle était bizarre, Maman. Elle a pris son raisin et est partie dans la cuisine. Je l'ai regardée s'éloigner en me demandant vraiment pourquoi elle m'avait parlé d'accident d'avion. Et j'avais beau réfléchir, je ne voyais vraiment pas.

Aujourd'hui, je ne comprenais pas plus. À l'âge de sept ans, je m'étais juste dit que ma mère était bizarre. Elle l'était souvent. Je ne pouvais pas dire combien de fois, alors que je regardais la télé ou que je lisais dans le salon, je l'avais surprise à m'examiner. Bizarrement. Toujours de la même façon. Et parfois, je surprenais Maman en train de me regarder, elle-même observée par grand-mère Meggie. C'était comme ça chez nous, on se surveillait à la dérobée.

– Qu'est-ce que tu crois que grand-mère Jasmine a en tête ? ai-je fini par demander avec réticence avant d'ajouter : Je suis inquiète.

J'ai jeté un coup d'œil vers Maman sans bouger la tête.

– Ta grand-mère doit savoir ce qu'elle fait, a soupiré Maman.

– Pas si elle s'amuse avec mon sac…

– Pourquoi ? Qu'est-ce qu'il y a dedans ?

Je n'avais aucune envie de le lui dire, mais je n'avais plus le choix. Si grand-mère Jasmine sortait la veste du sac et appuyait par mégarde sur le bouton… l'épaisseur de la porte et des murs nous sauveraient sans doute la vie, à Maman et moi, mais grand-mère Jasmine… je ne voulais pas y penser.

– Qu'est-ce qu'il y a dans ton sac, Callie Rose ?

– Quelque chose de… dangereux, surtout si on ne sait pas ce que c'est. Et grand-mère Jasmine n'en a aucune idée.

– Je vois.

Alors là, j'en doutais.

– C'est une bombe, c'est ça ? a demandé Maman d'une voix calme.

J'ai écarquillé les yeux.

– Réponds, Callie Rose.

J'ai acquiescé avant de me maudire. Le ton de Maman m'avait renvoyée dix ans en arrière. J'étais de nouveau une petite fille, terrorisée par les colères de sa mère. Maman s'est levée et s'est dirigée vers la porte. Elle a cogné dessus et a crié :

– Maman, Maman ! Tu m'entends ? Maman ?

Silence.

Maman a réessayé.

– Maman ! Ouvre cette porte !

Toujours rien. Maman s'est tournée vers moi, ses yeux lançaient des éclairs. Mais elle a cligné des paupières à plusieurs reprises et derrière sa furie, je devinais autre chose : une terrible angoisse.

– Qu'est-ce que grand-mère Jasmine va faire avec mon sac ? ai-je murmuré.

– Est-ce que la bombe est cachée ?

J'ai courbé la tête.

– Pas vraiment. J'ai cousu des explosifs dans la doublure et l'interrupteur est dans la poche intérieure.

– Est-ce que Grand-Mère sait ce que contient ton sac ?

– Je… je ne sais pas, ai-je avoué. Je crois qu'elle se doute de quelque chose. Qu'est-ce qu'elle va faire ?

Maman a secoué la tête.

– Je ne sais pas. J'espère qu'elle découvrira ton installation et qu'elle la cachera dans un endroit sûr et passera un coup de fil anonyme à la police pour leur dire où la trouver.

– Et ensuite, elle va revenir et me faire un long sermon sur la direction que je donne à ma vie, ai-je lâché avec dédain.

– Si tu as de la chance ! a rétorqué Maman. À qui cette bombe était-elle destinée ? À moins que tu ne le saches même pas !

Je n'ai pas répondu.

Maman a cogné à la porte, submergée par la frustration, puis elle s'est de nouveau tournée vers moi.

– Tu… tu t'apprêtais vraiment à tuer des innocents ? Tu y étais décidée ?

Une fois de plus, je n'ai pas répondu.

– As-tu tant de rage en toi que tu es prête à te tuer pour massacrer d'autres gens ?

Ce n'est pas de la rage, Maman. C'est autre chose. Mais pas de la rage.

Maman est repartie s'asseoir.

– Callie Rose, mais qu'est-ce que tu fais ? Est-ce que ta vie a si peu d'importance à tes yeux ?

– Ma vie m'appartient, a répliqué Callie Rose. Et je ne te la dois pas.

Nous nous sommes regardées.

– Je vois, a fini par lentement murmurer Maman. Je vois.

Et j'étais sûre qu'elle voyait.

Sephy

Et je ne te la dois pas...

Qui lui a raconté ? Ma mère ? Non, sans doute Meggie. Qui d'autre ? Depuis quand le sait-elle ? J'ai ressenti une violente nausée. Je me suis engoncée dans mon gilet. C'était un de mes préférés, violet avec des fleurs blanches brodées. Un cadeau de Maman, dont les goûts étaient parfaits. Je portais un pull lilas sous mon gilet et une jupe longue mais je sentais que la cave était en train de devenir glaciale. J'ai jeté un coup d'œil vers Callie Rose. Son T-shirt noir à manches longues et sa veste fine ne devaient pas lui tenir bien chaud.

– Tu veux mon gilet ? lui ai-je proposé.

– Je ne veux rien de toi, m'a-t-elle craché.

Et voilà, j'étais prête à lui donner ma vie et elle me haïssait. Ma fille frissonnait, mais elle préférait se transformer en glaçon plutôt que de me devoir quoi que ce soit. Je me suis levée et approchée d'elle. Elle a froncé les sourcils et pris un air mauvais. J'ai retiré mon gilet et je le lui ai tendu.

– Prends-le, Callie Rose.

– Je viens de te dire...

– Ça m'est égal, l'ai-je interrompue. Prends ce gilet. Comme ça, tu auras le plaisir de me voir me geler de froid.

La méfiance et la rébellion se lisaient sur le visage de Callie. Elle hésitait, se gourmandait, hésitait de nouveau. Mais elle a fini par accepter. Sans enthousiasme, elle a levé la main pour prendre le gilet. J'ai fait attention de conserver une expression neutre et je suis retournée dans mon coin.

Maintenant que je n'avais plus mon gilet, le froid était encore plus oppressant. Quand Maman avait-elle prévu de nous laisser sortir ? Parce que pour le moment, ce que nous avions projeté ne fonctionnait pas du tout. Et en plus, j'apprenais que Meggie avait raconté à ma fille ce que j'avais fait quand elle était bébé. Je m'en doutais, mais en être sûre était très différent. Que Meggie lui avait-elle dit au juste ?

Et quand ?

Et pourquoi ?

Étais-je naïve ? La raison était trop évidente. Meggie avait atteint son but. J'ai regardé Callie sans m'en cacher cette fois. Elle avait passé mon gilet par-dessus sa veste. Elle serrait ses genoux dans ses bras. Ses longues tresses faisaient comme un rideau devant son visage.

Agis, Sephy. Tu n'auras peut-être pas d'autre occasion.

Agir. Mais comment ? Une vague de désespoir m'a submergée. Et si, quoi que je dise ou fasse, ça ne changeait rien ? Eh, dans ce cas, je n'avais rien à perdre.

– Tu veux voir une photo de ton père ?

Choquée, Callie a redressé la tête.

– Tu en as une ?

J'ai hoché la tête.

– Tu veux la voir ?

– C'est quelle photo ?

– La seule que j'ai de ton père avec moi.

Callie s'est levée et a parcouru la moitié du chemin vers moi avant même de s'en rendre compte.

– Elle a été prise juste avant mon départ pour le pensionnat de Chivers, ai-je continué en me levant. J'avais à peu près quinze ans, lui seize ou dix-sept. Je n'en avais peut-être que quatorze, je ne me rappelle pas exactement.

Callie était debout devant moi. Elle a tendu la main. J'ai sorti la photo de la poche gauche de ma jupe et je la lui ai donnée. Callie l'a observée pendant longtemps avant de relever la tête vers moi. J'ai été abasourdie par la rage qui se lisait sur son visage.

– Callie ?…

– C'est la photo que j'ai trouvée dans ton placard, quand j'étais petite, hein ? Celle pour laquelle tu m'as giflée ?

– Je n'ai pas…

Callie Rose a déchiré la photo en deux, puis l'a déchirée, encore et encore, en mille morceaux.

– Non !

J'ai essayé de la lui reprendre mais elle s'est reculée. J'ai essayé d'attraper les petits bouts de photo qui tombaient sur le sol, mais leur vol erratique me trompait et je n'ai réussi à en attraper qu'un ou deux. Je suis tombée sur les genoux, ramenant vers moi tous les fragments que je pouvais, mais ils glissaient sous mes doigts. C'était inutile. La dernière – et la seule – photo que j'avais de Callum n'existait plus. Chaque morceau par terre, si minuscule fût-il, me rappelait cet après-midi au parc. Les années qui étaient passées depuis cet instant, défilaient dans ma tête.

J'étais une adolescente à nouveau, je criais en riant, pendant que Callum me poursuivait sur la plage. Callum et moi, assis dans le sable, faisions nos devoirs ensemble. Nos pique-niques au parc, durant lesquels nous finissions toujours par nous battre avec la nourriture. Nos échanges de cadeaux de Noël sur la plage. Le regard de Callum quand je lui avais offert le plus gros livre d'astronomie que j'avais pu acheter, pour ses treize ans. Et puis, cet instant où je l'ai vu mourir, regrettant de toutes mes forces de ne pas avoir accepté l'immonde marché de mon père. Si j'avais vu mon père dans la foule ce jour-là, au moment où ils passaient la corde autour du cou de mon amour, je me serais agenouillée devant lui et je l'aurai supplié. Je lui aurais promis tout ce qu'il voulait en échange de la vie de l'homme de ma vie.

J'ai regardé Callie Rose. Les larmes roulaient sur mes joues.

– Comment… comment peux-tu… ai-je murmuré, d'une voix rauque, comment peux-tu être si cruelle ?

– Facile, a rétorqué Callie Rose. C'est toi qui m'as tout appris.

Callie Rose

Elle s'est arrêtée de pleurer. Ses larmes n'avaient pas coulé bien longtemps. Ses yeux reflétaient une intense détresse qui me transperçait de part en part. Je n'avais pas l'intention de la faire pleurer. Mais cette photographie…

Papa et Maman, tous les deux, ensemble…

La preuve qu'ils avaient été un couple. Papa souriait et semblait si heureux. C'est pour ça que je l'avais déchirée. Je ne pouvais pas le supporter. Lui et Maman heureux. Et moi ? Il n'avait pas le droit d'être heureux après tout ce qu'il avait fait, tout ce que j'avais lu et entendu sur lui. Il n'avait pas le droit.

Mais c'était mon père.

J'avais suivi ses traces. J'étais bien la fille de mon père. Il ne m'avait pas laissé d'autre voie. Et ce chemin était si éprouvant. Mon crâne était douloureux, ma gorge avait doublé de volume et je ne pouvais plus déglutir. J'ai serré les dents. Mon poing était dur comme un roc. Le sol a tangué sous mes pieds. Maman s'est essuyé les yeux. J'avais envie qu'elle me fasse mal comme je lui avais fait mal. Profondément. Si profondément que je ne sentirais plus que la douleur. Que je ne serais plus que la douleur.

Mais je ne voulais pas la faire pleurer.

Sephy

Callum, si tu es quelque part là-haut, aide-moi. J'ai besoin de toi. Notre fille te déteste, elle me déteste et déteste le monde entier. Et c'est ma faute. Parce que j'ai porté mes peurs comme une robe d'épines. Parce que je lui ai menti. Quand j'ai enfin été prête à lui dire la vérité, il était trop tard. Oh, Callum, que dois-je faire ? Je dois agir, sinon ni ma vie, ni ta mort n'auront servi à rien.

Ma mère affirme que la seule manière pour Callie Rose et moi de solder nos différends est de nous asseoir et de parler. Mais il est difficile de parler à quelqu'un qui refuse d'écouter. Je n'en veux pas à Callie de se boucher les oreilles. Si ma vie était une toile, je la repeindrai entièrement. J'ai à peine touché cette toile durant des années, de peur de mal faire. Un barbouillage par-ci, une touche de peinture par-là, et je me suis convaincue que je me débrouillais très bien. Mais je me mentais à moi-même.

Callum, s'il te plaît, ouvre-moi ton cœur.

Mon Dieu, je vous en supplie, donnez-moi une nouvelle chance.

Quelle bêtise ! Je prie un Dieu alors que je nie son existence. Quand Callum est mort, j'ai cessé de croire en Dieu.

Mais Dieu, si vous êtes là, quelque part, je vous en supplie, aidez-nous.

C'était l'idée de ma mère de nous confronter toutes les deux dans sa cave.

— Elle sera obligée de t'écouter. Et toi aussi.

— Mais elle partira, avais-je rétorqué. Callie Rose supporte à peine de partager le même toit que moi.

— On s'arrangera, avait dit ma mère. Je l'entraîne dans la cave, pour le reste, à toi de jouer.

Mais maintenant que je suis coincée ici, je m'inquiète pour ma mère. Et Callie Rose et moi sommes plus éloignées l'une de l'autre que jamais.

Je ne souhaite pas l'impossible. Je n'attends pas de Callie Rose qu'elle se mette à m'aimer ou à me respecter, mais j'aimerais qu'elle trouve la paix. Je voudrais qu'elle cesse de détester le monde entier. J'ai besoin qu'elle croie que l'humanité vaut qu'on se batte pour elle, qu'on vive pour elle, que l'existence doit être une joie quotidienne. Mais de qui aurait-elle appris ça ? Pas de moi en tout cas. Je me suis enterrée sous le passé durant tant d'années, jusqu'à ce qu'il soit presque trop tard pour moi et complètement trop tard pour ma fille. Je n'étais pas là. Jude a pris la place restée vacante. Et aujourd'hui, Callie Rose suit son chemin.

Et je ne sais que trop où mène ce chemin.

Mon Dieu, s'il vous plaît, je ne veux pas ça pour ma fille.

Est-ce que je suis naïve de penser que mourir pour une cause est un choix de facilité ? Il est certainement plus difficile de vivre et de se battre. Je me rappelle, quand j'ai été enlevée et enfermée dans cette pièce minuscule. Il n'y avait que Callum et moi.

J'ai essayé de lui faire comprendre ce message, mais il refusait d'écouter. Il ne me croyait pas plus que sa fille ne me croie aujourd'hui.

– C'était vraiment la seule photo de toi et Papa que tu avais ?

La voix de Callie m'a fait sursauter.

– Oui, ai-je répondu sans la regarder.

Silence.

– Je parie que tu me détestes encore plus qu'avant, a lâché Callie.

Choquée par ses propos, je l'ai regardée.

– Jamais je ne te détesterai, Callie Rose. Rien de ce que tu pourrais faire ou dire ne me fera te haïr.

Callie a laissé échapper un ricanement.

– Mais oui, c'est ça.

– C'est la vérité.

– Arrête de faire semblant, Maman. Tu me détestes depuis le jour où je suis née !

– Jamais je ne te détesterai, ai-je répété.

Je le répéterai jusqu'à ce qu'elle m'entende, jusqu'à ce qu'elle me croie, jusqu'à mon dernier jour, s'il le faut.

– Tu ne me détestes pas, Maman ? a dit Callie, la voix emplie de mépris. Alors pourquoi est-ce que tu as essayé de me tuer ?

Callie Rose
a onze ans

Sonny est venu me garder aujourd'hui. Enfin, il est venu passer la journée avec moi, je n'ai plus besoin d'être gardée, je ne suis plus un bébé. J'aime bien Sonny. Il me fait rire. On est allés se promener au parc, on a donné du pain aux canards de la petite mare. C'est lui qui voulait, pas moi. Après, il m'a invitée à déjeuner à une terrasse. Même si le vent était assez froid pour nous transformer en glaçons. Nous avons pris tous les deux de la baguette avec des saucisses et des oignons dedans. J'ai ajouté tellement de ketchup qu'on aurait pu croire que j'avais assassiné quelqu'un. Je me disais que grand-mère Jasmine serait horrifiée de me voir manger un sandwich dégoulinant dans la rue, et du coup, ça me plaisait encore plus. Ah ! Ensuite, on est rentrés à la maison et on s'est installés sur le canapé pour regarder des dessins animés.

– Rose, je dois te poser une question, a tout à coup lancé Sonny.

Je l'ai regardé. Sonny a éteint la télé – dommage, on était au beau milieu de mon dessin animé préféré. Mais Sonny avait un visage sérieux.

– Rose, que penserais-tu si ta mère et moi, on sortait ensemble ?

– Pour faire quoi ? Plus de chansons ?

– Non, ma chérie, ce que je veux dire, c'est que je voudrais que ta Maman et moi, on vive ensemble. Qu'est-ce que tu en penses ?

– Et moi, j'irais où ?

– Avec nous, nounouille !

Sonny m'a ébouriffé les cheveux. J'avais horreur de ça. J'ai froncé les sourcils.

– Pourquoi est-ce que tu veux vivre avec ma maman ?

– Parce que je vous aime toutes les deux très fort.

Il a de nouveau essayé de m'ébouriffer les cheveux, mais j'ai été plus rapide que lui. Ah ! Je l'avais bien eu cette fois ! Mais tout à coup, j'ai compris ce qu'il venait de dire.

– Tu m'aimes vraiment ? lui ai-je demandé.

– Bien sûr. Qu'est-ce que tu crois ?

Personne ne m'avait jamais dit ça avant.

– Attends que je dise à Maman…

– Non, surtout pas ! m'a interrompue Sonny. Je veux en parler moi-même à ta mère. Tout doit être fait dans l'ordre.

– Oh, d'accord.

J'avais l'impression d'être un ballon qui se dégonfle. Et puis, j'ai pensé à autre chose.

– Tu serais mon père, alors ?

Sonny n'a pas répondu tout de suite.

– Je ne veux pas prendre la place de ton père, mais je serais heureux de te considérer comme ma fille. Je pourrais t'adopter légalement… si tu en as envie. Et plus tard, je serais fier que tu m'appelles Papa.

Ça signifiait beaucoup pour moi et je n'avais pas encore bien assimilé tous les mots. Il disait que je pourrais l'appeler Papa, si je le voulais – c'était génial. J'adorerais avoir un vrai papa. Pas pour remplacer le mien, mais en plus.

– Et quand est-ce que tu vas demander à Maman si elle veut bien ?

– Dès qu'elle va rentrer à la maison.

Il souriait jusqu'aux oreilles.

Comme si elle avait deviné qu'on parlait d'elle, Maman a choisi précisément ce moment pour arriver. J'ai bondi du canapé et j'ai couru dans l'entrée. J'ai un peu glissé sur le parquet parce que j'étais en chaussettes. Maman a posé ses quatre grands sacs et a refermé la porte.

– Maman, tu sais quoi, Sonny veut…

– Rose, laisse-moi parler moi-même à ta mère, m'a coupée Sonny.

J'ai plaqué mes deux mains sur ma bouche ; j'avais oublié que j'étais censée tenir ma langue.

Sonny a pris les sacs de Maman et les a emportés dans la cuisine. Il m'a fait un clin d'œil en passant devant moi. Je lui ai emboîté le pas et Maman nous a suivis. Maman a eu un sourire soupçonneux.

– Qu'est-ce que vous mijotez tous les deux ?

– Sonny a quelque chose à te demander !

J'ai bombé le torse. Je savais une chose que Maman ne savait pas. Ah !

– En fait, je comptais plutôt que nous en parlerions plus tard, après le dîner.

– Ça semble important, a dit Maman.

Son sourire s'est effacé.

– Ce n'est rien de grave ou de triste, l'a tout de suite rassurée Sonny. Meggie a accepté de garder Callie et j'ai pensé que nous pourrions en profiter pour passer un peu de temps ensemble. J'ai réservé une table dans un restaurant.

J'ai cru que Maman allait insister pour que Sonny lui raconte tout maintenant, mais elle a juste dit :

– D'accord. Tu viens me chercher à sept heures et demie ?

– Parfait. À tout à l'heure, Sephy. À plus, Rosie.

Sonny est sorti sans oublier de m'ébouriffer encore les cheveux. Je lui ai lancé un regard noir, mais il a souri. Maman et lui se sont embrassés (beurk). J'ai cru qu'ils allaient mettre la langue mais Maman a repoussé Sonny. Sonny a souri et s'est dirigé vers la porte.

– Qu'est-ce que c'est que cette histoire ? m'a demandé Maman, dès que la porte d'entrée a été fermée.

– J'ai promis de ne rien dire.

J'avais pris ma voix de grande personne.

– C'est une surprise.

– Je n'aime pas les surprises.

– Celle-là, tu l'aimeras.

Maman a haussé les épaules et a commencé à ranger les courses.

– Tu as besoin d'aide ? Non ? D'accord ! ai-je débité à toute vitesse avant de filer dans le salon.

– Callie Rose, ramène tes fesses par ici, grosse paresseuse, m'a rappelée Maman.

Charmant, non ?

J'ai obéi.

– Bien essayé, ma chérie. Prends un sac.

– Il faut que je m'entraîne à courir plus vite, ai-je répliqué.

J'ai regardé Maman, j'ai commencé à sourire et après je ne pouvais plus m'arrêter.

– Qu'est-ce que tu as ? a voulu savoir Maman.

– Rien, je suis contente, c'est tout.

Le visage de Maman était presque… inquiet. Et puis, elle m'a souri et j'ai secoué la tête. Je m'étais trompée. Maman et Sonny allaient vivre ensemble et peut-être se marier. C'était génial !

Sephy

Le Specimen. Drôle de nom pour un restaurant. Mais j'aimais bien. C'était chic et discret, et il servait la meilleure lotte au citron que j'avais jamais mangée. Je profitais de l'ambiance sereine. Sonny et moi avions droit aux regards habituels, mais je ne ressentais pas d'hostilité. Plutôt de la curiosité. Peu importait. Qu'ils regardent. Que le monde entier regarde.

– Sephy, puis-je te poser une question ?

– Tu n'as pas besoin de ma permission, Sonny, ai-je souri.

Il me demandait toujours avant de me poser la moindre question. Ça me rendait folle !

– Je veux que tu comptes au moins jusqu'à dix avant de me répondre, a-t-il poursuivi.

Il s'est frotté le sourcil droit comme il le faisait toujours quand il était nerveux.

– Je suis tout en émoi, l'ai-je taquiné.

Mais il n'y arrivait pas. J'ai bu une gorgée de vin blanc. Et j'ai attendu que Sonny en vienne au fait. Il a pris ma main libre dans la sienne. Jusqu'à présent, elle était restée bien sagement posée sur la nappe blanche.

Mais il n'y arrivait toujours pas. J'ai bu une nouvelle gorgée de vin. Je ne buvais jamais plus d'un verre par jour. Quelles que soient les circonstances. Je pouvais faire durer un verre de vin toute la soirée. Sonny a porté ma main à ses lèvres et l'a embrassée.

– Je t'aime, Sephy. Tu le sais. Je... est-ce que... est-ce que tu acceptes de te marier avec moi ?

Ma gorgée de vin n'est pas passée, j'en ai recraché la moitié dans mon assiette. Par le nez. J'étais mortifiée. J'ai pris ma serviette pour tenter de dissimuler ma gêne. J'ai toussé et craché dans la serviette en essayant, sans y parvenir, de ne pas attirer l'attention sur moi.

– C'était oui ou non ? a demandé Sonny ironiquement.

– Tu es sérieux ?

Le sourire de Sonny a disparu.

– Bien sûr.

– Oh, Sonny...

Sonny a levé la main pour m'interrompre.

– Tu m'as promis de compter jusqu'à dix avant de donner ta réponse.

Dix secondes ou dix ans. Ma réponse serait toujours la même.

– Sonny, pourquoi ne pas continuer comme ça ?

– Parce que je t'aime et que ce que nous avons ne me suffit plus. Je veux vivre avec toi. Je veux être à toi et je veux que tu sois à moi, a répondu Sonny sans me quitter des yeux.

– Ce n'est pas déjà le cas ? ai-je tenté.

J'essayais de trouver un moyen de lui répondre, mais ma tête était vide de toute pensée rationnelle. C'était la panique. Sonny a pris sa serviette sur ses genoux et l'a jetée sur la table avant de se renverser sur sa chaise pour mieux me regarder.

– Parfois, je me dis que ça ne te dérangerait pas de ne plus jamais me voir.

– Ce n'est pas vrai.

Il a croisé les bras.

– Tu es sûre ?

Le langage de son corps était clair comme de l'eau de roche.

– Si c'est ce que tu crois, pourquoi vouloir te marier avec moi ?

– Je suis optimiste, a répliqué Sonny. J'espère qu'un jour tu t'autoriseras à m'aimer.

– Sonny, je ne veux pas me marier. Ni avec toi, ni avec personne, ai-je murmuré tristement.

– Pourquoi ? Je sais que je ne suis pas Callum, mais...

– Ça n'a rien à voir avec Callum ! l'ai-je interrompu, plus sèchement que je ne l'aurais voulu.

– Ah non ? Alors pourquoi est-ce que j'ai toujours l'impression de jouer un rôle mineur dans un ménage à trois quand on est ensemble ?

– Qu'est-ce que tu racontes ?

– Callum fait partie de chaque parcelle de ta vie, mais c'est quand nous sommes au lit que je ressens sa présence le plus fortement.

– Ce n'est pas...

J'ai baissé la voix, nous commencions à attirer l'attention malveillante des autres clients du restaurant.

– Ce n'est pas vrai. Si ça avait été le cas, tu n'aurais jamais franchi la porte de ma chambre.

– Alors raconte ce que tu ressens pour lui, m'a défiée Sonny. Tu ne me l'as jamais dit.

– C'est parce que tu n'as jamais posé la question.

– Je la pose maintenant.

Sonny essayait en vain de dissimuler sa déception. Déception n'était d'ailleurs pas le bon terme. Ce qu'il ressentait était beaucoup plus fort et plus profond.

– Callum appartient au passé. J'ai laissé ce passé derrière moi depuis longtemps.

– C'est faux, Sephy. C'est le passé qui dirige ta vie, qui dicte tes actes et obscurcit ton jugement.

– De quoi parles-tu ?

– Tu juges tous ceux que tu rencontres à l'aune de ce que tu as vécu avec Callum. Tu ne laisses personne t'approcher, car tu considères le monde entier comme un ennemi. Tu t'attends toujours à être attaquée et tu ne baisses jamais la garde.

– C'est faux.

– Tu es sûre ? Si tu avais réellement laissé le passé derrière toi, tu serais capable de m'aimer comme je t'aime.

Mon cœur s'est mis à peser deux fois plus lourd dans ma poitrine et j'ai compris – pourquoi seulement maintenant ? – que je n'étais pas capable d'encaisser les propos de Sonny. J'ai détourné le regard, cherchant une réponse.

– Sephy, je veux que nous nous mariions, a insisté Sonny.

Avais-je imaginé cette note de désespoir dans sa voix ? Malheureusement sans doute pas.

– Sonny, nous sommes heureux comme nous sommes. Je ne veux pas perdre ça.

– Le mariage nous apportera beaucoup plus à tous les deux. C'est ce que je veux. Plus, a dit Sonny.

Mais il n'y avait pas plus.

Je ne pouvais pas mentir. Même mon silence ne mentait pas.

Sonny a hoché la tête comme pour ponctuer une pensée qui lui était passée par la tête. Je me suis demandé de quel ordre elle était, mais ça n'aurait pas été malin de lui poser la question. J'avais tellement peur de le perdre.

– Je suppose que si tu ne m'aimes pas aujourd'hui, tu ne m'aimeras jamais, a fini par dire Sonny.

Son ton était doux et triste. Les larmes me sont montées aux yeux.

– Sonny, je…

– Non.

Sonny a levé la main pour m'épargner des mots de trop.

– Je t'ai perdue le jour où Jaxon t'a virée du groupe après la naissance de Callie. Le jour où je n'ai rien fait pour l'en empêcher.

– Sonny, c'était il y a des siècles. Quand tu es réapparu dans ma vie, j'étais heureuse de te retrouver. Tu sais que je l'étais.

Sonny avait frappé à ma porte moins d'un an après ma sortie de l'hôpital. Callie était encore toute petite. Je me rappelais la joie qui m'avait envahie. Nous nous étions pris dans les bras l'un de l'autre. Serrés dans les bras l'un de l'autre. Sonny avait eu l'air soulagé. Je suppose qu'il s'attendait plus ou moins à ce que je lui claque la porte au nez. Quelques mois plus tard, nous avions commencé à travailler ensemble.

– Mais je ne t'ai pas défendue, n'est-ce pas ? a repris Sonny. Jaxon t'a jetée et je n'ai même pas discuté. C'est ce jour-là que j'ai perdu ton respect et tu ne pourras jamais aimer une personne que tu ne respectes pas.

– Sonny, c'est absurde. Je t'ai pardonné il y a des années.

– Mais tu n'as pas oublié.

Comment répondre à ça ? Je ne pouvais pas mentir.

– Je… je… je n'oublie jamais, ai-je marmonné.

Combien de fois dans ma vie ai-je précisément souhaité posséder cette capacité ? Combien de fois avais-je souhaité me réveiller vierge de tout souvenir ?

– Mais ça ne veut rien dire, Sonny, ai-je poursuivi. Ce n'est pas pour ça que je ne veux pas me marier. Ni avec toi, ni avec personne.

– Tu n'as pas encore trouvé l'homme qu'il te faut, a déclaré Sonny.

– Même cet homme-là ne pourrait me convaincre de l'épouser.

– Merci Perséphone, a dit Sonny d'une voix douce.

Oh, mon Dieu !

– Ce n'est pas ce que j'ai voulu dire ! ai-je tenté.

Sonny est resté silencieux. Je ne savais pas comment me rattraper. Sonny m'observait avec une telle tristesse résignée. Mes yeux se sont de nouveau emplis de larmes. Je ne voulais pas le blesser.

– Il faut que je sorte d'ici, a lancé Sonny en se levant.

J'ai pris son bras.

– Sonny, s'il te plaît…

– Quoi ?

– Ne t'en va pas.

– Pourquoi ?

Que dire ? Que faire ?

– Pour des milliers de raisons.

Sonny a secoué la tête.

– Une seule aurait suffi.

Nous nous sommes regardés, aussi tristes l'un que l'autre. Et là où jusqu'à présent, nous avions nagé ensemble, je sentais le courant nous entraîner chacun à l'opposé.

– Tu me détestes ? ai-je demandé d'une toute petite voix.

Sonny pleurait et ne cherchait pas à le dissimuler.

– Je ne peux pas te haïr, même si je le voulais, je ne pourrais pas. Mais je crois que nous devrions cesser de nous voir.

J'ai pensé combien il allait manquer à Callie Rose.

J'ai pensé à tout ce qu'il avait fait pour Meggie ces dernières années, sans qu'elle le remercie ou lui montre la moindre gratitude.

J'ai pensé à quel point j'allais être perdue sans sa chaleur et son amitié.

Mais je ne pouvais pas dire un mot.

Sonny a sorti des billets de son portefeuille et les a posés sur la table, surestimant largement le prix du repas.

– On y va ? a-t-il demandé.

Je me suis levée et nous sommes tous deux sortis du restaurant sans échanger une parole.

Rose a onze ans

– Grand-Mère, est-ce que tu crois que Sonny va demander à Maman de se marier avec lui ?

– Je ne sais pas, Callie Rose. Et tiens-toi un peu tranquille. À chaque fois que tu bouges, je rate la tresse.

– J'espère que oui. Mais même s'il ne le fait pas, il voudra quand même que Maman et moi, on vive avec lui. C'est ce qu'il m'a dit. C'est génial, hein ?

Les mains de grand-mère Meggie se sont immobilisées dans mes cheveux. Je me suis tournée juste à temps pour apercevoir son étrange regard.

– Qu'est-ce qui ne va pas, Grand-Mère ?

– Rien, ma chérie, m'a-t-elle répondu en souriant. Est-ce que... est-ce que tu crois que ta Maman aime beaucoup Sonny ?

– Bien sûr ! Il est cool.

– Tu l'aimes bien toi aussi ?

– C'est sûr ! Pas toi ?

– Si, sans doute, a répondu Grand-Mère sans arrêter de tresser mes cheveux.

– Ce serait merveilleux d'avoir une maison à nous, ai-je soupiré. Mais quand même, Grand-Mère, tu me manqueras.

– Sûrement pas autant que tu me manqueras à moi !

Grand-Mère m'a embrassé le haut du crâne. Ses lèvres étaient douces et j'ai senti son souffle chaud dans mes cheveux.

Je me suis retournée pour lui demander :

– De toute façon, on pourra venir te voir, pas vrai ?

– Arrête de bouger la tête. Bien sûr que oui, vous pourrez venir me voir.

– Et toi tu viendras chez nous ?

– Sûrement.

Je me suis sentie rassurée.

– Alors, c'est bien.

J'aimais bien les changements mais à condition que tout reste toujours pareil.

Meggie

J'avais tiré les rideaux de ma chambre. J'avais fermé la porte. Seule ma petite lampe de chevet diffusait la lumière dont j'avais besoin. Assise sur le bord de mon lit, essayant de réfléchir aux différents futurs qui se présentaient, qui se déroulaient devant moi comme des tapis, avec chacun un dessin très différent.

Sonny et Sephy se mariaient et déménageaient loin en emmenant ma Callie Rose. Dans ce scénario, Sephy révélait à Callie la menace que j'avais proférée, il y a des siècles, et que j'avais aussitôt regrettée mais que ni Sephy ni moi n'avions jamais oubliée. Cette menace avait ouvert un fossé infranchissable entre nous.

Il y avait un autre scénario possible, celui où Sephy gagnait assez d'argent pour déménager avec Callie Rose. Peut-être qu'elle gagnait déjà assez d'argent et qu'elle restait seulement à cause de cette menace.

Ou alors, elle pouvait révéler tout simplement à Callie Rose la véritable raison pour laquelle elles vivaient toujours avec moi. Et Callie Rose me mépriserait encore plus que je ne me méprisais moi-même.

Je ne pourrais le supporter.

C'était une erreur, une simple erreur, qui était survenue alors que Sephy venait de sortir de l'hôpital et que Callie était encore toute petite... c'était après... l'incident.

Sephy n'était plus la même.

Moi non plus.

Pendant toutes ces semaines où Sephy était partie, j'avais nourri Callie Rose, je l'avais changée, j'étais restée près d'elle quand elle ne pouvait pas dormir, j'avais nettoyé ses renvois. Et j'avais aimé chacun de ces instants. Je l'avais câlinée, embrassée, aimée comme si elle était ma propre fille. Elle était de plus en plus éveillée, se rendait de mieux en mieux compte de ma présence. Je frissonnais quand je la prenais dans mes bras et qu'elle s'arrêtait instantanément de pleurer. Mon cœur se gonflait de joie quand je lui chatouillais doucement le ventre et qu'elle gazouillait. C'était comme retrouver Lynnie et Callum. Comme s'ils étaient nés à nouveau pour moi. Quelqu'un avait besoin de moi. Quelqu'un sur qui je devais veiller, jour après jour, nuit après nuit, quelqu'un qui ne pouvait vivre sans moi. Passer tout ce temps avec Callie Rose m'avait redonné le sentiment que la vie valait d'être vécue.

Et puis Sephy est revenue.

Et chaque fois que Callie hurlait quand sa mère la prenait dans ses bras, j'étais secrètement satisfaite.

Et chaque fois que Sephy commettait une erreur, j'étais là pour l'éloigner et prendre le relais.

Sephy était de plus en plus tendue. Je l'observais sans arrêt, je ne la lâchais pas des yeux ; je savais ce que je faisais mais je n'arrivais pas à m'en empêcher. Et l'inévitable est arrivé.

Je suis rentrée à la maison, un après-midi, et Sephy m'attendait dans le salon. Elle se tenait au milieu de la pièce, une grande valise à ses pieds et Callie Rose dans les bras.

– Que se passe-t-il ? ai-je demandé.

Mon cœur battait plus vite que les ailes d'un oiseau-mouche.

– Meggie, j'ai décidé que Rose et moi allions emménager chez ma mère. Pas pour toujours, seulement jusqu'à ce que je reprenne mes habitudes avec ma fille, m'a annoncé Sephy.

Je me suis sentie envahie par la panique.

– Tu ne peux pas faire ça, ai-je lâché.

– Si, Meggie. C'est mieux. J'attends mon taxi et je vous promets que je vous appelle dès que j'arrive chez ma mère.

– Je ne te laisserai pas partir.

– Vous ne pouvez pas m'en empêcher, Meggie. Ça ne fonctionne pas comme ça, et si je veux créer une véritable relation avec ma fille, nous devons, elle et moi, nous retrouver un peu seules.

Sephy était prête à partir, à quitter la maison, à quitter ma vie.

– Si tu poses un pied hors de cette maison, j'appelle immédiatement les services sociaux, l'ai-je prévenue.

Sephy s'est raidie.

– Quoi ?

– Tu penses vraiment que les services sociaux autoriseront une petite fille à vivre avec une alcoolique et une folle ? ai-je craché.

Ma langue avait commencé à creuser un précipice entre Sephy et moi.

– Tu crois que je vais te laisser emmener ma petite-fille et te laisser une nouvelle occasion de la tuer...

– TAISEZ-VOUS ! TAISEZ-VOUS ! TAISEZ-VOUS ! a hurlé Sephy. Je n'ai pas essayé de la tuer, je n'ai jamais voulu faire de mal à mon bébé ! Jamais !

Callie Rose s'est mise à pleurer en voyant sa mère crier sur moi. Elle a tendu ses bras vers moi. J'ai avancé pour la prendre, mais Sephy a été plus rapide. Callie s'est débattue pour échapper à l'étreinte de sa mère en me tendant toujours les bras.

Et j'étais contente.

– Si tu veux aller chez Jasmine, personne ne te retient, ai-je dit à Sephy. Mais tu partiras seule.

– Si je veux partir et emmener ma fille, vous ne pourrez rien faire pour m'en empêcher !

Sephy avait un regard que je ne lui connaissais pas.

– Peut-être. Ou peut-être pas. Je te traînerai au tribunal et je gagnerai. Ton père ne veut rien avoir à faire avec Callie Rose et ni toi, ni ta mère n'êtes capables de vous en occuper. Tu ne me prendras pas ma petite-fille.

– Vous savez que ma mère ne boit plus. Et que je vais mieux, a dit Sephy.

– On verra ce qu'en pensera le tribunal ! Laissons le juge regarder cette petite fille pleurer pour être avec moi.

– Vous feriez ça ?

J'entendais à peine Sephy. Callie pleurait et criait trop fort. Je les ai regardées toutes les deux. Durant plusieurs secondes. Et je me suis rendu compte de ce que je venais de dire. J'avais utilisé des mots comme des armes. Les balles rebondissaient sur les murs et Sephy n'était pas la seule qui était atteinte.

Non, ai-je voulu crier, non, je ne ferai jamais une chose pareille. Tu es la mère de Callie, la bien-aimée de Callum. Je t'aime comme si tu étais ma fille, mais je t'en supplie, ne m'enlève pas Callie Rose. J'en mourrai si tu l'emmènes loin de moi…

Ces mots que je n'arrivais pas à prononcer étaient dans mes yeux et dans mon cœur.

Mais Sephy ne pouvait entendre que mes misérables menaces. Et c'est tout ce qu'elle a entendu.

C'est la dernière véritable conversation que nous avons eue. J'ai pris Callie Rose des bras de Sephy. Elle n'a pas essayé de m'en empêcher. Elle a pris sa valise et a monté l'escalier.

Le jour où j'ai gagné.

Le jour où j'ai perdu.

Et aujourd'hui, l'inévitable allait se produire. Sephy allait épouser Sonny. Je l'ai su dès que Sonny est apparu sur le seuil de la porte. Il venait revoir Sephy. Il y a des années de ça. Je l'ai su immédiatement et je n'ai jamais réussi à l'accepter. Pauvre Sonny. Toutes ces années durant lesquelles il avait dû subir mon animosité sans en comprendre la raison. Mais à présent, je savais ce que je devais faire. Je devais montrer à Sephy ce que j'avais eu trop honte de lui dire jusqu'à présent.

Je devais les laisser partir. Elle et Callie.

Sephy

La nouvelle chanson de Sonny est passée à la radio aujourd'hui. J'en avais beaucoup entendu parler mais c'était la première fois que je l'écoutais. Elle n'est sortie que depuis une semaine et elle est déjà classée neuvième meilleure vente. Michaela, la disquaire de mon quartier, assure qu'elle est pratiquement certaine qu'elle atteindra la première place. Mais à chaque fois qu'elle est diffusée, j'éteins la radio ou je change de station.

Jusqu'à aujourd'hui.

Aujourd'hui, j'ai décidé d'être un peu moins lâche et de l'écouter. C'est étrange, Sonny et moi avions travaillé ensemble pendant des années et aucune de nos chansons n'a connu la moitié du succès qu'il a immédiatement rencontré seul. Nous travaillions très bien tous les deux en écrivant pour d'autres, mais notre duo de chanteurs n'a jamais marché. Peut-être certaines choses ne doivent-elles tout simplement pas être.

Maintenant que nous n'étions plus ensemble, Sonny me manquait plus que j'aurais pu l'imaginer. Combien de fois avais-je décroché le combiné, prête à l'appeler, à lui dire tout ce qu'il avait envie d'entendre ? Puis je raccrochais, essayant de me convaincre que je serais mieux sans lui ou n'importe quel homme dans ma vie.

Mais j'avais de plus en plus de mal à y croire. Les moments où je parvenais à me persuader que j'avais fait le bon choix devenaient de plus en plus rares.

Avais-je commis la plus grosse erreur de ma vie ? Sonny n'était-il pas la seule chance qui se présenterait jamais de faire table rase de mon passé ? C'est lui qui avait entamé notre relation. Et qu'avait-il récolté ? Si peu. Moi. Mais ce n'était pas suffisant. Il ne voulait pas se contenter de mon corps, il voulait également mon amour.

Dieu sait que j'avais essayé, mais je n'étais pas amoureuse de lui. J'ai essayé d'éprouver pour lui ce que j'éprouvais pour Callum, mais c'était vain. J'attendais de ressentir la même brûlure, le même désir, la même vague de passion folle. Mais même quand Sonny et moi faisions l'amour, une part de moi restait spectatrice, et attendait. Ça ne pouvait pas être de l'amour.

N'est-ce pas ?...

J'aurais pourtant tellement aimé éprouver de l'amour. J'adorais Sonny mais... c'est tout. Et je ne pensais pas tant représenter pour lui... pas avant d'entendre sa chanson.

La mélodie était belle, envoûtante. Juste la guitare pour commencer, puis la batterie toute douce et un piano. Il y avait un solo de guitare au milieu et je devais reconnaître que cette chanson était une de ses meilleures. Je suppose qu'elle fonctionnait parce qu'il l'avait écrite avec son cœur.

– Et maintenant, la chanson de la semaine, a annoncé l'animateur de l'émission, « Ménage à trois », par Sonny.

Je n'ai jamais aimé les trucs malsains
Vraiment c'est pas pour moi
Être admiré et adulé, je n'en ai pas besoin
Quatre ou même trois, c'est trop à la fois
Je te veux toi et toi seule
Surtout pas de ménage à trois

Tous mes rêves
Tous mes désirs
Tout ce que je veux, c'est ton amour

Ton amour pour moi tout seul
Surtout pas de ménage à trois

Regarde quand nous sommes allongés
Toi contre moi, moi contre toi
Il est toujours là
Quand tu m'embrasses
Il est là, quoi que je fasse

Chaque fois que je te touche
Il te touche avant moi
Même quand tu me donnes ta bouche
Tu ne me regardes pas
Il est toujours entre nous
Je vais devenir fou

Tous mes rêves
Tous mes désirs
Tout ce que je veux, c'est ton amour
Ton amour pour moi tout seul
Surtout pas de ménage à trois

Je voudrais ne t'avoir jamais rencontrée
Mais c'est toi que j'aime, rien que toi
Et si je veux te garder
Je n'ai pas le choix
Il sera toujours à tes côtés
Je ne gagnerai pas
C'est une perte de temps d'essayer
Nous faisons l'amour, tu t'endors
Je me lève et je pleure encore

Je jette l'éponge, j'abandonne
Il est temps que je débarrasse le plancher
Toujours vous serez liés
Pour vous je ne suis personne

Tous mes rêves
Tous mes désirs
Tout ce que je veux, c'est ton amour
Ton amour pour moi tout seul
Surtout pas de ménage à trois

Oh, Sonny...

Rose a onze ans

La pluie a cessé de battre sur ma capuche. Après avoir secoué la tête, je me suis découverte. Le soleil était déjà réapparu, il envoyait ses rayons brillants à travers les quelques nuages gris qui traînaient encore. Mais j'étais trempée. Mes pieds étaient tout humides et mon dos collant. Mais je ne savais pas si c'était parce que la pluie avait réussi à passer malgré ma capuche ou si j'avais seulement transpiré. J'ai baissé la fermeture Éclair de mon ciré pour laisser entrer un peu d'air frais. Sur le trottoir, des flaques brillaient et les gouttières déversaient un filet d'eau qui se répandait sur la route.

Encore une journée d'école terminée. Dans quelques semaines, fini le primaire. J'allais entrer au collège et j'avais hâte. C'est vrai, je n'en pouvais plus d'attendre. Maman était presque aussi excitée que moi.

– Hé, Rose, attends !

Tobey courait vers moi. Mon cœur s'est transformé en crotte de mammouth fossilisée. Qu'est-ce qu'il me voulait encore ? La dernière fois que nous nous étions vus, nous nous étions disputés très fort. La fois d'avant aussi, d'ailleurs. Et encore la fois précédente. Tobey et moi passions notre temps à nous heurter comme des cymbales en colère, en ce moment. Tobey est arrivé à mon niveau. Il portait un jean, un T-shirt sur lequel était inscrit *Ce que tu veux* en style graffiti, et une veste en jean.

– Comment s'est passé ton entretien pour entrer à Heathcroft ? m'a-t-il demandé.

J'ai haussé les épaules et j'ai continué à marcher.

– Bien, je crois. Ils m'ont acceptée.

– Moi aussi, m'a informée Tobey. Ils me proposent une bourse pour toute ma scolarité.

– Félicitations. Est-ce que Heathcroft est ton premier choix ?

– Bien sûr. Pourquoi ? Pas toi ?

– Pas au début, mais maintenant oui, ai-je avoué. Maman a très envie que j'y aille. Elle dit que Mme Paxton, la directrice, est fantastique.

– Comment elle la connaît ?

– Mme Paxton était prof quand Maman allait à Heathcroft.

Tobey était scié.

– Waouh ! Mme Paxton doit être drôlement vieille !

– Eh ! Ma mère est jeune ! ai-je répliqué.

Mais je reconnais que je m'étais fait la même réflexion quand Maman m'avait raconté cette histoire.

– Ce serait génial si on était dans la même classe ! a lancé Tobey.

– Oui.

Mon ton était un peu sec. J'ai ajouté, ironiquement :

– C'est vrai qu'on ne se voie pas assez souvent !

Le regard de Tobey m'a aussitôt fait regretter mes dernières paroles.

– Tu essaies de me passer un message ? m'a demandé Tobey d'une voix calme.

– Non, Tobey, je plaisantais. Tu te souviens de ce que c'est, une plaisanterie ?

Tobey s'est forcé à sourire.

– Même si on est dans la même classe, on ne sera pas obligés de s'asseoir l'un à côté de l'autre.

– Tobey, lis sur mes lèvres : c'était une plaisanterie.

– Aha, je suis mort de rire !

– Va te faire emmarmitouiller !

– Charmant. J'espère que tu ne parles pas comme ça devant ta grand-mère Jasmine !

– Emmarmitouiller, ça veut rien dire, ai-je répliqué.

– Explique ça à ta grand-mère quand elle t'entendra l'utiliser. Et de toute façon, c'est le contexte qui est important, m'a informée Tobey d'un ton docte.

Parfois, il était si… pédant ! C'était insupportable ! Tobey avait passé des années à me raconter des bobards juste pour me montrer qu'il connaissait plus de choses que moi. Et je ne comptais pas le nombre de fois où j'avais eu des ennuis à cause de lui.

Mais maintenant, je ne le croyais plus.

J'ai onze ans, je ne suis plus une gamine qui croit tout le monde. Tobey Durbridge, moins que les autres ! Si Tobey m'affirmait que le sang était rouge, je préférais me couper le doigt pour vérifier.

– J'ai entendu dire qu'Ella avait été égale à elle-même aujourd'hui.

J'ai haussé les épaules. Je n'avais pas envie de parler d'Ella Cheschie. C'était assez pénible d'être obligée de la fréquenter à l'école, alors une fois les cours terminés, je m'empressais de l'oublier. Nous avions été amies pendant un moment… jusqu'à ce qu'elle vienne jouer chez moi. Après ça, elle ne m'avait plus adressé la parole et se dirigeait toujours vers quelqu'un d'autre quand on choisissait un partenaire en classe. Moi, j'essayais d'être gentille avec elle mais elle m'ignorait complètement. Et dès qu'elle a trouvé de nouvelles copines, elle a commencé à raconter des tas de bêtises sur moi. Et si elle s'était contentée d'avoir une langue de vipère ! Par exemple, elle se mettait derrière moi et emmêlait mes mèches en disant que « j'avais des cheveux de spaghetti ». Tout ça parce qu'ils sont raides ! Quand nous n'étions que toutes les deux, elle ajoutait que j'avais des cheveux de « Néant ». Ça m'a vraiment fichue en rogne la première fois. Je l'ai poussée contre le mur et elle a trébuché. Évidemment, elle a couru se plaindre à Mlle Gardener. Cette sale petite cafarde ! À mon avis, ils sont tous comme ça dans sa famille. Mlle Gardener a envoyé une lettre pour convoquer Maman à l'école. Maman n'a presque rien dit dans le bureau de Mlle Gardener et elle est restée silencieuse pendant le trajet. J'étais sûre qu'une fois rentrée, elle me crierait dessus, mais elle m'a juste murmuré : « Tu me déçois beaucoup, Rose. » Elle a secoué la tête et m'a jeté ce regard qui me donne à chaque fois l'impression d'être un morceau de viande plein d'asticots. Et puis elle est sortie et je ne l'ai pas revue de la soirée.

Maintenant, Ella ne me traite de cheveux de spaghetti que quand elle est avec ses amies, elle a trop la trouille quand elle est toute seule. Ça m'énerve toujours quand elle m'appelle comme ça, mais je n'ai pas envie que Maman reçoive une autre lettre. Et ce n'est pas tout. À chaque fois que je réponds en classe, elle fait des grimaces dans mon dos sans se préoccuper si je la vois ou pas. Quelle conne ! Et évidemment, elle va à Heathcroft ! La poisse !

Ce qui est bizarre, c'est que plus Ella devient méchante, plus son frère devient gentil. Je le croise parfois avec Maman au centre commercial. Maman et Nichelle se saluent poliment de loin sans s'adresser la parole et Ella m'ignore. Mais pas Lucas. Il est très différent. Il me dit bonjour ou m'adresse un signe de la main. C'est une drôle de famille. J'ai du mal à m'y retrouver. Grand-mère Meggie dit que ce sont des « opportunistes ». Lucas est déjà à Heathcroft. Il a un an de plus que moi.

– C'est vrai qu'Ella t'a fait pleurer ?

– Ça va pas ! me suis-je emportée. Ella n'arrivera jamais à me faire pleurer !

– Tu dis ça comme si tu voulais faire croire que personne ne pourrait te faire pleurer.

J'ai réfléchi.

– C'est ce que je pense, ai-je dit. Personne ne pourrait me faire pleurer.

– N'importe quoi ! La première personne à qui tu tiens un peu a les moyens de te faire pleurer.

– Même pas vrai !

– Bien sûr que si, a affirmé Tobey. Même moi, je pourrais te faire pleurer.

– Je croyais que tu avais parlé de gens à qui je tenais, ai-je lancé.

Tobey m'a regardée et a allongé le pas pour s'éloigner. J'ai ouvert la bouche pour le rappeler. Et puis, je l'ai refermée.

Après tout, c'est lui qui avait commencé.

Sephy

J'appliquais mon rouge à lèvres avec soin. Même à travers la porte de ma loge, j'entendais les clients du *Specimen* rire et parler fort. J'étais à nouveau dans ce bar restaurant, mais pas en tant que cliente. J'étais sur le point de faire ce que je m'étais promis de ne plus jamais faire. Je détestais chanter en public. Le souvenir de ma courte expérience avec Jaxon était toujours vif. Et à présent, je n'avais plus le luxe d'un groupe pour m'accompagner et me protéger du sentiment d'isolement que le public me donnait.

Mais j'avais besoin d'argent.

J'étais complètement fauchée. Ma mère finançait les frais de scolarité de Rose, mais je tenais à payer tout le reste moi-même. L'uniforme, la cantine, les livres et les fournitures scolaires en plus de mes factures habituelles avaient englouti mes économies. Maintenant que je ne travaillais plus avec Sonny, l'argent s'était fait rare. Quand j'étais enceinte, j'avais à peine deux pennies en poche. Je m'apprêtais à traverser une période similaire.

Nathaniel Ealing, le propriétaire du *Specimen*, cherchait une chanteuse pour les jeudis, vendredis et samedis. Principalement pour jouer du piano mais aussi pour chanter des vieux standards de temps en temps. Et uniquement à la demande du public. Très exactement ce que je détestais.

Mais il fallait bien payer les factures.

La loge était plutôt agréable. Un peu plus grande que ma salle de bains à la maison. Et il y avait un radiateur dans chaque coin de la pièce. Les murs étaient d'un vert pâle banal. Une ampoule pendait du plafond mais d'autres lumières avaient été installées autour du miroir. J'ai observé mon visage avec un regard critique. Mon rouge à lèvres manquait de gloss. Et une nouvelle couche de mascara finirait le travail. Je donnais à mes cheveux un dernier coup de brosse quand la porte s'est ouverte. Nathan, le propriétaire, a passé sa tête dans l'entrebâillement. Il était grand. Il me dépassait de trente bons centimètres et il portait un costume très chic d'une façon décontractée. Il était vraiment beau gosse, le savait, mais n'en abusait pas. Ses cheveux étaient coupés très court et ses yeux brun miel étaient surmontés de sourcils bien dessinés. Ses lèvres étaient pleines et souriaient facilement. Je l'avais regardé accueillir ses invités, flirter avec les femmes, et donner l'impression aux hommes qu'il était leur ami et non pas le propriétaire du club le plus couru de la ville. Nathan veillait à tout : il savait combien de bouteilles de bière il avait en stock, quand l'électricité devait être payée, mais pour autant, il n'avait pas peur de déléguer. C'est sans doute la raison pour laquelle Ron, le gérant, m'avait dit que c'était un patron génial. Nathan donnait cent pour cent de lui-même et n'attendait pas moins de ses employés.

– On a du monde ce soir, a souri Nathan. Tu es prête, Sephy ?

– Comme toujours, ai-je répondu avant d'ajouter : J'aimerais bien que tu frappes avant d'entrer.

– Désolé.

Nathan m'a adressé un petit sourire navré et a refermé la porte. Je me suis levée et j'ai vérifié ma robe dans le miroir. C'était une robe de couturier, moulante, noire et argent qui n'était pas tout à fait mon style, mais Nathan m'avait fait remarquer qu'un club de son standing devait avoir une chanteuse classe, et surtout pas du genre à se fondre dans le décor.

J'ai traversé le petit couloir mal éclairé qui menait au bar. L'entrée du *Specimen* donnait directement sur le bar, mais pour accéder au restaurant, les clients pouvaient prendre tout de suite sur leur droite. C'est là que je travaillais. Sur chaque table, des verres de cristal brillaient et les luminaires qui ornaient le mur étaient si travaillés qu'ils auraient parfaitement trouvé leur place chez ma mère. Le bar n'était pas de ceux sur lesquels on crache et que l'on recouvre de sciure, comme il y en avait des tas dans le quartier. Le zinc était en granit et le reste de la salle tout en verre et chrome. Le bar et le restaurant étaient séparés par une cloison en verre. Et c'était plutôt chouette. Je n'étais apparemment pas la seule de cet avis ; le lieu était aux trois quarts plein.

De la loge, je devais me faufiler entre les clients du bar avant d'arriver au restaurant. Je me suis assise au piano, mais je n'étais pas concentrée. Je pensais à Sonny. Comme toujours. Que faisait-il en ce moment ? Était-il en train de se prouver que j'avais plus besoin de lui que lui de moi ? Professionnellement parlant, bien sûr. Sur le plan personnel, je n'avais besoin de personne.

Alors pourquoi ce vide en moi ? Un vide oppressant qui me dévorait de l'intérieur. À qui la faute ? Alors que je commençais l'intro au piano, cette phrase tournait et retournait dans ma tête.

À *qui la faute ?*

Je n'avais pas vu Sonny depuis des mois et il me manquait terriblement. Et même plus que ça. Et il manquait à Callie Rose.

Elle avait presque douze ans et j'avais le sentiment de ne rien savoir sur elle. En tout cas, pas autant que je l'aurais dû. Autant qu'une mère le devrait. J'avais peur de ressentir, peur d'être émue, peur de donner. J'avais peur, peur, peur. À la première occasion, je révélerai toute la vérité à Rose. Je devais cesser de fuir. J'ai arrêté de jouer la musique d'« Amoureuse ».

Il fallait que je trouve autre chose.

Chante ce qui vient du fond de ton cœur. Ou as-tu peur de ça aussi ?

– Perséphone ? Quelque chose ne va pas ?

Nathan est arrivé derrière moi.

J'ai sursauté. J'avais oublié où j'étais. J'ai regardé autour de moi. Nathan n'était pas le seul à me dévisager.

– Ça va, Nathan, ai-je répondu. Désolée.

– Tu veux que je t'apporte quelque chose à boire ?

– Non, ça va. Vraiment. Merci.

J'ai commencé l'intro de « Tout ce que je n'ai pas », une chanson que j'aurais vraiment aimé écrire. Je pouvais la chanter en pensant chaque mot. Elle me dévoilait parfaitement et entièrement.

Je me suis levée ce matin
Comme je m'étais couchée
Je sais que ce que nous avons partagé
N'est pour moi qu'un moyen d'oublier

J'ai peur quand on est tous les deux
Peur que tu m'abandonnes
Ton amour est merveilleux
Tout ce que tu as, tu me le donnes

Mais ton amour est inutile
Pourquoi ne le comprends-tu pas ?
Mon cœur stérile
Est incapable d'aimer, même toi

Je sais qu'il me manque l'essentiel
Je ne sais même pas ce que c'est
Je joue les superficielles,
Les insouciantes, mais rien n'y fait

Je ris quand nous sommes ensemble
Pourtant rien ne m'éclaire
Seule dans la nuit je tremble,
Je pleure et me désespère

Mais ton amour est inutile
Pourquoi ne le comprends-tu pas ?
Mon cœur stérile
Est incapable d'aimer, même toi

Mais ton amour est inutile
Pourquoi ne le comprends-tu pas ?
(Pourquoi ne le comprends-tu pas ?)
Mon cœur stérile
Est incapable d'aimer, même toi

J'ai fini par une improvisation instrumentale. J'ai tapé sur les dernières touches en fredonnant dans le micro. Les applaudissements n'ont pas été assourdissants, mais au moins je ne me suis pas fait huer. J'ai entamé la deuxième chanson. J'aurais pu chanter, mais j'ai décidé de me contenter du piano. Je n'avais pas fait ça depuis longtemps et surtout je ne voulais pas épuiser ma voix. J'avais besoin de me calmer.

J'ai à nouveau pensé à Sonny. Je nous avais trompés tous les deux. J'espérais que mes sentiments pour lui ressembleraient à ceux que j'avais pour Callum. J'avais oublié que j'avais grandi entre-temps. Et il m'avait fallu du temps pour comprendre que j'aimais Sonny autant que j'avais aimé Callum, mais d'une manière différente. Peut-être qu'une part de moi pensait qu'aimer quelqu'un d'autre équivalait à trahir Callum. J'avais réussi à me convaincre que je ne serais plus capable d'aimer que ma fille.

Et s'il n'était pas trop tard ? Si je me reprenais, si je m'autorisais à ressusciter. À remettre en route les morceaux de moi qui avaient cessé de fonctionner. Jeter ce qui me retenait, le laisser derrière moi et, enfin, avancer. J'étais restée trop longtemps immobile. Première chose, dès demain matin, je téléphonerai à Sonny. Pas pour lui donner de faux espoirs, non, en lui promettant que cette fois, il m'aurait pour de bon. Une vague de chaleur m'a envahie. Ça ne m'était pas arrivé depuis longtemps. Sans cesser de sourire, j'ai regardé autour de moi.

Sonny était face à moi et me regardait.

Mon cœur a bondi. J'ai failli arrêter de jouer. D'où sortait-il ? C'était comme si je l'avais invoqué par la force de mon esprit. Je lui ai souri, tout en continuant de jouer. J'étais si contente de le voir. J'ai essayé de le lui montrer. J'avais envie de lui dire tout ce que je n'avais pas pu lui dire jusqu'à présent.

Coucou Sonny, oui, c'est moi. Et je suis là pour nous deux, si tu me veux toujours. Il m'a fallu tant de temps pour faire le deuil de mon passé, que j'en ai presque oublié mon présent. Mais plus maintenant. Alors, voilà, je…

Sonny n'était pas seul. Une superbe jeune femme nihil l'accompagnait. Elle avait de magnifiques cheveux noirs de jais et lui murmurait quelque chose à l'oreille. La main possessive qu'elle avait posée sur son bras ne m'a pas échappé. Pas plus que le regard qu'elle m'a lancé, avant de reporter toute son attention vers Sonny.

Je me suis reconcentrée sur mon piano.

Continue de jouer, Sephy.

Quoi qu'il arrive, continue de jouer.

J'ai travaillé pendant une demi-heure, j'ai chanté deux chansons, me contentant de jouer du piano la plupart du temps. Je me concentrais sur mon micro, prenant garde de ne pas regarder dans la salle. Quand est arrivée l'heure de ma pause, j'ai annoncé que je serais de retour un quart d'heure plus tard et je me suis dirigée immédiatement vers la loge.

Mais pas assez vite.

Sonny m'attendait dans le couloir du personnel.

– Bonjour, Sonny.

J'ai ralenti en le voyant.

– Bonsoir, Perséphone.

Mon Dieu, il était beau. Il portait un T-shirt bleu marine et un pantalon assorti. Il avait les cheveux parfaitement coupés. Apparemment pas par le coiffeur de son quartier où il avait l'habitude d'aller. D'ailleurs, il n'y avait pas que la coupe de cheveux, il s'était fait tailler les sourcils et éclaircir quelques mèches. C'est drôle comme un peu d'amour, de tendresse et un succès peuvent changer un homme. Sonny était passé directement du « ouais avec du sel et des oignons » à la grande classe.

J'ai souri avec gêne. Mon Dieu, je me donnais l'impression d'avoir l'âge de ma fille !

– Je suis désolée de me montrer aussi pointilleuse, mais les clients ne sont pas autorisés ici et je dois aller me changer.

J'espérais avoir un ton léger.

– Et puis tu vas manquer à ta petite amie, ai-je ajouté.

Les mots se sont agglutinés dans ma bouche, sont restés collés dans ma gorge comme des morceaux de papier mâché.

– Je l'ai prévenue que je venais te parler, a répondu Sonny.

– Ah oui. Et de quoi ?

– Comment vas-tu ?

– Bien.

J'ai haussé les épaules et j'ai essayé de passer sur le côté, mais il m'a barré le passage. Le couloir était si étroit, et Sonny était si large, que je ne pouvais pas passer à moins de lui sauter par-dessus la tête.

– Depuis quand chantes-tu ici ?

– Ce soir.

Je me suis forcée à prendre l'air le plus heureux possible.

Sonny m'observait. J'ai soutenu son regard et je ne savais pas quoi lui dire.

– Est-ce que tu viens souvent ici avec ton amie ? ai-je demandé.

Zut ! Je n'arrivais pas à croire que j'avais posé cette question. Grrrr ! Ce ne sont pas mes oignons.

– Sherona n'était jamais venue. C'était son anniversaire et...

Sonny a haussé les épaules sans finir sa phrase.

– Elle apprécie ?

– Elle trouve que tu chantes bien mais que tu n'as pas beau-coup de présence.

J'ai haussé les sourcils.

– Tu es d'accord avec elle ?

– Eh bien, tu n'as pas franchement l'air de t'amuser, a dit Sonny.

– C'est pour ça que tu es venu me voir ?

Je commençais à comprendre.

– Rassure-toi, je vais bien. Et dis à ta petite copine que j'es-saierai de faire mieux la prochaine fois. Bonsoir.

Je me suis faufilée sur le côté, avant que Sonny ait eu le temps de réagir. J'ai refermé la porte de la loge derrière moi. Elle s'est rouverte presque immédiatement.

– Tu as oublié quelque chose, Sonny ?

Il a refermé la porte et s'est appuyé contre. Il ne me quittait pas des yeux. Il me rendait nerveuse.

– Comment va Callie Rose ?

Après un silence, j'ai décidé de lui dire la vérité.

– Tu lui manques.

– Et toi ? Je te manque aussi ?

Pas question de répondre. Il avait une petite amie à présent.

– Pourquoi tu ne me téléphones jamais ? a continué Sonny.

– Toi non plus, tu ne téléphones pas, lui ai-je fait remarquer. Mais après avoir vu Sherona et ses seins gonflés à l'hélium, je comprends mieux.

– Je te rappelle que c'est toi qui m'as largué.

– Je ne t'ai pas largué, j'ai seulement refusé de me marier.

– Et je refusais de passer le reste de ma vie sans rien construire avec toi. L'immobilité ne me suffisait pas. Elle n'aurait pas dû te suffire non plus.

– Eh bien, tu t'es consolé SPSV ! ai-je souri mielleusement. Le roi est mort, vive le roi !

– SPSV ?

– Sans problème super vite !

– Tu es jalouse.

– Bien sûr que non, ai-je menti. Ce n'est plus mon problème, Sonny. Plus maintenant. À présent, excuse-moi.

J'ai passé les mains sous mes cheveux et j'ai tenté de baisser la fermeture Éclair de ma robe. Mais elle s'est coincée et j'ai eu beau tirer et me contorsionner, rien n'y a fait. J'avais essayé de la jouer grande dame et j'étais pathétique.

– Laisse-moi faire, a dit Sonny.

Il s'est approché de moi, a posé une main sur ma taille et a baissé la fermeture Éclair avant que j'aie eu le temps de prendre une inspiration.

Je me suis écartée.

– Merci, je vais me débrouiller maintenant. Tu peux fermer la porte en partant ?

J'ai tourné la tête pour le regarder partir. Quitter la pièce, quitter ma vie. Mais quand Sonny a bougé, il ne s'est pas dirigé vers la sortie. Je me suis retrouvée dans ses bras et nous nous sommes embrassés comme si nos vies en dépendaient. Sonny me serrait contre lui et caressait mon dos nu. Ma peau me brûlait.

— Tu m'as tellement manqué, a murmuré Sonny, sa bouche contre ma joue.

— Je suis désolée de t'avoir si mal traité, Sonny. Je ne sais pas combien de fois j'ai décroché le téléphone pour…

Nous nous sommes de nouveau embrassés, comme les deux dernières personnes de la Terre. J'ai déversé toute ma solitude, toute mon attente et tout mon amour dans ce baiser. Je me sentais exploser comme un feu d'artifice.

Mais à ce moment, la porte s'est ouverte et Nathan est entré. Il était suivi par Sherona. Je me suis écartée de Sonny mais nos invités surprises nous avaient vus. Et mon ridicule moment d'abandon a fondu comme neige au soleil.

Rose a onze ans

— Rose, je peux te parler deux minutes ?

J'ai levé les yeux de mes devoirs.

— Oui, Maman ?

— Je dois te parler de quelque chose.

— Quoi ?

Maman s'est mordu la lèvre inférieure.

— De… de ton père.

J'ai posé mon crayon et je lui ai accordé toute mon attention.

— Oui, Maman ?

– Ton père…

Maman a soupiré.

– Ton père t'aimait beaucoup.

C'était tout ?

– Oui, Maman. Je sais. Tu me l'as déjà dit.

– Je voulais être sûre que tu ne l'oubliais pas, a dit Maman. Allez, reprends ton travail.

Je n'avais pas besoin qu'elle me le répète. Tout ce cinéma pour me dire un truc que je savais déjà ! Pfffff !

Jude

La voilà. Mais regardez-la ! Elle est vraiment contente de me voir. Elle a hérité de l'intelligence de sa mère, on dirait. Lui filer rencard dans un cinéma était une idée de génie. Une idée de moi ! La gamine parlait de ce film depuis un mois. Sa mère refusait qu'elle le voie parce qu'il était interdit aux moins de seize ans. Alors bien sûr, je lui ai proposé de l'emmener.

En secret, bien sûr.

Si le film avait été une niaiserie, un film d'amour ou un truc du genre, je ne me serais pas donné la peine, mais le principal ingrédient de ce spectacle était la violence. Parfait. Je l'accompagnerai voir des tas de films du genre, pour lui montrer à quoi ressemble réellement le monde. Le bon vieil oncle Jude qui laisse Callie faire tout ce que sa mère lui refuse. Et quelques autres trucs que sa mère n'a même pas pensé à lui interdire. Quel âge elle a cette gamine, maintenant ? Onze ? Douze ? Treize ? Peu importe. Elle était bien assez grande pour apprendre la vie. Besoin d'un maître en corruption ? Je n'aime pas la ramener, mais je suis le meilleur dans ce domaine.

Cependant, me tenir dans la file d'attente me rend nerveux. Morgan surveille un peu plus loin, mais je ne suis pas à l'aise en terrain découvert. C'est pas mon style. Et le gouvernement est loin de m'avoir oublié. Je dois même être un des premiers au hit-parade !

– Bonjour, oncle Jude !

– Bonjour, Callie Rose. Comment vas-tu ?

– Bien, a souri Callie. Merci de m'emmener voir ce film. Tu es vraiment génial.

– Tu peux me remercier en ne parlant de ça à personne.

– Je le jure.

Callie s'est mordillé le coin de la lèvre. Je l'avais trop souvent vue avec ce tic pour ne pas deviner ce qui allait suivre.

– Quand est-ce que je vais pouvoir parler de toi à Maman ?

J'ai poussé un profond soupir.

– Tu sais combien c'est compliqué, Callie Rose. et tu es loin de tout savoir.

– Pourquoi tu ne me dis pas, oncle Jude ?

– C'est à ta mère de le faire. Pas à moi.

– Mais tu...

– Je sais ! l'ai-je interrompue. Je t'ai demandé de ne lui poser aucune question mais tu dois me comprendre. Je suis dans une position délicate, Callie. Le moindre détail que je pourrais t'apprendre sur le passé envenimerait terriblement la situation.

– Tu parles par énigmes ! s'est plainte Callie. Une fois de plus.

– Je suis une grande personne, je suis obligé.

– Oncle Jude ! Tu as fait une plaisanterie ! Ça ne te ressemble pas ! a lancé Callie, incrédule.

J'ai failli rire. Mais je me suis retenu. Je ne voulais pas commencer à m'attacher à cette gamine. Je m'étais laissé une fois avoir par une Prima et ça m'avait coûté presque tout ce à quoi je pouvais me raccrocher.

Ça n'arriverait plus jamais.

– Est-ce que tu n'aimes pas ma maman, oncle Jude ?

– Ce n'est pas ça… Je crois seulement que je la respecterai plus si elle te disait la vérité, ai-je répondu en choisissant mes mots avec soin.

– La vérité sur quoi ?

J'ai secoué la tête.

– J'en ai trop dit.

– Oh, oncle Jude, j'aimerais bien que tu ne fasses pas ça. C'est vraiment frustrant.

– Tu dois simplement garder confiance. Le moment venu, tu sauras tout. Maintenant, entrons. Tu veux qu'on aille manger quelque part après le film ?

– Vaut mieux pas. J'ai dit à grand-mère Meggie que j'allais faire un tour chez Nikki et que je serais rentrée avant le dîner, a répondu Callie. Si je suis en retard, elle sera fâchée.

– Tu veux dire qu'elle froncera les sourcils ?

– Elle est un peu plus sévère que ça, a ri Callie.

– Pas avec toi. En tout cas, pas d'après ce que tu m'as raconté toute cette année. Et puis, je suis sûr que ma mère…

– Quoi ?

– Ma mère fera tout pour te protéger, même si pour ça elle doit te cacher la vérité.

– Parce que la vérité est dangereuse ?

– Non, Callie. La vérité te libérera… quand tu seras assez grande pour la comprendre.

Une petite graine par-ci, une autre par-là. Juste assez pour maintenir ses soupçons et son doute en éveil. Et l'amener en douceur à des sentiments beaucoup plus spectaculaires.

– Callie Rose, ai-je dit sérieusement. Je veux que tu saches que je ne te mentirai pas. Si tu me poses une question et que je ne veux pas répondre, je garderai le silence. Mais je ne te mentirai pas. Tu peux me faire entièrement confiance. D'accord ?

– D'accord, oncle Jude.

Une petite graine par-ci, une autre par-là.

Nous sommes entrés dans le cinéma.

Callie Rose
a onze ans

– Excusez-moi…

Les grandes sont passées devant moi en me bousculant et en m'ignorant complètement. J'ai essayé de demander à deux garçons qui passaient où était la salle SC12. C'est comme si j'étais invisible. Mon deuxième jour à Heathcroft était encore pire que le premier. Le collège était immense et il y avait du monde partout. J'avais l'impression de me noyer dans une mer de visages inconnus.

– Eh, Rose !

– Oh, bonjour Lucas.

Lucas Cheschie et deux copains à lui se tenaient devant moi. Je n'avais jamais été si contente de voir quelqu'un de toute ma vie.

– Tu as l'air perdue, m'a lancé Lucas.

Est-ce que ça se voyait à ce point ?

– Je cherche la salle SC12.

– C'est une salle de science, a dit Lucas. Le mieux, c'est de traverser la pelouse et d'aller vers ces bâtiments vert et gris que tu vois là-bas.

Il tendait le doigt vers la fenêtre derrière nous.

– Tu n'as pas ta carte de l'école ? a-t-il ajouté.

Je n'allais quand même pas lui raconter que sa saleté de sœur me l'avait piquée la veille et l'avait déchirée sous mon nez.

J'ai haussé les épaules.

– Je l'ai perdue.

– Attends.

Lucas a posé son sac par terre et a farfouillé dedans.

– Lucas, on va être en retard, a râlé un de ses copains.

L'autre garçon a froncé les sourcils et nous a regardés tour à tour, Lucas et moi. Ne leur prêtant aucune attention, Lucas a sorti un morceau de papier tout froissé et sale de son sac. Il me l'a tendu.

– Tiens, je te passe la mienne.

– Merci.

J'ai pris la carte avec soin entre mon pouce et mon index.

– C'est très gentil à toi.

– *C'est très gentil à toi*, m'a imitée un des amis de Lucas.

Je suis devenue rouge comme une tomate.

– La ferme ! a sifflé Lucas à l'attention de son ami.

Puis il m'a souri.

– J'espère que la carte va t'aider.

Et sur ces mots, il est parti. Je me demandais pourquoi il prenait la peine de s'occuper de moi.

Meggie

– Vous voulez boire quelque chose ?

J'ai souri au serveur nihil avant de jeter un dernier regard au menu. Je savais ce que je voulais commander mais j'ai juste dit :

– Je veux bien une tasse de thé, s'il vous plaît.

– Menthe, camomille, jasmin, ou nature ? m'a demandé le serveur.

– Euh… nature, s'il vous plaît.

– Très bien.

– Merci beaucoup.

J'ai de nouveau lu le menu. Je savais ce que je voulais mais ça me donnait une contenance. Manger au restaurant ne me mettait jamais très à l'aise. Je n'avais pas oublié l'époque où les Nihils comme moi n'avaient pas le droit d'entrer dans des endroits comme celui-ci. C'était il n'y a pas si longtemps. Si nous rendions visite à des amis qui vivaient à plus de deux heures de route, on ne pouvait pas s'arrêter manger quelque part. Même dans un café. Et voilà, maintenant, j'étais au *Jardin des expériences*, un des meilleurs restaurants du centre commercial de Dundale et je n'osais pas lever les yeux vers les autres clients. J'avais bien trop peur de rencontrer des regards désapprobateurs. Ryan, mon mari, disait que je me préoccupais trop de l'opinion des autres. Il avait raison.

Qu'est-ce que ça pouvait bien me faire ce que pensaient de moi les autres clients ? C'était leur problème, pas le mien. J'ai pris une grande inspiration et je me suis forcée à lever la tête. Personne ne me prêtait attention. Du moins, je crois. J'avais regardé trop vite pour être vraiment sûre. Ce que je pouvais être idiote !

Oublie le passé, Meggie. Il est loin maintenant.

Mais c'était plus facile à dire qu'à faire. Le passé me collait au cerveau et au cœur, comme de la Superglue. Et pourtant, je faisais beaucoup d'efforts. Certaines personnes ne le croyaient pas. Elles ne voyaient pas mes tentatives désespérées pour avancer.

Le restaurant était plein de gens qui venaient de terminer tardivement leurs achats dans la galerie, ou qui s'apprêtaient à aller au multiplex. J'avais faim, mais je préférais manger léger. Comme ça, je ne serai pas obligée de rester longtemps.

– Bonsoir.

J'ai regardé l'homme qui venait de me saluer. J'ai sursauté. Il avait beaucoup changé. La couleur de ses cheveux, par exemple. Il était presque blond et il avait également décoloré ses sourcils. Ses lunettes aussi étaient différentes. Son corps était toujours musclé, presque sec. Il était évident qu'il n'avait pas arrêté la boxe. Pas plus que de travailler à l'extérieur.

– Bonjour, mon fils, ai-je répondu calmement.

Jude s'est assis. Ses yeux surveillaient les environs. Il me faisait penser à un animal poursuivi par un prédateur.

– Est-ce que tu…

– Oui, l'ai-je interrompu. J'ai pris deux bus et un taxi. Je n'ai pas été suivie.

Nous avions cette conversation à chacune de nos rencontres. Pourquoi est-ce que je m'entêtais ? Jude et moi nous voyions irrégulièrement, deux ou trois fois l'an. Quelquefois plus, souvent moins. Jude était toujours recherché et, à chaque fois que je le voyais, j'avais le cœur brisé.

– Comment vas-tu ?

J'ai haussé les épaules.

– Ça va.

– Tu partages toujours ton toit avec l'ennemi ?

– Ne commence pas, Jude, ai-je soupiré.

– Quand est-ce qu'elle va se décider à partir de chez toi ?

– Je ne veux pas qu'elle s'en aille. Elle me manquerait. Et ma petite-fille aussi.

– Ta petite-fille ?

– Oui, ta nièce. La fille de ton frère…

– Changeons de sujet, a lâché Jude.

– De quoi voulais-tu me parler ? ai-je demandé.

– Est-ce que tu as besoin de quelque chose ? De l'argent ?

– Non, ça va.

– Tu vis grâce à l'argent de cette fille, a dit Jude d'un ton amer.

– Je travaille, Jude. Sephy m'aide à payer certaines factures mais je n'en attends pas plus.

– Si tu te débarrasses d'elle, je paierai toutes tes factures.

– Je ne veux pas, ai-je grondé.

– Tu préfères prendre son argent plutôt que le mien ?

– Le sien n'est pas couvert de sang.

– Je travaille dans l'administration, je te l'ai déjà dit, a répliqué Jude.

– L'administration de la Milice de libération !

Jude s'est renversé sur son dossier et m'a fixée. J'entendais les battements de mon cœur, qui s'accéléraient de minute en minute. Jude a ouvert la bouche. Il s'apprêtait à parler quand le serveur est arrivé avec mon thé.

– Vous voulez commander ? a-t-il demandé d'une voix avenante.

– Oui, merci. Je prendrai une salade de poulet.

– Pas d'entrée ?

– Non, merci.

Le serveur s'est tourné vers Jude.

– Monsieur ?

– Rien, merci.

– Puis-je vous apporter une boisson ?

– Vous êtes sourd ? J'ai dit : « Rien ! »

– Jude ! l'ai-je réprimandé.

– Très bien, monsieur, a dit le serveur.

Son sourire avait légèrement vacillé. Quand il s'est éloigné, j'ai dit à Jude :

– Tu n'as pas besoin de te montrer aussi grossier.

— Je t'ai déjà demandé de ne pas m'appeler par mon prénom en public, Maman.

— Et comment dois-je t'appeler ? Jude est ton nom. C'est ton père qui l'a choisi.

— Tu veux me faire pendre ?

On y était. Il avait prononcé les mots qui me broyaient le cœur. Et il n'avait pas attendu longtemps cette fois. Moins de cinq minutes.

— Tu crois qu'assister à la pendaison d'un de mes fils ne m'a pas suffi !

Jude a eu la décence de tourner la tête. Une demi-seconde.

— Pardon, Maman.

J'avais toujours l'impression qu'il avait piétiné mon cœur. Il a glissé une enveloppe vers moi.

— Prends-la, s'il te plaît. Je veux t'aider.

Je l'ai mise dans mon sac. Comme à chaque fois. Je la déposerai, sans l'avoir ouverte, à l'église pour la quête. Comme à chaque fois.

— Tu as l'air fatigué, a remarqué Jude après un long silence.

— Je suis fatiguée, ai-je acquiescé. Si tu ne m'avais pas appelée ce matin, je serais restée au lit toute la journée.

— Tu aurais dû me le dire.

— Tu es mon fils, Jude, et je t'aime. Je ne veux pas rater une occasion de te voir, ai-je rétorqué.

Jude a détourné le regard, presque gêné. Du moins, c'est l'impression qu'il me donnait. Toute manifestation d'affection de ma part le mettait mal à l'aise.

— Tu as quelqu'un dans ta vie, Jude ?

— Tu ne vas pas recommencer, a-t-il grogné avec impatience.

— C'est juste une question.

— Non, Maman. Je n'ai personne, je suis trop occupé.

– Trop occupé pour partager ta vie ? Trop occupé pour te laisser aimer ? Et puis, j'aimerais bien avoir d'autres petits-enfants.

Jude est resté silencieux.

– À quoi donc es-tu trop occupé ?

Jude m'a regardée droit dans les yeux, les lèvres pincées. J'avais ma réponse. La vie de Jude était emplie par une chose et une seule : la Milice de libération. Personne ne pouvait compter plus que la milice à ses yeux.

– Callie Rose est au collège, maintenant, c'est bien cela ? a-t-il demandé.

– Oui, ai-je souri. Depuis la rentrée. Elle a mis un peu de temps à s'y faire, mais…

Jude s'était penché en avant, buvant mes paroles. Le restaurant est soudain devenu irrespirable. Il faisait chaud, non ? Pourquoi avaient-ils monté le chauffage ?

Prudente, j'ai passé ma langue sur mes lèvres avant de reprendre la parole.

– Pourquoi cet intérêt soudain ?

– C'est toi qui l'as dit, Maman, Callie est ma nièce.

J'ai lentement posé mes mains sur mes genoux. L'une sur l'autre. Je n'entendais aucun bruit dans le restaurant. Seulement ma respiration. J'ai regardé autour de moi. Les autres clients riaient, discutaient, une femme prima embrassait l'homme en face d'elle. Mais je n'entendais rien. Je les ai tous regardés. Au ralenti, la femme prima s'est retournée et m'a souri. Elle m'avait vue la regarder et elle me souriait. Et tout à coup, le bruit est revenu. Ça a fait comme une pluie de graviers autour de moi. J'ai eu mal à la tête.

– Jude, ne t'approche pas de Callie Rose. Tu m'as bien comprise ?

– Je demandais juste…

– Je ne veux pas le savoir. Je te préviens, si tu t'approches de ma petite-fille…

– Quoi ?

Je me suis levée.

– Tu peux régler mon dîner. Je n'ai plus faim.

Je suis sortie du restaurant, l'estomac retourné, les muscles du cou tendus. J'ai gémi intérieurement, mon mal de crâne se transformait en migraine. J'ai jeté un dernier coup d'œil à mon fils.

Il ne me regardait pas mais son sourire ne m'a pas échappé. Un sourire froid. Si froid.

Sephy

Rose a repoussé les cheveux qui lui balayaient le visage d'un geste impatient.

– Pourquoi tu ne les attaches pas, s'ils te gênent ? lui ai-je demandé.

Rose a levé la tête vers moi.

– Ça va.

Elle a piqué une saucisse dans son assiette et a mordu dedans. Mais elle avait la tête ailleurs, c'était évident.

– Comment s'est passée l'école, aujourd'hui, Rose ?

– Maman, est-ce que tu peux m'appeler Callie Rose, s'il te plaît ? Je te l'ai déjà demandé.

– Je sais, mais je t'appelle Rose depuis des années, lui ai-je fait remarquer. Je vais essayer de faire un effort. Mais au fait pourquoi est-ce que tu y tiens tant ?

– Je préfère Callie Rose. Je trouve que c'est plus joli et moins niais que Rose tout seul. Et puis, Callie, ça me fait penser à mon père.

– Rose n'est pas un prénom niais.

– Tu sais très bien ce que je veux dire, s'est agacée Rose.

Elle a plongé sa fourchette dans sa purée et l'a enfournée.

– Rose, pardon, Callie Rose, ta purée ne va pas partir de ton assiette, tu n'as pas besoin d'en mettre autant d'un coup dans ta bouche.

– Oui, Maman, a répondu Rose, la bouche pleine.

J'étais sur le point de la reprendre également sur ce point, mais je me suis retenue. Je ne voulais pas que nous passions tout le dîner, moi à la disputer et Rose à me répondre. J'avais juste envie de la prendre dans mes bras et de lui dire…

– Où est grand-mère Meggie ? a demandé Rose.

– Elle est en ville. Elle dîne avec une amie.

– Elle dîne dehors ?

Rose était surprise. Je la comprenais. Si Meggie dînait à l'extérieur, on pouvait s'attendre à ce qu'il tombe de la neige bleue demain matin.

– Quelle amie ? a repris Rose.

– Je ne sais pas. Je ne me mêle pas des affaires de Meggie.

– Tu ne lui as pas demandé ?

– Non.

Rose m'a observée avec attention. Avec cette expression pensive que je connaissais si bien et craignais tellement. Elle allait me poser une question à laquelle je ne saurai pas répondre.

– Pourquoi est-ce que tu te mêles de mes affaires et pas de celles de grand-mère Meggie ?

– Callie Rose, je ne me mêle pas de tes affaires, tu es ma fille, je m'intéresse à ce que tu fais. Je fais plus que m'intéresser… je… t'aime et je prends soin de toi, ai-je tenté d'expliquer.

Prononce les mots. Pourquoi est-ce si difficile ? Manque d'entraînement. Oui, bien sûr. Alors dis à ta fille ce que tu ressens. Plus tu lui parleras, plus ça deviendra facile. Allez, prononce ces mots...

— Tu ne t'intéresses pas à grand-mère Meggie ?

J'ai froncé les sourcils.

— Est-ce que c'est pour ça que vous ne discutez jamais ensemble ? a continué Rose.

— On discute.

— Non.

Rose a secoué la tête.

— Elle te pose une question et tu lui réponds, ou vice versa. Elle te donne une information, ou tu lui fais remarquer quelque chose, mais jamais vous ne vous asseyez pour discuter. Comme tu le fais avec grand-mère Jasmine, par exemple.

— Grand-mère Jasmine est ma mère...

— Et grand-mère Meggie est la mère de mon père, m'a interrompue Rose. Tu ne l'aimes pas ?

— Si, bien sûr, mais... je...

Rose a plissé les yeux, elle attendait que je continue ma phrase.

— Meggie et moi avons eu beaucoup d'histoires...

— Quel genre d'histoires ?

J'ai poussé un profond soupir. Pourquoi ne m'étais-je pas contentée de répondre que Meggie était ce qu'il y avait de mieux après le fromage râpé et point final ?

— Rose, beaucoup de choses que tu considères comme parfaitement normales étaient différentes à mon époque.

À mon époque... ! Je parlais comme une vieille.

— Comme quoi ?

— Eh bien, par exemple, les Nihils et les Primas n'avaient pas le droit de fréquenter les mêmes écoles. Quand j'avais ton

209

âge, les Nihils étaient obligés d'arrêter leurs études à quatorze ans.

– C'était il y a des dizaines d'années, quand les gens ne voulaient pas que les Primas et les Nihils se mélangent ! a dit Rose.

– Ce n'était pas il y a des dizaines d'années, ai-je rétorqué. Je ne suis pas si vieille. Les lois ont changé seulement quelques années après ta naissance.

– Je croyais que Papa et toi alliez dans la même école ?

– Seulement parce que la loi avait changé l'année où ton père est entré à Heathcroft. Callum a été un des premiers Nihils à entrer dans une école réservée aux Primas.

– Je ne comprends toujours pas. Qu'est-ce que tout ça a à voir avec grand-mère Meggie ?

– Meggie a beaucoup perdu, Rose, à cette époque. Elle a vu sa famille se désintégrer autour d'elle. Désintégrer veut dire…

– Je sais ce que ça veut dire… m'a rembarrée Rose.

– Ce n'est pas une raison pour t'énerver !

– Ne change pas de sujet.

Ah, elle avait remarqué.

– Ce n'est pas ta faute si tante Lynette a été renversée par un bus. Ce n'est pas non plus ta faute si Papa est mort. C'étaient des accidents. Est-ce que Grand-Mère t'en veut à cause de ça ? a demandé Rose.

Accidents ? Sephy, dis la vérité à Callie Rose. C'est l'occasion ou jamais. Dis à ta fille comment son père est mort. Et pourquoi. Parle-lui de son grand-père Ryan, du procès et de ce qui est arrivé en prison. Dis-le-lui. Arrête de fuir. Dis-lui.

Mais je n'y arrivais pas. Ce n'était pas le moment. J'ai ignoré la petite voix qui me répétait que ce ne serait jamais le moment.

– Non, je ne crois pas qu'elle m'en veuille… ai-je soupiré. Mais elle a grandi à une période où il était difficile pour des Primas et des Nihils d'être amis.

– Alors, elle ne t'aime pas ?

– Ce n'est pas si simple, Rose, ai-je de nouveau soupiré.

J'étais comme une mouche prise dans une toile d'araignée : plus je me débattais, plus je m'emmêlais.

– Après ta naissance, je suis tombée malade et Meggie s'est occupée de tout. Quand j'ai été guérie…

– Bonsoir, grand-mère Meggie ! a souri Rose.

Je me suis retournée. Depuis quand Meggie était-elle là ?

– Bonsoir, ma chérie.

Meggie a souri à Rose.

– Tu devrais terminer ton dîner avant qu'il soit froid. Bonsoir, Sephy.

– Bonsoir, Meggie.

– C'était comment ton dîner, Grand-Mère ? a demandé Rose.

– Pas très bon, a répondu Meggie. C'est pour ça que je suis partie tôt.

– Vous voulez dîner avec nous ? ai-je proposé. Il reste tout ce qu'il faut.

– Non merci, a répondu Meggie. Je n'ai pas faim. En fait, j'ai une migraine et je vais aller m'allonger.

Elle a adressé un sourire chaleureux à Rose, et elle est sortie de la cuisine.

– Maman, tu…

La sonnette de la porte d'entrée a retenti. Merci, mon Dieu. J'ai presque bondi hors de la pièce. Je ne voulais plus répondre aux questions de Rose sur le passé. Je ne pouvais plus. J'ai ouvert et mon cœur a bondi.

– Bonsoir, Sephy.

– Sonny ! Bonsoir, je... euh... tu veux entrer ?

J'étais complètement perdue.

– Maman, c'était qui ? Sonny !

Rose s'est jetée dans les bras grands ouverts de Sonny. La lumière qui éclairait son visage aurait pu illuminer la rue entière.

– Tu m'as manqué, Sonny. Pourquoi t'as disparu pendant si longtemps ?

– Moi aussi, tu m'as manqué, mon beignet en sucre, a souri Sonny. Tu m'as beaucoup, beaucoup manqué.

– Tu es de retour pour de bon ?

Sonny a reposé Rose par terre.

– Je dois parler à ta maman, ma chérie.

Rose est restée immobile sans cesser de lui sourire.

– En privé, ma belle...

– Oh, je vais finir mon dîner, alors, s'est exclamée Rose.

Elle m'a jeté un regard soupçonneux avant de se tourner à nouveau vers Sonny.

– Tu ne pars pas sans me dire au revoir, hein ?

– Promis.

– Alors, ça va !

Satisfaite, Rose est retournée dans la cuisine. Maintenant que nous étions seuls, Sonny et moi, je sentais mes joues s'embraser. Je ne pouvais pas m'empêcher de repenser à la dernière fois où nous nous étions vus. Et à ce qui s'était passé avec sa petite amie.

– Allons dans le salon, ai-je proposé. Tu veux boire quelque chose ? Un thé ? Un café ?

– Non, ça va.

J'ai attendu que Sonny choisisse un siège pour pouvoir m'asseoir face à lui. Mais il a fait la même chose alors j'ai fini par me laisser tomber dans le fauteuil. J'ai pris le coussin et je l'ai posé contre mon estomac.

– Comment vas-tu ? ai-je demandé.

– Bien.

– Comment va Sherona ?

J'étais sûre qu'elle allait très bien. Cette fille était un pit-bull. Quand elle nous avait surpris, Sonny et moi, j'ai cru qu'elle allait me sauter à la gorge. Je ne lui en voulais pas. Je me tenais dans la loge, la fermeture Éclair baissée jusqu'à la taille et les bras de Sonny autour de moi. À sa place, je n'aurais pas compté jusqu'à dix. J'aurais tourné les talons et je serais partie en claquant la porte. Une part de moi l'admirait d'avoir voulu me casser la figure. C'était une fille qui se battait pour ce qu'elle voulait. Alors que moi, je jouais les mortes. Je n'étais pas comme ça quand j'étais ado. Mais après la naissance de Callie, toute mon énergie avait disparu.

Jusqu'à récemment.

– Sherona va bien.

– Je suis contente que vous n'ayez pas rompu à cause de moi.

– C'est vrai ?

– Sonny, qu'es-tu venu me dire ?

– Pourquoi tu m'as embrassé l'autre soir ? Parce qu'on était proches l'un de l'autre ? Parce que l'occasion fait le larron ?

– Tu crois vraiment que je suis aussi superficielle ?

– Je ne sais pas, a admis Sonny. Après toutes ces années, je te connais si peu.

– Comment pourrais-tu me connaître alors que je ne me connais pas moi-même ?…

– Que veux-tu dire ?

– Ça n'a pas d'importance. J'ai été un peu perdue pendant un certain temps. Un assez long temps.

– Et que s'est-il passé ?

– Toi, ai-je répondu sincèrement. Pendant longtemps, j'ai cru que je ne méritais pas d'être aimée, ni d'aimer qui que ce soit.

Je pensais… je pensais que notre relation était juste… une façon de se tenir compagnie… pas de mon propre point de vue, mais du tien.

– Merci beaucoup, a lancé Sonny avec amertume.

– Je suis honnête, c'est tout.

– Si tu pensais ça, pourquoi m'as-tu laissé entrer dans ton lit ?

– Je t'aimais beaucoup et je t'étais reconnaissante de… de bien vouloir de moi. Je n'ai pas compris à quel point j'étais désespérante, pour une personne qui était vraiment amoureuse de moi.

– Alors tu t'es donnée à moi seulement par gratitude et parce que tu croyais que je ne voulais rien d'autre que du sexe ?

Sonny parlait comme si les mots lui brûlaient la bouche.

– Non, bien sûr que non, ai-je protesté. Je m'exprime mal. C'était plus que du sexe. Tu aurais pu coucher avec n'importe qui, mais c'est moi que tu désirais. C'est avec moi que tu voulais être. Pas la fille de Kamal Hadley, pas l'amante de Callum McGrégor, pas la mère de Callie Rose. Moi. J'ai commencé à me voir à travers tes yeux. Comme une personne qui vaut quelque chose, pas comme une personne morte à l'intérieur.

– Et à ce moment-là, je t'ai demandé de m'épouser.

J'ai baissé les yeux vers le coussin sur mes genoux, j'ai trituré le coin entre le pouce et l'index.

– Et à ce moment-là, tu m'as demandé de t'épouser, ai-je répété.

Je me suis forcée à regarder Sonny. J'avais tant à lui dire, mais l'expression de son visage m'a appris que c'était inutile.

– Et tu en es où, maintenant ? a voulu savoir Sonny.

– Je commence à me rappeler qui je suis. Ce que je suis. Et ce que je veux, ai-je dit. C'est comme si je m'étais réveillée. Tu me comprends ?

Sonny n'a pas répondu.

– Je suis désolée de t'avoir traité aussi mal, Sonny. Tu méritais mieux.

– Et maintenant ? a-t-il demandé.

– Maintenant, tu es avec Sherona.

Je me suis forcée à sourire.

– Et je te souhaite tout le bonheur du monde.

– Je vois, a-t-il dit en se levant.

Je l'ai imité. J'ai reposé le coussin sur le fauteuil.

– Est-ce que tu… veux que nous retravaillions ensemble ? ai-je proposé. J'aimerais…

– Je crois que ce n'est pas une bonne idée, a calmement répondu Sonny.

Qui aurait dit que des mots pouvaient peser autant ? Ceux de Sonny m'ont écrasé la poitrine et réduit le cœur en miettes.

– D'accord, ai-je acquiescé. Tu as probablement raison. Et je pense que ton amie ne nous ferait plus confiance de toute façon.

– Sherona est…

– Quoi ?

– Elle est plutôt rancunière. Je pense qu'il vaut mieux que nous ne nous voyions pas. Pendant quelque temps.

– Je comprends. N'oublie pas de dire au revoir à Rose.

– Ne t'inquiète pas.

Nous arrivions dans le couloir au moment où Rose sortait de la cuisine.

– Tu restes dîner avec nous ? a-t-elle demandé.

– Non, Callie Rose, je dois rentrer maintenant.

– Tu reviens quand ?

– Je ne sais pas, a dit Sonny. J'ai beaucoup de déplacements prévus ces prochains mois. Je ne sais pas quand je serai à nouveau dans la région.

– Oh.

Le visage de Rose s'est affaissé de déception.

– Tu ne m'aimes plus ?

Sonny s'est accroupi devant elle.

– Callie Rose, je t'aime. Tu le sais. Et je t'aimerai toujours.

– Alors pourquoi tu t'en vas ?

– Parce que j'y suis obligé, Callie Rose. Si j'avais le choix, je resterais.

– Tu viendras me voir à ton retour ?

– Je te le promets. Dès que je peux, je viens.

Ils se sont serrés l'un contre l'autre. Elle avait les bras autour de son cou, il avait les siens autour de sa taille. J'ai détourné les yeux. Sonny s'est relevé.

– Au revoir, Callie Rose. Sois sage.

Rose a reniflé mais n'a pas répondu.

– Au revoir, Sephy, a dit Sonny.

– Au revoir, Sonny.

Il a ouvert la porte, est sorti et a refermé doucement derrière lui.

– Qu'est-ce que tu as fait ?

Rose me jetait un regard noir.

– Pardon ?

Il m'a fallu quelques secondes pour quitter la porte des yeux.

– Tu lui as dit de partir ! a explosé Rose. Tu gâches tout ! Tu détestes tout le monde et tu as mis Sonny à la porte.

– Rose, ai-je commencé, ébahie. Je ne l'ai pas mis à la porte !

– Je ne te crois pas. Tu veux que tout le monde soit aussi triste que toi, a crié Rose. Eh bien, tu as gagné ! Je suis triste ! Tu es contente ?

Rose a monté les marches quatre à quatre, me laissant seule dans le couloir avec sa rage.

Jasmine

Oh, ça suffit !

Pourquoi est-ce que les gens au téléphone ne comprennent pas quand il est temps qu'ils raccrochent. Je n'avais pas envie de parler. À personne. Je n'étais pas dans les dispositions pour me montrer sociable. Et puis, ma poitrine me faisait mal à nouveau. Il fallait que j'aille voir le médecin cette fois. Mais je déteste les médecins. Ils sont comme la police, ils n'apportent que de mauvaises nouvelles. Peut-être que je demanderais à Sephy de m'accompagner. Elle ne se ferait pas prier, au contraire. Si seulement...

Dans une autre vie, les mois, les années étaient passés sans que je les voie. Je ne m'intéressais qu'à mon prochain verre et à mon rôle d'épouse parfaite. J'étais trop accrochée à la bouteille pour prêter la moindre attention à mes filles. Ou m'inquiéter pour elles. Mais j'essayais de me rattraper maintenant. Minerva était installée. Nous ne parlions pas très souvent. Une fois tous les quinze jours au téléphone pour échanger des platitudes et je passais les voir tous les deux ou trois mois. Eux ne venaient pas très souvent. Mais je les comprenais. Cette maison rappelait beaucoup de mauvais souvenirs à Minerva. Elle avait passé des années à nettoyer mon vomi, à me laver, à me coucher quand j'avais trop bu. Aucun enfant ne devrait être obligé de vivre ça. Et elle avait réussi à le cacher à Sephy pendant tant d'années. Tant d'années. J'avais volé son enfance à Minerva. Je le savais.

Mais Sephy... Sephy avait son père et Minerva et moi qui veillions tous sur elle. Pourtant... c'est comme si en devenant adolescente, elle avait laissé derrière elle toute sa joie de vivre. Je ne pense plus que c'est la faute de Callum à présent. Je pense que ce n'est la faute de personne en fait. Ou peut-être la mienne. Ou celle du destin. Mais Sephy méritait un peu de bonheur à présent. Après toutes ces années, c'était la moindre des choses. J'espérais qu'elle le trouverait avec Sonny, mais ils ont rompu. Sephy m'assure que c'est pour de bon, mais je n'arrive pas à le croire. Peut-être que je ne veux pas le croire. Et Meggie et Sephy sont toujours en train de se regarder en chiens de faïence. Et Sephy et Callie se disputent de plus en plus souvent.

Oh non. Le téléphone sonne encore !

– Ce n'est pas vrai, ai-je râlé en décrochant avant d'aboyer : Allô ?

– Maman ? C'est moi, Sephy.

– Sephy, tout va bien ?

– Non, on a été cambriolées.

J'ai fermé les yeux.

– Tu plaisantes ?

– Je n'ai aucune envie de plaisanter, a rétorqué Sephy.

– Qu'ont-ils pris ?

– La télé, le lecteur de DVD, la chaîne, deux appareils photo, ce genre de choses.

– Tu es assurée ?

– Oui, mais…

Silence.

Je me suis assise.

– Qu'est-ce qu'il y a, ma chérie ? Qu'est-ce que tu ne me dis pas ?

– Ils ont pris la dernière lettre de Callum.

La voix de Sephy était pleine de larmes.

J'ai compté jusqu'à dix avant de reprendre la parole. J'avais failli lancer : « Bon débarras », mais heureusement, mon cerveau avait été plus rapide que ma bouche. C'était la dernière chose que Sephy avait envie d'entendre.

– Perséphone, pourquoi cette lettre était-elle si importante pour toi ? Je ne l'ai jamais lue, mais d'après ce que tu m'en as dit, elle était vénéneuse.

– Je sais, mais… je ne savais pas comment m'en débarrasser. J'aurais dû la déchirer, la brûler, il y a des années, mais à chaque fois que je me décidais, je n'arrivais pas à aller jusqu'au bout. Je l'avais cachée à un endroit où je pensais que personne ne la trouverait.

– Où ?

– J'ai une pile de boîtes à chaussures dans le bas de mon armoire, je l'avais mise dans la boîte du dessous, dans les chaussures.

– Et les cambrioleurs l'ont trouvée là ?

– Oui, a répondu Sephy. C'est ce qui m'inquiète. Ma boîte à bijoux était posée sur la boîte du dessus et ils ne l'ont pas touchée.

– Ils ont laissé tous tes bijoux pour aller farfouiller dans une boîte à chaussures ?

J'ai froncé les sourcils.

– Oui ! C'est bizarre, non ?

– C'est sans doute sans importance, ai-je tenté de rassurer ma fille.

– Mais imagine que ça ait de l'importance, Maman. Imagine qu'ils vendent cette lettre à un journal et que toute l'affaire soit encore jetée à la populace. Je vois déjà les journalistes se régaler des phrases les plus méchantes : « Sephy, je ne t'aime pas. Je ne t'ai jamais aimée. Tu n'étais qu'une mission pour moi. Un moyen pour la Milice de libération d'extorquer de l'argent à ton père. » Ou imagine que quelqu'un montre cette lettre à Rose ? Je ne pourrais pas le supporter.

– Sephy, calme-toi. Tu dramatises. Les voleurs ont sans doute pensé trouver un objet de valeur et ont été interrompus avant de s'apercevoir que cette lettre n'en avait pas. Ils ont dû la prendre sans réfléchir et l'ont probablement jetée dans la première poubelle venue.

– Tu le penses vraiment ?

– Bien sûr, ai-je souri. Depuis quand les cambrioleurs s'intéressent-ils à de la correspondance personnelle ?

– Je suppose que tu as raison.

– J'en suis sûre et certaine. Alors arrête de te faire du souci ! À mon avis, ces fichus voleurs t'ont rendu un service en te débarrassant de cette lettre.

– Oui, sans doute, a acquiescé Sephy d'une petite voix.

– Tu veux que je vienne ? ai-je demandé.

– Non, tu ne peux rien faire, j'étais un peu inquiète, c'est tout.

– Il n'y a pas lieu, ma chérie.

– D'accord, merci Maman.

– De rien. Appelle-moi si tu as besoin d'argent ou de quoi que ce soit d'autre.

– D'accord. Au revoir.

J'ai raccroché lentement. Mon sourire s'est rapidement effacé. Pourquoi des cambrioleurs auraient-ils pris cette lettre ? Malgré ce que j'avais affirmé à Sephy, j'étais anxieuse. Si cette lettre atterrissait entre de mauvaises mains… ou si, oh mon Dieu, Callie Rose la lisait…

J'ai secoué la tête. Combien de vies cette lettre allait-elle encore détruire ?

Callie Rose
a douze ans

Je suis arrivée en retard à l'école. Une fois de plus. J'ai pris une grande inspiration avant d'ouvrir la porte. Je ne sais pas ce que j'espérais. Peut-être que si j'allais jusqu'à ma place dignement et d'un pas décidé, M. March ne me ferait pas de réflexion. En déformant comme à chaque fois un vers de la pièce que nous étions en train d'étudier, du genre : « Serait-ce un cochon volant qui passe sous mes yeux ? »

– Callie Rose Hadley ! Quelle heure est-il sur la planète où vous vivez ? Partagez-vous le même espace temps que nous ? a demandé M. March en changeant de repartie mais pas de style.

– Excusez-moi, monsieur, ai-je lancé.

Je pouvais faire semblant de ne pas comprendre.

– Comment se fait-il que tout le monde dans cette classe arrive à l'heure sauf vous ?

– Je suis désolée, monsieur.

– Être désolée ne suffit pas !

Au ton de sa voix, j'ai su qu'il ne me lâcherait pas de toute la journée. Je me suis immobilisée à environ un mètre de ma table. Un garçon prima était assis à la place à côté de moi, qui était restée libre jusqu'à présent. Il avait les cheveux mi-longs, des boucles noires et d'immenses yeux sombres. Les plus grands yeux que j'avais jamais vus. Il n'était pas vraiment mince mais il le cachait en se tassant sur sa chaise. Il était plutôt mignon. Enfin, c'était un garçon, quoi. Je l'ai regardé. Il s'est tourné vers moi puis a fixé le tableau. Quand est-ce que ce nouveau était arrivé ?

– Callie Rose, vous viendrez me voir après le cours.

– Oui, monsieur.

J'ai soupiré intérieurement. Ma mère allait sans doute recevoir un courrier. Comme si j'avais besoin de la décevoir une nouvelle fois. M. March a repris le cours. Je me suis penchée vers le nouveau.

– Je n'ai pas compris ton nom, ai-je murmuré.

Il m'a regardée.

– C'est normal, je ne te l'ai pas dit, a-t-il soufflé.

Et il s'est retourné vers le tableau.

D'accord, si tu veux jouer à ça, ai-je pensé.

Nous n'avons pas échangé une parole jusqu'à la fin de l'heure. Mais j'ai appris son nom quand M. March lui a posé une question.

Amyas.

Sephy

J'étais contente de ma nouvelle chanson. Elle s'écrivait presque toute seule. J'avais enregistré la guitare et la basse. Je n'avais plus qu'à utiliser le clavier pour le son de piano et de batterie. Mais je n'arrivais pas à me décider pour l'intro. Saxo ou instrument à cordes ? Après réflexion, j'ai décidé d'essayer les deux. Je n'avais pas trouvé preneur pour mes deux dernières chansons mais j'avais bon espoir pour celle-là. J'avais bien besoin d'argent.

Un tapotement sur mon épaule m'a sortie de mes pensées. Les lèvres de Callie Rose articulaient mon nom. J'ai retiré mon casque.

– Qu'est-ce qu'il y a, ma chérie ?

– Maman… je viens d'aller aux toilettes et… je crois que j'ai mes règles…

– C'est vrai ?

Un sourire s'est étalé sur mon visage.

– Oh, ma chérie, mon bébé ! Viens là !

J'étais sur le point de serrer Callie dans mes bras, mais je me suis reprise. Je lui ai caressé les cheveux et je l'ai embrassée sur le front.

– Maman, je ne suis pas un chien qui a mérité un os, a-t-elle râlé. Et il n'y a pas non plus de quoi sourire. C'est dégoûtant. Pourquoi est-ce que les garçons n'ont pas ça, eux ? C'est injuste.

– Je sais, ma chérie, mais tu as les quarante prochaines années pour t'y habituer, ai-je souri. Et puis tu es en phase avec la nature. Tu as des saisons, un rythme, comme la lune et les marées. Tu es reliée au cosmos…

– Quelle connerie ! s'est exclamée Callie.

– Callie, l'ai-je grondée en essayant de ne pas éclater de rire. Surveille ton langage. Mais bon, je reconnais que j'ai pensé exactement la même chose quand ma sœur m'a tenu ces propos.

– Tante Minerva ? s'est étonnée Callie. Pourquoi c'est à elle que tu en as parlé et pas à grand-mère Jasmine ?

Mes joues sont devenues rouges.

– Je ne me rappelle pas. Peut-être que ma mère n'était pas là. Oui, elle était sûrement ailleurs. En train de cuver dans sa chambre…

– Callie, viens avec moi.

J'ai entraîné Callie dans ma chambre et j'ai pris un assortiment de protections féminines que j'avais mises de côté depuis quelques mois. Callie m'a jeté un regard noir et je me suis retenue de sourire. Pourtant, j'étais si... fière. J'ai expliqué à Callie comment utiliser les différentes protections, lui donnant les avantages et les inconvénients de chacune. Elle a choisi et est sortie de ma chambre, en grommelant toujours que c'était injuste et que les garçons avaient bien de la chance.

Regarde ton bébé, Callum. Regarde comme elle grandit.

Il fallait que j'annonce la nouvelle à quelqu'un. J'ai appelé ma sœur.

– Coucou Minnie, c'est moi. Ça va ?

– Ça va, a répondu Minerva, surprise.

Je ne lui téléphonais pas très souvent.

– Tu sais quoi ? ai-je commencé. Callie a ses règles pour la première fois.

– Déjà ! Elle est jeune, non ?

– Elle a douze ans, presque treize !

– Ça ne me rajeunit pas, s'est plainte Minerva. Je n'arrive pas à l'imaginer autrement qu'à cinq ou six ans.

– Tu es loin du compte. En fait...

– Tu ne téléphones quand même pas à tante Minerva juste pour lui raconter ça ! a crié Callie à travers la porte de ma chambre. Mes règles, c'est privé ! Tu n'as qu'à mettre une affiche dans le journal de tante Minerva tant que tu y es et prévenir le monde entier !

Je l'ai entendue s'éloigner en exagérant le bruit de ses pas.

– Minerva, je crois que je te rappellerai plus tard, ai-je soupiré.

– J'ai entendu, a ri Minerva. Elle te ressemble tellement...

J'ai réfléchi une seconde.

– Pourquoi dis-tu ça ?

– Elle dit ce qu'elle pense. Elle ne tourne pas autour du pot.

– Oui, c'est vrai. À bientôt, je te rappelle.

– Bonne chance, a lancé Minerva, toujours riant.

Elle a raccroché.

Et maintenant, il fallait que je retrouve ma fille et que je lui présente mes plus plates excuses !

Callie Rose
a douze ans

– Le nouveau est trop mignon !

Est-ce que j'étais la seule à ne pas avoir complètement perdu la tête ?

– Vous n'êtes quand même pas *encore* en train de parler d'Amyas !

– Même son nom est génial, a roucoulé Sammi.

Oh non ! C'est pas vrai. Amyas était aussi cool qu'une éruption d'acné.

– Qu'est-ce que vous lui trouvez ? ai-je demandé en levant les yeux au ciel. J'ai dû rater un épisode !

– Callie, t'es aveugle ou quoi ?

– J'ai une très bonne vue, merci.

– Regarde, le voilà, s'est extasiée Sammi. Waouh !

J'ai secoué la tête. Si Rafyia et Sammi avaient décidé de passer tout le repas à parler d'Amyas, je préférais m'en aller. J'avais bien mieux à faire que de les écouter radoter sur ce type débile et grossier.

– Il regarde vers nous ! Il regarde vers nous ! s'est excitée Rafyia.

Elles le reluquaient depuis dix minutes dans l'espoir qu'il les remarquerait. Et dès qu'il a tourné la tête vers elles, elles se sont empressées de baisser les yeux. À quoi ça pouvait bien servir ?

J'ai haussé les sourcils vers Amyas. Je n'avais pas oublié comment il m'avait traitée en première heure. Ce crétin mal élevé !

– Il regarde encore, Callie ? Est-ce qu'il regarde encore ?

– Oui, ai-je grommelé.

Je me suis levée. J'en avais marre. Lire son horoscope dans une revue débile n'aurait pas été pire et les horoscopes étaient le truc le plus débile que je connaissais.

– Je m'en vais. Débrouillez-vous toutes seules !

– Callie Rose, tu es vraiment immature, m'a accusée Sammi.

– Les filles regardent les garçons, c'est normal. Ça servirait à quoi d'être une adolescente, sinon ? a ajouté Rafyia.

– Je ne suis pas encore une adolescente, ai-je répliqué, je n'ai que douze ans. Et si, dès que j'ai treize ans, je me mets à baver devant des idiots du genre d'Amyas, je crois que je vais sauter cette étape et passer directement à vingt ans !

– Quelle gamine ! m'a lancé Rafyia pendant que je m'éloignais.

Je me suis retournée.

– Les garçons vont sur Pluton pour être plus cons ! Et les filles vont sur Mars parce qu'elles ont plus la classe !

J'étais très contente de moi. Gamine, moi ? Pffff !

Rafyia a haussé un sourcil.

– C'est pas ça ! On dit : les garçons apprennent l'astronomie pour jouer avec leur...

– Rafyia ! l'a interrompue Sammi en rigolant comme une tordue.

Elles étaient tellement mortes de rire qu'elles ne pouvaient plus parler. J'ai quitté le réfectoire. Au moins, je n'étais pas assise sur un banc en train de me ridiculiser à propos d'un garçon.

Et je jure que ça ne m'arrivera jamais !

Jasmine

Mon Dieu, faites que je me trompe. Je vous en supplie.

Respire, Jasmine, et calme-toi. Ton esprit te joue sûrement des tours. C'est tout. Utilise le bout de tes doigts comme te l'a montré le médecin, lors de ta dernière visite, et palpe la… zone. Même si tu sens quelque chose, ce n'est sûrement rien. Pourquoi est-ce que ce serait forcément grave ? La dernière fois, la grosseur a disparu toute seule. C'était probablement un problème hormonal ou un coup, ou quelque chose que ton corps est capable de réparer sans aucune aide médicale. La dernière fois, ce n'était pas grave.

Ce n'est pas différent, cette fois. Tu n'as pas eu de problèmes de santé depuis des années. C'est sans doute dû au stress, à tes nerfs ou à ton imagination. Alors, calme-toi.

Mais j'ai à peine besoin d'appuyer pour la sentir. Elle est dure comme du marbre, irrégulière sous mes doigts, pas sphérique comme la dernière fois. Plus grosse aussi. Et plus douloureuse.

La grosseur dans mon sein est revenue.

Sephy

J'examinais le décor du *Specimen*. Tout était si silencieux. Le club était ouvert tard tous les soirs, mais fermait après le déjeuner les jeudis, vendredis et samedis. Le lieu était très différent quand il était vide. Aussi triste qu'un jouet qui attend un enfant. Tout semblait exagéré. La cloison de verre qui séparait le restaurant du bar paraissait une barrière infranchissable. Ou plutôt une vitrine annonçant : « Regardez mais défense de toucher. » Une frontière entre deux mondes. D'ailleurs, le bar et le restaurant n'attiraient pas la même clientèle. Le premier était plutôt fréquenté par des couples dont c'était le premier rendez-vous, ou par des amis qui se retrouvaient pour passer une soirée à rire ; le deuxième était plus intime et, en ville, on commençait à le considérer comme un endroit à la mode. Un lieu pour voir et être vu.

Nathan avait dépensé beaucoup de son temps, de son argent et de sa personne pour faire du *Specimen* ce qu'il était. À présent, je m'y sentais comme chez moi. Chaque jour un peu plus. Jouer du piano et chanter n'était pas trop épuisant, même si je devais veiller à reposer ma voix pendant mes jours de congé. Nathan avait même fait marquer sur une affiche collée devant la porte d'entrée : *Trois soirs par semaine : SEPHY.*

Ni mon prénom en entier, ni mon nom de famille. Je n'avais jamais été si bien traitée.

— Désolé, je suis en retard.

Nathan est entré. Il a secoué la tête et a ôté son manteau trempé. On aurait dit qu'il venait de recevoir un seau d'eau sur la tête.

— Bonjour, Nathan. Il pleut toujours ? lui ai-je demandé malicieusement.

En fait, la pluie n'avait pas cessé depuis le matin. Il était une heure de l'après-midi, et ça commençait tout juste à se calmer.

— Ta capacité de déduction est ahurissante, a répliqué Nathan en fermant la porte à clé derrière lui. Je croyais que la météo avait promis du soleil.

J'ai souri. Nathan avait une manière un peu sèche d'utiliser le sarcasme pour cacher un cœur aussi moelleux qu'un yaourt à la crème fraîche. Après cette première soirée humiliante, où il m'avait surprise dans les bras de Sonny, j'étais persuadée qu'il me jetterait à la porte. Mais quand Sherona et Sonny ont été partis, il m'a juste proposé : « Si tu veux prendre la fin de ta soirée, ça ne me pose pas de problème. »

Je n'avais pas répondu. Je m'étais demandé si c'était une manière subtile de m'annoncer que j'étais virée, mais il avait aussitôt ajouté :

– On se voit demain ?

J'étais restée. Je ne voulais plus fuir. Et Nathan n'avait jamais reparlé de cet épisode.

Depuis ce jour, il n'oubliait jamais de frapper avant d'entrer dans ma loge, et il ne m'avait jamais fait sentir que j'étais minable – c'est pourtant exactement ce que j'avais eu l'impression d'être lors de cette débâcle avec Sonny et sa petite amie. Chaque fois que je pensais à Sherona, je ne pouvais m'empêcher de grimacer. Elle m'avait insultée et je méritais chaque mot qu'elle m'avait jeté à la figure. Nathan s'était comporté en véritable ami et je n'en avais pas à revendre.

– Tu es très jolie, m'a complimentée Nathan.

J'ai jeté un coup d'œil à mes vêtements. Oui, c'était bien ça : un vieux jean et un T-shirt jaune. Très haute couture !

– Merci Nathan, mais je crois que tu devrais sortir plus souvent. Fréquenter d'autres lieux que ton appartement et ton bar…

– J'ai entendu parler d'une association qui propose des cours pour adultes… a-t-il lancé.

– Des cours de quoi ? ai-je demandé, surprise par ce brusque changement de sujet.

– Des cours pour apprendre à faire des compliments.

Un point pour lui.

– Merci. Bon, maintenant qu'on a fait le tour de ce sujet, on peut passer à autre chose. Que veux-tu que je chante ce soir ?

La plupart du temps, il me laissait décider mais je préférais quand même lui poser la question.

– Nous avons deux fêtes d'anniversaire, alors rien de trop langoureux…

– Léger et joyeux, pas de problème.

J'ai étalé mes partitions sur la table devant moi et j'ai commencé à les classer. Nathan était au milieu de l'escalier quand on a tambouriné à la porte. À travers les vitres fumées, je distinguais deux silhouettes. Des hommes. Nathan les a regardés et s'est aussitôt tourné vers moi. L'expression sur son visage ne laissait pas de place au doute.

– Sephy, va te cacher ! Vite !

Ses yeux brillaient et ses lèvres étaient serrées. S'il était angoissé, son angoisse devait être contagieuse parce que aussitôt mon estomac s'est noué. Il n'a pas eu besoin de se répéter.

– Sors par la porte de derrière, m'a-t-il ordonné dans un murmure.

Je me suis dirigée vers ma loge qui donnait sur la porte de secours, mais j'ai soudain changé d'avis. Je ne savais pas ce qui allait se passer et Nathan pouvait avoir besoin de mon aide. Je suis revenue sur mes pas en silence, poussant la porte qui accédait au bar avant qu'elle se referme. De là, je pouvais voir la salle. Nathan s'est dirigé vers la porte d'entrée mais il n'a pas eu le temps de l'atteindre. Elle s'est ouverte brusquement et deux Nihils ont fait irruption. Un troisième homme, dont le costume devait coûter six mois de mon salaire, les suivait. Il arborait un sourire serein. Manifestement, la vie n'avait pas l'habitude de lui réserver de mauvaises surprises. Son sourire s'est encore élargi quand il a vu Nathan.

– Nathaniel, je suis ravi, et un peu surpris, de vous trouver ici.

– Pourquoi êtes-vous surpris de me trouver chez moi, monsieur Carson ? a demandé Nathan d'une voix glaciale.

– Chez vous ? Cet endroit n'est chez vous que si vous me payez pour le garder, a répliqué M. Carson d'une voix mielleuse.

Nathan est resté silencieux.

– Vous ne m'avez pas payé la semaine dernière, a repris Carson. Je n'ai rien dit parce que après tout, tout le monde peut oublier, ou avoir une mauvaise semaine, mais je ne peux pas être aussi indulgent à chaque fois. Une semaine oubliée, c'est de l'étourderie, deux semaines oubliées, c'est le début d'une mauvaise habitude.

Mon cœur faisait le bruit d'un train express qui passe sous un tunnel. J'aurais dû partir quand Nathan me l'avait demandé. Maintenant, j'étais coincée. Si j'essayais de filer, ils risquaient de m'entendre. Et s'ils me repéraient, je subirais le même sort que Nathan. Ou pire.

Je reconnaissais le type qui menaçait Nathan à présent. C'était sans doute Jordy Carson. Jordy était probablement le diminutif de Jordache. Il était surnommé M. Téflon parce que la police n'arrivait jamais à l'accrocher. Jordy avait la réputation d'être mêlé à des tas d'histoires illégales : extorsion, jeu, prostitution. On disait même qu'il avait financé certaines opérations de la Milice de libération, comme des cambriolages de banque ou de bijouterie en échange d'un pourcentage du butin. Avec la Milice de libération, ils partageaient aussi, d'après la rumeur, leur armement et leur force de frappe. Ce type était intouchable. Il était là, au *Specimen*, en train de menacer mon patron et je ne pouvais rien faire. Pourquoi un homme comme lui prenait-il la peine de s'intéresser à un club comme celui de Nathan ? C'était absurde. À moins que ses fonds proviennent de beaucoup de petits commerces. Si un propriétaire se rebellait, ça pouvait donner des idées aux autres.

Que devais-je faire ?

La panique commençait à s'infiltrer en moi et m'empêchait de réfléchir clairement.

– Je n'ai rien pour vous, a dit Nathan, en se redressant.

– Allons, Nathaniel, je ne peux pas croire ça, a susurré Carson en s'asseyant sur un tabouret de bar. Je vais rester là jusqu'à ce que vous retrouviez la raison et que vous me donniez mon argent.

– Je ne verserai pas un centime, ni à vous, ni à qui que ce soit, a dit Nathan calmement. Entre vous et la famille Aubley, vous me saignez à blanc.

– Ne pas payer ce que vous devez est mauvais pour vos affaires, a commencé Carson. Et dangereux pour votre santé.

– Pas un centime, a répété Nathan.

– Je vais devoir essayer de vous faire changer d'avis, a soupiré Carson.

Il a adressé un signe de tête à ses deux gorilles pleins de muscles, qui se sont souri avant de s'approcher de Nathan.

– On va bien s'amuser, a ricané le plus grand.

J'ai eu un hoquet, puis je me suis mordu la lèvre. Le gorille n'était plus qu'à un pas de Nathan mais Carson a levé la main pour l'arrêter. Il ne souriait plus.

– Attendez ! a-t-il ordonné. Nous ne sommes pas seuls !

Je n'ai pas attendu d'en entendre plus. J'ai tourné les talons et j'ai couru.

Callie Rose
a douze ans

J'ai levé les yeux de mon livre pour jeter un coup d'œil autour de moi. Tobey n'était pas là. Il n'y avait presque personne sur le terrain de foot, parce que la terre était encore trempée de la veille.

De plus, il y avait un match de basket entre les deux équipes des terminales et presque tout le monde était parti y assister. Pour moi, suivre un match de basket était aussi intéressant que de regarder de l'herbe pousser. Le soleil me chauffait le visage. Presque trop. J'ai de nouveau jeté un coup d'œil autour de moi. Non, Tobey n'était pas là. Nous nous étions encore disputés la veille. Je ne me rappelais même plus pourquoi. Nous ne nous étions pas adressé la parole depuis hier seulement, mais il me manquait déjà. J'étais passée chez lui après les cours, mais il m'avait répondu qu'il ne pouvait pas venir parce qu'il devait terminer ses devoirs. Quand je lui avais proposé qu'on travaille ensemble, il avait inventé une autre excuse. Et il était parti au collège ce matin sans passer me chercher. Je suppose qu'il est toujours en colère après moi. Mais j'espère que ça ne va pas durer. Tobey sera toujours mon ami. Du moins, je l'espère. Je ne peux pas imaginer ne plus l'avoir près de moi et j'ai pourtant pas mal d'imagination. J'ai recommencé à lire mais je ne prêtais pas attention à ce qui était écrit.

– Bonjour, Callie Rose.

Lucas s'est assis près de moi.

J'ai aussitôt refermé mon livre.

– Salut, Lucas, ai-je souri.

Lucas m'a souri en retour. J'ai attendu qu'il prenne la parole. Et lui attendait que ce soit moi. Lucas était toujours adorable. À chaque fois que nous nous croisions, il s'arrêtait pour bavarder avec moi. Je ne savais toujours pas pourquoi, mais je trouvais ça vraiment sympa de sa part.

– Qu'est-ce que tu lis ? a-t-il fini par me demander. Une histoire d'amour ?

– Tu rigoles, ai-je protesté, vexée. C'est un livre d'histoire qui parle des conflits mondiaux du siècle dernier. C'est ma grand-mère Meggie qui me l'a donné.

– Et pourquoi tu lis ça ?

– Le passé est souvent la clé qui ouvre la porte du futur, ai-je répondu avec grandiloquence.

J'ai ajouté avec un peu plus d'humilité :

– Du moins, c'est ce qu'affirme grand-mère Meggie.

– Et tu la crois ?

– Je ne sais pas, ai-je reconnu. C'est pour ça que je lis ce livre. Grand-mère Meggie pense que je devrais en savoir plus sur l'histoire des Primas et des Nihils. Et elle dit qu'à l'école on ne nous apprend que la version des Primas.

– On aura un cours d'histoire nihil d'une semaine en octobre, m'a fait remarquer Lucas.

– C'est ce que je lui ai dit, mais elle a répondu que l'histoire des Nihils ne devrait pas se résumer à une semaine de cours dans l'année et seulement au bon vouloir des établissements. Elle dit que l'histoire des Nihils et celle des Primas sont indissociables, et devraient être apprises pendant le même cours.

– Tu abordes souvent ce genre de sujets avec ta grand-mère ?

J'ai acquiescé.

– En fait, c'est surtout Grand-Mère qui parle ! Maman et elle m'ont toujours tenue informée des derniers événements de l'actualité mais en général, je n'écoute pas grand-chose. Je ne suis pas super intéressée par la politique et tous ces trucs. Est-ce que tu parles d'histoire et de politique avec tes parents ?

– T'es cinglée ! a ricané Lucas. Mon père est bien trop occupé pour trouver le temps de nous parler. Et Maman ne s'intéresse à rien s'il n'y a pas une étiquette de prix attachée dessus. Elle fait les boutiques, elle va à la gym, elle retourne faire les boutiques, et c'est tout.

– Je vois. Si tu veux, je te prêterai ce livre quand je l'aurai fini, lui ai-je proposé.

– C'est bien ?

– Pas mal. Mais je prendrai d'autres renseignements quand je l'aurai terminé.

– Pourquoi ?

– Je ne peux pas me contenter de croire un livre !

– Tu es le genre de fille qui aime bien se faire son opinion par elle-même, hein ?

– Oui.

– Si tu aimes l'histoire, tu devrais aller voir le film qui vient de sortir, *Les Voiles noires*.

– Je comptais y aller samedi ou dimanche.

– Moi aussi, j'ai envie d'y aller ! s'est exclamé Lucas. Si on y allait ensemble ? C'est pas un rencard ni rien, juste comme ça en amis. On peut même demander à d'autres si ça les intéresse.

Avant que j'aie eu le temps de répondre...

– Luuuuuuuucas !

Bliss, une fille de ma classe, s'est campée devant Lucas en m'ignorant complètement. Et cette façon qu'elle avait de prononcer son prénom. Pitié ! Elle faisait tout un plat à chaque syllabe.

– Comment vas-tu ? a-t-elle repris.

– Bien, a souri Lucas.

J'étais toujours invisible. Elle ne m'avait même pas jeté un regard de mépris. Non, rien.

– Tu viens toujours à ma fête, samedi ? a roucoulé Bliss. Tout le monde sera là.

Pas moi, ai-je pensé en souriant intérieurement.

– Je t'ai déjà dit que je serai là, a répliqué Lucas, agacé. Je n'ai pas changé d'avis depuis ce matin.

– Je suis si contente, a pépié Bliss.

Oh non ? J'y crois pas ! Pourquoi est-ce qu'elle ne se mettait pas à genoux pour lui lécher les pieds tant qu'elle y était ? !

– Tu y vas à quelle heure, Callie Rose ? m'a demandé Lucas. On pourrait partager un taxi.

– Je ne vais pas à la fête de Bliss, ai-je répondu.

– Pourquoi ? s'est étonné Lucas.

– Je n'ai pas été invitée.

– Oh, je vois. Est-ce que tu préfères aller au cinéma, à la place ? On pourrait aller à une séance le soir plutôt que l'après-midi.

J'ai jeté un coup d'œil à Bliss. Si un regard pouvait tuer, Bliss serait déjà en prison à perpétuité.

– Callie Rose, s'est-elle écriée, mais évidemment que tu es invitée !

Son hypocrisie suintait par tous les pores de sa peau.

– Ton invitation a dû se perdre à la poste.

Bien sûr. En même temps que mon invitation à déjeuner avec le Premier ministre.

– Alors qu'est-ce que tu en penses ? a souri Lucas. Le cinéma ou la fête de Bliss ?

– Qu'est-ce que tu préfères ? ai-je demandé.

– Ça m'est complètement égal. On fait comme tu veux.

J'ai de nouveau regardé Bliss, profitant de la pure panique qui se lisait sur son visage. Bien fait pour elle ! Cette snob coincée !

– Est-ce que je peux y réfléchir ? ai-je demandé à Lucas.

– Pas de problème.

Lucas s'est levé.

– Fais-moi savoir ce que tu auras décidé.

– Pas de problème, ai-je lancé.

Bliss et moi l'avons regardé s'éloigner mais j'ai détourné les yeux la première. Je me suis dit qu'il était temps que je parte. J'avais à peine eu le temps de me lever que Bliss s'est plantée devant moi. Alexia et Rachel, les deux comparses de Bliss, sont apparues, sorties de nulle part, et se sont placées à ses côtés. On aurait dit des clones, habillés de la même manière avec leur jupe d'uniforme exactement de la même longueur, leur chemise bleu roi, les mêmes trois boutons défaits et leur cravate un peu desserrée. Pas une étincelle d'originalité ou de personnalité. Et elles arboraient toutes les trois la même expression hostile.

– Tu ne voudrais quand même pas rater ma fête ? m'a sifflé Bliss.

– Je ne me suis pas encore décidée et…

– Tu ne veux pas rater ma fête ! a répété Bliss.

– Je suis flattée que tu tiennes autant à ma présence, mais…

– Ce n'est pas ta présence qui m'intéresse, m'a coupée Bliss. Mais si Lucas ne vient pas, je t'en tiendrai pour personnellement responsable.

– Lucas est un grand garçon ! ai-je protesté.

Bliss s'est penchée vers moi. Son nez touchait presque le mien.

– Si j'apprends que Lucas est allé au cinéma avec toi au lieu de venir à ma fête, je te le ferai regretter.

– Ah oui ? Et comment tu feras ça, au juste ?

– Je suis sûre que tu n'as pas envie de le savoir.

– Y a pas de doute !

Bliss m'a bousculée et s'est éloignée, entourée de ses amies. Pendant une minute ou deux, je me suis amusée à l'idée de la tête qu'elle ferait si Lucas et moi ne venions pas à sa fête. Mais une partie de moi, je sais, c'est pathétique, avait envie d'aller à cette fête. Elle avait, paraît-il, une maison immense et une piscine couverte ! Et la plupart des filles de ma classe ne parlaient que de cette fête depuis une bonne semaine.

Alors j'ai décidé d'y aller.

– Juste pour ne pas la décevoir. Je lui manquerai trop ! ai-je pensé. C'est pour Bliss que j'y vais, pas pour moi !

Si je me le répétais assez souvent, j'arriverais peut-être à y croire.

Sephy

J'ai entendu des cris, des bruits de verre brisé, des jurons, mais je ne me suis pas retournée et encore moins arrêtée. Une terrible impression de déjà-vu me hantait. Le passé et le présent se mélangeaient. Le couloir, la plage, l'odeur de la mer, la sueur sur mon front, ma respiration haletante, les petits graviers qui m'écorchaient les pieds, le bruit des vagues...

Mais ce n'était pas le bruit de la mer, c'était le bruit de mon sang qui battait à mes tempes.

Callum me poursuivait, des Nihils me couraient après...

Cours, Sephy, cours.

Je me suis précipitée vers la sortie de secours. J'ai appuyé de toutes mes forces sur la barre de la porte pour l'ouvrir. La rumeur du trafic m'a submergée. Les poubelles du restaurant avaient été sorties. Il ne pleuvait plus, mais des gouttes d'eau dégoulinaient des containers sur le trottoir. Devais-je m'arrêter et en pousser une contre la porte ? Non, pas le temps. Cours, Sephy. Va te perdre dans la foule.

Ne les laisse pas t'attraper.

Pas cette fois.

Je me suis faufilée entre les gens. Tout le monde semblait marcher dans le sens inverse. C'était comme si je remontais le courant d'une rivière. Certains avaient encore leur parapluie ouvert et ne s'étaient même pas rendu compte qu'il ne pleuvait plus. Peut-être que ça pouvait jouer en ma faveur.

– Oh !

– Attention où vous marchez !

Les passants me lançaient des commentaires et me jetaient des regards noirs, mais je ne ralentissais pas. Est-ce que les hommes de main de Jordy me suivaient toujours ? Je n'en avais aucune idée. Je n'avais pas tourné la tête pour vérifier. Je suis entrée dans une boutique bondée et je me suis dirigée vers une vendeuse postée derrière sa caisse. J'étais sur le point d'implorer son aide mais j'ai avisé le téléphone devant elle.

– Puis-je utiliser votre téléphone, s'il vous plaît ?

– Désolée, mais nos téléphones ne sont pas destinés aux clients, madame, a commencé la femme, manifestement habituée à ce genre de demande.

– Excusez-moi, c'est urgent. C'est une question de vie ou de mort ! ai-je insisté.

La femme m'a jeté un regard soupçonneux. Je sais à quoi je devais ressembler : à une femme prise de court par la pluie et qui tentait sa chance. Mon T-shirt me collait à la peau, mon jean était glacé mais c'était le cadet de mes soucis.

– Je ne plaisante pas, je vous en prie, ai-je continué. J'ai besoin d'un téléphone.

– D'accord, a fini par accepter la vendeuse, mais vous devrez payer la communication.

– Pas de problème.

J'ai saisi le combiné.

J'ai jeté un rapide coup d'œil autour de moi, mais je ne voyais ni Jordy, ni les deux autres. Étaient-ils retournés au club ? Et dans ce cas, que faisaient-ils subir à Nathan ?

Inutile de perdre plus de temps. J'ai composé le numéro de la police.

Jude

– Bonjour, Callie Rose.

– Oncle Jude ! Qu'est-ce que tu fais là ?

Le visage de Callie s'est instantanément éclairé.

J'ai regardé les autres gamins qui sortaient de Heathcroft. Il y avait plus de voitures de luxe et de décapotables que chez le plus grand concessionnaire de la ville.

Le soleil de ce début d'automne irisait les flaques de pluie et donnait à la scène une impression d'irréalité. Des tas de mamans primas et quelques papas primas voulaient être sûrs que leurs petits chéris primas ne se mélangeaient pas avec la racaille. Après tout, il n'est jamais trop tôt pour commencer à se composer un réseau de relations utiles. Les amis d'aujourd'hui seront les relations professionnelles de demain. Il y avait quelques métis, dont Callie, mais très peu de Nihils – ce qui était sans doute l'une des principales raisons pour lesquelles ces parents primas voulaient que leurs petits bâtards aillent précisément à ce collège.

– J'ai une surprise pour toi, ai-je lancé en me tournant vers ma nièce.

– C'est quoi ? a-t-elle demandé avec avidité.

– Est-ce que tu dois rentrer directement à la maison ou est-ce que tu peux m'accompagner pendant une heure ou deux ?

J'avais parlé à voix basse, pour que seule Callie puisse m'entendre.

– Il ne pleut plus et ce que j'ai à te proposer va vraiment te plaire.

Callie s'est mordillé le coin de la lèvre.

– Je vais dire à grand-mère Meggie que je vais chez Sammi pour faire mes devoirs. Est-ce que je peux utiliser ton téléphone portable ?

– Bien sûr, ai-je souri.

C'était vraiment trop facile.

– Je n'aime pas mentir à Grand-Mère et à Maman, a hésité Callie.

– C'est juste un petit mensonge prima, pas un vilain mensonge nihil, ai-je dit en choisissant volontairement mes termes.

– Je n'aime pas cette expression, a grogné Callie. Les mensonges n'ont rien à voir avec la couleur de peau des gens.

J'ai dû me mordre la lèvre pour ne pas répliquer. C'était trop tentant. Callie était du genre « j'ai appris tout ce que je sais dans les livres » et elle se montrait incroyablement naïve en ce qui concernait le monde réel. Voilà ce que donnait une éducation trop protectrice.

– Ce n'est qu'un petit mensonge qui ne fera de mal à personne et je te ramène chez toi à temps pour tes devoirs, ai-je promis.

– Bon, d'accord. Où est ta voiture ?

Elle m'a suivi à travers les groupes de gamins qui rentraient chez eux. Personne ne nous prêtait attention et c'était parfait. Cette opération était assez risquée comme ça. Je n'avais pas de couverture cette fois. L'endroit où j'emmenais Callie était trop dangereux pour que je risque la vie de mes hommes. Je n'avais même pas prévenu Morgan. Callie et moi sommes montés dans la voiture. Elle sur le siège passager à mes côtés.

– Ceinture, ai-je demandé avec patience.

Je n'oubliais jamais de dire à Callie de mettre sa ceinture. Je n'avais aucune envie qu'elle passe à travers le pare-brise. Du moins, pas tant que je n'en avais pas fini avec elle.

Callie m'a obéi en demandant :

– On va où ?

– Tu vas voir.

– Tu es bien mystérieux, s'est-elle plainte.

– Des années d'entraînement, ai-je rétorqué.

Callie a haussé les épaules.

– En quoi un vendeur d'assurance au porte-à-porte a-t-il besoin d'être mystérieux ?

– Comment veux-tu que j'arrive à vendre un truc aussi ennuyeux qu'une assurance, si je ne joue pas un peu le mystère ? Je fais des tours de magie et de passe-passe avec cette main, ai-je dit en agitant la main droite, et de l'autre, je fais signer les gens au bas des contrats.

– Tu es fort ?

– Je suis le meilleur, ai-je répondu avant de démarrer.

– Nous y voilà, ai-je annoncé.

– Enfin ! a soupiré Callie.

Elle a regardé par la vitre de la voiture.

– On est où ?

– Devant chez ton grand-père.

– Grand-père Kamal ?

Les yeux de Callie étaient grands comme des soucoupes.

– Exactement.

– C'est laquelle, la maison de Grand-Père ?

– Tu vois cette route ? Il vit juste au coin. Dans la dernière maison, sur la droite. Tu ne peux pas la rater. Il n'y a que deux maisons dans cette rue.

J'avais examiné de près des photos de la maison de Kamal Hadley et de son voisinage. Deux grandes maisons qui se faisaient face comme des sentinelles, entourées de pelouses immaculées et d'une abondance de buissons et de fleurs. J'avais très envie d'avancer et de regarder par moi-même, mais je ne pouvais pas prendre le risque de trop m'approcher de la maison de Kamal Hadley. Deux gardes patrouillaient en permanence. À la milice, nous connaissions bien sûr les adresses et les détails du quotidien de tous les membres du Parlement, ainsi que leur service de sécurité. Qu'ils soient dans la majorité ou dans l'opposition.

– Est-ce que grand-père Kamal est chez lui ? a demandé Callie.

– On m'a dit que oui.

– Est-ce que je peux aller le voir ?

Callie trépignait presque sur son siège.

– Tu ne l'as jamais rencontré ?

– Non. Je l'ai vu à la télé et dans les journaux. Maman dit qu'il voyage beaucoup.

Elle a ajouté pensivement :

– D'autres que lui voyagent beaucoup, ça ne les empêche pas de prendre du temps pour leur famille. Je me demande si Grand-Père et Maman se sont disputés. Si ça se trouve, il ne veut pas me voir.

– Je suis sûr que non. Peut-être que c'est ta mère qui ne veut pas que tu voies ton grand-père.

J'ai été satisfait que Callie réfléchisse à cette suggestion.

– On peut s'approcher ? a-t-elle demandé.

J'ai secoué la tête.

– Moi non. Mais toi, oui.

– Pourquoi pas toi ? s'est-elle étonnée.

– En fait, la dispute entre ta mère et moi a quelque chose à voir avec ton grand-père…

– Qu'est-ce qu'il a fait ?

– On en discutera quand tu seras plus grande.

Callie a ronchonné.

– Pourquoi est-ce que les adultes répètent toujours la même chose ? Quel âge est-ce que je dois attendre d'avoir pour qu'on me dise enfin la vérité ?

– Tu es la seule à pouvoir en décider.

J'ai souri intérieurement. Elle pensait que sa famille lui mentait, parfait. Excellent.

– Allez vas-y, l'ai-je encouragée. Tu as une demi-heure.

– D'accord, oncle Jude. Le soleil brille, c'est bon signe !

Sur ces mots, elle est sortie de la voiture.

– Callie Rose, l'ai-je rappelée. Ne dis à personne que c'est moi qui t'ai amenée. Si on te demande, tu réponds que tu es venue en train ou en bus.

Callie a acquiescé.

Je l'ai regardée remonter la grande rue et tourner au coin vers la maison de Kamal Hadley. D'une certaine manière, j'avais presque pitié d'elle. La fin de l'histoire était tellement prévisible !

S e p h y

Nathan ne voulait pas aller à l'hôpital, mais les ambulanciers ont insisté. Ils n'ont pas été les seuls. Il avait un œil tellement enflé qu'il ne pouvait plus l'ouvrir, une bosse de la taille d'un œuf sur une joue, des bleus et des coupures sur tout le visage. L'ambulancier avec qui j'ai discuté pensait en outre que Nathan essayait de dissimuler le fait qu'il avait une ou deux côtes cassées. De toute façon, la police a refusé de nous laisser partir avant qu'on ait répondu à « quelques » questions.

La femme prima chargée de l'enquête était la détective Muswell. Elle a d'abord interrogé Nathan avant de se tourner vers moi.

– Vous dites que deux hommes vous ont poussée pour entrer quand vous leur avez ouvert la porte ? m'a-t-elle demandé.

– Ce n'est pas moi qui ai ouvert la porte. C'est Nathan, ai-je répondu en essayant de ne pas regarder Nathan pour obtenir confirmation de ma version des faits.

– Pourriez-vous les décrire ?

Un jeune policier nihil, très intéressé, se tenait près de la détective. Il prenait note de mes réponses sur un calepin à spirale. J'ai haussé les épaules.

– Deux hommes nihils. L'un mesurait environ 1,80 m, l'autre était encore plus grand.

– Avaient-ils des armes ?

– Je ne crois pas, mais je ne voyais pas grand-chose. J'ai été dans ma loge la plupart du temps.

– Mais vous avez vu les agresseurs quand même ?

J'ai acquiescé. La détective m'a regardée, attendant que j'ajoute quelque chose, mais je suis restée silencieuse. Je préférais que mes réponses soient courtes et simples.

– La couleur de leurs cheveux ?

– Châtain clair, blond foncé. Plutôt clairs…

– Qu'avez-vous remarqué d'autre ?

– Que voulez-vous dire ?

– Vous avez vu deux hommes battre votre patron et vous ne vous rappelez que la couleur de leurs cheveux ?

La détective Muswell n'essayait même pas de cacher son scepticisme.

– Ils sont entrés par la porte de devant, j'étais à l'arrière du bar. Quand ils ont commencé à menacer Nathan, j'ai glissé un œil et j'ai tout de suite réalisé que c'était sérieux. Je me suis précipitée pour aller chercher de l'aide, ai-je expliqué.

– Bon. Que pouvez-vous me dire d'autre ?

J'ai ouvert la bouche pour décrire les vêtements des hommes, mais j'ai senti sur ma nuque le regard de Nathan. J'ai secoué la tête.

– Je n'ai pas prêté attention aux détails, ai-je répété. Quand ils ont commencé à agresser Nathan, je suis tout de suite partie.

La détective n'appréciait pas mes réponses, mais elle avait compris qu'elle ne tirerait rien de plus de moi.

– Et vous, monsieur Ealing, avez-vous quelque chose à ajouter à votre première déclaration ?

– Pas facile de voir la tête des gens avec un œil au beurre noir, a articulé Nathan en essayant de retenir une grimace de douleur.

Sa lèvre inférieure était enflée et coupée.

La détective Muswell nous a dévisagés tour à tour, Nathan et moi.

– Monsieur Ealing, connaissez-vous un homme nommé Jordache Carson ?

Nathan a essayé de secouer la tête mais les muscles de son cou se sont rappelés à son bon souvenir.

– Non, pourquoi ?

– Parce que j'ai l'impression qu'il n'est pas étranger à toute cette histoire, a répondu la détective. Monsieur Ealing, nous vous promettons de vous protéger si vous acceptez de témoigner contre lui. Vous aussi, mademoiselle Hadley.

Nathan a émis un ricanement.

– Nous pouvons vous inscrire à notre programme de protection de témoins, a insisté la détective.

– Pour nous protéger de qui ? De Carson ou de flics… pourris ? a bégayé Nathan.

– Monsieur Ealing…

La détective Muswell n'a pas pu poursuivre sa phrase. Les ambulanciers ne voulaient plus attendre pour emmener Nathan à l'hôpital. Elle nous a donc laissés. Quelques instants plus tard, mes jambes se sont dérobées sous moi.

Dès que les empreintes ont été relevées sur le téléphone, l'officier de police responsable du lieu du crime m'a donné la permission de l'utiliser. J'ai d'abord appelé Ron, le gérant du *Specimen*, pour qu'il vienne remettre de l'ordre dans la salle. Puis j'ai exigé d'accompagner Nathan à l'hôpital.

– Comment te sens-tu ? lui ai-je demandé doucement, dans l'ambulance.

– Un peu sonné, a-t-il répondu.

J'ai souri. Pourtant la vue de son visage enflé me mettait les larmes aux yeux.

– Je veux que *Le Specimen* reste ouvert, a dit Nathan en effleurant sa lèvre du bout du doigt. Dis-le à Ron.

– Je le lui dirai.

J'avais beaucoup d'autres choses à ajouter, mais la présence des ambulanciers à nos côtés m'en empêchait.

– Va bien, jusqu'à ce que je revienne, a articulé Nathan avec difficulté.

Je ne comprenais pas ce qu'il essayait de me dire.

– Moi ou le restaurant ?

– Les deux.

– Ne t'inquiète pas, l'ai-je assuré. J'ai traversé des moments bien pires. Et pour le restaurant, Ron et moi allons nous en occuper.

– Rien jusqu'à ce que je revienne, a prononcé Nathan d'une voix éteinte.

– Il est en train de perdre connaissance ! a crié un ambulancier en me poussant.

J'ai observé Nathan, angoissée. Il voulait sans doute dire qu'il ne se passerait rien au *Specimen* jusqu'à son retour. Mais après ?

Et est-ce qu'on pouvait être sûr que Jordache Carson n'allait pas revenir pour découvrir qui avait été témoin de la scène ? Ma vie était tout à coup devenue hyper compliquée.

Callie Rose
a douze ans

– Hé ! Tu vas où comme ça ?

Un Prima haut comme une moissonneuse-batteuse, et d'une humeur de doberman enragé, m'a arrêtée quelques mètres avant que j'atteigne la maison de grand-père Kamal. J'étais tout excitée. J'allais enfin rencontrer mon grand-père. J'avais hâte.

– Je t'ai posé une question ! a aboyé l'homme.

– Je suis venue voir mon grand-père Kamal Hadley. Je suis Callie Rose Hadley.

J'ai tendu ma main mais le doberman l'a ignorée.

Il m'a toisée, puis a sorti un téléphone portable de sa poche. Il a appuyé sur deux touches en se tournant de trois quarts, sans me quitter des yeux.

– Y a une gamine qui prétend être la petite-fille de M. Hadley. Elle dit qu'elle s'appelle Sally Hadley.

– Callie Hadley, l'ai-je corrigé. Callie Rose.

Regarde, Papa, je vais voir mon grand-père. Mon cœur bat à tout rompre. C'est un des plus beaux jours de ma vie. Regarde, Papa...

L'homme s'est encore un peu plus détourné de moi.

– Oui... oui...

L'homme a plissé les yeux et observé la rue.

– Non... non, il n'y a personne avec elle. Comment t'es venue ? m'a-t-il demandé.

– J'ai pris un train, un bus et j'ai marché.

– Personne ne t'a accompagnée ?

– Non.

L'homme a répété notre conversation dans le téléphone.

– T'as une carte d'identité ?

J'ai réfléchi.

– J'ai ma carte de bibliothèque et mon abonnement de bus.

L'homme a écouté ce qu'on lui répondait durant quelques secondes. Puis il a refermé son portable et m'a examinée.

– Suis-moi.

Même si j'avais voulu discuter avec lui, son ton m'en aurait dissuadée. Nous avons remonté le trottoir orné de très belles mosaïques symétriques. M. Carlos, mon prof de math, aurait été fier que je les remarque. La porte d'entrée était déjà ouverte. Une grande femme prima se tenait dans l'encadrement. Elle portait une robe blanc cassé avec des fleurs violettes imprimées et des chaussures coordonnées, ornées d'un liseré de la même couleur que les fleurs. Ses vêtements étaient sûrement très chers. Comme ceux que portait grand-mère Jasmine. D'ailleurs, elle ressemblait beaucoup à grand-mère Jasmine, en plus jeune. Ses nattes étaient remontées en chignon et nouées avec un ruban ivoire.

– Puis-je t'aider ? m'a-t-elle demandé quand je suis arrivée à la porte.

– Je suis venue voir mon grand-père. Je suis Callie Rose Hadley, ai-je répondu.

Je me suis demandé combien de fois j'allais devoir répéter ces mêmes mots avant de rencontrer mon grand-père.

– Comment va ta mère ?

– Elle va bien, ai-je souri.

– Attends ici, m'a ordonné la femme.

Elle a traversé le hall au sol de marbre d'un pas léger et est entrée dans une pièce, au fond.

Mon cœur battait lentement cette fois, comme une vieille horloge un peu détraquée. J'ai jeté un coup d'œil vers le vigile, qui continuait à me surveiller. Pourquoi me regardait-il comme si j'avais commis un meurtre ? Peut-être qu'il ne croyait pas que j'étais la petite-fille de Kamal Hadley. La femme a réapparu, la tête basse, comme si elle n'osait pas me regarder dans les yeux.

– Mon mari ne peut pas te recevoir, a-t-elle annoncé.

Son ton était ferme mais son regard s'excusait.

– Pourquoi ?

Avant que la femme ait eu le temps de répondre, un homme d'une soixantaine d'années a ouvert la porte du fond. Il s'est dirigé vers la femme, le visage fermé.

– Est-ce que vous êtes mon grand-père ? lui ai-je demandé.

Je le dévorais des yeux. Je savais que c'était lui. Il était plus grand que je ne le croyais et ses cheveux étaient aussi plus foncés que dans mon imagination. Je pensais qu'il aurait des mèches grises, mais il n'avait pas un seul cheveu blanc. Peut-être qu'il se teignait. Grand-mère Jasmine avait des mèches grises et, si cet homme était mon grand-père, il était plus vieux qu'elle. Il était plutôt beau mais son visage était trop sévère. Il était vêtu d'un jogging et d'un vieux sweat-shirt, mais il ne transpirait pas. Il se préparait sans doute à aller courir.

Il m'a regardée droit dans les yeux et a dit :

– Rentre chez toi avant que ta famille se demande où tu es !

– Vous ne comprenez pas, ai-je tenté d'expliquer. Vous êtes bien Kamal Hadley ?

L'homme n'a pas répondu, mais c'était inutile. Je l'avais vu à la télé plus d'une fois. Je m'étais d'ailleurs toujours contentée de le regarder sans vraiment l'écouter. Il ne parlait que de politique.

– Je suis Callie Rose, votre petite-fille, ai-je souri. Je suis venue vous voir. Je suis tellement contente de vous rencontrer.

L'homme m'a examinée des pieds à la tête, mais il n'a même pas esquissé un sourire. Il a plissé les yeux et le front.

– Je n'ai aucune petite-fille du nom de Callie Rose, a-t-il lancé froidement. Rentre chez toi.

– Mais…

Cette fois, c'est moi qui ne comprenais plus rien.

– Je suis la fille de Sephy.

– Tu as fait une erreur en venant jusqu'ici. Je n'ai pas de fille du nom de Sephy, a dit Grand-Père. Max, raccompagnez cette jeune fille à la porte.

– Kamal, je pense que… a commencé la femme.

– Je ne veux pas entendre ce que tu as à dire, Grace, l'a interrompue mon grand-père avant de se tourner vers moi. Quant à toi, ne reviens jamais ici !

Très lentement, mais sans une hésitation, il m'a refermé la porte au nez. Je suis restée sans bouger, j'essayais de trouver une explication à tout ça. Peut-être que Grand-Père ne m'avait pas comprise ? Il n'avait manifestement pas cru que j'étais sa petite-fille. Mais comment était-ce possible ? Je m'étais exprimée simplement et clairement.

– Allez, viens, m'a gentiment soufflé Max. Il faut que tu retournes chez toi. Est-ce que tu veux que je te fasse ramener en voiture ou que je téléphone à quelqu'un de passer te chercher ?

J'ai tourné le dos à la porte d'entrée et j'ai levé les yeux vers Max. Il avait l'air si désolé pour moi que j'ai compris que je ne rêvais pas. Mon grand-père ne voulait pas de moi. Il ne voulait pas me connaître.

Il m'avait fermé la porte au nez…

– Alors, tu veux que ?… a repris Max.

J'ai secoué la tête.

– Non, merci.

– Je suis désolé, a dit Max.

J'ai jeté un dernier regard à la maison de mon grand-père et je suis repartie par là où j'étais venue. Mais à mi-chemin, j'ai été obligée de m'arrêter. Je ne voyais plus où je mettais les pieds. J'ai essuyé les larmes qui coulaient sur mon visage et j'ai continué à marcher. J'ai tourné au coin de la rue et j'ai retrouvé oncle Jude.

Sephy

J'entendais, encore une fois, ce bruit étrange et étouffé qui provenait de la chambre de Callie. J'ai frappé à la porte et je suis entrée sans attendre sa réponse.

– Callie, ai-je murmuré. Tu vas bien ?

Pas de réponse. Mais la lumière du palier éclairait assez sa chambre pour que je voie qu'elle ne dormait pas. Son corps était trop tendu sous ses couvertures. Je me suis doucement avancée vers son lit.

– Callie ?

Je n'apercevais que le haut de sa tête qui dépassait de sa couette. Je me suis penchée vers elle. Une larme coulait sur son nez.

– Callie, qu'est-ce qui ne va pas ?

Elle a cessé de faire semblant et s'est tournée vers moi. Dans la semi-obscurité, j'ai pu voir qu'elle pleurait depuis un moment. Je me suis assise en faisant attention de ne pas l'écraser.

– Qu'est-ce qui ne va pas, mon ange ?

– Je… je… je suis allée voir Grand-Père aujourd'hui, a sangloté Callie.

Oh non, mon Dieu, non.

– Pourquoi as-tu fait ça ?

– Il me déteste.

J'ai secoué la tête.

– Non, ce n'est pas vrai.

– Maman, il me déteste. Il m'a dit de ne plus jamais revenir et il m'a fermé la porte au nez.

Mon sang a commencé à bouillir. J'ai serré les dents si fort que je me suis fait mal. Je tremblais. Je tremblais vraiment. J'ai pris une longue inspiration, puis une autre pour m'empêcher de trembler de rage. Une rage comme je n'en avais pas ressenti depuis l'adolescence.

– Il t'a fermé la porte au nez ?

Callie a acquiescé, ses larmes ont coulé plus fort. Elle s'est assise.

– Pourquoi est-ce qu'il me déteste ? Qu'est-ce que je lui ai fait ?

– Rien, Callie Rose. Ton grand-père est en colère après moi et il s'en prend à toi.

– Pourquoi il est en colère après toi ?

J'ai secoué la tête. Je n'avais aucune envie d'entrer dans les détails ce soir. Je voulais que Callie se couche et je voulais veiller sur elle jusqu'à ce qu'elle s'endorme, puis sauter dans ma voiture et aller jusque chez mon père… le réduire en pièces. Dieu sait combien il m'avait fait mal. Comment osait-il traiter ma fille de cette façon ? Comment osait-il ?

– Callie, ton grand-père et moi nous sommes disputés très fort, il y a très longtemps, et nous ne nous sommes plus adressé la parole depuis.

– À cause de quoi vous vous êtes disputés ? C'était à propos de Papa ?

– Oui, ma chérie.

– Il ne voulait pas que tu sois avec mon papa ?

J'ai secoué la tête.

– Parce que Papa était jardinier ?

Sephy, dis-lui la vérité. Tu as l'occasion idéale. Tu peux enfin partager ton passé avec ta fille, lui révéler la vérité. Dis-lui...

– Oui, ma chérie. Parce que Papa était jardinier.

– Est-ce que Grand-Père aimait bien Papa quand vous étiez tous les deux au collège ?

– Mon père ne connaissait pas vraiment Callum. Et Callum n'est pas resté très longtemps à Heathcroft. Et après ça... après ça... il...

Dis la vérité.

– Il est devenu jardinier, ai-je fini, en méprisant ma propre lâcheté.

– Qu'est-ce que ça pouvait lui faire à Grand-Père ?

J'ai soupiré.

– Ton grand-père est politicien. Il pensait que si je sortais avec Callum, ce serait mal vu au gouvernement.

– Parce que Papa était nihil ?

– Oui, ma chérie.

– C'est ce qu'onc...

– Quoi ?

– Non, rien. Grand-Père ne voulait pas que tu sortes avec Papa pour les mêmes raisons que grand-mère Meggie ne veut pas que je voie Tobey ?

Je ne pouvais pas répondre à cette question.

– Est-ce que Grand-Père est fâché parce que tu ne t'es pas mariée avec Papa ?

– Non. Si je m'étais mariée avec Callum, ça n'aurait fait aucune différence pour ton grand-père.

– C'est rien qu'un snob !

S'il n'était que ça !

– Est-ce que grand-mère Meggie est snob elle aussi ?

– Ta grand-mère veut ce qu'il y a de mieux pour toi.

Je devais choisir soigneusement mes mots.

– Ton grand-père ne voulait que ce qu'il y avait de mieux pour lui.

– Alors, je le déteste ! a affirmé Callie avec véhémence.

– Callie Rose...

– C'est vrai, Maman, je le déteste. Et je n'oublierai jamais la manière dont il m'a traitée aujourd'hui. Jamais !

– Ma chérie, ne le laisse pas t'empoisonner...

– Bonne nuit, Maman.

Callie s'est glissée sous ses couvertures et s'est tournée contre le mur.

Que devais-je faire à présent ? Il n'était pas trop tard pour lui dire au moins une partie de la vérité. Pas toute la vérité, juste une partie. À chaque seconde, je sentais la possibilité de parler s'éloigner. Je me suis levée et j'ai embrassé Callie sur la joue.

– Bonne nuit, ma chérie.

– Bonne nuit, Maman, a dit Callie.

Elle ne pleurait plus mais elle n'était pas réconfortée. Callie regardait le plafond, les yeux grands ouverts.

– Callie...

– Bonne nuit, Maman, a-t-elle répété.

Avec un soupir, j'ai quitté sa chambre. Je ne voulais pas laisser les choses en l'état. J'ai doucement refermé la porte et je me suis appuyée contre. Il fallait que je passe quelques coups de fil. Tout d'abord à ma sœur Minerva, pour obtenir l'adresse et le numéro de téléphone de mon père.

Il n'allait pas s'en tirer aussi facilement. Ça non !

Jude

J'ai toujours détesté l'hiver. Sombre, humide et glacial. En plus, il pleuvait. Je regardais Callie manger sa glace au chocolat. Ces derniers temps, nous nous voyions à peu près toutes les six semaines, après l'école. En général, je l'emmenais à *L'Œuf de coucou*, le café du centre commercial de Dundale. C'était devenu un rite. J'en profitais pour apprendre à Callie les réalités de la vie. *L'Œuf de coucou* était un lieu parfait. Quelle ironie !

– Qu'est-ce qui ne va pas, Callie ?

Je savais parfaitement ce qui se passait dans sa petite tête. Je lisais en elle comme dans un livre d'images. Kamal Hadley lui avait fermé la porte au nez. Cela remontait à près de six mois, mais c'était aussi douloureux que si ça s'était passé à peine une heure plus tôt. Parfois, elle parlait, plaisantait ou riait et, tout à coup, ce souvenir lui revenait en mémoire. Alors son sourire s'effaçait et elle prenait cette expression blessée que je connaissais par cœur, pour l'avoir lue si souvent sur mon propre visage, quand j'avais son âge. Mais c'était avant que je sache retourner la force des Primas contre eux-mêmes. Avant que j'aie appris à ne plus rien en avoir à faire de ce que les Primas pensaient de moi. Les Primas, tu t'en fiches, voilà ce que je me répétais. Ils ne sont rien pour toi. C'est comme ça que je me suis libéré.

– Qu'est-ce que j'ai fait, oncle Jude ? m'a demandé Callie de sa petite voix triste. Pourquoi est-ce que… personne ne m'aime ?

– Pourquoi dis-tu ça ?

– Mon grand-père me déteste et ma mère ne me supporte pas.

Doucement, Jude. Ne t'emporte pas.

– Pour ta maman, je ne sais pas, mais je me rappelle que Kamal Hadley était un homme rigide et étroit d'esprit. Il ne voulait jamais entendre un autre point de vue que le sien. Il a toujours détesté les Nihils, et comme tu l'es à moitié...

J'ai haussé les épaules, laissant la fin de ma phrase en suspens.

– Mais n'oublie pas, Callie, ai-je repris. Il n'a le pouvoir de te faire du mal que si tu lui laisses ce pouvoir.

– Mais j'y peux rien, moi, si je suis à moitié Nihil! Je n'y peux rien non plus si je suis à moitié Prima! a protesté Callie. Est-ce que personne ne peut m'aimer pour moi, rien que pour *moi*? Même grand-mère Meggie ne m'a jamais...

– Bonjour, Jude.

Mon cœur a fait un bond dans ma poitrine. Ma mère se tenait debout devant notre table, raide comme la justice.

– Bonjour, Maman.

– Grand-mère Meggie! s'est exclamée Callie. Qu'est-ce que tu fais là?

– Je venais boire un café avec une amie et voilà que je te trouve ici, Callie, a lâché ma mère.

Elle s'adressait à Callie mais ne me quittait pas des yeux. Voilà, c'était arrivé. C'était sans doute inévitable. Mais ma mère arrivait trop tard. J'avais déjà toute la confiance de Callie.

– Callie, va m'attendre dehors!

– Mais Grand-Mère...

– Callie Rose, SORS! TOUT DE SUITE!

Callie a sursauté. Apparemment, il n'était pas dans les habitudes de ma mère de crier. Mais nous commencions à attirer l'attention et je ne pouvais pas me le permettre.

– Allez, Callie, va, ai-je souri.

Callie s'est levée avec réticence.

– Je t'appelle, oncle Jude, d'accord?

– D'accord, ai-je acquiescé.

Ma mère et moi avons tous deux regardé Callie sortir du café. Ma mère a attendu que Callie ne soit plus à portée d'oreille avant de s'asseoir sur la chaise que Callie venait d'abandonner.

– Depuis quand vois-tu ma petite-fille ?

Mensonge ? Vérité ?

– Quelques mois.

Ma mère a pris une courte respiration.

– Jude, qu'est-ce que tu mijotes ?

– Rien, Maman. J'avais seulement envie de connaître l'enfant de mon frère. C'est bien ce que tu veux, toi aussi, depuis des années, n'est-ce pas ?

– Ne fais pas le malin avec moi, Jude, a calmement reparti ma mère.

J'ai souri.

– De quoi as-tu peur ? Je savais que toi et… Sephy… émettraient des réserves sur le fait que je voie ma nièce. C'est pour ça que j'en ai pris l'initiative, dans votre dos.

– C'est notre faute ? C'est ce que tu es en train de me dire ?

– Non, ce n'est pas ça…

– Et qu'as-tu raconté à Callie tous ces derniers mois ?

– Je ne tiens pas un journal, Maman.

– Jude, je veux une réponse. Qu'as-tu fait avec Callie durant tout ce temps ?

– Maman, qu'est-ce que tu crois que j'ai fait ? ai-je demandé, exaspéré. De quoi est-ce que tu me soupçonnes au juste ? Tu vis avec une Prima depuis trop longtemps si tu te mets à douter de ta propre famille !

– C'est comme ça que tu le prends ? m'a calmement demandé ma mère.

– Comme ça comment ?

Je n'essayais pas de cacher mon irritation.

– Si tu ne fais rien de mal, pourquoi la voir en secret ?

– Parce que je savais que tu réagirais de cette façon. Et parce que je n'ai pas l'habitude de raconter à tout le monde ce que je fais de mes journées. Et je voulais juste connaître un peu mieux ma nièce.

– Tu l'encourages à mentir à sa mère et à sa grand-mère ?

– Je ne lui ai pas demandé de vous mentir. Je lui ai juste dit de ne pas parler de moi si vous ne posiez pas de questions.

Cette conversation me portait sur les nerfs.

– Et après tout, c'est quoi, le problème exactement ? Est-ce que tu racontes à Sephy qu'on se voit, toi et moi ?

Ses joues sont devenues toutes rouges. J'avais marqué un point.

– Alors quel mal à ce que Callie fasse la même chose ? Tu as tes propres secrets ? Elle aussi !

Ma mère a secoué la tête.

– Jude, je te connais...

– Tu ne sais rien de moi, l'ai-je coupée. Tu as cessé de réellement t'intéresser à moi à la naissance de ta petite-fille.

– C'est faux. Et tu n'as toujours pas répondu à ma question, a dit ma mère.

– Je n'ai rien dit, rien fait, rien montré à Callie qu'elle n'aurait fini par découvrir par elle-même.

Ma mère a fermé les yeux et les a rouverts.

– Jude, pourquoi tu fais ça ? Je n'arrive pas à croire que c'est juste...

Elle s'est brusquement interrompue et m'a regardé intensément. Elle venait de comprendre quelque chose.

– C'est toi ! C'est *toi* qui as emmené Callie voir Kamal !

– Je voulais seulement lui rendre service. Il était temps que Callie rencontre son grand-père.

– Comment… comment as-tu pu… s'est étranglée ma mère, le souffle coupé.

– Comment pouvais-je deviner que ce salaud lui claquerait la porte au nez ?

– Tu savais exactement ce qui se passerait ! a dit ma mère, toujours sous le choc. Tu avais tout prévu.

– Maman, tu me flattes…

Fais attention, Jude. Sois prudent. C'est ta mère. Elle te connaît bien. Elle est capable de te percer à jour. Tu ne peux pas aller trop loin…

Ma mère a secoué la tête et s'est levée.

– Jude, ne t'approche plus de Callie ! Tu m'entends ?

– Tu ne me fais pas confiance, Maman ?

Les yeux de ma mère se sont plissés comme si elle avait mal.

– Ne t'approche pas d'elle, Jude. Je ne te le redirai pas !

Elle est sortie du bar sans un regard en arrière. Le plus étrange est que tout au fond de moi, je… ne ressentais rien. Pas de douleur, pas de peine, pas d'allégresse, pas de satisfaction. Rien. Juste le vide qui faisait écho à mon cœur creux, où plus une émotion ne pouvait prendre racine. Je n'avais même pas la possibilité de me réjouir.

Jude
contre
Jasmine

Jasmine

Cette chambre d'hôtel était oppressante. Comme si Jude et moi en avions aspiré tout l'oxygène, et que nous ne pouvions plus rien faire d'autre qu'attendre, et nous regarder, avant de nous dissoudre. Nous étions face à face. Assis dans un silence de mort qui me portait sur les nerfs. De plus, j'avais mal. Je devais me concentrer pour ne pas bouger un muscle quand une vague de douleur envahissait mon corps. Bouger m'aurait obligée à crier, à hurler contre cet envahisseur qui me dévorait de l'intérieur.

Alors je ne bougeais pas. Je me contentais de cligner des yeux. Un clin d'œil pour chaque fois où j'avais mal.

Un clin d'œil.

Et un autre.

Ne pas quitter Jude des yeux.

Ne pas prononcer un mot.

Ne pas bouger.

Juste cligner de l'œil.

Jude se grattait le mollet. Il avait resserré ses lacets et s'était gratté le mollet au moins trois fois. C'était quoi son problème ? Il me regardait le regarder. Je n'avais pas l'intention de le quitter des yeux, ne serait-ce qu'une demi-seconde. Il me faisait bien trop peur.

– Qu'est-ce qu'on attend, bon Dieu ?

Jude s'est levé brusquement.

Je dois reconnaître qu'il m'a fait sursauter. J'ai changé de position. Juste pour faire quelque chose. Chaque mouvement était si douloureux.

– Assieds-toi, Jude !

– J'en ai assez de ce cirque !

– J'ai dit : assieds-toi ! ai-je répété.

– Imaginez que je vous dise de tout faire péter, m'a défiée Jude. Imaginez que je ne croie pas une seconde que vous soyez capable d'appuyer sur ce bouton ?

J'ai souri avec mépris.

– Disons que tu ferais mieux de ne pas me tenter. Qui sait ? Tu as peut-être encore une chance de sortir d'ici vivant.

– Je pense que l'issue de cette... farce est déjà écrite, a lancé Jude en plissant les yeux.

– Mon expérience m'a appris qu'on ne pouvait jamais deviner l'avenir.

Il s'est rassis, frustré de n'avoir aucun contrôle sur la situation. Il se mordillait la lèvre comme un rat écœurant.

– Quand est-ce que cette fameuse personne que vous attendez va faire son apparition ? a-t-il demandé.

– Bientôt.

La synchronisation était parfaite. Juste à ce moment, on a entendu gratter à la porte. Dans le silence de la pièce, ce léger bruit a résonné comme une mitraillette. J'ai failli tourner la tête vers la porte.

Failli.

Trois coups courts, puis deux et un. Le signal. Je me suis levée avec difficulté, sans ôter le doigt de l'interrupteur.

– Jude, peux-tu aller ouvrir, s'il te plaît ?

Tout en me surveillant, Jude s'est dirigé vers la porte. Je gardais un œil sur son visage, l'autre sur ses mains.

– Tes mains sur la tête, s'il te plaît, lui ai-je ordonné.

J'étais extrêmement polie – il n'en méritait pas tant.

Jude a obéi. Je l'ai suivi. Il ne pouvait plus me voir. J'ai pris, de ma main libre, deux cachets de morphine dans la poche intérieure de ma veste. Je n'avais pas prévu de les utiliser avant une bonne heure, mais tant pis ! Quand Jude est arrivé devant la porte, je lui ai demandé :

– Garde une main sur la tête et, avec l'autre, ouvre la porte. Puis remets ta main sur la tête. Et pas de blagues. Je ne suis pas d'humeur.

Jude a obtempéré. Et il s'est immobilisé quand il a vu qui était derrière la porte.

– Bonjour, mon fils, l'a salué Meggie.

Jude

– Maman ?

Qu'est-ce qu'elle fichait là ? Elle ne venait jamais à mon hôtel sans appeler avant. Ce n'était vraiment pas le moment de changer une si bonne habitude.

– Bonjour, Meggie, a lancé Jasmine derrière moi. Jude, peux-tu retourner t'asseoir, s'il te plaît ?

Mais je l'ai à peine entendue. Ma mère était dans l'encadrement de la porte. Et même si je ne l'avais pas vue depuis un bout de temps, elle n'avait pas changé. Quelques nouvelles rides autour des yeux, quelques cheveux blancs de plus, peut-être.

– Jude, peux-tu retourner t'asseoir, s'il te plaît ? a répété Jasmine.

– Laisse-moi entrer, Jude, a dit ma mère.

Les mains toujours sur la tête, je suis retourné m'asseoir. Et maintenant quoi ? Qu'est-ce que ma mère faisait ici ? Peu importait. Quelle qu'en soit la raison, elle était la bienvenue. Elle ne laisserait jamais cette salope de Jasmine me faire du mal. Jamais. Maman était une McGrégor. Et quand un McGrégor devait affronter un Hadley, tous les coups étaient permis. Maman le savait. Elle aimait bien Callie Rose, mais Callie Rose n'était pas là. Moi oui.

Je n'avais plus qu'à attendre la bonne occasion. Dès que je pourrais frapper, Maman serait à mes côtés. Laisser ma mère entrer était la première erreur de Jasmine. Ce serait sans doute la dernière.

Callie Rose
a treize ans

Le vacarme dans le réfectoire était assourdissant. Une vraie cacophonie. Et j'adorais ça. J'aimais le bruit des couverts et des assiettes qui s'entrechoquaient, des gens qui parlaient et s'interpellaient. Je me suis laissé envelopper par le brouhaha, tout en piquant sur ma fourchette un chou gluant et un morceau de patate trop cuite. J'aimais vraiment bien le bruit. À la maison, quand je faisais mes devoirs, je mettais toujours la musique aussi fort que je pouvais. Assez fort pour empêcher toute pensée importune de remonter à la surface. Et il y en avait beaucoup qui tentaient leur chance en ce moment.

– L'article de *Science aujourd'hui* révèle que l'armée travaille sur un nouvel agent chimique qui ferait saigner du nez les Nihils, mais n'atteindrait pas les Primas…

Tobey ne parlait que de ça. Il l'avait lu dans la dernière édition du magazine qu'il recevait chaque mois.

J'ai soupiré intérieurement. Maintenant, tous les mois, je craignais le jour où il recevait ce fichu canard. Il passait toute une journée à le lire, et toute une semaine à discuter de chaque article avec moi, comme si j'en avais quelque chose à faire. J'ai regardé alentour. Amyas était à la tête de la file. Il était devenu grand. C'est dingue comme il avait grandi pendant les vacances d'été. Son visage s'était allongé et affiné, ça lui allait bien. Le reste de son corps n'était pas mal non plus. Il était certainement plus appétissant que les choux qui surnageaient dans mon assiette.

– Rose, tu m'écoutes ? m'a demandé Tobey.

– Tu ne trouves pas qu'Amyas est cool ? ai-je reparti sans quitter la file du réfectoire des yeux.

– C'est pas vraiment mon genre, a rétorqué Tobey amèrement.

– C'est parce que tu ne le regardes pas.

Je reluquais toujours Amyas comme une folle.

– Combien j'ai de doigts, Rose ? m'a demandé Tobey.

Pour la première fois depuis que j'avais repéré Amyas, je me suis tournée vers Tobey. Et je l'ai aussitôt regretté.

– C'est quoi ton problème ? lui ai-je demandé.

– C'est dingue ! a aboyé Tobey. Si tu cessais deux minutes de mater cette face de fesse, tu saurais peut-être quelle heure il est !

J'ai regardé ma montre.

– Il est une heure quarante, autrement dit deux heures moins vingt.

– Qu'est-ce qui t'arrive ? s'est plaint Tobey. T'étais pas comme ça avant !

– Je grandis, Tobey, ça s'appelle « les hormones » !

Ça s'appelle avoir besoin de quelque chose, de quelqu'un, de n'importe quoi qui permette de rêver et de s'évader.

– Quelle connerie ! s'est écrié Tobey. Si tu crois que je vais rester assis à te regarder battre des cils à l'attention de ce crétin, tu te goures !

Tobey s'est levé, a pris son plateau et s'est éloigné à grands pas. Eh, qu'est-ce qui lui prenait ? Qu'est-ce qui *nous* arrivait ? Plus on prenait de l'âge, moins je le comprenais. Est-ce que c'était juste une question de maturité ou est-ce que nos chemins se séparaient ?

– Salut, Rose ! Tu as perdu ton ombre, on dirait ?

– Hein ?

J'ai jeté un regard stupide à Lucas qui était apparu de nulle part. Il se tenait devant moi avec trois de ses amis, Axel, Jack et… Amyas. J'ai grommelé intérieurement. Sa Majesté le super-mignon se tenait devant moi et tout ce que j'avais trouvé à dire, c'était : « Hein ? »

– Tobey l'intello, c'est bien ton ombre, non ?

– C'est son chéri, crétin, a ricané Axel.

– N'importe quoi ! Comme si j'étais du genre à sortir avec un type comme Tobey ! On est amis, c'est tout, et d'ailleurs en ce moment, on n'est pas trop potes.

J'avais parlé plus sèchement que je ne l'aurais voulu, mais je ne voulais surtout pas qu'Amyas se fasse de fausses idées. Lucas, Amyas et les autres ont éclaté de rire mais ils ne se moquaient pas de moi. Mes antennes ont vibré. Je me suis retournée lentement et j'ai vu Tobey. Il était de profil, mais c'était suffisant pour savoir la tête qu'il faisait.

– Tobey, attends !

Sous les rires, je me suis levée et j'ai couru après Tobey.

– Tobey, ce n'est pas vraiment ce que je voulais dire…

– Merci de me défendre devant tes copains, Callie Rose. J'apprécie.

Il allait falloir que je me coupe en dix-huit avant qu'il me pardonne.

– Je leur expliquais seulement que nous nous disputions souvent en ce moment, c'est tout.

– Et tu crois que c'est pour ça que je suis fâché et triste ?

– Eh bien, oui. Pour quelle autre raison ?

– Tu n'en as aucune idée, hein ?

– Qu'est-ce que j'ai fait ?

– Rien, a dit Tobey. Tu n'as rien dit, rien fait. Et je n'en attendais pas moins de ta part.

– Je ne comprends pas.

Tobey a haussé les épaules.

– Je le vois bien. C'est ça le problème.

Cette fois, quand il s'est éloigné, je ne l'ai pas suivi. Parce que ce coup-ci, ce n'est pas de l'amertume que j'avais lue sur son visage mais une émotion plus profonde et plus intense.

Sephy

– Tu sais que Jordy Carson ne te laissera jamais en paix, ai-je dit en balayant les morceaux de verre. Je connais ce genre de type. Quand il a l'odeur du sang dans les narines, il ne lâche pas prise !

– Si tu me disais quelque chose que je ne sais pas déjà… a soupiré Nathan avec une irritation compréhensible.

– Qu'est-ce que tu comptes faire ?

Nathan a vidé la pelle à poussière pleine de bris de verre dans un carton tapissé de papier journal. J'ai regardé le club autour de moi. Les acolytes de Jordy avaient fait un beau boulot de démolition. La dernière fois, il nous avait fallu deux jours avant de pouvoir rouvrir. Cette fois, on aurait besoin de beaucoup plus. Et la tactique de Jordy commençait à porter ses fruits. C'était la troisième fois que ses hommes venaient démolir le club. Ils ne volaient rien, ils se contentaient de casser. Il était devenu quasiment impossible pour Nathan de trouver une compagnie qui accepte de l'assurer. Et le roulement de ses employés était tel qu'il aurait pu entrer dans *Le Livre des records*. Jody Carson s'était montré très habile. Nathan perdait énormément d'argent, en étant obligé de fermer pendant les réparations, beaucoup de nos clients ne venaient plus et les employés refusaient de travailler au *Specimen* plus de deux jours. J'étais terriblement frustrée de rester derrière mon piano à tout regarder s'écrouler.

Je me suis rendu compte que Nathan m'observait.

– Sephy, je suis désolé, mais je vais devoir te demander de partir.

– Quoi ? Pourquoi ?

– Regarde cet endroit, a soupiré Nathan. Tu n'es pas en sécurité ici. Et je ne veux pas que tu sois mêlée à tout ça.

– Je suis une grande fille, ai-je rétorqué. Je sais prendre soin de moi !

– Tu ne peux rien contre Carson ou les types de ce genre. Ils n'ont pas les mêmes règles du jeu que toi ou moi.

– Je ne partirai pas, Nathan.

– Alors je vais être obligé de te virer.

– Je me mettrai devant la porte du restaurant, dans les toilettes même, s'il le faut. Tu ne pourras pas m'en empêcher.

– Je te ferai sortir par la sécurité.

– Je reviendrai.

Nathan m'a regardée.

– Tu es sérieuse ?

– À ton avis ?

– Ce que tu peux être bornée !

J'ai souri.

– Je sais !

– Écoute, Perséphone, je te remercie de vouloir rester à mes côtés, mais cet endroit ne vaut pas le coup, ce n'est que des briques et du mortier…

– Et des années de ta vie, et des larmes et de la sueur, l'ai-je interrompu.

– Mais il n'y a rien que je ne puisse quitter si j'y suis obligé. Je m'installerai dans une autre ville et j'ouvrirai un nouveau bar et un nouveau restaurant. Le matériel est remplaçable, toi non.

Surprise, j'ai froncé les sourcils. La dernière chose que je désirais était qu'il capitule devant une fouine gluante comme Carson à cause de moi.

– Tu t'inquiètes trop…

– Je ne parle pas seulement de toi. Tous mes employés sont irremplaçables et je ne veux plus courir de risques. Tôt ou tard, Jody Carson va en avoir assez de casser des meubles et il va commencer à casser des os. Si je ne lui donne pas ce qu'il veut, cette histoire va se terminer dans une mare de sang.

– Mais tu ne peux pas le laisser gagner ! me suis-je écriée. Tu ne peux pas lui laisser la victoire sans te battre.

– Ne te fais pas de souci, Sephy, j'ai une ou deux cartes dans la manche.

– Du moment que…

Mon portable s'est mis à sonner.

Je l'ai ouvert. Minerva. Ça devait être important. Minerva ne m'appelait jamais juste pour discuter. J'ai décroché.

– Excuse-moi, Nathan, lui ai-je dit avant de coller le téléphone à mon oreille. Allô, Minerva, que se passe-t-il ?

Notre conversation n'a pas duré plus de cinq minutes. Les cinq minutes les plus longues de ma vie.

– Sephy, qu'est-ce qu'il y a ? Que s'est-il passé ? m'a demandé Nathan. Tu es pâle comme la mort.

– Je dois y aller, Nathan.

J'ai appuyé mon balai contre le mur.

– Est-ce qu'il est arrivé quelque chose à Callie Rose ?

Nathan m'a pris le bras et m'a forcée à le regarder. J'ai secoué la tête. Je me sentais si bizarre, comme si, en pleine crise de somnambulisme, j'avais pénétré dans un nouveau monde que je ne parvenais pas à comprendre.

– Il faut que j'y aille… ai-je répété.

– Je te dépose, a dit Nathan.

– Non, je…

– Tu n'es pas en état de conduire ! a insisté Nathan. Est-ce que ta sœur a eu un accident ?

J'ai de nouveau secoué la tête.

– Non, ce n'est pas Minerva, c'est ma mère. Elle est à l'hôpital.

Jasmine

– Maman, pourquoi ne nous as-tu rien dit ? Tu aurais dû nous en parler.

– Et qu'est-ce que tu aurais fait, Minerva ? ai-je lancé.

– Nous aurions été là pour toi. Tu n'avais pas à traverser seule cette épreuve, a répondu ma fille avec irritation.

Les enfants ! Ils pensent toujours qu'il leur suffit de se mettre en colère pour obtenir ce qu'ils veulent. Ils imaginent qu'il leur suffit de crier : « JE NE VEUX PAS ! » pour que tout ce qui leur déplaît disparaisse. L'optimisme des jeunes. Mais bon, voilà, je leur avais dit maintenant. Je savais que j'aurais à le faire, un jour ou l'autre, mais la nouvelle était plus mauvaise que prévu.

Minerva ne pouvait s'empêcher de me crier dessus. Sephy regardait par la fenêtre, les bras croisés. On aurait dit une statue de bronze. Elle n'avait pas prononcé un mot depuis qu'elle était entrée dans ma chambre.

– Mais pourquoi est-ce que tu n'es pas allée voir un médecin tout de suite ? Dès que tu as senti une grosseur dans ton sein ?

Minerva était une caricature d'ahurissement agacé : ses yeux écarquillés lançaient des éclairs et elle parlait sans desserrer les dents. Elle me considérait comme un élément de sa vie. Vieux et vieillissant, mais qui resterait là pour toujours. Qu'il suffisait d'épousseter de temps en temps.

– Pourquoi est-ce que tu as sans cesse remis ce rendez-vous chez un médecin ? a-t-elle poursuivi.

Elle me regardait, attendant une réponse. Elle pensait vraiment que j'en avais une !

– Tu en es à quel point ? a demandé Sephy sans bouger, sans même se tourner vers moi.

Je m'étais entraînée à trouver des phrases pour expliquer à mes filles la gravité de la situation, mais les mots étaient des blocs immuables dans ma tête. Pourtant, je devais les prononcer :

– J'ai un cancer du sein en phase 1. La tumeur est toujours assez petite et elle ne touche pas de nodules lymphatiques. Je vais subir une mastectomie puis entamer une radiothérapie. Tant qu'il reste des cellules saines autour de la tumeur, les rayons doivent suffire.

– Des cellules saines ? Qu'est-ce que ça veut dire ? a glapi Minerva.

– Des cellules autour de la tumeur qui n'ont pas été touchées par la tumeur, ai-je expliqué patiemment.

– Et si les cellules ne sont pas saines ?

– Une chose après l'autre, ai-je soupiré.

– Combien de temps as-tu attendu avant d'aller voir un médecin ? a calmement demandé Sephy.

Ah ! Sephy me connaissait mieux que je ne l'aurais cru. Et elle connaissait sans doute la triste réponse à cette question. Elle regardait toujours par la fenêtre. J'aurais aimé qu'elle se tourne vers moi. Mais elle essayait de me dissimuler sa colère.

– Je suis allée chez mon généraliste dès que je me suis rendu compte que la grosseur ne partait pas d'elle-même, ai-je répondu.

Inutile de préciser que mon inquiétude, ma peur, avait transformé les jours en semaines. La peur de savoir avait vite pris le pas sur la peur que j'éprouvais à sentir cette boule dans mon sein.

– Pourquoi est-ce que tu n'y es pas allée dès que la grosseur est apparue ? a poursuivi Sephy.

J'ai haussé mollement les épaules.

– J'ai pensé que ce n'était pas grave et puis… et puis, j'étais mal à l'aise de parler de ça… vous êtes des femmes, vous devez me comprendre.

Sephy s'est enfin tournée vers moi.

– C'est juste que je veux savoir quoi faire graver sur ta pierre tombale, Maman, s'il t'arrivait malheur. Que dis-tu de : *Ci-gît Jasmine Hadley, morte de gêne* !

– Sephy ! a grondé Minerva.

Sephy s'est de nouveau tournée vers la fenêtre. Mais j'avais eu le temps de voir des larmes couler sur ses joues.

Oh, mon Dieu !

Callie Rose
a treize ans

Les deux heures de sciences physiques ont été géniales aujourd'hui. J'étais assise à côté de *lui*. Bien sûr, quand Mme Mayne nous a demandé de travailler par paires et que j'ai été désignée comme sa partenaire, il a grommelé et soupiré, mais il était obligé, pour que ses copains ne se moquent pas de lui. Au fond, je suis sûre qu'il était aussi *content* que moi.

J'étais assise à côté d'Amyas ! Youpiiii !

Je sais que je ne l'aimais pas beaucoup quand il est arrivé au collège, mais depuis, il est devenu vraiment super beau, plus que beau, hyper mignon ! Et puis, moi, j'ai grandi. Beaucoup grandi en un an. Maintenant, je regarde les garçons… enfin, au moins un garçon.

– C'est moi qui dirige l'expérience, m'a déclaré Amyas, et je vais procéder à tous les mélanges. Toi, tu n'as qu'à écrire.

– D'accord, comme tu veux, ai-je souri.

On ne sourit jamais assez et il ne faut pas se contenter de sourire avec la bouche, on doit sourire avec les yeux aussi – j'ai lu ça dans *Mademoiselle*, il y a deux semaines (« Comment gagner son cœur avec un sourire – première partie »). Toujours souriante, j'ai regardé autour de moi pour vérifier combien de filles me jalousaient. La première personne dont j'ai croisé le regard était… Tobey. Il me fixait même avec cette espèce de grimace moqueuse sur le visage. Son expression m'a immédiatement fait redescendre sur terre. Il arrivait toujours à me gâcher mon plaisir. C'était quoi son problème ? Peut-être que je collais un peu trop Amyas, mais il était tellement sexy. Plus que sexy !

Amyas et moi avons travaillé ensemble pendant les deux heures. Il s'est chargé de toutes les parties intéressantes, mais ça m'était égal. J'adorais travailler avec lui. Il était super adroit et intelligent, sans avoir à se donner de peine. J'ai bien fait une ou deux suggestions concernant les expériences mais à chaque fois, il m'a renvoyée dans les cordes en se moquant de moi. Même ça, je m'en fichais. Cela dit, après j'ai arrêté de proposer quoi que ce soit.

Dès que la deuxième sonnerie a retenti, Amyas a été un des premiers à quitter la salle de physique. Je suis sortie à mon tour et je me suis retrouvée à côté de Tobey.

– Si tu voyais à quel point tu es ridicule quand tu es à côté d'Amyas, tu ne t'approcherais plus jamais de lui. Tout le monde se fiche de toi.

– De quoi tu parles ?

– Rose, réveille-toi ! Tu ne sens pas que tes tartines sont en train de brûler ?

Tobey parlait comme s'il me décochait des flèches.

– Si tu crois qu'Amyas a envie de sortir avec quelqu'un comme toi, alors faut que tu te fasses remettre les idées en place.

J'ai plissé les yeux.

– Qu'est-ce que tu veux dire par quelqu'un comme moi ?

– Tu es à moitié nihil, a rétorqué Tobey.

Mon sang est devenu bouillant puis glacé.

– Et alors ?

– Amyas ne sortira jamais avec une Nihil ou une métisse, a déclaré Tobey. Je l'ai entendu le dire !

– Je ne te crois pas et puis je ne suis rien « à moitié », comme tu dis ! ai-je lancé avec mépris. Tu la vois, toi, la ligne sur mon corps qui sépare mon côté prima de mon côté nihil ?

– Amyas ne voit pas les choses de cette façon.

– C'est faux. Tu es jaloux, c'est tout !

Tobey a pris une longue inspiration, ses joues sont devenues rouge écarlate.

– Tu crois vraiment que j'ai envie de sortir avec une pauvre fille comme toi ? Tout le monde en classe rit de ta façon de coller Amyas, et tu es trop stupide pour t'en rendre compte. C'en est gênant !

– Tu es jaloux ! Ah ! C'est trop drôle !

Je ne pensais pas vraiment que Tobey était jaloux d'Amyas et moi. Avec Tobey, nous étions amis depuis toujours. S'il n'avait pas lancé son venin, je n'aurais sans doute pas continué cette dispute. Mais Tobey me regardait comme si je l'accusais d'être tombé amoureux de la meilleure amie de sa mère ! Les derniers élèves sont sortis de la salle. Tobey et moi étions seuls.

– Jaloux d'Amyas ? Tu rigoles, j'espère !

Une étrange expression, froide, glaciale, s'est inscrite sur le visage de Tobey. Je ne lui connaissais pas ce visage.

– Tu es jaloux, ai-je commencé à chantonner, tu veux un baiser, tu es amoureux, tu veux m'embrasser, tu es un grincheux...

– Ton père faisait partie de la Milice de libération. Il a tué des tas de gens. Amyas peut choisir n'importe quelle fille au collège, alors pourquoi est-ce qu'il te voudrait, toi, la fille de Callum McGrégor, un terroriste qui a été pendu pour ses mauvaises actions ?

Le sol a disparu sous mes pieds. J'étais comme ces personnages de dessin animé qui se tiennent dans le vide jusqu'à ce qu'ils s'en aperçoivent et qu'ils tombent. Mes pensées se sont mises à tourbillonner, hors de mon contrôle. Si j'avais bougé seulement un cil, je me serais évanouie. Le regard de Tobey s'est lentement adouci. Ses yeux se sont emplis de regret et de confusion. Mais je n'étais plus moi-même et je ne pouvais que le regarder s'excuser sans un mot mais avec son corps tout entier.

– Qu'est-ce que tu as dit ? ai-je murmuré.

Si Tobey répétait… s'il répétait, tout s'effacerait…

– Je ne te crois pas. Qu'est-ce que tu as dit ?

– Oh, mon Dieu, a lâché Tobey. Tu… tu ne le savais pas ?

Je l'ai poussé. De toutes mes forces.

– TU MENS ! ai-je crié.

Tobey est resté silencieux.

– Dis-moi que tu mens.

Chaque mot que je prononçais ouvrait une plaie en moi. Il mentait. Mon père… mon père était jardinier. Il se trompait… Ce n'était pas le même Callum McGrégor…

– Callie Rose, je ne voulais pas, a dit Tobey d'une voix désespérée. Je… je voulais juste… Tout est faux.

Sa voix m'arrivait de très loin, mais chacune des syllabes qu'il prononçait explosait dans ma tête et me détruisait de l'intérieur. Je tremblais, j'implosais, je m'écroulais. J'étais en enfer. Mon esprit ne cessait de me répéter les mots de Tobey. C'était comme si j'étais obligée de toujours revenir en arrière, condamnée à ressentir la même douleur, indéfiniment. Pourquoi est-ce que j'étais sûre que Tobey disait la vérité ? À cause de sa colère quand il avait parlé ? Ou de son remords ? Ou parce que ses mots avaient pris vie et voletaient au-dessus de moi ? Peu importait.

J'ai murmuré :

– Mon père était un terroriste ?

– Non. Écoute, ce n'était pas ton père. C'était quelqu'un d'autre.

Tobey m'a pris le bras.

– Ce n'était pas ton père. Je te le jure.

Mais mon père s'appelait Callum McGrégor.

– Rose, écoute-moi, ce n'est pas vrai, a continué Tobey. Ton père n'était pas un terroriste. J'ai juste inventé ça pour…

J'ai repris mon bras.

– Nous ne sommes peut-être plus amis, mais au moins sois honnête avec moi !

La main de Tobey est retombée.

– Quand et où as-tu entendu tout ça sur mon père ?

Tobey n'a pas répondu. Il se contentait de me regarder.

– Dis-le-moi. Depuis quand sais-tu pour mon père ?

– J'ai entendu mes parents en parler quand j'étais petit, a avoué Tobey.

Mon esprit s'autodétruisait. Mes pensées s'agitaient pour trouver une vérité à laquelle se raccrocher.

Mon père était jardinier.

Mon père était un terroriste.

Mon père aimait ma mère et il m'aimait aussi.

Mon père était un terroriste.

Mon père était mauvais.

Mon père était un terroriste.

Mon père n'a jamais tué personne.

Mon père a tué – comment avait dit Tobey déjà ? – des tas de gens.

Mon père mon père mon père mon père mon père mon père mon père mon père mon père mon père mon père mon père…

Ces mots tournaient et tournaient autour de moi. Riaient de moi. Se moquaient de moi.

– Ma mère m'a raconté que mon père était mort dans un accident de voiture… ai-je murmuré.

Mensonges. Tobey était un menteur. Ma mère était une menteuse.

Que quelqu'un m'aide, je vous en supplie.

J'ai brièvement fermé les paupières. Où était la vérité ? Est-ce que tous nos voisins savaient ? Combien de gens connaissaient la vérité sur mon père ? Si ce qu'avait dit Tobey était vrai...

– Tu l'as dit à tout le monde au collège ?

– Non, a nié Tobey. Je ne l'ai jamais dit à personne.

– Mais tout le monde est au courant ?

– Pas par moi, en tout cas, et il n'y a aucune raison pour que les autres sachent. C'était il y a des années et la plupart des gens ne se rappellent même pas ce qui s'est passé le mois dernier. Ton nom de famille est Hadley, pas McGrégor. Et je ne pense pas que les gens aient la moindre idée de qui est ta mère. Tout le monde pense que la fille de Kamal Hadley ne peut que vivre dans le luxe et rouler sur l'or. En tout cas, personne ne l'imagine vivant dans une vieille bicoque dans le quartier des Prairies, chez une Nihil.

– Une Nihil qui s'appelle McGrégor, ai-je fait remarquer.

– Oui, mais ta grand-mère ne sort que pour aller à l'église. Elle n'est pas du genre à se faire remarquer. Ta mère non plus d'ailleurs.

Tobey savait tout sur moi. Chaque détail sordide. Il en savait plus que moi-même.

– Tout le monde est au courant.

J'ai de nouveau fermé les yeux. J'étais malade d'humiliation.

– Non, Callie, tout le monde ne sait pas. De toute façon, la majorité des Nihils s'en fiche. Ma mère admire la tienne pour avoir tenu tête à ton grand-père, et pour s'être battue à nos côtés.

– Et les Primas qui savent ?

– Soit ils sont tes amis, soit ils ne le sont pas, a répondu Tobey.

J'avais l'estomac noué d'angoisse. J'avais envie de vomir.

– Tu as toujours su. Depuis tout ce temps ! Et tu ne m'as jamais rien dit !

– Tu n'en parlais pas non plus et...

– Parce que je ne savais pas ! Je ne savais pas comment mon père était mort !

Mais je me rappelais des tas de détails à présent… les changements de chaîne quand j'entrais dans la pièce, les pourparlers avec les profs au début de chaque année scolaire, les livres d'histoire épluchés par ma mère… et je n'avais jamais réagi. J'étais si heureuse dans ma bulle de rêve que je ne me posais même pas de questions. J'avais fait confiance à ma famille. Une erreur que je ne commettrai plus jamais.

– Rose, je suis désolé. Je pensais vraiment que tu savais. Je me serais coupé la langue au lieu de parler sinon.

– Tout ce temps, c'est ainsi que tu pensais à moi, comme à la fille d'un terroriste. La fille d'un salaud.

– Non, c'est faux. Je n'ai jamais pensé à toi de cette manière…

– Mais c'est ce que tu as dit !

– Je t'en prie, Rose, c'était idiot. Est-ce que tu ne fais jamais rien que tu regrettes aussitôt ?

– Oui, ça m'arrive, ai-je répliqué. Je te croyais toi et je croyais ma mère. Je croyais tous les gens qui m'entouraient et vous m'avez tous menti.

– Rose…

Je l'ai bousculé et je suis partie en courant. Derrière moi, Tobey criait mon nom.

– Attends, Rose, attends !

Mais ce nom n'était plus le mien. La personne qui s'appelait Rose, dont le père était jardinier, n'existait pas. Elle n'avait jamais existé. Une bombe avait explosé en moi, et chaque parcelle de bonheur avait été détruite et jetée aux quatre vents.

Callie Rose
a treize ans

J'ai claqué si fort la porte que la vitre a vibré.

– Maman ! T'es où ?

– Dans la cuisine, ma chérie.

Je suis entrée dans la cuisine, le visage en feu, les yeux jetant des éclairs. Maman était en train de glisser un gâteau au fromage blanc dans le réfrigérateur. Elle s'est redressée et s'est retournée pour me sourire. Son sourire s'est effacé quand elle m'a vue. Si j'avais pu, je l'aurais réduite en cendres en quelques secondes.

– Que se passe-t-il ? Qu'est-ce qui ne va pas ? a commencé Maman.

Elle s'est tue soudainement.

– Tu sais. Qui te l'a dit ? Grand-mère Jasmine t'a appelée ?

– C'est la vérité ?

J'avais plus sifflé que parlé.

– Est-ce que c'est la vérité sur mon père ?

Maman s'est étranglée. Je voyais sa langue s'agiter dans sa bouche, comme si elle essayait d'avaler sans y parvenir. J'ai tout de suite compris que Maman savait parfaitement de quoi je lui parlais. Trois mots avaient suffi : « C'est la vérité ? » et elle savait à quoi je faisais allusion. Ma colère est encore montée en puissance. Je me suis avancée vers elle. Seuls quelques centimètres nous séparaient à présent.

– Est-ce que mon père était un terroriste ? A-t-il été exécuté pour meurtre ?

Éluder, rire, mentir, nier, se taire ? Qu'allait-elle choisir ?

– Réponds, ai-je ordonné.

– Je vois sur ton visage que tu crois déjà tout savoir, a dit ma mère.

Ce n'était pas une réponse. Nous le savions toutes les deux.

– Rose, laisse-moi t'expliquer…

– EST-CE QUE MON PÈRE A ÉTÉ PENDU POUR TER-RORISME ?

Silence. Puis Maman a acquiescé.

– Rose, écoute-moi…

Maman a essayé de me prendre dans ses bras, de me serrer contre elle. Je l'ai repoussée. Violemment. Et avant que l'une de nous deux comprenne ce qui se passait, je l'ai giflée. Le claquement sec a résonné dans la cuisine. Maman a posé une main sur sa joue. Ma paume me cuisait. Impossible de dire laquelle de nous deux était la plus choquée.

J'avais frappé ma mère.

Je n'avais jamais fait une chose pareille auparavant. Je n'y avais même jamais pensé. Mon corps tout entier s'est crispé de douleur. Et puis j'ai tourné les talons et je me suis enfuie. J'ai monté les marches quatre à quatre, je me suis réfugiée dans ma chambre. Je détestais ma main, je me détestais moi-même.

Mais plus que tout, je haïssais ma mère.

Callum McGrégor était mon père. Un terroriste, un meurtrier et Dieu sait quoi d'autre. Tobey n'avait pas menti. Je me suis assise près de ma fenêtre et j'ai regardé le petit jardin. Pourquoi est-ce que je ne pleurais pas ? Je devrais pleurer. Je devrais sangloter.

Callum McGrégor était mon père. Mon père était un terroriste et un meurtrier.

– Callie Rose, est-ce que je peux entrer ?

Je n'ai pas répondu. Je ne lui répondrai plus jamais. La poignée de la porte a tourné et Maman est entrée.

– Rose, nous devons parler.

– Je n'ai rien à te dire.

Je n'ai même pas pris la peine de la regarder.

– Rose, je suis désolée, j'aurais dû te parler de tout ça depuis bien longtemps, mais… j'attendais le bon moment.

Je suis restée silencieuse.

– Le problème, c'est que le bon moment ne s'est jamais présenté, a continué Maman.

– Tu sais comment je l'ai appris ? ai-je lancé. Tobey me l'a craché au visage. Est-ce que tu peux imaginer ce que j'ai ressenti ?

– Je suis désolée, Rosie.

– Pourquoi as-tu menti ? Toutes ces années, tu m'as répété que mon père était jardinier et qu'il était mort dans un accident de voiture.

– Je suis désolée, Rosie. Je… je voulais te protéger.

– Raté. Je viens d'apprendre que je suis la fille d'un meurtrier, Maman. Comment tu fais, maintenant ?

– Rose, il faut que nous en parlions. J'ai beaucoup de choses à t'expliquer.

Je me suis tournée vers elle, cette fois.

– C'est trop tard, Maman. Je sais à présent.

– Tu ne sais pas tout, Rose, laisse-moi…

– Maman, j'ai besoin d'être seule. S'il te plaît.

Maman a voulu insister, mais j'ai de nouveau regardé par la fenêtre. Je l'ai entendue se diriger vers la porte. Et tout à coup, j'ai compris autre chose.

– C'est pour ça que grand-père Kamal me déteste, c'est ça ? À cause de ce que mon père était.

Tout s'imbriquait à présent. Si mon père était un terroriste quand il était avec ma mère, c'était normal que mon grand-père ne veuille rien savoir de moi.

– Callie, ton grand-père déteste tous ceux qui ne lui ressemblent pas et qui ne pensent pas exactement comme lui. Si tu n'es pas son clone, tu es son ennemi... C'est sa façon de voir les choses.

Mais je n'écoutais pas Maman. Je comprenais... je comprenais tout.

– Est-ce que mon grand-père me déteste parce que mon père était un terroriste ou parce qu'il déteste les Nihils et que je suis à moitié Nihil ?

Maman n'a rien dit. C'était inutile. Je lisais la réponse sur son visage.

– Oncle Jude a essayé de...

– Quoi ! s'est écriée Maman.

Elle s'est précipitée sur moi avant que j'aie le temps de remuer un cil.

– De quoi parles-tu ? Tu as vu Jude ?

– Oui, je l'ai rencontré, il y a quelques années.

– Quelques années, a répété Maman, abasourdie. Et tu ne m'as rien dit ?

J'ai haussé les épaules.

– Grand-mère Meggie était au courant.

Le visage de Maman s'est décomposé, mais elle a rapidement repris une contenance.

– Quand l'as-tu vu pour la dernière fois ? Réponds, Callie Rose.

J'ai de nouveau haussé les épaules.

– Je ne veux pas que tu le revoies, a ordonné Maman. Tu m'entends ? C'est un homme dangereux. Ne t'approche pas de lui !

– Lui au moins, il dit la vérité, ai-je lâché.

Nous nous sommes défiées du regard. Immobiles et silencieuses.

– Callie Rose, je t'interdis de le revoir. Est-ce que je suis claire ?

– Oui, Maman. Est-ce que tu peux me laisser seule, s'il te plaît ?

– Rose, je ne sortirai pas de ta chambre avant de t'avoir dit toute la vérité. Jude n'a pu que te mentir.

Je me suis levée et je suis allée vers mon magnétophone. Un cadeau pour mon onzième anniversaire. J'ai allumé la musique et j'ai poussé le volume à fond. Maman m'a rejointe et a éteint le poste. Je l'ai immédiatement rallumé. Maman l'a débranché. Je suis retournée m'asseoir.

– Rose, écoute-moi. Je sais que tu es en colère, mais tu dois m'écouter. Ton père et moi...

J'ai commencé à chanter, doucement d'abord, puis de plus en plus fort. Je ne quittais pas la fenêtre des yeux.

– Callie Rose, s'il te plaît...

Maman essayait de couvrir ma voix, mais j'ai continué de chanter.

Maman voulait encore parler. Elle avait des tas de choses à me dire, c'était évident. Mais je n'ai pas cessé de chanter. Elle a bien été obligée de partir.

J u d e

– Oncle Jude ? C'est moi, Callie Rose.

J'étais bien calé dans mon fauteuil et j'avais coincé le téléphone entre mon oreille et mon épaule pour ouvrir une canette de bière.

– Salut, Callie. Comment vas-tu ? Tu as une petite voix.

– Oncle Jude, est-ce que tu savais que mon père avait été pendu pour terrorisme ?

J'ai posé ma canette sur le tapis. Callie avait capté toute mon attention. Le moment que j'avais attendu si impatiemment était enfin arrivé.

– Oncle Jude ? Tu es là ?

– Comment l'as-tu appris ?

– Si tu le savais, pourquoi est-ce que tu ne me l'as jamais dit ? a crié Callie dans le téléphone.

– J'ai voulu te le dire, des tas de fois, mais je n'ai pas pu. Quand j'ai appris la mort de Callum, j'ai fait des recherches et j'ai appris la vérité. Mais c'était à ta mère de te mettre au courant, pas à moi. Quand a-t-elle enfin trouvé le courage ? ai-je ajouté.

– Elle ne l'a pas trouvé, a répondu Callie d'une voix dure. Je l'ai appris par quelqu'un d'autre. Je viens de passer toute la journée à la bibliothèque. J'ai lu tout ce que j'ai trouvé sur Callum McGrégor. Est-ce que tu savais qu'il avait enlevé ma mère ? Et que... et qu'il... tu sais..., ce qu'il lui a fait ?

– Écoute, Callie, je crois que nous ne devrions pas discuter de tout ça au téléphone. Où es-tu ?

– Au parc. Je ne veux pas rentrer à la maison. Pas maintenant. Mais je veux rester seule.

– Callie, il faut que je te voie, ai-je commencé.

Mais c'est la tonalité du téléphone qui m'a répondu. J'ai raccroché et un sourire s'est épanoui sur mon visage. Ça faisait si longtemps que je n'avais pas souri.

J'ai eu un geste de victoire.

Yes ! Yes ! Yes !

La loi de Jude n° 13, celle que je suivais avec attention depuis que j'avais commencé à m'occuper de Callie, s'était avérée d'une efficacité redoutable : *Une grande capacité de concentration sur la proie est plus importante qu'une vue perçante.*

Je me suis levé, j'ai pris mes clés sur l'accoudoir du fauteuil. Je l'avais eue. Enfin. Callie Rose Hadley m'appartenait.

Callie Rose
a treize ans

L'odeur entêtante des roses me donnait la nausée. Elles étaient de toutes les couleurs : rouge orangé, rouge sang, rose... Leur parfum âcre s'accordait parfaitement à leurs coloris trop vifs. La brise aidait encore à diffuser leurs effluves sucrés. J'étais assise, seule sur un banc, dans le parc, attendant que les fleurs m'aident à cesser de penser.

Mais ça ne marchait pas.

J'étais assise, seule sur un banc, dans le parc, les yeux dans le vide. Je regardais mon père, les roses n'existaient plus. Mon père était Callum McGrégor. Il avait été pendu pour terrorisme politique. Pendu pour avoir enlevé et violé ma mère. Pendu pour avoir été un parfait salaud.

Et alors, qu'est-ce que ça me faisait à moi ?

Qu'est-ce que ça me laissait à moi ?

De nouveaux souvenirs, sans cesse, me revenaient. Tous ces étranges regards que s'échangeaient ma mère et grand-mère Meggie. Tous ces apartés entre ma mère et grand-mère Jasmine. La réticence de ma mère à répondre à mes questions.

Les mensonges...

Je comprenais à présent pourquoi ma mère avait du mal à me supporter. Chaque fois qu'elle posait les yeux sur moi, elle devait se rappeler mon père, qu'elle cherchait désespérément à oublier. Pourquoi m'avait-elle donné naissance d'ailleurs ? Pour se punir ? Pour me punir moi ? Ou grand-mère Meggie ? Toutes ces fois où elle m'avait dit que je ressemblais à mon père... est-ce que c'était vrai ? Est-ce que je lui ressemblais ? Physiquement ou dans ma façon d'être ? Étais-je mauvaise comme lui, au-dedans de moi ? Est-ce que c'est ce que Maman essayait de me dire ? Et toutes ces fois où elle m'avait répété que mon père m'aimait. Et combien elle et mon père s'étaient aimés. Mensonges. Je savais à présent comment j'avais été conçue. À chaque fois que j'y pensais, j'avais envie de mourir. Et j'y pensais sans arrêt. Ma vie que je croyais ordinaire et simple était tordue, souillée. Les mots de Tobey m'avaient soulevée de terre, m'avaient envoyée haut, très haut, et m'avaient laissée retomber si brutalement que chaque partie de moi était en miettes.

Est-ce que tu me regardes en ce moment, Papa ? Est-ce que tu me vois de l'enfer ? Est-ce que tu ris méchamment en repensant à toutes ces lettres que je t'ai écrites, tous ces espoirs, tous ces rêves que j'ai partagés avec toi ? Comme si tu en avais quelque chose à faire ! Est-ce que tu te réjouis de toutes ces vies que tu as gâchées ? Comme j'aimerais que tu sois en face de moi, là, maintenant, pour que je puisse te cracher mon mépris au visage. J'ai envie de crier du lieu le plus élevé que je pourrais trouver. Je me fiche que Maman me déteste, elle ne me détestera jamais autant que moi je te déteste. Si tu étais en face de moi, là, maintenant, et que j'avais un couteau ou un revolver, je n'hésiterais pas à te tuer.

Ou peut-être que…

Non, je ne serais pas capable de te torturer. Si je commençais à te blesser, je ne pourrais arrêter que quand tu serais mort.

Je te hais, Papa.

Quand je pense à toi, quelque chose se durcit en moi comme du béton armé. Je te hais tant.

– Est-ce que je peux m'asseoir ?

La voix d'oncle Jude m'a fait sursauter. Comment avait-il fait pour arriver si vite ? Pourquoi était-il venu ? Je l'ai regardé s'asseoir sur le banc face au mien.

– Nous ne sommes pas obligés de parler avant que tu te sentes prête, a-t-il dit.

J'ai détourné la tête. Je lui avais demandé de ne pas venir. Je n'avais pas l'intention de lui parler. Nous sommes donc restés assis. Sans briser le silence. Je lui en étais reconnaissante. J'étais contente qu'il ne se soit pas assis près de moi, qu'il ne m'ait pas passé le bras autour du cou, ou qu'il n'ait rien tenté de ce genre. S'il l'avait fait, mon corps se serait transformé en gouttes de pluie, et je n'aurais plus été qu'une flaque au pied du banc.

Nous sommes restés assis longtemps. J'ai levé les yeux vers oncle Jude, une ou deux fois, mais il ne me fixait pas. J'ai fini par me sentir suffisamment en confiance pour parler.

– Est-ce que tu comptes toi aussi me mentir, oncle Jude ?

– Jamais, a-t-il répondu. Callie... est-ce que tu me détestes à cause de ce que mon frère a fait ? Je le comprendrais...

Choquée, je me suis tournée vers lui.

– Non, oncle Jude, bien sûr que non.

Ça ne m'avait même pas traversé l'esprit. J'ai attendu quelques instants que la boule dans ma gorge disparaisse.

– Comment... comment était mon père ?

– Par où commencer ? a soupiré oncle Jude. Qu'est-ce que ta mère t'a raconté ?

– Elle n'a fait que mentir. Elle a prétendu qu'il était apprenti jardinier chez grand-mère Jasmine !

– Je vois, a dit oncle Jude.

Son ton hésitant m'a fait frémir de peur.

– Quoi ? ai-je demandé.

– Callie Rose, est-ce que tu veux vraiment apprendre toute la vérité sur ton père ?

– Oui.

– La vraie vérité, pas les bobards qu'on t'a servis jusqu'à présent… es-tu assez forte pour l'entendre ?

J'ai appuyé sur le bouton pause dans mon cerveau, pour cesser de penser. Je ne voulais pas comprendre ce que mon oncle essayait de me dire. Étais-je assez forte…

– Je veux savoir, ai-je fini par répondre.

– Je veux que tu saches, Callie Rose, que je ne te mentirai jamais. Ta mère – et même la mienne – ont déformé la vérité pour lui donner un aspect qui leur convenait. Je ne le ferai pas. Alors, s'il te plaît, ne me demande pas d'être sincère, si tu ne veux pas vraiment tout savoir.

– Comment était mon père ? ai-je de nouveau demandé.

Oncle Jude a lentement hoché la tête.

– Très bien. Pour commencer, ton père n'était pas jardinier. Il n'aurait pas su reconnaître un râteau d'une pelle.

J'ai froncé les sourcils.

– Il faisait quoi, alors ? Avant… Avant d'être terroriste ?

– Callum… Callum était un rêveur. Et un jour, il s'est réveillé.

– Je ne comprends pas.

– Est-ce que tu sais que ma mère travaillait pour Jasmine Hadley ?

– Grand-mère Jasmine… oui, j'étais au courant.

– C'est comme ça que nos deux familles se sont rencontrées. C'est comme ça que Callum et Perséphone se sont rencontrés. Ils ont grandi ensemble.

– Alors, Maman n'a pas dit que des mensonges…

– Cette partie de l'histoire est vraie, a acquiescé oncle Jude. Callum est allé au collège avec Sephy pendant un temps, mais ça n'a pas marché. Ils l'ont mis à la porte.

– Pourquoi ?

– Une bombe avait explosé au centre commercial de Dundale…

– J'ai lu ça dans les journaux cet après-midi.

– Eh bien, même si notre père n'avait rien à voir avec tout ça, il a été arrêté, accusé et jugé coupable de terrorisme. À Heathcroft, tout le monde savait que notre père était innocent, mais ils ont considéré Callum coupable par association. Ils ont décidé qu'ils ne voulaient pas d'un fils de terroriste dans leurs murs. Ils ont donc renvoyé Callum.

– Qu'est-ce qu'a fait mon père, après ça ?

– Il ne pouvait pas faire grand-chose. Il n'avait plus le droit d'entrer dans le collège. Et aucune autre école n'était prête à le prendre. Il a essayé de trouver du travail mais dès que ses employeurs découvraient qui il était, ils le viraient. La Milice de libération se battait depuis des dizaines d'années pour l'égalité entre les Nihils et les Primas, alors il a rejoint le groupe.

– Mais les membres de la Milice de libération sont des terroristes ! ai-je lancé.

– Non, c'est faux.

Il a fait une pause avant d'ajouter :

– *Nous* ne sommes pas des terroristes. Nous luttons pour l'égalité, c'est tout.

– Toi aussi, tu fais partie de la Milice de libération ! me suis-je exclamée.

Je ne m'attendais pas à ça.

– Je travaille sur le plan stratégique, comme ton père. Callum avait refusé d'être impliqué dans quoi que ce soit de trop… destructeur. Il écrivait des articles, il envoyait des courriers et prenait la parole aux réunions. Ce genre de choses.

– Mais j'ai lu ce qui était écrit dans le journal. Il a été pendu pour terrorisme politique. Plusieurs articles racontaient qu'il avait enlevé Maman et qu'il l'avait… violée. Le journal ajoutait…

– Callum a commis ces actes seulement après la mort de notre père en prison, a expliqué oncle Jude. Je pense qu'une part de lui est morte quand il a su pour notre père. Il en voulait à tous les Primas. La milice lui a ordonné d'enlever ta mère. Le but était d'obtenir de l'argent de ton grand-père pour la cause.

– Mais Maman et lui avaient grandi ensemble et il l'a quand même fait !

Une grosse boule encombrait de nouveau ma gorge.

– Ils étaient amants avant l'enlèvement.

Oncle Jude choisissait ses mots avec soin. Je restais silencieuse.

– Je pense que Callum se détestait aussi pour ça. Pour avoir couché avec ta mère. Peut-être que ce qu'il a fait à Sephy était une manière de se punir en même temps qu'il punissait ta mère.

Une manière de se punir et de punir ma mère en même temps ? Ou de la punir en la mettant enceinte de moi ? Je n'étais pas sûre d'être capable d'entendre plus de « vérité ».

– Tu sais, a soupiré oncle Jude, je ne peux pas m'empêcher de m'en vouloir. Si seulement j'avais su ce qu'on lui avait ordonné, mais je travaillais pour une autre section de la milice… Je n'ai appris cette histoire d'enlèvement que quand Callum a été arrêté.

– Ce n'est pas ta faute, oncle Jude, l'ai-je rassuré.

Oncle Jude a soupiré une nouvelle fois.

– Je ne me doutais pas que Callum avait tant de rage en lui. De la rage dirigée contre ta mère et tous les Primas. J'aurais dû le prendre sous mon aile. J'aurais dû insister pour qu'il travaille avec moi à l'amélioration de notre société. Je n'avais pas idée…

La voix d'oncle Jude s'est éteinte. Nous sommes restés silencieux. J'ai regardé un homme qui faisait son jogging. Il en a interpellé un autre qui venait vers lui. Ils se sont mis à discuter. Je me suis demandé de quoi ils parlaient. Des Primas et des Nihils ? Des hommes et des femmes ? De la vérité et du mensonge ? De leur dernier entraînement ? Peu importait, c'était sûrement inintéressant de toute façon.

– Callie, on m'a donné une lettre que ton père a écrite à ta mère avant de mourir, a lâché oncle Jude avec réticence. Je ne suis pas sûr de devoir te la montrer…

Je me suis tournée vers lui.

– Qu'est-ce qu'elle dit ?

– Rien de très agréable… mais elle rend compte de la vérité.

Oncle Jude tenait une feuille pliée en quatre à la main. Elle était brun jaune et semblait sur le point de tomber en poussière. Mais comme oncle Jude l'avait souligné, tout ce qui y était écrit était vrai. Agréable ou pas, la vérité, c'est tout ce qui me restait.

– Tu veux la lire ? m'a demandé oncle Jude. Je pense que tu es assez grande maintenant, mais si tu ne te sens pas capable…

J'ai tendu la main. Oncle Jude m'a passé la lettre avec hésitation. J'ai pris une inspiration et j'ai ouvert la lettre, tout doucement.

Sephy

J'ai décidé de t'écrire cette lettre parce que je veux que tu saches ce que je ressens exactement aujourd'hui. Je ne veux pas que tu passes le reste de ta vie à croire un mensonge.

Je ne t'aime pas. Je ne t'ai jamais aimée. Tu n'as jamais été qu'une mission pour moi. Un moyen pour tous ceux de la section de la Milice de libération à laquelle j'appartenais, d'extorquer de l'argent, beaucoup d'argent à ton père. En ce qui concerne le sexe, tu étais disponible et je n'avais rien d'autre à faire.

Tu aurais dû te voir, prête à gober toutes les absurdités que je voulais bien te livrer en pâture, quand je prétendais que je t'ai-

mais, que je ne vivais que pour toi et que jusqu'à présent j'avais eu trop peur pour te l'avouer. Je ne sais pas comment j'arrivais à me retenir de rire. Comme si je pouvais aimer quelqu'un comme toi ! Une Prima ! Pire que ça, la fille d'un de nos pires ennemis. Baiser avec toi m'a juste servi à me venger de ton salaud de père et de ta fouineuse de mère qui ne pouvait pas s'empêcher de se mêler de nos affaires.

Et voilà que tu es enceinte !

C'est le pied ! Le monde entier va savoir que tu es sur le point de donner le jour à mon gosse. Le gosse d'un Néant ! Rien que pour ça, ça valait le coup de risquer ma vie et ça vaut le coup de la perdre. Que je sois pendu ou pas, je vais annoncer au monde entier que cet enfant que tu portes est de moi. De moi ! Même si tu t'en débarrasses, tout le monde le saura.

Mais ce que personne ne saura, c'est à quel point je te méprise. Chaque parcelle de toi me dégoûte et quand je pense à toutes les choses que nous avons faites quand on a baisé, j'ai envie de vomir. Rien que de me revoir t'embrasser, te lécher, te toucher, te pénétrer, m'écœure. Il faut que je repense à toutes mes autres maîtresses pour m'ôter cette impression. Enfin, ce n'était pas en vain puisque mon but était de t'humilier et je me console en me disant que j'ai parfaitement réussi. Comment, mais comment as-tu pu croire que j'aimais une personne comme toi ? Ton ego est surdimensionné, ma pauvre ! Et pourtant tu n'as rien pour être aussi prétentieuse !

J'ai demandé à Jack de ne t'apporter cette lettre que si tu gardais notre enfant. J'imagine ton visage, en ce moment même, alors que tu lis et ça me donne du courage en attendant la mort. Quand tu auras fini cette lettre, tu me détesteras autant que je te déteste. Mais n'oublie pas, c'est moi qui t'ai haïe en premier ! Va de l'avant et essaie de m'oublier ! Et tant que tu y es, ne parle

jamais de moi à ton gosse. Je ne veux pas qu'il sache comment
ou pourquoi je suis mort. Je ne veux plus que tu prononces mon
nom. Ça ne devrait pas être trop difficile quand tu auras fini cette
lettre. Maintenant que tu sais la vérité. Mais tu es si vaniteuse
que tu arrives sans doute à te convaincre que tout cela n'est pas
vrai, que je veux seulement que tu avances dans la vie, que tu
ne t'accroches pas à mon souvenir comme à un poids, détrompe-
toi !

Je ne m'inquiète pas de savoir si tu prendras soin de toi. Tu es
une Prima, née avec une petite cuillère en argent dans la bouche,
et de toute façon, il y aura toujours quelqu'un pour t'aider.
Oublie-moi.
Je t'ai déjà oubliée.
Callum.

J'ai lu la lettre entièrement. Quand j'ai eu fini, le poison de
chaque phrase avait changé mon sang en glace, la boule dans
ma gorge avait disparu et mes yeux ne me piquaient plus. Je l'ai
relue – du début à la fin – et puis j'ai regardé les mots tracés sur
le papier. Sans ciller.

Mon père...

– Tu peux la garder, si tu veux, m'a proposé oncle Jude.

J'y ai réfléchi et j'ai pensé que je n'avais pas le choix. C'était
un héritage de mon père, après tout. Le seul qu'il m'avait laissé.
Mais je ne supportais pas de tenir cette feuille plus longtemps
entre mes mains, elle me blessait comme des bris de verre. Je l'ai
repliée et je l'ai glissée dans la poche de mon pantalon. Je n'aurai pas besoin de la relire pour me rappeler chaque mot. Je ne
pourrai les oublier jusqu'au jour de ma mort.

– Je me suis dit que c'était mieux que tu saches la vérité, a dit
oncle Jude tristement. Est-ce que je me suis trompé ?

J'ai secoué la tête.

– Je pense que tu ne devrais parler de cette lettre à personne. C'est mieux si tu n'en parles pas du tout, a poursuivi oncle Jude. De plus, j'ai appris autre chose. Quand Callum a été arrêté et condamné à mort, ton grand-père Kamal a proposé de le gracier. À condition que ta mère se fasse avorter. Elle a refusé. Elle devait choisir entre toi et Callum, et c'est toi qu'elle a choisie. Je pense que c'est pour ça que ton grand-père l'a mise à la porte.

– Pourquoi est-ce qu'elle m'a eue ? Pourquoi est-ce qu'elle n'a pas tout simplement accepté de se faire avorter ?

– Je ne sais pas. Peut-être que c'était une façon pour elle de tenir tête à son père, a suggéré oncle Jude. Ou peut-être qu'elle détestait tellement Callum, qu'elle avait trop envie de le voir pendu.

J'ai hoché la tête. Je comprenais à présent. Mon père détestait ma mère et tous les Primas. Ma mère me détestait parce que je lui rappelais mon père. Mon grand-père nous détestait, ma mère et moi. Meggie et ma mère se détestaient. Tout le monde détestait tout le monde.

Moi aussi maintenant, je détestais tout le monde.

Et ce n'était qu'un début.

Je manquais juste encore un peu d'entraînement. Jude s'est glissé près de moi.

– Callie Rose, tu pourrais nous être très utile si tu rejoignais la Milice de libération, a-t-il murmuré en entourant mes épaules de son bras. Une personne comme toi pourrait faire la différence.

J'ai levé les yeux vers lui. Avant, j'aurais posé des questions : quelle différence ? Qu'est-ce que je ferais ? Où ? Pourquoi ?

Mais maintenant, je m'en fichais.

– D'accord, ai-je accepté. Je ferai tout ce que tu veux.

Callie Rose
a treize ans

J'ai posé ma tête sur mes bras croisés. La bibliothèque était plus silencieuse que d'habitude. Nous n'étions que cinq. Tous les autres s'amusaient dehors et profitaient du tiède soleil printanier. Je n'en avais pas envie. La saison ne correspondait pas à mon humeur. Depuis quelque temps, je passais toute la pause du midi à la bibliothèque. Mes amies commençaient à en avoir assez de moi. Rafyia, Audra et Sammy, mes meilleures amies, répétaient sans cesse que j'étais d'une tristesse à mourir. Je n'étais plus comme elle. Je ne lisais plus de magazines pour adolescentes, qui parlaient de maquillage et de garçons. Je ne croyais plus aux histoires d'amour ridicules où les femmes rencontraient l'homme idéal, faisaient l'amour avec lui, avaient un orgasme, se mariaient et vivaient heureuses jusqu'à la fin de leurs jours. Quelle connerie ! Je ne lisais plus que des livres et des articles qui traitaient de sujets qui auparavant ne m'avaient intéressée que superficiellement : les droits civiques, la Milice de libération, les histoires de tous les militants pendus pour terrorisme politique – des Nihils à plus de 99,9 % – ce n'était plus de l'Histoire, c'était mon histoire. Mon passé, mon présent.

C'était comme si je venais d'ouvrir les yeux. Comme si je commençais seulement à apprendre ce qui était important. Qui se fichait de savoir quel roi avait épousé quelle reine cinq cents ans plus tôt ? Les rois, les reines, les ducs et les comtes ne faisaient pas l'Histoire. Elle était jouée par les gens de la rue. Les rois et les reines avaient seulement intérêt à sauvegarder un statu quo. Ceux qui faisaient avancer la machine, c'étaient les gens ordinaires qui se battaient à chaque pas. Je ne savais rien avant. Mais j'apprenais.

– Salut, Callie.

Je ne l'avais pas remarqué avant qu'il se plante devant ma table. Je me suis redressée, puis rejetée en arrière. J'ai fermé les livres étalés devant moi et je les ai fourrés dans mon cartable. Il y avait de la place dans la bibliothèque. Il me suffisait de me déplacer.

– Callie, tu ne veux pas ?… J'aimerais que nous soyons amis à nouveau ?

– Tu veux vraiment être mon ami, Tobey ?

Tobey a acquiescé.

– Remonte le temps et arrête-toi juste avant le moment où tu m'as parlé de mon père, ou entre dans ma tête et efface tout ce que je sais sur mon père. Tu peux faire ça ? Si oui, nous pouvons redevenir amis.

Tobey a courbé la tête.

– Je ne crois pas, ai-je conclu.

Je me suis levée pour aller m'installer à une autre table.

Meggie

J'étais venue voir Jude dans sa chambre de l'hôtel *Isis* à plusieurs reprises, pourtant je remarquais cette fois des détails qui ne m'avaient jamais sauté aux yeux. Le joint de la fenêtre avait une tache bleue, comme de l'encre. À hauteur d'enfant. Le tapis sous la table de Jude était très élimé, presque troué. C'est peut-être la raison pour laquelle ils avaient mis la table à cet endroit. De la salle de bains parvenait le bruit régulier d'une fuite. Ou peut-être qu'un robinet avait été mal refermé.

Jasmine était assise sur le lit et ne quittait pas Jude des yeux. Le regard de Jude allait d'elle à moi. Mais je n'étais que spectatrice. Je n'ai jeté qu'un coup d'œil à Jasmine. Elle avait une main dans la poche intérieure de son manteau. Je savais pourquoi et je savais aussi que si je ne parvenais pas à la convaincre, elle n'hésiterait pas à presser l'interrupteur. Que dire ? Et même que penser ? Je voyais mon fils à travers les saisons de sa vie. La saison des nuits où il pleurait quand il faisait ses dents. La saison des câlins et du rire. De tous mes enfants, Jude avait été le plus affectueux, le plus démonstratif de son amour. Mais en grandissant, il était devenu d'une intense sensibilité. La sensibilité et l'idéalisme sont une combinaison dangereuse.

Il avait ressenti plus que les autres les attitudes déplacées, les erreurs de jugement, la condescendance qu'on lui réservait. L'amour était toujours présent, mais le rire n'était plus aussi spontané. Jude n'avait alors que dix ou onze ans. Comme il aimait lire ! Et écrire. Et étudier. Il courait vers moi pour me faire partager chaque nouveau mot qu'il apprenait, heureux de savoir l'utiliser dans une phrase. Tous les mots difficiles que je connais me viennent de Jude. Les mots écrits étaient ses meilleurs amis et il mourait d'envie d'apprendre et d'apprendre encore, de rester à l'école et de dévorer tous les mots de tous les livres qui lui tomberaient sous la main.

Mais j'ai perdu mon travail. Et ça a été la fin de ce rêve. Nous n'avions plus les moyens de lui payer ses études.

Je n'ai jamais oublié le visage de Jude quand son père et moi le lui avons annoncé. Je n'ai pas besoin de fermer les paupières pour revoir la tristesse de ses yeux se transformer en dureté, puis en colère froide.

– Pourquoi est-ce que je ne peux pas rester à l'école ? avait-il crié. Pourquoi ?

– Nous n'avons pas assez d'argent, mon fils, avait tenté d'expliquer Ryan.

– Mais vous pouvez en gagner. Travailler pour en avoir, avait insisté Jude.

– Nous avons toujours travaillé, Jude. Et tu sais que je ne peux pas retrouver un emploi tout de suite.

J'avais lâché cette phrase d'une voix dure. Je ne voulais pas. Vraiment, je ne voulais pas.

– Alors pourquoi est-ce que je ne peux pas rester à l'école ?

– Jude, de toute façon, les Nihils ne sont pas autorisés à poursuivre l'école après l'âge de quatorze ans.

– Pourquoi ?

– Parce que c'est comme ça, avait dit Ryan.

– Mais presque tous mes copains vont rester à l'école, avait protesté Jude.

– Presque tous tes copains sont des Primas, avais-je fait remarquer.

– Mike est nihil et il reste à l'école.

Je m'étais attendue à cette repartie.

– Mike peut poursuivre les cours parce que ses parents ont beaucoup d'argent et il va à l'une des deux écoles qui acceptent les Nihils à condition qu'ils paient.

– Pourquoi est-ce que les parents de Mike ont de l'argent et pas nous ?

– Parce que la maman de Mike a inventé un spray qui fonce la couleur de la peau, avais-je lâché, sèchement, une fois encore. Avec tous ces Nihils qui veulent à tout prix ressembler à des Primas, elle a gagné beaucoup d'argent.

– On pourrait leur demander de nous aider...

– Jamais !

Pas tant que j'aurai un souffle de vie.

– Pourquoi est-ce qu'on ne peut pas payer les frais de scolarité, alors ?

Jude ne comprenait pas.

– Tu es sourd ? ai-je crié. Nous n'avons pas d'argent à gaspiller pour que tu ailles à l'école. Arrête de rêver et redescends sur terre.

– Meggie… m'avait prévenue Ryan.

Je n'avais pas voulu me montrer si dure, mais ce que Jude ressentait était beaucoup plus profond qu'une simple déception et j'avais terriblement mal pour lui. Avec lui.

Je détestais avoir mal de cette façon.

Et je me détestais de ne pas pouvoir lui proposer mieux.

Et j'en voulais à Ryan de ne pas pouvoir lui proposer mieux non plus.

Ensuite j'ai regardé, impuissante, toute l'ouverture d'esprit, tout l'amour que Jude possédait en lui s'écouler goutte à goutte, le quitter.

Aujourd'hui mon fils était une coquille vide. Il était assis devant moi et me regardait.

– Maman, m'a-t-il demandé d'une voix douce, qu'est-ce que tu fais là ?

– Jasmine m'a téléphoné avant de venir.

Jude a sursauté. La surprise se lisait sur son visage. Il a plissé les yeux pour observer Jasmine.

– Cette histoire ne concerne pas ma mère. Elle n'a rien à voir dans tout ça. Laissez-la partir.

Jasmine a haussé un sourcil.

– Tu aurais donc un reste de cœur, Jude… Mais sache que Meggie peut quitter la pièce quand elle le désire.

Je ne pouvais plus distinguer les pupilles de Jude après ça. Ses paupières se touchaient presque. Je sentais son incompréhension. Il a de nouveau tourné alternativement les yeux vers Jasmine et moi. Je me suis avancée dans la pièce et je me suis assise à la table, en face de mon fils.

– Que se passe-t-il ? Pourquoi es-tu venue, Maman ?

J'ai jeté un coup d'œil à Jasmine avant de poser à nouveau mon regard sur mon fils.

– J'essaie de te sauver.

– Je vois.

– Tu crois vraiment, Jude ? ai-je demandé. Parce qu'il me semble qu'il est difficile de voir quand on ne regarde pas. Ça a toujours été ton problème.

– J'attends toujours de connaître le fin mot de l'histoire !

Le ton de Jude était devenu glacial. Et tout à coup, il a compris.

– C'est toi ! C'est toi qui as dit à cette femme où me trouver…

Ce n'était pas une question, ni une conclusion… quelque chose entre les deux.

– Je n'avais pas le choix, ai-je expliqué.

– Pourquoi ?

Jude n'en revenait toujours pas.

– Parce qu'elle avait besoin de mon aide, ai-je répliqué.

Jude a lentement secoué la tête. Il commençait à comprendre les tenants et les aboutissants mais pas les raisons. Comment aurait-il pu ?

– Jude, est-ce que… Y a-t-il une personne plus importante que tout dans ta vie ?

– Pourquoi est-ce que tu me poses sans arrêt cette question ? a lâché Jude avec hostilité. De qui parles-tu ?

– Je ne sais pas… une femme peut-être…

À cet instant, j'aurais accepté sans sourciller qu'il me réponde qu'il s'agissait d'un homme. Pourvu qu'il y ait quelqu'un.

Jude n'a pas répondu, mais il n'a pas réussi à cacher son ébahissement. Il ne comprenait toujours pas pourquoi j'étais là.

Il a froncé les sourcils.

– Non, Maman. Il n'y a personne.

Je lisais en lui si facilement. Il avait raison, quel drôle de lieu et de moment pour parler de sa vie amoureuse. Mais quel autre moment ? Quel autre lieu ?

– Quand es-tu tombé amoureux pour la dernière fois, Jude ?

Ai-je rêvé la douleur qui a traversé son regard ? Elle a disparu aussi vite qu'elle était apparue, aussi rapide qu'un éclair. J'ai attendu sa réponse, mais il est resté silencieux. Il se balançait imperceptiblement. Il passait sa main droite sur son mollet, puis sur son tibia, puis la ramenait sur l'accoudoir du fauteuil.

– As-tu jamais été amoureux, Jude ? ai-je demandé.

– À quoi servent toutes ces questions, Maman ? Cette meurtrière, cette sa...

Jude n'a pas prononcé le mot.

– Cette femme a suffisamment d'explosifs sur elle pour nous envoyer en orbite sur la lune et tu me parles de mes éventuelles petites amies ?

– Est-ce que tu sortais avec Cara Imega ?

Il s'est raidi.

– Je te l'ai déjà dit. Je n'ai rien à voir avec la mort de cette fille ! a-t-il lancé d'une voix âpre.

– Ce n'est pas ce que je t'ai demandé. Est-ce qu'elle était ta petite amie ?

Jude a froncé les sourcils.

– Oui, pendant un moment.

À l'époque, il m'avait affirmé exactement le contraire. C'était il y a si longtemps qu'il ne se rappelait même plus ce qu'il m'avait dit. Mais moi, je n'avais pas oublié un mot. « Je la connaissais... c'était juste une amie... »

C'est ce qu'il avait déclaré à la télé en protestant de son innocence, en accusant un autre homme, un certain Andrew Dorn, d'être le meurtrier.

Depuis quand Cara Imega était-elle passée du statut d'amie à celui de petite amie ?

– Jude, dis-moi la vérité. Est-ce que tu l'as tuée ?

« Maman, je n'ai tué personne... »

C'est ce qu'il m'avait juré, il y a des années, quand je lui avais posé la même question. C'était une évidence, une promesse.

« Maman, je n'ai tué personne... »

– Qu'est-ce que ça peut te faire, maintenant ? a lancé Jude.

Ce n'était pas la réponse que j'espérais, mais j'aurais dû m'y attendre. Jude était en colère contre moi. Quelle ironie !

– Non, je ne l'ai pas tuée ! a-t-il repris sur le même ton.

J'ai pensé une dernière fois au garçon que Jude avait été. J'ai fermé les paupières et j'ai compté jusqu'à trois – trois, comme mes trois enfants –, puis j'ai rouvert les yeux. Je me suis forcée à voir Jude comme l'homme qu'il était.

Si seulement il s'était autorisé à aimer quelqu'un. Peut-être que cet amour aurait eu le pouvoir de faire disparaître cette haine bruyante, cacophonique, qui emplissait son cœur. Mais peut-être pas. Si seulement je pouvais remonter le temps. Si seulement je pouvais retourner au moment où Jude...

J'ai souri. Un tout petit sourire.

Ces mots seraient gravés sur ma tombe : *Si seulement...*

La vie de Jude était son choix, il était temps pour moi de le comprendre. Mais c'était si difficile.

Il était toujours mon fils. Peu importe ce qu'il avait fait. Il était mon dernier enfant en vie. Et aujourd'hui son destin et le destin des trois personnes présentes dans cette chambre étaient entre mes mains.

Sephy
contre
Callie Rose

Callie Rose

La température glaciale de la cave ne faisait que renforcer l'atmosphère qui régnait entre ma mère et moi. Ma dernière question résonnait encore entre nous.

— Tu crois vraiment que j'ai essayé de te tuer ? a dit Maman d'une voix sombre. Qu'est-ce que Meggie t'a raconté exactement ?

Maman me regardait droit dans les yeux. Plus de coups d'œil en coin, cette fois. Nous nous faisions face, ne cillant que quand nous y étions obligées. Si elle voulait savoir, qu'elle ouvre grand ses oreilles :

— Grand-mère Meggie m'a raconté que quand j'étais petite, tu étais malade et que personne n'avait vu à quel point c'était grave.

— J'ai été victime d'une forte dépression post-natale. Psychose puerpérale, pour être précise.

Grand-mère Meggie n'avait jamais prononcé ces mots.

— C'est quoi, une psychose puer-truc ?

— C'est une forme grave de dépression post-natale. Tu peux te sentir bien durant quelques heures de la journée, puis la dépression réapparaît. Cette psychose a mis un peu de temps à se manifester chez moi. Habituellement, elle est détectable en quelques semaines. En ce qui me concerne, il a fallu plusieurs mois pour que quelqu'un s'en rende compte.

— Pourquoi ?

— Parce que personne n'y prêtait attention, a dit Maman.

— Personne ne prêtait attention à toi ? ai-je insisté.

Maman a hoché la tête.

— Tout le monde était concentré sur toi. Moi aussi d'ailleurs. La plupart du temps, j'étais incapable de savoir ce que je pensais ou ce que je ressentais réellement. Et je me sentais coupable de ne pas réussir à tout faire. J'échouais lamentablement alors que c'était ce que je craignais le plus. Je m'étais mis dans la tête que tu serais mieux sans moi. Sans aucun d'entre nous.

Le sol tremblait sous mes pieds, il devenait instable, comme du sable sur un nuage. Je n'avais jamais cru en la maladie de Maman.

– Grand-mère Meggie m'a dit que tu avais essayé de me faire du mal.

– Je vois...

– Elle m'a dit que j'avais failli mourir, mon cœur s'était arrêté. Et après ça, tu avais été hospitalisée.

– Je n'ai pas essayé de te tuer, Callie Rose. Même si tu refuses de croire un mot de ce que je te raconte, il est important que tu croies au moins ça.

– Alors qu'est-ce qui s'est passé ? ai-je demandé.

– Meggie ne t'a pas donné tous les détails ? a voulu savoir Maman.

Sa voix était emplie d'une amertume qu'elle tentait de dissimuler.

J'ai secoué la tête.

– Non. Elle m'a seulement dit que j'avais failli mourir et aussi que je ne devais répéter cette histoire à personne et surtout pas à toi.

– De cette façon, je ne pouvais pas me défendre, a dit Maman.

J'ai protesté avec véhémence.

– Non ! Ce n'est pas pour ça qu'elle m'a demandé de ne rien dire !

Maman est restée silencieuse.

– Ce n'est pas pour ça, ai-je répété.

– Si tu le dis.

Maman a haussé les épaules.

– Alors, tu vas me raconter ce qui s'est passé, oui ou non ? ai-je repris.

Dans ma tête, ces mots étaient une supplication, mais quand ils sont sortis de ma bouche, ils étaient aussi hérissés de piquants que du fil barbelé. J'ai d'abord cru que Maman ne répondrait pas. Et pour être franche, je ne lui en aurais pas voulu.

– Je t'ai serrée trop fort contre moi, a-t-elle murmuré. C'est ainsi que ça s'est passé. Je t'ai serrée trop fort contre moi.

– Tu n'essayais pas de me faire du mal ?

– Jamais je n'aurais voulu te faire le moindre mal. J'aurais préféré mourir, a dit Maman d'une voix calme et douce.

Si elle avait crié cette phrase, je ne l'aurais peut-être pas crue. Mais le ton de sa voix ne laissait pas de place au doute.

– Callie, tout ce que je désirais était te protéger, te garder contre moi. Pour toujours. Je voulais que personne ne te fasse de mal, comme on m'en avait fait à moi. Alors je t'ai serrée trop fort… et tu as cessé de respirer.

Le silence était comme une troisième présence dans la pièce. Se moquant de nous, sans doute.

– Et après, il s'est passé quoi ?

J'osais à peine continuer de demander.

– Quand je me suis aperçue que tu ne respirais plus, je me suis évanouie. Ta grand-mère a réussi à te ranimer, puis elle a appelé une ambulance pour nous deux. Je ne me rappelle pas grand-chose après ça. Juste des images, des flashs…

– Pourquoi ? Que t'est-il arrivé ?

– J'ai fait une crise de nerfs, avant de me renfermer complètement sur moi-même. Je n'ai plus parlé durant tout un mois et je ne t'ai pas vue pendant cinq mois.

– Cinq mois !

Je n'étais pas au courant de ça non plus.

– Ta grand-mère Jasmine a payé la clinique. Ensuite, elle s'est occupée de moi. Je ne sais pas ce que je serais devenue sans elle. Ma mère a sauvé ma santé mentale.

J'ai digéré l'information avec difficulté. Maman et grand-mère Jasmine passaient leur temps à s'envoyer des piques. Quand elles restaient plus de cinq minutes dans la même pièce, elles devenaient aussi grinçantes qu'un ongle qui dérape sur un tableau noir. C'est du moins ce que je croyais.

– Et c'est grand-mère Jasmine qui s'est occupée de moi pendant que tu étais à l'hôpital ?

Maman a secoué la tête.

– Non, c'est grand-mère Meggie.

Maman avait pris un ton étrange. Le silence se tenait devant moi à présent, pesant, étouffant. Plus de questions, me suis-je dit. Plus de questions dont tu ne connais pas déjà les réponses. Plus de questions.

Enfin, une encore...

– Est-ce qu'on m'a emmenée te voir quand tu étais à l'hôpital ?

Maman a serré les lèvres. Si elle ne voulait pas répondre, je n'insisterai pas. Je ne voulais pas pousser le bouchon trop loin.

– Non, a dit Maman. Pas une seule fois.

– Pourquoi ?

Encore une question.

– C'était il y a longtemps, Callie Rose, a soupiré Maman.

– Ce n'est pas une réponse.

Maman a souri.

– C'est vrai.

– Pourquoi est-ce que personne ne m'a emmenée te voir ? ai-je insisté.

– Tu veux vraiment le savoir ?

Une hésitation. Infime. De seulement quelques dixièmes de seconde. Puis j'ai acquiescé. Je savais que Maman avait compris que j'avais en réalité peur de sa réponse.

– Grand-mère Meggie a décidé que ce ne serait pas très... sage.

– Tu ne voulais pas me voir ? ai-je demandé, surprise et décontenancée par le mal que cette idée me faisait.

Je pensais que ma mère ne me faisait plus souffrir depuis longtemps.

– Oh Callie, je te réclamais tous les jours. Tu me manquais tellement.

– Et je ne t'ai pas vue pendant cinq mois ?

Maman a secoué la tête.

– N'oublie pas, Callie, que pendant tous ces mois où tu ne me voyais pas, je ne te voyais pas non plus.

– Ce qui veut dire ?

J'ai surpris dans les yeux de ma mère un regard que je reconnaissais. Elle semblait perdue. Ces deux dernières années, j'avais pris l'habitude de penser que je lui rappelais mon père. Mais en réalité, ça n'avait rien à voir avec mon père. C'était entre elle et moi.

Je me suis mordu la lèvre.

– Et quand tu es sortie de l'hôpital ?

– J'allais mieux, a répondu Maman.

Ce n'était pas ce que je voulais savoir. J'étais assise, parfaitement immobile, attendant que mon esprit ralentisse et s'accorde au rythme de mon corps. Mais je n'y arrivais pas. Mon cerveau carburait de plus en plus vite.

– Pourquoi...

Je n'ai pas réussi à finir ma question. Prononcer ces mots équivalait à m'enfoncer une lance en plein cœur.

– Pourquoi quoi ? m'a demandé Maman d'une voix douce.

J'ai ouvert la bouche, mais les mots ne sont pas venus. Alors j'ai posé une autre question. Encore une question.

– Pourquoi est-ce que grand-mère Meggie nous a empêchées de nous voir quand tu étais à l'hôpital ? Est-ce qu'elle ne savait pas que tu voulais me voir ?

– Elle le savait. Grand-mère Jasmine le lui avait dit. Plus d'une fois.

– Alors pourquoi ne m'emmenait-elle pas te voir ?

Maman n'a pas répondu.

– Callie, c'était il y a si longtemps.

– Ne recommence pas avec cette excuse, ai-je protesté. Pourquoi est-ce que grand-mère Meggie ne m'a pas emmenée te voir à l'hôpital ? Maman ! Pourquoi tu ne veux pas me répondre ?

Callie Rose
a treize ans

J'ai peur…

Je sais que je devrais rentrer à la maison, mais je n'arrive pas à me décider. Pas encore. Maman m'a téléphoné pour savoir où j'étais. J'ai menti. Je lui ai répondu que j'étais chez Sammi. Elle m'a informée qu'elle se rendait au *Specimen* pour résoudre un problème avec Nathan. Elle ne s'est jamais donné la peine de me raconter où elle allait auparavant. C'était plutôt : « Je vais travailler. Sois sage. »

Je me demandais encore pourquoi je lui avais menti.

« Maman, j'erre dans les rues parce que je ne veux pas rentrer. Je n'ai pas envie de te voir, de te regarder maintenant que je sais comment j'ai été conçue. »

La nuit commençait à tomber. Le ciel était bleu foncé. Une demi-lune, blanche et brillante, était apparue au milieu des étoiles. Il faisait froid, mais il ne pleuvait pas. Je me suis arrêtée de marcher et j'ai levé la tête vers le ciel. Toutes ces étoiles...

Un jour, Tobey m'avait raconté que les étoiles étaient des âmes qui attendaient de renaître. Tobey m'avait raconté tant de choses.

Comment ai-je fait pour ne rien savoir avant ?

Mon propre père. J'ignorais totalement qui il était. Comment avais-je réussi à atteindre l'âge de treize ans sans apprendre la vérité ? Mais qui aurait pu comprendre entièrement cette vérité sans avoir lu la lettre que mon père avait adressée à ma mère ? Je ne parlais jamais de ma propre initiative de mon père à mes camarades de classe. Si on me posait une question, je répondais qu'il était jardinier et qu'il était mort dans un accident de voiture. Mais je ne peux pas croire que Tobey était le seul à savoir que mon père était un terroriste. Ella et Lucas le savaient aussi sûrement. C'est peut-être pour ça que le père d'Ella ne voulait plus que sa fille vienne à la maison. Est-ce qu'Ella en avait parlé autour d'elle ? Oui, sûrement. Pourquoi s'en serait-elle privée ? Nous ne sommes plus amies depuis longtemps. Est-ce que d'autres élèves du collège savent aussi ? Je mourrais si c'est le cas. J'aurais été plus forte si Maman m'avait tout raconté. Je suis sûre que grand-mère Meggie l'aurait fait si Maman l'y avait autorisée. Mais il est évident que Maman a honte de mon père et encore plus de moi. C'est peut-être pour ça que Sonny et elle ont cassé. Peut-être qu'il a découvert la vérité sur mon père. Une nouvelle raison de haïr mon père. Si Sonny et ma mère s'étaient mariés, tout aurait été différent. Quelqu'un se serait occupé de moi. Sonny me disait toujours qu'il m'aimait, beaucoup plus souvent que ma mère. Et Sonny n'avait pas honte de me serrer contre lui – avant de découvrir que mon père était un terroriste. Un autre pan de ma vie que mon père avait gâché. Mon père est une ombre immense qui plane sur nous depuis l'enfer, et qui dévore tous mes rêves. Chaque seconde qui passe, ma haine pour lui s'amplifie.

Ça me rend folle.

Je vais attendre d'être sûre que Maman soit partie au travail avant de rentrer à la maison. Je ne veux pas la voir. Pas maintenant. J'ai peur de ce que je suis capable de lui dire, ou de lui faire, si je la vois.

J'ai peur.

J'ai peur de la haine que ma mère me voue.

Peur de la haine que je lui voue. Pas seulement parce qu'elle m'a menti, mais parce qu'elle m'a donné la vie.

Sephy

Le bureau de Nathan, au *Specimen*, était bondé. La détective Muswell était occupée à vérifier que le micro fonctionnait.

– Nathan, s'il te plaît, ai-je encore supplié. Ne fais pas ça. C'est trop dangereux.

– Sephy, nous avons déjà discuté de tout ça, a répondu Nathan. Je n'ai pas le choix.

Je me forçais à ne pas ciller. Je pouvais peut-être le protéger en ne le quittant pas des yeux. Callie Rose, ma mère, Meggie, Sonny, et maintenant Nathan. J'étais parfaitement égoïste mais je sais que je serais perdue s'il arrivait quelque chose à Nathan. J'étais usée, au bout du rouleau.

– Si Jordy Carson découvre ce que tu prépares, il te tuera, ai-je murmuré.

– Alors, il ne faut pas qu'il le découvre, a riposté Nathan.

– Mais…

– Sephy, il y a un moment où un homme se trouve devant deux possibilités : soit il se lève, fait entendre sa voix et se bat, soit il se résigne à se faire marcher dessus toute sa vie.

– Épargne-moi ce putain de refrain du cow-boy solitaire, s'il te plaît.

– Est-ce que ta maman sait que tu dis des gros mots ? m'a taquinée Nathan.

– Je crois qu'elle commence à s'en douter.

Nathan m'a adressé un sourire. Il avait rencontré ma mère une fois, quand elle était venue me voir travailler au *Specimen*. Heureusement qu'elle ne m'avait pas prévenue avant, parce que sinon, j'aurais fait une dépression nerveuse. J'avais levé les yeux au milieu de la soirée pour découvrir Maman qui me souriait. Pendant la pause, je l'avais présentée à Nathan. Elle l'avait observé ouvertement, sans aucune discrétion.

– Il est plutôt mignon, avait-elle lancé devant lui, les yeux brillants. Si j'avais dix ans de moins, je te l'aurais bien disputé.

– Maman !

J'avais les joues en feu.

– Nathan n'est pas forcément habitué à ce genre d'humour !

Ma mère avait adressé un large sourire à mon patron.

– Ma fille pense que le sexe a été inventé avec sa génération.

– Maman !

– Dites-moi, Nathan, avait repris ma mère sans se préoccuper de moi, quelles sont vos intentions envers ma fille ?

– Parfaitement honorables, madame Hadley, s'était empressé de répondre Nathan. Strictement professionnelles.

– Ah ! avait soupiré Maman. Quel dommage !

Nathan avait éclaté de rire. Secouant la tête, j'avais abandonné l'idée que ma mère se tienne enfin correctement. Après ça, Maman et Nathan étaient devenus bons amis. Mais c'était il y a déjà plusieurs mois. Je me demande ce que ma mère dirait à Nathan aujourd'hui. Sans aucun doute, elle lui jetterait à la face qu'il était fou. Et elle serait capable de le lui répéter jusqu'à ce qu'il en soit convaincu. En ce qui me concerne, je n'arrivais même pas à l'atteindre.

La détective Muswell a découpé un nouveau morceau de Scotch pour bien fixer le fil du micro sur l'estomac de Nathan. Le micro était collé sur sa poitrine, le transmetteur sur son dos. Un fil courait entre les deux sur les côtes de Nathan. Nathan m'a fait un clin d'œil. Il faisait son possible pour me convaincre que toute cette histoire était banale, mais il n'y parvenait pas.

– Nathan, si tu le fais, tu vas finir avec une étiquette autour du gros orteil.

– Au moins, je n'aurais plus Jordache Carson sur le dos !

Je me suis concentrée, mais les larmes qui m'étaient montées aux yeux ont refusé de disparaître.

– Sephy, je suis désolé. Je ne voulais pas dire ça, mais il n'y a pas d'autre moyen de nous débarrasser de ce salaud, a soupiré Nathan. Jordy est cinglé. Je dois agir.

– Pourquoi toi ?

– Tu préférerais que je reste planqué toute ma vie ? m'a demandé Nathan. Jordy croit qu'il fait peur à tout le monde, que personne ne peut l'atteindre. C'est pour ça que ce stratagème va fonctionner.

– Mademoiselle Hadley, est intervenue la détective Muswell sur un ton exaspéré. C'est le seul moyen de faire condamner Carson.

Elle avait peur que je convainque Nathan de faire machine arrière. Nathan était effectivement la seule chance de la police d'arrêter Jordy Carson. J'ai haussé les épaules. Nathan a enfilé sa chemise noire et a commencé à la boutonner.

– Jordy Carson n'est pas idiot, Nathan, ai-je repris. Tu lui as téléphoné pour lui annoncer que tu voulais le voir. Il se doute forcément que tu veux lui tendre un piège. Et la première chose qu'il va faire, c'est vérifier si tu as un micro.

Les mains de Nathan ont ralenti.

– Alors, qu'est-ce que vous proposez ? s'est énervée la détective Muswell.

– Je ne sais pas, mais un micro ! ai-je rétorqué. C'est trop évident !

– Sephy n'a pas tort sur ce coup-là, a observé Nathan. Je n'ai pas vraiment envie de me retrouver raide mort au bout de dix secondes.

– Si le micro est indispensable, ai-je dit, tu dois le cacher à un endroit où Carson ne pensera pas à le chercher.

Nathan a haussé un sourcil.

– Par exemple ?

Je l'ai regardé de bas en haut. La détective m'a imitée.

– Hum, mesdemoiselles, si vous vouliez bien cesser de me déshabiller du regard, a toussoté Nathan, je commence à avoir froid.

– Ta tête ! me suis-je exclamée.

La détective a froncé les sourcils.

– Quoi ?

– Il lui faut une casquette, ai-je poursuivi. Si vous arrivez à fixer le microphone dans une casquette, ça peut marcher. Le micro pourrait être caché dans la doublure et le récepteur cousu sur le côté également sous le tissu. Même s'ils cherchent, ils ne penseront pas à réduire tous les vêtements de Nathan en pièces.

La détective Muswell avait l'air sceptique.

– Ça a plus de chances de marcher que ce que vous aviez prévu, ai-je insisté.

Elle a pris un moment pour réfléchir. Puis elle s'est tournée vers son collègue.

– Sergent Hall, allez me chercher une casquette. Tout de suite, a-t-elle aboyé.

Il ne se l'est pas fait répéter deux fois.

Une demi-heure plus tard, Nathan était prêt. Le micro avait été placé sur l'avant de la casquette. Muswell a demandé à Nathan de parler en rejetant légèrement sa casquette en arrière et a vérifié que tout fonctionnait. Une voiture de police banalisée suivrait Nathan jusqu'à l'appartement de Jordy. Toute leur conversation serait enregistrée. J'ai demandé à accompagner les policiers, mais Muswell a refusé.

– Pas question. C'est trop dangereux !

– Je suis une grande fille, ai-je répliqué. Nathan, dis-le-lui.

– Je suis d'accord avec elle, Sephy. Je ne veux pas que tu viennes.

Il était sérieux pour la première fois de la soirée.

– Pourquoi ? ai-je insisté.

– Pour deux raisons.

– Lesquelles ?

– Les choses peuvent mal se passer, a commencé Nathan.

– Et la deuxième ?

– Les choses peuvent mal se passer, a répété Nathan.

– J'ai peur, Nathan, ai-je avoué.

Il m'a souri.

– Moi aussi. Et si tu m'embrassais pour me souhaiter bonne chance ?

Je me suis penchée pour déposer rapidement un baiser sur ses lèvres, mais il m'a prise dans ses bras. Je me suis laissé faire et j'ai oublié le monde autour de moi. La détective a dû tousser à plusieurs reprises pour attirer notre attention.

Nathan m'a caressé la joue.

– Maintenant, je suis sûr que je reviendrai en un seul morceau.

– Un seul morceau vivant, ai-je murmuré.

– Si tu insistes… Ferme à clé derrière nous, d'accord ?

Nathan est sorti du restaurant par la porte principale. Les policiers ont emprunté l'issue de secours au cas où Jordy aurait fait surveiller Nathan.

Tôt ou tard, il aurait fallu en arriver là. Carson n'avait pas caché qu'il ne laisserait pas Nathan se distinguer plus longtemps. La police avait informé Nathan que Jordy avait lancé un contrat sur sa tête. Il avait bien été obligé d'aller se battre, comme il disait.

Une larme solitaire a coulé sur ma joue. Je l'ai essuyée du revers de la main. Pleurer ne pouvait aider Nathan en rien. Je me suis assise dans le restaurant vide et j'ai commencé à compter les secondes en priant.

Meggie

Est-ce que je devrais dire quelque chose ? Ou faire quelque chose ? Mais quoi ? Ce n'est pas vraiment mon problème. Sauf que si je continue de me taire, la situation entre Callie Rose et sa mère va empirer, c'est évident. Mais je suis fatiguée de me mêler de ce qui ne me regarde pas. Sephy me déteste déjà. Si je lui avoue que j'ai vu Jude et pire, que Callie Rose est en contact avec lui… Je ne peux rien faire. Callie Rose finirait par me détester, moi aussi. Et je ne le supporterai pas.

Pourtant, je dois agir.

Seigneur, je vous en supplie, faites que Jude n'y soit pour rien.

Que se passe-t-il dans la tête de Callie Rose ? On dirait qu'elle vacille au bord d'un précipice. Je ne peux pas l'aider. Je pense que même sa mère ne peut rien pour elle. Nous ne pouvons l'aider que si elle accepte d'être secourue. Mais quand nous essayons de lui tendre la main, elle nous crie de la laisser tranquille. Que se serait-il passé si j'avais révélé à Callie la vérité sur son père des années plus tôt ? Où en serions-nous à présent ? Une chose est sûre, ça ne pourrait pas être pire que maintenant. Tous nos rêves et tous nos espoirs se dissolvent, un par un. Si on ne trouve pas une solution, très vite, nous aurons tout gâché.

Mon Dieu, si vous m'écoutez…

Callum, si tu m'écoutes…

Je ne veux pas découvrir que Jude est derrière tout ça. Mais à chaque fois que j'y pense, un froid glacial emplit mes os. Et s'il avait tout manigancé ? Et alors ? C'est mon fils, après tout. Mon seul fils en vie. Je me fiche de ce qu'il fait, je ne peux pas lui tourner le dos. Il est ma chair et mon sang.

Callie Rose aussi.

Si Jude a quoi que ce soit à voir dans cette histoire, je vais devoir faire un choix. Mon fils ou ma petite-fille.

Un choix imposé par le diable.

Sephy

Ça fait trois heures maintenant. Il a dû se passer quelque chose. La police était censée enregistrer la conversation entre Nathan et Carson, mais si ça ne s'est pas déroulé comme prévu ? Si Carson a tué Nathan d'une balle dans la tête ? La police n'arrivera jamais à temps chez Carson. Nathan devait le savoir. Alors pourquoi a-t-il accepté ce plan stupide ?

Parce que c'était lui ou Jordy. Il n'y avait pas de moyen terme.

Mais cette attente me rendait folle. S'il arrivait malheur à Nathan… Je me suis levée au ralenti. J'allais éteindre les lumières et me rendre au poste de police. Oh, mon Dieu ! Oui, il avait dû arriver malheur à Nathan.

Quelqu'un a frappé à la porte. J'ai regardé derrière moi, Nathan se tenait là, derrière la vitre. Il me souriait. J'ai ouvert la porte et je me suis jetée dans ses bras.

– Toi ! ai-je crié. Je me suis inquiétée comme une folle. Que s'est-il passé ? Est-ce que tu es blessé ? Est-ce que tu vas bien ?

– Ne pleure pas, Sephy, ne pleure pas, je vais bien…

– Je ne pleure pas, ai-je sangloté. Je… je…

Nathan m'a serrée contre lui. Je n'avais plus besoin d'explication ou de détails. Ça pouvait attendre. Nathan était en vie. Le reste n'avait pas d'importance.

Callie
a quatorze ans

– Je te déteste ! Tu me donnes envie de vomir !

– Callie Rose ! Ne me parle pas sur ce ton ! a crié Maman.

– Je te parle comme je veux, tu ne peux pas m'en empêcher. Tu me donnes envie de vomir !

– Tu sais quoi ? Toi aussi, tu me donnes envie de vomir !

Je l'ai assassinée du regard. Je l'avais dit la première mais ça ne lui donnait pas le droit de me le dire. Elle n'avait pas le droit. Ça faisait mal. Je la détestais encore plus à présent.

– Je voudrais que tu t'en ailles, que tu disparaisses, que tu meures ! ai-je hurlé.

— Ah oui ?

— Oui, et tu peux aller en enfer.

— J'ai l'impression que j'y suis déjà !

— Je parle du vrai enfer. Comme ça, tu retrouveras mon salaud de père !

— J'y compte bien, a lancé Maman.

Ces derniers mots ont suffi à m'ôter toute faculté de respirer, comme si mes poumons s'étaient vidés d'un coup.

— Je ne sais pas pourquoi tu m'as donné naissance…

J'avais cessé de crier. Je me suis tournée pour que Maman ne me voie pas ravaler mes larmes. Plus jamais je ne pleurerai.

Personne ne me verrait plus jamais pleurer.

— Callie, je n'ai pas envie de me disputer une fois de plus avec toi. Je suis fatiguée. Je vais me coucher, a soupiré Maman.

Je me suis forcée à ne pas la regarder partir. Maman n'était pas la seule à être fatiguée. J'aurais aimé cesser de brûler de l'intérieur, mais je ne savais pas comment éteindre cet incendie. J'aurais aimé cesser d'être furieuse tout le temps. Quelque chose en moi se ratatinait, se rapetissait. C'était la part qui savait voir et vivre le bon côté de la vie. Je n'avais plus confiance en personne. Je ne pouvais pas m'en empêcher. J'avais sans arrêt envie de briser, de casser, de détruire, pour que chacun puisse voir à quoi ressemblait ce qui était en moi. Oncle Jude me conseillait de m'accrocher à ce sentiment. C'était un sentiment utile pour la Milice de libération.

Mais ça me faisait peur.

Sephy

Je me sentais deux fois plus lourde et deux fois plus vieille que je ne l'étais réellement en montant les marches. Était-il donc possible que les rouages de ma vie soient enfin synchrones ? Nathan et moi nous étions beaucoup rapprochés après l'épisode avec Jordy. Nathan avait enregistré Carson se vantant de ce qu'il lui avait déjà fait subir dans le passé et du sort qu'il lui réservait dans l'avenir. J'avais eu raison en supposant que les hommes de Jordy fouilleraient Nathan. Ils l'avaient obligé à se mettre en caleçon pour vérifier qu'il n'avait pas de micro. Mais ils n'avaient pas pensé à la casquette. Dieu merci. Nathan avait réussi à faire avouer à Jordy un grand nombre de ses activités illégales. Il avait donné tous les détails. Comme il l'avait dit lui-même, « de toute façon, en sortant de chez lui, Nathan ne serait plus capable de parler... ». La police a attendu d'en avoir assez pour pendre Jordy haut et court, puis ils sont entrés en force chez lui et l'ont arrêté. Nathan m'avait raconté qu'ils avaient débarqué juste à temps. Jordy avait son arme à la main et visait la tête de Nathan quand les policiers étaient enfin arrivés.

Après cette nuit-là, Nathan et moi avons commencé à sortir ensemble. Mais je voulais que nous y allions doucement. Je ne voulais pas tout gâcher comme je l'avais fait avec Sonny. Nathan et moi étions de plus en plus proches. Il était une île au milieu d'un océan infesté de requins féroces.

Parce que d'un autre côté, ma relation avec ma fille partait en morceaux.

On n'arrivait pas à échanger un mot sans s'insulter. Je n'avais qu'une envie : m'asseoir à ses côtés et lui parler. Juste lui parler, mais elle refusait. Quand j'entrais dans une pièce, elle la quittait immédiatement. Tous mes mensonges, toutes mes mauvaises décisions s'étaient étalés au grand jour en même temps. Quand Callie me regardait, je devinais exactement ce qu'elle pensait. Elle ne savait plus qui j'étais. Et elle était persuadée que je ne la connaissais pas. Notre dernière dispute m'avait brisé le cœur. Je ne cessais de cligner des yeux pour retenir mes larmes et mon menton touchait ma poitrine. Du coup, je n'ai vu Meggie que quand je me suis presque retrouvée face à elle, aux trois quarts de l'escalier. Je l'ai fixée. Elle avait manifestement écouté toutes les horreurs que Callie Rose m'avait lancées.

– Vous êtes contente, maintenant ? ai-je demandé calmement. Votre fils et vous avez obtenu ce que vous vouliez. Félicitations.

– Callum n'aurait jamais voulu…

– Je ne parle pas de Callum, l'ai-je interrompue, mais de Jude.

Meggie a baissé les yeux.

– Sephy, je ne voulais pas…

J'ai levé la main pour lui épargner des mots inutiles.

– Je n'ai aucune envie d'entendre vos protestations hypocrites. Ma fille voyait Jude, vous le saviez et vous ne me l'avez jamais dit. Vous le connaissez, vous savez à quel point il me hait – et vous ne m'avez jamais rien dit. Je suppose que vous appréciez chaque instant à sa juste valeur. Ma mère a un cancer, ma fille me déteste. Vous avez gagné le gros lot, Meggie !

Il fallait que je m'éloigne d'elle avant de m'effondrer. Il fut un temps, je pleurais si facilement et si souvent que je pensais ne plus posséder de larmes. Mais ces derniers mois, j'en avais versé à nouveau sur Callie. Plus encore qu'il y a dix ans.

J'étais en train de perdre ma fille et je ne savais pas quoi faire pour la retrouver.

J'étais en train de perdre ma fille.

J'avais perdu ma fille.

Callie
a quatorze ans

Je me suis examinée d'un œil critique dans le miroir. Pour la millième fois. Je n'étais pas trop moche, même si je me répétais sans cesse que j'étais un laideron. Mon mascara rendait mes cils déjà longs encore deux fois plus longs et j'avais réussi à épiler mes sourcils sans me donner un air de surprise permanent comme la dernière fois. Le rouge à lèvres m'allait bien. Il était coordonné à la couleur de ma peau. Je m'étais lavé les cheveux et je les avais laissés sécher à l'air libre. Ils étaient ondulés et épais. Ils me tombaient au niveau des épaules. Ce ne seraient jamais des cheveux de Prima, mais c'étaient mes cheveux. Et si Ella ou Bliss, ou n'importe qui d'autre, se permettait la moindre réflexion, elles pouvaient s'attendre à ce que je les envoie balader. J'avais un T-shirt avec l'inscription *Ready* en strass, au niveau de la poitrine, et un jean noir super usé. C'était la troisième fois que je me changeais. Cette fois, c'était bien. Ça faisait fête sans faire trop apprêté. J'ai attrapé ma veste en jean et je suis descendue sur la pointe des pieds. J'étais en bas quand Maman est sortie du salon. Dommage !

– Où vas-tu, Callie Rose ?

– Je sors.

– Où ça ?

– Bliss donne une fête et j'ai été invitée, ai-je répondu.

– Je vois. Pourquoi ne m'en as-tu pas parlé avant ?

– Je ne pensais pas que l'emploi du temps de ta bâtarde de fille t'intéressait.

Maman a cessé de respirer. Comme si je l'avais frappée. Une fois de plus. Un point pour moi. Quand elle a enfin repris la parole, elle m'a proposé d'une voix douce :

– Je t'emmène.

Elle a pris ses clés de voiture sur la table du téléphone.

– Non merci. Il ne pleut pas. Je prends le bus.

– Ça ne m'ennuie pas de te conduire là-bas, a dit Maman.

– Mais je ne veux pas que tu m'emmènes. Je ne veux rien de toi, ai-je rétorqué. À plus tard.

– À quelle heure rentres-tu ?

– Quand j'en aurai envie.

– Non, certainement pas. Tu es ici chez moi et tu rentres à l'heure que je t'indique. Je veux que tu sois à la maison à dix heures et demie au plus tard.

– Tout ce que tu veux, Maman !

J'espérais que mon ton l'informait que je n'avais absolument pas l'intention de quitter la fête de Bliss aussi tôt. Bon sang, il était déjà huit heures.

Maman a soupiré.

– Quand vas-tu arrêter de me punir, Callie Rose ?

– À plus tard, Maman.

Je ne voulais pas écouter ça. Je n'y étais pas obligée. J'avais beaucoup mieux à faire. Je suis sortie dans la nuit noire.

C'était la deuxième fois que Bliss m'invitait à une fête. Contrainte et forcée, soit, mais après tout, elle m'avait quand même invitée. L'an dernier, j'avais vraiment eu l'intention d'y aller. Mais c'était tombé quelques jours après ma désastreuse entrevue avec mon grand-père Kamal. Après ça, je ne voulais plus voir personne. J'avais passé tout le week-end dans ma chambre à me regarder dans le miroir. À analyser chaque partie de mon visage, de mon corps, essayant désespérément de trouver une raison qui justifierait que mon grand-père m'ait claqué la porte au nez.

Mais du temps avait passé depuis.

Cette fois, j'avais l'intention de m'amuser. Bliss était loin d'être une amie, mais elle avait une maison fantastique. Quand j'étais en primaire et que j'étais invitée, c'était en général dans des maisons banales, comme la mienne. Sauf que mon école primaire était un établissement public. Tous les élèves de Heathcroft n'étaient pas riches, mais il y en avait quand même un paquet qui roulaient sur l'or. L'immense salon de Bliss avait été débarrassé de tous ses meubles. Il ne restait que la chaîne et les baffles. C'était une chaîne dans laquelle on pouvait mettre des tas de CD à l'avance et on pouvait choisir chanson par chanson.

– J'ai préparé toute la musique ce matin, a déclaré Bliss. Il y en a pour huit heures. Vous êtes prêts ?

Elle a allumé la chaîne, et les baffles accrochées au plafond ont diffusé la musique comme si on était en boîte. Des lumières se sont allumées, bleu foncé. Elles donnaient assez de clarté pour que l'on puisse distinguer la personne à qui l'on parlait mais la pièce restait assez sombre pour donner une atmosphère de fête. C'était une maison magnifique, pas aussi grande et imposante que celle de grand-mère Jasmine, mais quand même impressionnante. La musique était géniale, la nourriture délicieuse et la plupart des élèves de notre année étaient présents. Quelques courageux avaient même commencé à danser.

J'étais dans la cuisine à grignoter des chips et des petits fours, quand j'ai senti un regard dans mon dos. Je me suis retournée.

– Bonsoir, Callie.

– Bonsoir, Tobey.

Mes cheveux s'étaient dressés sur ma tête. Une réaction allergique sans doute.

– Ça va ? m'a-t-il demandé.

– Très bien, merci. Excuse-moi.

Je suis sortie, la main pleine de chips au vinaigre. J'arrivais dans le salon quand je me suis rendu compte que Tobey m'avait suivie. Je me suis retournée. La dernière chose dont j'avais envie, c'était que Tobey me colle aux basques.

– Tu veux danser ? m'a-t-il proposé au moment où nous entrions dans le salon.

J'ai secoué la tête et je lui ai montré ma main pleine. Si je n'avais pas eu de chips, j'aurais inventé une autre excuse, du genre un ongle incarné ou des cheveux fourchus pour l'éviter. Comme si je pouvais avoir envie de danser avec lui !

– Callie, si la situation était inversée et que c'était toi qui m'avais envoyé ces horreurs à la figure, je t'aurais pardonné depuis longtemps, a dit Tobey.

– Facile à dire ! ai-je lancé en avançant dans la pièce. Ce n'est pas moi qui te méprise et qui pense que tu es infréquentable à cause de ton père.

– Arrête ! Callie, est-ce qu'on peut parler en privé, s'il te plaît ? J'ai quelque chose à te dire. C'est important.

Tobey avait légèrement élevé la voix pour couvrir la musique.

– Pas maintenant, Tobey.

S'il ne pouvait pas entendre les mots que je prononçais, l'expression de mon visage était suffisamment claire. Il était sur le point d'insister, mais il a été interrompu.

– Eh, salut Callie Rose, j'espérais que tu viendrais.

Amyas, comme apparu de nulle part, se tenait à mes côtés. Il devait presque crier pour se faire entendre.

– Je m'appelle Callie, ai-je crié à mon tour.

– Quoi ?

– Je m'appelle Callie, pas Callie Rose. J'ai changé.

– Ah, d'accord, a souri Amyas.

Tobey est sorti de la pièce et s'est dirigé vers la cuisine. J'ai ressenti un pincement à l'estomac. Peut-être un peu de culpabilité. Mais de quoi me sentais-je coupable ?

– Tu t'amuses ? m'a demandé Amyas.

J'ai haussé les épaules.

– Oui, j'aime bien cette chanson. Le chanteur est bon.

– Je suis d'accord. Est-ce que... est-ce que tu voudrais sortir un soir ?

– Sortir ? Sortir avec toi ? En amoureux ?

Amyas a acquiescé. J'étais sciée. J'avais passé pas mal de temps à lui tourner autour sans qu'il me prête la moindre attention. Du coup, j'avais laissé tomber. Mais maintenant, c'est lui qui voulait sortir avec moi. J'aurais dû être ravie, excitée. Mais non. Pourquoi ? Je ne pouvais même pas dire que ça me faisait plaisir.

– D'accord, ai-je acquiescé.

Heureusement, il y avait beaucoup de bruit autour de nous, sinon Amyas aurait sans doute été vexé de mon manque d'enthousiasme. Mais il m'a souri avec soulagement.

– Super. Tu veux boire quelque chose ?

– Je veux bien. Une limonade, s'il te plaît.

– C'est tout ?

– Oui, j'y vais doucement pour commencer.

Je mentais. Je n'avais droit qu'à une coupe de champagne à Noël et c'était tout. Si je buvais de l'alcool, je n'étais pas sûre de tenir le coup. Et je n'avais aucune envie de me ridiculiser.

– Je reviens tout de suite, m'a dit Amyas.

Il avait collé ses lèvres à mon oreille pour que je puisse l'entendre. Ça m'a chatouillée agréablement.

– Tu sens bon, a-t-il murmuré.

J'ai rougi.

– Merci. J'ai pris le parfum de ma mère.

– Il te va bien, a susurré Amyas.

Et il est parti à la cuisine me chercher mon verre.

– Coucou !

– Coucou, Lucas, ai-je souri. Ça va ?

– Oui ? Tu es avec quelqu'un ?

J'ai réfléchi.

– Amyas est parti me chercher à boire.

– Luuuuuuuucaaaaaaaas !

Bliss s'était jetée sur Lucas avant qu'il ait pu me répondre. Il m'a adressé un sourire contrit pendant qu'elle le prenait par le bras, manquant de renverser son verre sur lui. Elle était pathétique. Il était évident que Lucas n'était pas intéressé, mais elle persévérait. De toute façon, personne au collège ne sortait avec quelqu'un de plus jeune. Tout le monde le savait.

– À tout à l'heure, Callie, m'a lancé Lucas, alors que Bliss l'entraînait littéralement.

Pauvre Lucas ! J'avais presque pitié de lui. Amyas est revenu avec mon verre.

– Je peux te parler ? m'a-t-il demandé.

– Il y a un problème ?

– J'aimerais que nous trouvions un endroit tranquille, a repris Amyas. Suis-moi.

Pourquoi est-ce que tout le monde réclamait des conversations privées ce soir ? J'ai suivi Amyas à l'étage. Il a ouvert la première porte et nous sommes entrés. C'était une chambre. Le lit était couvert de vestes et de manteaux. Amyas a refermé derrière nous et la musique s'est aussitôt transformée en un boum-boum étouffé. J'ai regardé autour de moi. C'était manifestement une chambre d'amis, mais elle était plus grande que celle de grand-mère Meggie.

Amyas a poussé les manteaux et s'est assis au bord du lit. Il a tapoté la place à côté de lui. Je me suis assise à mon tour en me demandant ce qu'il voulait me dire de si urgent. Je l'ai regardé, en attendant.

– Callie, a souri Amyas. Je voulais juste te dire que… je t'aime beaucoup.

J'ai froncé les sourcils.

– Moi aussi, Amyas, je t'apprécie.

Ce n'était pas du tout ce à quoi je m'attendais.

– Tu es une des seules filles de la classe avec qui on peut avoir une vraie discussion, a continué Amyas.

Quand avions-nous eu une véritable conversation, lui et moi ? On ne traînait pas vraiment ensemble.

– Je t'aime vraiment beaucoup.

Il commençait à se répéter.

– Je suis contente.

Je me suis imperceptiblement écartée de lui.

Mais pas assez vite. Il m'a presque sauté dessus et a collé ses lèvres sur les miennes. Très fort. C'était tout ce qu'on voudra, sauf un baiser.

– Amyas, arrête ça ! ai-je réussi à articuler en tournant la tête.

– Allez, Callie, je sais que tu m'aimes bien. Sammi me l'a dit. Et moi aussi, je t'aime bien. On peut s'amuser un peu, avant de redescendre.

– Non. Et puis, si ma mère savait ce que je suis en train de faire, elle me dépècerait vivante, ai-je dit en repoussant Amyas.

Mais c'était comme vouloir faire changer de place à une planète.

– Juste un baiser, a insisté Amyas avant de coller à nouveau ses lèvres sur les miennes.

Je ne pouvais plus faire un mouvement, je ne pouvais plus respirer. Amyas me serrait dans ses bras, il avait ouvert la bouche et tentait une imitation de l'anaconda dévorant sa proie. J'ai poussé ses épaules, mais il n'a pas bougé. Il m'a juste embrassée plus fort. Je me suis mordu la lèvre inférieure pour l'empêcher de mettre sa langue dégueu dans ma bouche. J'avais affreusement chaud et les manteaux dans mon dos se tordaient comme les draps d'un lit défait. Mon cœur battait comme des cymbales. C'en était assez. J'ai serré le poing et je l'ai cogné sur le côté du visage. Il est tombé du lit et a atterri sur le sol dans un bruit sourd. Aussitôt, quelqu'un a frappé à la porte.

– Eh, on s'amuse ici !

– Qu'est-ce que tu fabriques ? ai-je lancé en me levant et en rajustant mes vêtements.

– Je voulais juste t'embrasser, a ronronné Amyas. Je t'aime bien.

Je suis allée jusqu'à la porte et je l'ai ouverte. En grand !

– Comme ça tu n'auras pas d'autres idées stupides !

– Je ne faisais que t'embrasser, Callie. Tu n'as jamais embrassé un garçon ?

Pas question que j'avoue un truc pareil.

– Moi aussi, je t'aime bien, mais il y a embrasser et… peloter ! ai-je lancé. Tu pourrais avoir un peu plus de classe.

Amyas s'est assis sur le lit. Je me suis assise sur la chaise. Nous nous sommes regardés un moment. Dans le couloir, des tas de gens passaient, sans doute à la recherche d'une chambre libre pour pouvoir s'embrasser tranquilles.

– Audra m'a laissé l'embrasser. Et pas seulement. Et elle ne s'est jamais plainte, m'a dit Amyas.

Il réfléchissait depuis plus d'une minute et c'est tout ce qu'il trouvait à dire ?

– Je ne suis pas Audra, ai-je répliqué.

– Non, c'est sûr, a acquiescé Amyas, les yeux plissés.

– Tu veux que je m'en aille ? ai-je demandé en me levant de nouveau.

– Non, a-t-il protesté. Je veux que tu restes avec moi.

– D'accord, mais seulement si tu arrêtes de te comporter comme le roi des débiles. Je ne veux pas que tu me tripotes.

– Mais pourquoi ?

Amyas n'en revenait pas. Non seulement il pensait que je le laisserais faire, mais il lui semblait évident que je le supplierais et que je le remercierais.

– Je n'en ai pas envie, Amyas. Et si tu continues, je vais vraiment redescendre.

– D'accord. Qui voudra de toi ?

– Amyas, ne sois pas comme ça. Je ne suis pas prête, c'est tout.

Je ne voulais pas que nous nous disputions. J'avais assez de disputes avec ma mère.

– Et puis, je te l'ai dit, ai-je ajouté, si ma mère…

– Si tu ne veux pas sortir avec moi, tu n'as qu'à le dire, m'a interrompue Amyas. Ne te sers pas de ta mère comme excuse.

– Ce n'est pas ce que je fais. Mais ma mère…

Amyas m'a de nouveau interrompue.

– À qui essaies-tu de faire croire ça ? Tout le monde sait comment est ta mère !

J'avais vaguement conscience que des gens s'étaient arrêtés devant la porte grande ouverte. Mais la musique, la fête, le monde entier s'est éloigné si vite qu'il n'a bientôt plus été qu'un point minuscule. Il n'y avait plus que moi et Amyas et un sentiment mélangé en moi, un sentiment trop familier qui m'empêchait de respirer.

– Et qu'est-ce que tout le monde sait ? ai-je demandé.

– Arrête ton cinéma. Tout le monde sait qu'elle couchait avec son petit copain nihil quand elle était encore au collège. Elle avait quoi ? Treize, quatorze ans ? Pourquoi tu crois que je t'ai demandé de monter ? Tout le monde sait que les Nihils sont des filles faciles...

Je n'aurais pas pu prononcer un mot même si ma vie en avait dépendu. Comment avais-je pu m'intéresser à ce crapaud repoussant !

– Mais bon, on dirait que ce n'est pas telle mère, telle fille, a continué Amyas.

Il est resté silencieux une seconde avant d'ajouter :

– À moins qu'au contraire vous vous ressembliez encore plus que je le croyais.

Mon cœur battait à tout rompre. Mais pas de douleur ou de panique. C'était plutôt une envie de meurtre qui le faisait battre ainsi.

– Je refuse d'en entendre plus, ai-je lancé.

Je devais sortir avant de commettre un acte que je pourrais bien regretter. Je me suis tournée vers la porte et presque tous les invités de la fête étaient là, à assister au spectacle. Aux premières loges, Tobey. Lucas était juste derrière. J'ai regardé Tobey. Il avait sur le visage la même expression navrée et désolée qu'à chaque fois que je le croisais.

– Peut-être que tu t'intéresserais plus à moi si j'étais un Néant terroriste, a jeté Amyas.

C'en était trop. Je me suis retournée et je me suis dirigée vers lui. Mais quelqu'un m'a poussée et est passé devant moi. Deux secondes plus tard, Amyas était par terre et se tenait le nez à deux mains. Il saignait. Lucas secouait sa main en essayant de ne pas grimacer de douleur.

– Le tapiiis ! s'est écriée Bliss en entrant dans la pièce comme une tornade. Amyas, ne saigne pas sur le tapis ! Ma mère va me tuer !

Amyas a essayé de s'asseoir.

– Tu ne bouges pas, si tu ne veux pas en reprendre un, l'a menacé Lucas.

Amyas s'est reculé, sans ôter la main de son nez.

Bliss m'a hurlé dessus :

– Regarde ce que tu as fait ! Tu as gâché ma fête !

– Ne t'inquiète pas, je m'en vais.

J'ai pris ma veste et je me suis dirigée vers la porte. La foule s'est écartée pour me laisser passer sans un mot. Après avoir lancé un dernier regard glacial à Tobey, je suis descendue et je suis sortie de la maison. J'étais fière de moi. Mes yeux étaient secs. Un an plus tôt, je n'aurais pas été si courageuse.

– Callie, attends !

Je me suis retournée. Lucas courait derrière moi.

– Qu'est-ce que tu fais là ? lui ai-je demandé.

– Il est tard. Je te raccompagne.

– Tu n'es pas obligé.

– J'en ai envie.

– Bliss ne va pas apprécier.

– Je ne suis pas le jouet de Bliss. Elle devra faire avec, a répondu Lucas.

Nous avons marché.

– Tu n'étais pas obligé de faire ça, tu sais, lui ai-je dit avec amertume. Je peux me défendre toute seule.

– Je sais, a acquiescé Lucas. Mais je lui ai sans doute fait moins de mal que si c'est toi qui l'avais frappé.

– C'est sûr. Je voulais le cogner, mais pas dans le visage.

– Ouch ! Alors j'ai rendu à Amyas un sacré service, a souri Lucas.

Je l'ai regardé. Je l'ai bien regardé. Et je n'ai pas pu m'empêcher de repenser au petit garçon qui se tenait dans l'entrée et qui posait des questions à sa mère sur les propos que son père avait tenus sur moi.

– Pourquoi as-tu fait ça ?

– Ça devait arriver un jour ou l'autre, a dit Lucas comme si c'était évident.

Ce n'est pas tout à fait ce que je voulais savoir mais ça n'avait pas d'importance.

– Tu veux qu'on aille boire un café avant de rentrer ? m'a proposé Lucas.

J'ai froncé les sourcils.

– Et tes parents ?

– Ils ne viendront pas ! a-t-il lancé.

– Je m'en doute, ai-je souri. Je me demandais juste si ça ne les ennuierait pas de te savoir avec moi.

– Ça m'est parfaitement égal, a répondu Lucas. Je me demande toujours si tu te rappelles ce que j'avais dit, quand j'étais venu chercher Ella chez toi avec ma mère.

– C'est difficile à oublier, ai-je reconnu.

– Callie, je ne comprenais rien à l'époque, mais aujourd'hui, c'est différent. Je ne partage pas les opinions de mon père.

– Tant mieux.

– C'est vrai, tu sais. Je t'aime... vraiment beaucoup.

Est-ce que c'était vrai ? Ou mentait-il ? Tout le monde mentait. Que manigançait-il ? Qu'avait-il en tête ?

– Alors, ce café ? a demandé Lucas.

S'il essayait de m'utiliser, je ne le laisserais pas faire. C'est moi qui allais l'utiliser au contraire...

– D'accord, ai-je répondu.

Et j'ai ajouté en souriant :

– Mais seulement si c'est toi qui invites.

Sephy

Je marche dans le jardin de ma mère et je respire le parfum de l'herbe fraîchement coupée mélangé avec celui de la lavande des bordures. Maman est un peu plus loin, dans la roseraie. Nous sommes début octobre et certains rosiers sont encore en fleurs. J'ai rejoint ma mère. Son jardin était un véritable havre de paix.

– Bonjour, Maman. Comment te sens-tu aujourd'hui ?

– Je me suis déjà sentie mieux et moins bien aussi, a-t-elle souri.

Ce qui ne voulait rien dire. Elle binait au pied d'un rosier, tentant d'enlever une mauvaise herbe récalcitrante.

– Tu veux de l'aide ? lui ai-je demandé.

– Non, merci, j'ai presque fini. Tu n'es pas avec Callie Rose aujourd'hui ?

– Elle… elle avait des devoirs à terminer, ai-je menti.

J'ai regardé ma mère, le dos penché, son outil à la main.

– Depuis quand tu t'es mise au jardinage ? me suis-je étonnée. Je croyais que tu détestais te salir les mains.

– Tout le monde doit se salir les mains de temps en temps, a-t-elle répliqué. Et puis, j'aime bien planter et regarder pousser. Ça me donne l'impression que je fais partie d'un tout.

Elle faisait déjà partie d'un tout. Elle était essentielle à ma vie. Je ne sais pas ce que je serais à présent si elle n'avait pas été là. Je n'osais pas l'imaginer.

– Que disent les médecins à propos de ton… cancer ? Tu as besoin d'un nouveau traitement de radiothérapie ?

– Encore une séance et c'est tout. On m'a appris hier que j'étais apparemment en complète rémission, Dieu merci.

Elle avait un ton parfaitement naturel.

Elle a donné un nouveau coup de binette et elle s'est redressée.

– Imbécile de mauvaise herbe ! a-t-elle lâché avec une vulgarité inhabituelle.

J'ai retenu un sourire. Après tout, avec ce qu'elle avait traversé ces derniers mois, elle avait bien le droit de se lâcher un peu. Mais mon sourire s'est effacé.

– Maman, est-ce qu'il y a un problème ?

– Non, ma chérie. Pourquoi ?

– Tu me dis que tout est pour le mieux et pourtant, tu ne sembles pas t'en réjouir.

– Ne sois pas bête.

Maman s'est appuyée sur son outil. J'ai passé mon bras sous le sien.

– Je suis ravie, bien sûr. J'avais l'impression d'avoir déjà la corde autour du cou et...

C'était comme si elle m'avait frappée au creux de l'estomac. J'ai accusé le coup.

– Tout va bien, ai-je murmuré, en détournant légèrement la tête pour que ma mère ne voie pas mes yeux.

– Perséphone, je suis désolée, je n'ai pas réfléchi.

– Ne t'inquiète pas, Maman.

Je me suis retournée vers elle et j'ai senti une odeur que je n'avais pas sentie depuis de très longues années.

– Maman ! Tu as bu ?

– Ne sois pas idiote, ma chérie !

Maman s'est aussitôt éloignée de moi.

– Maman, ne me mens pas.

Silence. Je l'ai fixée avec insistance.

– D'accord, j'ai bu un verre.

Devant mon visage de marbre, elle a ajouté :

– Un verre pour fêter la rémission de mon cancer ! C'est tout !

Je n'arrivais pas à parler.

– Ne me regarde pas comme ça, Sephy. Ce n'était qu'un verre, a lancé Maman, exaspérée. Le docteur Rider m'a téléphoné pour m'annoncer la bonne nouvelle et j'ai voulu célébrer ça !

– Tu as dit qu'il te l'avait appris hier et je sens l'odeur du vin sur toi. Ça devait être un grand verre.

– Ça suffit, Sephy, tu en fais trop. J'ai bu un verre hier et j'en ai bu un autre avant ton arrivée, c'est tout.

– Tu aurais dû te contenter d'un verre de jus d'orange ou d'eau gazeuse, ai-je lancé durement.

– Sephy, tu t'inquiètes trop !

– Maman, ne recommence pas, je t'en supplie. Tu t'en tirais si bien. Après tout ce temps, ce serait idiot de te remettre à boire.

– J'ai bu un verre aujourd'hui… a riposté ma mère d'une voix impatiente. Je n'ai pas l'intention d'en boire d'autres.

– Maman, je t'en supplie. Je ne pourrai pas le supporter.

J'étais au bord des larmes.

– *Tu* ne pourrais pas le supporter ! Pour l'amour de Dieu, il ne s'agit pas de toi ! m'a rembarrée Maman. Je suis une zombie depuis des mois, j'avais seulement besoin de quelque chose pour… pour…

– Voir la vie en rose ? Où ai-je déjà entendu cette expression ? ai-je crié. Tu as Minerva et tu m'as moi aussi. Et tu as Callie Rose et tous tes amis pour t'aider à voir la vie en rose. Tu avais promis de ne plus boire une goutte d'alcool. Tu avais promis. Tu t'es montrée si forte. Tu gardes tout ce vin dans ta cave sans jamais ouvrir une bouteille pour toi. Alors pourquoi maintenant ?

– Ce n'était qu'un verre, a murmuré Maman. Seulement un verre…

Des larmes ont coulé le long de ses joues. Elle les a essuyées mais d'autres sont apparues. Je ne pouvais pas supporter de voir ma mère pleurer et ses larmes diluaient ma colère. J'ai ouvert mes bras et je l'ai serrée contre moi. En le faisant, je me suis rendu compte que c'était la première fois. Quand j'étais petite, Maman me câlinait, mais quand elle avait commencé à boire et que j'avais un peu grandi, je n'avais plus eu droit aux câlins. Sauf à ceux de Callum, sur la plage. Sur notre plage.

– Maman, pourquoi as-tu fait ça ? ai-je murmuré. Toutes ces années de courage, toutes ces réunions aux alcooliques anonymes, tous ces groupes de soutien, et maintenant…

Je n'étais pas sûre de vouloir une réponse, pourtant, elle m'en a fourni une.

– Sephy, j'avais si peur, a-t-elle sangloté. J'ai toujours peur. Je ne me suis jamais sentie aussi seule. Et si… si le cancer revenait…

– Alors tu te battras à nouveau. Et je serai à tes côtés. Minerva sera là aussi.

– Tu promets ?

– Je te le promets. Tu n'es pas seule, Maman. Tu ne le sais pas, depuis le temps ?

Callie
a quatorze ans

Sammi s'est laissée tomber à côté de moi. Sa cravate était desserrée et les deux premiers boutons de sa chemise, défaits. C'est comme ça que nous portions tous notre uniforme, les garçons comme les filles, malgré les protestations des professeurs. Sammi a ramené ses cheveux en queue-de-cheval.

– Tu ne devrais pas faire ça. L'élastique va te casser les cheveux, lui ai-je dit.

Sammi a haussé les épaules.

– J'ai trop chaud. Comment vas-tu, Callie ? Je ne t'ai pas beaucoup vue ces derniers jours.

– J'avais des choses à faire.

– Nous sommes toujours amies ? a-t-elle demandé.

J'ai froncé les sourcils.

– Oui, bien sûr.

Quelle drôle de question.

– Et les amies partagent leurs secrets ?

J'ai acquiescé. Où voulait-elle en venir ?

– Alors pourquoi est-ce que tu ne m'avais pas dit que tu sortais avec Amyas ?

Je l'ai dévisagée.

– Je ne sors pas avec Amyas.

– Allez ! Toute l'école en parle ! Amyas et toi vous sortiez ensemble et vous avez cassé quand il t'a surprise en train de le faire avec Lucas à la fête de Bliss.

Je n'en revenais pas.

– Il m'a surprise en train de faire quoi ?

– Je pensais que tu m'en aurais parlé, a reniflé Sammi. Après tout, je suis ta meilleure amie.

– Sammi, je n'ai couché ni avec Amyas, ni avec Lucas, ni avec personne. Et je ne suis même jamais sortie avec Amyas. Enfin, en tout cas pas plus d'une minute. Il a essayé de m'embrasser à la fête et Lucas lui a collé un coup de poing ! ai-je expliqué, furieuse.

– C'est vrai ?

– Oui, c'est vrai ! Et merci beaucoup de croire les horreurs qu'on raconte sur moi sans même prendre la peine de m'en parler avant !

– Je suis venue te demander ! a protesté Sammi.

– Non, tu voulais savoir pourquoi je ne t'avais rien dit. C'est pas tout à fait pareil !

Sammi a eu la décence de prendre un air contrit.

– Je suis désolée, Callie. Je n'ai pas réfléchi.

– Ça n'a pas d'importance. Mais je veux savoir qui répand ces mensonges !

Je m'étais levée de ma chaise.

– Chut !

Sammi a regardé autour d'elle. La classe se remplissait peu à peu. Nous commencions à attirer l'attention.

– Samantha ! Qui répand…

– Je t'ai entendue, m'a interrompue Sammi en me tirant par le bras pour que je me rassoie. Ce sont peut-être des mensonges, mais c'est Amyas qui les raconte partout. C'est pour ça que j'y ai cru.

– Amyas ! J'aurais dû lui donner un bon coup de pied où je pense quand j'en ai eu l'occasion ! ai-je enragé. Dire que ce garçon me plaisait !

– Ne fais rien d'idiot, s'il te plaît.

Sammi avait l'air inquiète.

– Si tu le frappes à cet endroit-là, Mme Paxton te renverra de l'école !

– Ça vaudrait presque le coup !

– Callie…

– Bon, d'accord, mais il ne va pas s'en tirer comme ça.

– Tu ne peux même pas dire qu'il ment, a fait remarquer Sammi, parce que ce sera encore pire. Et si tu prends Amyas à partie, il se contentera de dire que tu es en colère parce que tu t'es fait avoir.

Sammi avait raison.

– Qu'est-ce que je peux faire, alors ?

– L'ignorer ? a suggéré Sammi.

– Je n'y arriverai pas.

– C'est bien ce que je pensais, a soupiré Sammi. En tout cas, promets-moi de ne rien faire d'idiot.

J'ai secoué la tête.

– Ça non plus, je ne peux pas.

Sammi a soupiré de nouveau.

– C'est bien ce que je pensais.

– Amyas m'utilise pour expliquer son nez en chou-fleur et son ego malmené, ai-je sifflé. Il est comme tous les autres : menteur et manipulateur.

– Tout le monde n'est pas comme ça ! a protesté Sammi.

– Bien sûr que si ! Personne n'aide quelqu'un sans être sûr d'y trouver un intérêt.

– Callie, ne sois pas cynique ! Dis-lui, toi, Tobey !

Je me suis retournée. Tobey était assis derrière moi et avait sorti son livre et son cahier d'histoire pour le cours suivant. Je ne l'avais même pas vu entrer dans la classe. Depuis combien de temps nous écoutait-il ? De toute façon, ça m'était parfaitement égal !

– Alors Tobey ! Vas-y ! Dis-moi que j'ai tort !

– Tu as tort, a reparti Tobey d'une voix calme. Si tu penses vraiment que tout le monde n'agit que par intérêt, pourquoi es-tu sortie de ton lit ce matin ? Si c'était le cas, rien n'aurait de sens ! La vie n'aurait pas de sens.

– C'est exactement ce que je pense ! ai-je rétorqué.

Le prof est entré dans la classe. J'avais raison. N'en avais-je pas eu la preuve ?

Sephy

Il avait un sourire sincère et franc. Il était prêt à répondre à la question du journaliste.

– *Notre parti est celui de la démocratie et de la liberté. Nous avons voté des réformes qui n'ont pas seulement apporté une vie meilleure aux citoyens, mais un monde meilleur. Je pense bien sûr aux réformes de l'éducation, qui ont permis aux Nihils de bénéficier des mêmes droits scolaires que les Primas. Nous sommes le parti qui avance et fait avancer le gouvernement.*

– *Et pourtant, monsieur le ministre, vous parlez maintenant de réduire de moitié les quotas d'immigration et de sortir des accords pangéens qui établissent que chaque pays doit recevoir un certain nombre de réfugiés par an.*

– *Nous ne faisons que répondre aux besoins de la nation. Les ressources de notre pays ne sont pas inépuisables. La majorité des citoyens pensent que trop c'est trop et, contrairement au gouvernement actuel, nous écoutons les citoyens. Ce pays a déjà plus de Nihils qu'il ne peut en gérer.*

– *Plus de Nihils ? Que voulez-vous dire par là, monsieur le ministre ?*

– *Je me suis mal exprimé,* s'est hâté de se reprendre Kamal Hadley. *Je ne parlais pas des Nihils en tant que personnes. Je faisais allusion à la population immigrante dans sa globalité.*

– *Il est évident que vos nouvelles stratégies concernant l'immigration ont un rapport avec le fait que votre parti n'existe quasiment plus sur l'échiquier politique. Votre discours n'est-il pas un moyen de manipuler les citoyens et de préparer votre retour ?*

– *Je ne m'abaisserai pas à répondre à cette question,* a déclaré mon père.

– *Les Nihils de ce pays représentent moins de dix pour cent de la population totale et leur contribution à notre société, en termes culturels et économiques, est incalculable. Pensez-vous vraiment que les gens sont prêts à voter pour un parti qui déclare, je vous cite : « Ce pays a plus de Nihils qu'il ne peut en gérer » ?* a demandé le journaliste.

– *Je vous ai déjà dit que je m'étais mal exprimé,* l'a rembarré Papa. *Nous ne parlons pas seulement de Nihils, il est question de tous les immigrants qui s'installent dans ce pays.*

J'ai regardé mon père se tortiller comme un ver sur son siège. J'ai eu un bref sourire sans joie. Mon père vieillissait. Ses cheveux étaient peut-être encore artificiellement noirs, mais ses rides s'étaient creusées et ses poches sous les yeux avaient gonflé. Son front était lisse – merci la chirurgie esthétique ! – mais son regard était vieux. Très vieux, mais sans sagesse. Une triste combinaison. Mon père se comportait comme un tyrannosaure en politique. Il allait droit dans le mur et j'étais bien contente. Mon père... le pire des hypocrites bien pensants. Tel Janus, il avait deux visages, un pour le public, un pour ma mère et moi. Je parierais que la manière dont il nous traitait, ma mère, Callie Rose et moi, ne l'empêchait pas une seconde de dormir. Je parierais que nous ne hantions même pas son subconscient. Minerva et sa petite famille étaient toujours bien vus. Je ne le serai jamais.

Il m'avait fallu dix ans avant de le comprendre. Mon père était juste l'homme qui m'avait conçue. Rien de plus. Il n'était qu'un visage sur un écran de télé, un visage que je pouvais observer avec un certain détachement. Mais quand il s'agissait de ma fille, c'était une autre histoire. Je n'avais jamais pardonné à mon père la manière dont il avait fermé la porte au nez de Callie Rose. Quel dommage que tout le pays n'ait pas assisté à cette scène ! Lui qui prônait sans cesse les valeurs familiales !

– Monsieur le ministre, pensez-vous que ce quota d'immigrants que vous souhaitez mettre en place est juste ? Je ne parle même pas de sa légalité vis-à-vis de la Constitution pangéenne…

– Nous ne pouvons nous permettre d'accueillir toutes les personnes qui viennent frapper à notre porte, a répondu mon père.

– Et si, par exemple, une guerre civile dans un pays étranger dépossède les ressortissants de ce pays de tous leurs biens ? Vous leur direz que nous les acceptons ici, mais dans la mesure des quotas ? a poursuivi le journaliste.

– Les détails spécifiques seront examinés avec la Communauté pangéenne…

– Mais votre proposition nous met en dehors des accords ratifiés par la Communauté pangéenne, a rétorqué le journaliste. Cela ne nous met-il pas dans une situation délicate pour poursuivre la discussion avec ladite communauté ?

– La Communauté pangéenne a infligé un trop lourd fardeau à ce pays en termes de nombre d'immigrants, a dit mon père. Je crois que…

J'en avais assez vu et entendu. Je ne voulais pas perdre plus de temps à écouter cet homme. Il ne valait pas les larmes qu'il m'avait fait verser. Ma mère, oui. Je devais aller la voir et m'assurer qu'elle ne s'était pas remise à boire. Elle me faisait très peur sur beaucoup de plans.

Je me suis levée. Meggie entrait justement dans la pièce.

– Sephy, est-ce que je peux te parler ? m'a-t-elle demandé, alors que je passais près d'elle.

On aurait dit qu'elle avait eu besoin de rassembler tout son courage rien que pour se décider à m'adresser la parole. Je me suis arrêtée.

– Oui, Meggie ?

– Y a-t-il une chance pour que tu retournes avec Sonny ?

J'étais surprise de cette question. J'ai froncé les sourcils et secoué la tête. Sonny ne faisait plus partie de ma vie depuis long-temps. Voilà un an que je ne l'avais pas revu.

– J'espère… j'espère que… je n'ai pas été responsable de… je veux dire… Si tu veux vivre avec lui ou qui que ce soit d'autre, je ne t'en empêcherai pas, a bafouillé Meggie.

Je suis restée silencieuse. Où voulait-elle en venir ?

– Tu me manquerais, et Callie aussi, mais… je ne souhaite que votre bonheur, a continué Meggie dont les joues rougissaient de plus en plus.

Elle ne me regardait pas en face.

– Je voulais que tu le saches.

– Quel dommage que vous ne me l'ayez pas dit plus tôt, il y a quelques années, quand ça aurait fait une différence dans ma vie, ai-je lâché d'un ton glacial. C'est facile à dire maintenant, alors que vous savez que ma fille et moi nous déchirons. Merci pour rien, Meggie…

– Je voulais… je voulais te le dire, le soir où… le soir où Sonny et toi vous êtes séparés. Mais je… ça m'a semblé déplacé…

Oh, Callum, regarde-nous, ta mère et moi. Nous ne nous connaissons pas. Elle parle encore de Sonny alors que je sors avec Nathan.

– Sephy, je… je suis désolée pour tout ce que j'ai fait et tout ce que j'ai dit quand tu es revenue de l'hôpital.

Devant mon expression ébahie, elle a ajouté :

– Quand… quand Callie n'était encore qu'un bébé et que tu étais malade…

Mais je savais très bien à quoi elle faisait allusion. Je n'avais pas besoin de précisions. Je n'arrivais tout simplement pas à croire ce qu'elle venait de dire.

Meggie a secoué la tête.

– Je pense que j'étais devenue un peu folle. J'ai tellement regretté ces mots depuis…

– Vous êtes sérieuse ? Il vous a fallu quatorze ans pour vous excuser ?

– Sephy, s'il te plaît, nous devons discuter…

– Discutez avec votre fils, ai-je lancé. Essayez de lui faire avouer la vérité sur Cara Imega et les autres personnes qu'il a tuées. Et dites-lui de ne plus s'approcher de ma fille.

– Il ne s'agit pas de Jude, ni même de Callum. Il s'agit de toi et moi…

– Vous avez tout fait pour que mes relations amoureuses soient un échec, vous m'avez fait du chantage pour que je reste chez vous… et vous croyez que vos excuses vont suffire ?

– Sephy, s'il te plaît, je veux seulement…

C'était assez. Je n'avais pas le courage d'en entendre davantage. Oui, j'étais injuste. Je savais que les menaces de Meggie n'avaient pas grand-chose à voir avec ce qui s'était passé entre Sonny et moi. Mais je ne voulais pas qu'elle pense que la pression qu'elle avait exercée sur moi n'avait eu aucune conséquence dans ma vie. Car c'était faux.

Les lettres
de Callum

Sephy

J'ai regardé l'étiquette de la bouteille de bordeaux à côté de moi. Depuis combien de temps étions-nous dans cette cave ? Depuis combien de temps cette bouteille était-elle dans cette cave ?

– Je vais te poser la question jusqu'à ce que tu me répondes, a lancé ma fille, interrompant mes pensées. Pourquoi est-ce que grand-mère Meggie ne m'a jamais emmenée te voir quand tu étais à l'hôpital ?

Je m'étais promis de ne plus jamais mentir à Callie Rose. Mais comment lui dire la vérité ? Comment raconter à ma fille le mal que Meggie m'avait fait ? Parfois, le silence est préférable à la vérité. Parfois, certains éléments doivent rester enterrés dans le passé. Callie aime sa grand-mère. Je ne veux pas lui enlever ça. En plus de tout le reste. Si Callie le sait, elle détestera Meggie et elle me détestera pour avoir fait naître en elle le mépris pour une personne qu'elle a toujours estimée. Je refuse de lui infliger cette douleur. Et je refuse de me l'infliger, à moi. J'aime trop ma fille. Je me suis si souvent trompée, déjà. Avec Callum. Avec ma famille – ma mère, Minerva et Callie. Je dois être prudente à présent.

– Alors, tu vas me répondre ou pas ? a insisté Callie.

J'ai soupiré.

– Ta grand-mère a agi avec les meilleures intentions. Elle a choisi l'alternative qui lui semblait la plus sensée à l'époque.

– Maman, si on passait un marché ? a soudain proposé Callie.

– Je t'écoute.

– Puisque nous sommes coincées ici, je vais te poser des questions et je veux que tu me promettes de me répondre la vérité.

J'ai réfléchi.

– Je te promets de répondre la vérité ou de ne pas répondre du tout.

J'ai levé la main pour stopper les protestations de Callie.

– Je ne peux pas faire mieux.

– Un jour, oncle Jude m'a dit la même chose, s'est rappelé Callie.

– Oui, mais contrairement à lui, je ne mens pas.

Jude… s'il était en face de moi, je le tuerais sans hésitation.

J'ai continué à regarder ma fille. Je voulais tant qu'elle me croie. Qu'elle me fasse à nouveau confiance. Était-ce possible ? Au moins, elle ne criait plus, mais nous avions encore un long chemin à parcourir. Arriverions-nous au bout ? Callie a pris la parole, choisissant ses mots avec soin.

– Pourquoi… pourquoi ne m'as-tu rien raconté avant aujourd'hui ?

J'ai inspiré longuement, le temps de remettre mes idées en ordre. Je n'avais pas droit à l'erreur. C'était enfin le moment pour moi de dire toute la vérité à Callie. Je ne devais pas gâcher cette opportunité.

Si j'échouais, il ne resterait rien entre Callie et moi. Et tout ce que nous avions construit avec Callum, tout ce pour quoi nous nous étions battus, n'aurait plus aucune signification.

Je n'avais jamais eu aussi peur de me tromper de toute ma vie.

Callie Rose

Maman a brièvement courbé la nuque. Pourquoi ? Préparait-elle un nouveau mensonge ? Ou goûtait-elle la saveur, inconnue pour elle, de la vérité ?

– Callie Rose, j'ai voulu te parler des centaines de fois, je n'ai pas su trouver le bon moment, a-t-elle commencé. Je voulais m'asseoir près de toi et te raconter... toutes sortes de choses.

– Par exemple ?

J'essayais désespérément de dissimuler la panique qui perçait dans ma voix.

– Par exemple, quoi que te disent les autres, tu ne dois jamais oublier que ton père nous aimait toutes les deux très fort.

– Quelle connerie ! ai-je crié. Tu avais promis de ne plus mentir.

– Je ne mens pas, Callie.

– Oncle Jude...

– Jude n'est pas ton oncle, Callie. Il se trouve seulement être le frère de ton père.

Callie a froncé les sourcils.

– Donc, c'est mon oncle.

– Être un oncle implique un peu plus qu'un hasard de naissance.

– Mais c'est oncle Jude qui m'a révélé la vérité sur mon père. Ni toi, ni grand-mère Jasmine, ni grand-mère Meggie n'en avez fait autant pour moi. Jude m'a raconté que Papa faisait partie de la Milice de libération et... et qu'il avait été pendu pour ce qu'il t'avait fait. Papa te haïssait et il détestait tous les Primas. Est-ce que tu imagines ce que ça m'a fait, d'apprendre comment j'avais été conçue ?

J'ai détourné le visage, pour que Maman ne voie pas les larmes qui brillaient dans mes yeux.

– Je te comprends... ai-je repris. Je ne t'en veux pas de me haïr...

Maman a bondi.

– C'est faux !

Elle s'est agenouillée près de moi.

– Écoute-moi, Callie Rose, Jude t'a menti. Chacune de ses paroles était un mensonge.

Elle a essayé de me prendre dans ses bras, mais je l'ai repoussée.

– Ne mens pas, Maman ! Ne mens pas ! J'ai lu la lettre ! J'ai lu la lettre de Papa !

– Quoi ?

Maman a écarquillé les yeux, choquée.

– La lettre que mon père t'a écrite. La lettre qui t'a poussée à me détester quand j'étais un bébé. Je l'ai lue.

Je l'ai sortie de ma poche. Je voulais l'avoir sur moi lors de ma première et dernière action pour la Milice de libération. La feuille était presque en lambeaux. Je l'avais pliée et dépliée tant de fois. Les larmes qui coulaient à présent sur mes joues n'étaient qu'un bien maigre écho des sentiments qui m'agitaient.

– Je l'ai lue ! ai-je crié.

Je me suis effondrée.

– Callie, ma chérie, écoute-moi…

Maman a de nouveau essayé de me prendre dans ses bras, mais je me suis éloignée. J'ai courbé la tête, mortifiée. Je n'arrivais pas à arrêter mes larmes. J'avais honte des sanglots qui secouaient mon corps.

J'étais plus dure que ça…

Plus grande que ça…

Non… je ne l'étais pas…

– Callie, qui t'a donné cette lettre ? m'a demandé Maman, d'une voix claire.

– Qu'est-ce… qu'est-ce que ça peut faire ? ai-je hoqueté.

– Callie, ma chérie.

Elle m'a caressé les cheveux.

– Tu n'as pas pu lire la véritable lettre de ton père. C'est moi qui l'ai.

Je me suis adossée au mur. La main de Maman me procurait une sensation inconnue et agaçante. Aussi agaçante que sa façon de persister à nier l'évidence.

– Maman, oncle Jude m'a donné cette lettre, juste après que j'ai découvert qui était réellement mon père. J'avais treize ans.

– Jude. Toujours Jude. J'aurais dû m'en douter, a lâché ma mère, les dents serrées.

Ses yeux brillaient de colère.

– Callie, cet homme n'est entré en contact avec toi que pour te manipuler. Ce qu'il éprouve à mon égard dépasse les limites de la folie et de la haine. Cesse de penser qu'il est de ton côté. Il se fiche de toi. Il t'utilise pour me faire du mal.

– C'est faux. Il m'a dit la vérité.

– Sa version déformée et haineuse de la vérité.

Je tenais toujours la lettre. Mon père avait écrit ces mots hargneux et pourtant, je les avais conservés comme des pierres précieuses. Cette lettre traçait mon chemin dans la vie. J'étais déterminée à être la digne fille de mon père, et chaque fois que je sentais mes résolutions faiblir, je sortais la lettre et je la relisais. Chaque fois que je me demandais qui j'étais, je la sortais et je la lisais. C'était le seul objet en ma possession qui me rattachait à mon père. Je n'avais besoin de rien d'autre. Si mon père pouvait se montrer si obstiné, moi aussi. Mon père n'avait jamais laissé quoi que ce soit se mettre en travers de son chemin, moi non plus.

– Donne-la-moi, m'a ordonné Maman d'un ton qui ne laissait pas place à la discussion.

Je l'avais à peine tendue que Maman l'a prise et l'a déchirée en minuscules morceaux. Sans me quitter des yeux. C'était tout ce que j'avais qui me rattachait à mon père.

– Voilà ce que j'aurais dû faire, la première fois que je l'ai lue.

Elle a lancé les derniers confettis en l'air. Ils sont retombés doucement.

– Tu te rappelles quand nous avons été cambriolés, il y a quelques années ? m'a demandé Maman. Ils avaient pris la télé et quelques autres objets.

J'ai acquiescé, surprise de ce soudain changement de sujet.

– Les cambrioleurs avaient également pris cette lettre. Je suis d'ailleurs convaincue que c'est la seule chose qui les intéressait. Le reste ne servait qu'à brouiller les pistes.

– Quelles pistes ?

– Pourquoi un voleur s'emparerait-il d'une lettre ? À moins de vouloir s'en servir comme moyen de pression... Je ne suis pas assez riche pour être victime de chantage, je ne suis pas assez célèbre pour que les journaux l'achètent... Même ce genre de publicité ne constituerait qu'un ennui minime pour ton grand-père... J'avais caché cette lettre dans un endroit où personne ne pouvait tomber dessus par hasard. Meggie a dû y faire allusion devant Jude et il a envoyé deux ou trois membres de la milice nous rendre une petite visite.

– Ça ne change rien, ai-je lancé. Papa a quand même écrit cette lettre...

– Elle est pleine de mensonges, m'a coupée Maman.

Tout au fond de moi, un sentiment tout neuf s'est déployé comme une fleur. Une fleur fragile.

– Mon père n'a pas écrit cette lettre ?

– Oh si, il l'a écrite, a répondu Maman. Mais ce n'est pas la première qu'il me destinait.

– Je ne comprends pas, ai-je murmuré.

Maman a pris dans la poche de son jean une feuille de papier jauni.

– Je l'ai apportée pour te la montrer.

– Qu'est-ce que c'est ?

– La première lettre de Callum. Celle qu'il avait décidé de ne pas me montrer. La seule qui retrace la vérité.

Maman me l'a tendue.

– Tu veux la lire ?

J'ai reculé comme si je voulais m'enfoncer dans le mur. Je voulais m'éloigner de la main tendue de ma mère.

– Non, non. Je ne veux plus lire de lettres de mon père. S'il te plaît, je ne pourrai pas le supporter.

Callie
a quatorze ans

– Salut, Callie Rose.

J'ai levé les yeux.

– Oh salut, Lucas.

Lucas a frissonné.

– Brrrr ! Cet accueil est plus glacial qu'un vent polaire !

– Tu veux que je sautille et que je tape dans mes mains en roucoulant « Luuuuuuucaaaaaas » ? ai-je rétorqué en imitant la voix ridicule de Bliss.

– Non, je t'en supplie, a répondu Lucas très sérieusement.

Nous étions déjà le centre d'attention de tous ceux qui se trouvaient alentour. La situation commençait à dépasser la simple farce. Sammi avait cru en ma version. C'était la seule. Les commentaires graveleux à mon propos étaient trop nombreux pour que je puisse les ignorer.

– Je n'ai jamais été aussi populaire, a ironisé Lucas.

– Contente qu'un d'entre nous apprécie, ai-je répliqué.

– Ce n'est pas tout à fait ce que je voulais dire, m'a corrigée Lucas. J'ai raconté ce qui s'était vraiment passé à mes copains, mais même ceux qui étaient à la fête préfèrent s'imaginer autre chose que ce qu'ils ont vu.

– Si l'histoire qu'on te raconte ne te convient pas, il ne te reste qu'à en inventer une nouvelle ! ai-je lancé, dégoûtée.

– Oui, c'est ça, a acquiescé Lucas. Je me tue à répéter que toi et moi sommes seulement de bons amis, mais ils veulent tous une histoire d'amour.

– Une histoire de sexe, tu veux dire !

Lucas a hoché la tête. J'ai réfléchi. « De bons amis. » Depuis quand étions-nous « de bons amis » ? Je ne m'en plaignais pas. J'aimais bien Lucas et j'étais contente qu'il m'aime bien. Ça ne m'arrivait pas si souvent qu'on m'aime bien.

– À quoi tu penses ? s'est enquis Lucas.

– Au repas que nous avons partagé après la fête de Bliss, ai-je souri.

– Eh bien, quoi ?

– C'était gentil de ta part de m'inviter.

– Ça m'a fait plaisir, a affirmé Lucas. Et puis j'étais content de partir. Bliss criait mon nom toutes les deux minutes et je commençais à avoir mal à la tête. J'espère que ton petit ami ne t'en a pas trop voulu d'avoir passé la soirée avec moi.

– Quel petit ami ?

– Tobey.

– Tu plaisantes ? Tobey n'est pas mon petit ami.

– Oh, pardon, je croyais, s'est excusé Lucas.

– Je n'ai pas de petit ami !

Lucas a souri.

– Dans ce cas, tu ne voudrais pas sortir avec moi ?

– Quoi ? Pour que tous les autres pensent qu'ils avaient raison pour nous deux ?

Lucas a haussé les épaules.

– C'est ce qu'ils pensent déjà. Et puis, tu ne me donnes pas l'impression d'accorder beaucoup d'importance à l'opinion des autres.

– C'est vrai.

– Prouve-le ! m'a défiée Lucas.

– D'accord ! ai-je accepté.

– Ce week-end ? On se fait un ciné et on va manger quelque part ?

Lucas n'était pas du genre à tourner autour du pot.

– Parfait ! ai-je lancé.

– Génial ! Je t'appelle !

Lucas est parti rejoindre ses copains dans le couloir. Sammi et Audra sont apparues de nulle part et ont couru vers moi.

– On te regardait, a haleté Audra, qu'est-ce qu'il te disait ?

– Lucas m'a demandé de sortir avec lui.

– Et tu vas y aller ? s'est exclamée Sammi.

– Pourquoi pas ?

Sammi et Audra ont échangé un regard entendu.

– Quoi ? ai-je lancé, agacée.

– Rien, ont-elles répondu en chœur.

J'avais envie d'insister, mais j'ai renoncé. Après tout, comme Lucas l'avait souligné, je me fichais pas mal de ce que les autres pouvaient penser de moi.

Jasmine

Je pensais, *j'espérais*, que j'avais vu assez de chambres d'hôpital pour le restant de mes jours. Mais j'y suis encore et le diagnostic n'est pas brillant. J'ai accepté une mastectomie complète cette fois. Malheureusement, ça ne semble pas être suffisant. Je vais devoir subir une chimiothérapie et avaler des tonnes de médicaments. Qu'avait dit Sephy à propos de mon épitaphe ?

Ci-gît Jasmine Hadley, morte de gêne.

Deux ans étaient passés depuis que j'avais découvert cette grosseur dans mon sein et je n'en revenais pas de la bêtise de ma réaction. Cette peur du médecin qui m'avait submergée, cette peur de poser des questions concernant mon intimité… Ridicule ! Et presque fatal ! D'ailleurs, on pourrait écrire bien pire sur mon épitaphe. À part mes filles, je n'ai pas fait une seule chose dans ma vie dont je puisse être fière. Je n'ai jamais aidé personne. Je n'ai jamais pris qui que ce soit en compte, hormis mes filles et moi-même. Je n'ai jamais rien fait d'utile, je n'ai jamais amélioré la vie de quelqu'un, ni apporté de joie à personne. Mon existence était vaine. Si je n'avais pas eu mes filles, je n'aurais servi à rien sur cette Terre.

Ci-gît Jasmine Hadley

Sa vie était un échec

Et elle est morte de vanité.

Je détestais cette idée. Je ne voulais pas quitter ce monde sans avoir jamais contribué à quoi que ce soit. Je ne le supporterais pas.

Je sais ce que les médecins refusent de m'annoncer.

Mon cancer est réapparu, plus virulent qu'avant. Je vais mourir.

Et je n'ai qu'une envie : vivre. C'est étrange comme l'idée de la mort permet de penser plus efficacement. J'ai été idiote. J'ai vécu dans ma grande maison, cachée du monde, durant tant d'années... Il est temps que je sorte de ma tanière. Mais je ne sais pas comment. J'ai peur.

Je ne veux pas que ma vie soit un échec. Cette pensée me hante. Je dois aider Sephy et Callie Rose à se parler de nouveau. Si j'y parvenais, je mourrais heureuse.

Mais comment faire ?

Comment ?

Callie a quinze ans

ÉGALITÉ POUR LES NOIRS ET LES BLANCS !
ÉGALITÉ POUR LES NOIRS ET LES BLANCS !
Nous marchions vers le Parlement. Alex Luther, le leader de la Coalition pour l'égalité des droits, avait prononcé un discours inspiré avant la manifestation. Il nous menait à présent, nous tous, Primas et Nihils, au même rythme, à la même cadence. Son mot d'ordre était la désobéissance pacifique et, malgré son grand âge, il était toujours aussi vibrant et charismatique.

ÉGALITÉ POUR LES NOIRS ET LES BLANCS !
Des familles entières participaient à la marche. Des frères et sœurs, des pères, des mères, des amis, des voisins, même des petits enfants en poussette. J'étais venue seule, mais j'étais des centaines. Un couple de Nihils m'avait prise sous son aile. Entre les clameurs et les chants, nous avions beaucoup ri et plaisanté, durant cette dernière heure. Ils s'appelaient Lara et Paul Butler et devaient avoir plus de cinquante ans. Lara était retraitée, mais

elle avait enseigné dans une école nihil en ville. Paul avait travaillé dans l'industrie métallurgique – quand le pays en possédait encore une. Ils militaient pour les droits des Nihils depuis bien avant ma naissance. Ils n'avaient peur de rien.

– Vous vous battez depuis si longtemps, leur ai-je demandé en haussant la voix pour couvrir les clameurs, vous n'avez jamais eu envie d'abandonner ?

– Jamais ! a affirmé Paul.

– On ne sait pas ce qu'abandonner veut dire, a ajouté Lara en riant.

– Mais après toutes ces années, vous devez encore participer à des manifestations pour que votre voix soit entendue !

– C'est comme ça que nous savons que ça marche ! a rétorqué Paul. Le gouvernement adorerait que nous restions chez nous, à nous plaindre de notre sort en croyant que rien ne changera jamais ! Mais seuls ceux qui n'ont ni foi ni courage peuvent croire ça !

– Ou ceux qui voient le monde tel qu'il est vraiment ? ai-je suggéré.

– Tu ne penses pas ce que tu dis, a riposté Lara, sinon tu ne serais pas là. Quand tu n'as plus d'amis, plus de famille, plus d'argent, plus de biens matériels, quand la lumière elle-même t'a abandonnée, sais-tu ce qui te permet de continuer d'avancer ?

J'ai secoué la tête.

– L'espoir ! a lancé Lara.

L'espoir ? Je n'étais même pas sûre de savoir ce que ce mot signifiait. L'espoir. Je ne pouvais ni le toucher, ni le sentir. C'était quelque chose que j'avais perdu depuis des années déjà.

Mais peut-être avais-je une chance de le retrouver.

Paul et Lara me donnaient le sentiment que j'en étais capable.

Nous avancions donc dans cette atmosphère de fête, portant haut les banderoles, agitant nos mains à l'attention des passants qui nous encourageaient. Nous bloquions la circulation, de façon à ne pas être ignorés. Je n'avais jamais participé à rien de tel. C'était fantastique. Bien sûr, je n'en avais parlé ni à ma mère, ni à grand-mère Meggie. Elles en auraient fait toute une histoire. Je leur avais raconté que j'avais prévu de faire les magasins avec Sammi. Oncle Jude m'avait conduite au centre-ville, jusqu'au lieu de rendez-vous de la manif. Comme il m'avait expliqué, c'était pour moi une occasion de faire entendre ma voix. Ce que la milice encourageait vivement. C'était l'expérience la plus magnifique de ma vie.

Jusqu'à ce que la police arrive.

Jusqu'à ce que le rêve se transforme en cauchemar. Ils étaient à cheval et à pied. Ils nous ont chargés avec des matraques, des bombes lacrymogènes et des pistolets d'alarme. Ils ont chargé sans prévenir. Sans raison. Nous nous sommes dispersés aussitôt. Nous criions, nous hurlions, nous essayions de leur demander pourquoi, mais ils ne nous écoutaient pas. Ils se jetaient sur nous comme si nous n'étions rien. À leurs yeux, nous n'étions rien.

J'ai essayé de me cacher derrière des poubelles. Je me croyais en sécurité, jusqu'à ce que mon intuition me fasse me retourner. Juste à temps pour voir un flic me charger, un pistolet d'alarme au poing. Les poubelles me bloquaient toute issue. J'ai levé les mains en signe de reddition, mais les flics ne faisaient pas de prisonniers. Il m'a visée et un choc électrique m'a traversé le corps. Je me suis écroulée. Je tremblais de la tête aux pieds et sans le vouloir, je me suis uriné dessus. Je n'avais plus aucun contrôle de mes muscles ou de mes organes. Je ne contrôlais même plus ma fonction respiratoire. J'ai cru que j'allais mourir. Le flic a commencé à me tirer par les pieds mais deux manifestants se sont jetés sur lui par-derrière. Leurs jambes se balançaient d'avant en arrière, comme s'ils dansaient. De peur de recevoir un coup de pied, j'ai essayé de rouler plus loin, mais mon corps ne me répondait plus. J'ai tenté de me recroqueviller, en vain. Les violents spasmes qui m'agitaient ont lentement diminué. Chacun de mes os semblait sur le point de se rompre.

Le flic a été jeté au sol. Il se débattait comme un chiot que l'on va mettre au bain.

– On va voir si t'aimes ça ! a crié un des manifestants.

Il a ramassé le pistolet du flic et lui a envoyé une décharge.

L'autre manifestant, un Prima avec des locks, m'a aidée à me redresser.

– Rentre chez toi, m'a-t-il lancé. Ce qui se passe commence à être vraiment moche.

J'ai hoché la tête. Je n'osais pas parler. Je ne savais pas si j'en étais capable. Le Prima m'a accompagnée jusqu'au bout de la rue. Je boitais.

– Tu trouveras une station de métro un peu plus loin, m'a informée mon bienfaiteur en pointant le doigt vers la rivière. Tu vas y arriver ?

J'ai acquiescé.

– Rentre chez toi.

J'ai acquiescé de nouveau.

– Merci.

L'homme m'a adressé un sourire bref avant de repartir vers les affrontements. Le flic se tortillait toujours sur le sol. L'autre manifestant était parti depuis longtemps, son arme à la main. Des cris, des hurlements de sirènes et des fracas de verre brisé me parvenaient. Mon pantalon était mouillé et j'avais envie de vomir. Je voulais rentrer à la maison. Une part de moi avait envie de retourner aider les autres, en particulier Paul et Lara, mais j'avais la trouille.

J'ai ôté ma veste et je l'ai nouée autour de ma taille pour cacher les taches d'urine sur mon pantalon. Des larmes coulaient sur mes joues. Je m'en voulais de tellement manquer de courage. Paul et Lara, malgré leur âge, avaient beaucoup plus de cran que moi.

J'étais lâche, je me défilais à la première embûche.

C'était l'amère vérité.

Jude

La manifestation s'est révélée un glorieux et retentissant échec. Un véritable chaos. Presque une petite rébellion. La Milice de libération avait envoyé une menace anonyme pour prévenir qu'un certain nombre de nos activistes avaient infiltré le rassemblement, munis d'armes et d'explosifs. La police a marché. Ils n'ont même pas essayé d'isoler d'éventuels membres de la milice parmi les manifestants.

Lors de la dernière marche pacifiste, ils avaient séparé la foule en petits groupes et vérifié les identités. Nous étions vraiment présents, cette fois-là, et nous le leur avions fait payer très cher.

Cette fois, les flics avaient complètement paniqué. Nous étions à la une des journaux du monde entier.

Et Callie Rose en avait profité.

J'étais fier de la voir à la télé. Elle semblait terrifiée et, encore mieux, terriblement en colère. Lorsque nous nous sommes revus quelques jours après, je lui ai appris qui était responsable de ces brutalités policières. Pas seulement le gouvernement en place. Pas seulement le ministre de l'Intérieur. Non. Il y avait aussi celui qui réclamait qu'on laisse carte blanche à la police concernant les « étrangers » et les « indésirables ».

Kamal Hadley.

Callie a quinze ans

Ils ont annoncé aux informations que deux personnes avaient trouvé la mort lors des récentes émeutes. L'une d'entre elles était un ancien métallurgiste du nom de Paul Butler. Décédé d'une attaque cardiaque, après avoir reçu une décharge électrique. Le journaliste l'a annoncé comme il aurait annoncé l'arrivée du prochain train. Paul ne méritait pas ce qui lui est arrivé. Personne ne méritait d'être traité de cette façon. Je ne connaissais pas l'autre type, mais c'était un mari, un fils. Nous ne faisions rien de mal. Nous avions juste un peu gêné la circulation. Est-ce que ça méritait la mort de deux personnes ? La police n'avait aucun droit de se comporter ainsi. Le gouvernement n'avait pas le droit. Nous ne faisions rien de mal.

Pendant que je regardais les informations, mon cœur se durcissait, mon âme se glaçait.

Ils n'avaient pas le droit.

Est-ce que je ressentais la même chose que mon père, quand son propre père avait été arrêté après l'explosion au centre commercial de Dundale ? Ses entrailles brûlaient-elles comme les miennes aujourd'hui, quand il a été renvoyé du collège ? Avait-il cette même nausée quand il a compris qu'il ne serait jamais assez intelligent, jamais assez bien, jamais assez prima ? Pour la première fois, je comprenais réellement mon père. Je le haïssais toujours autant, mais je le comprenais.

Je ne pensais pas qu'une telle chose arriverait un jour. Quelle ironie !

Sephy

La voiture métallisée me suivait depuis que j'avais tourné au coin de ma rue. C'est du moins à ce moment-là que je l'ai remarquée. Qui était-ce cette fois ? Un connard du gouvernement qui nous surveillait, Meggie et moi, après les émeutes d'il y a quinze jours ? Est-ce qu'ils croyaient vraiment qu'on avait quelque chose à voir dans tout ça ? Je pensais que ces bêtises de filature et d'écoutes avaient cessé depuis des années. Ils devaient savoir à présent que ni Meggie, ni moi n'avions de rapport avec la Milice de libération. Je marchais lentement, un sac de courses dans chaque main. Le plastique me coupait les doigts. Que devais-je faire ? Continuer à avancer ? M'arrêter et dire au chauffeur que je l'avais repéré ? Si au moins j'avais été en voiture, j'aurais pu le semer dans la circulation, mais à pied ! Avec ces sacs plus lourds à chaque pas...

Si je rentrais chez moi, c'était comme mener le loup à la bergerie... mais de toute façon, il devait déjà savoir où j'habitais puisqu'il m'attendait dans ma rue.

Que faire ?

J'ai décidé de rentrer. Je serai plus en sécurité à la maison. Je me suis forcée à ne pas accélérer le pas.

« Marche normalement, Sephy. Tout va bien. »

Avant d'arriver à ma porte, j'ai pris mes deux sacs dans une main et j'ai cherché mes clés. Du bout des doigts, j'ai trouvé la bonne. J'ai laissé ma main dans ma poche le plus longtemps possible. Je tremblais en introduisant la clé dans la serrure, mais je ne l'ai pas fait tomber. L'instant d'après, j'étais dans le couloir. Je me sentais comme un rat dans un conduit d'évacuation. J'ai claqué la porte. J'ai lâché mes sacs et j'ai couru dans le salon. Discrètement, j'ai soulevé un coin de rideau. Je n'étais pas victime d'une crise de paranoïa aiguë. La voiture avait ralenti devant chez moi. Une femme, une Prima, se trouvait au volant. Elle a observé la maison. Je me suis écartée de la fenêtre.

M'avait-elle vue ?

Quelle idiote ! Mais oui, bien sûr qu'elle m'avait vue ! Elle me suivait !

Pas de panique, Perséphone.

Les jours où des gens te suivaient pour t'insulter sont révolus. Il arrive encore que l'on m'adresse quelques mots doux, ou des regards assassins, mais sans comparaison avec ce que j'ai subi quand Callie Rose était petite.

La femme a scruté la façade. Combien de temps comptait-elle rester là ? Si elle était venue m'agresser, elle allait apprendre que je savais me défendre. Cette fois, c'en était trop. J'ai ouvert la porte et je suis sortie. J'ai traversé l'allée à grands pas. La femme s'est raidie derrière son volant, mais elle n'a pas bougé. J'ai tapé deux coups sur sa vitre. Elle a appuyé sur un bouton et la vitre s'est baissée en ronronnant.

– Je peux vous aider ? ai-je demandé sur un ton belliqueux.

– Vous êtes Perséphone Hadley ? m'a demandé la femme.

– Qui la demande ?

– Je m'appelle Céline Labinjah.

Ce nom ne me disait rien. La femme a coupé son moteur. Elle est sortie du véhicule, une enveloppe brune à la main.

– Mon père était Jack Labinjah.

Elle avait prononcé ce nom comme s'il était la clé du mystère.

– Il était gardien de prison à Hewmett. Avant de mourir, Callum McGrégor lui a donné une lettre à vous remettre.

J'ai senti une douleur au creux de l'estomac. Mon cœur s'est serré. Jack Labinjah. Je me le rappelais à présent. Sa voix grave, sa moustache soignée, ses yeux tristes alors qu'il me tendait la lettre de Callum. Cette lettre qui avait anéanti mes illusions sur l'amour. Jusqu'à ce que j'apprenne qu'on ne pouvait aimer personne si l'on ne s'aimait pas soi-même.

Ma suspicion envers la femme s'était transformée en malaise.

– Que voulez-vous ? lui ai-je demandé.

– Mon père est décédé il y a cinq mois, a répondu Céline Labinjah. Avant de mourir, il m'a fait promettre de vous retrouver et de vous remettre quelque chose en main propre.

Toute phrase de condoléance m'a échappé.

– Quoi ? Qu'est-ce que c'est ?

– Cette enveloppe.

– Non, merci.

J'avais déjà tourné les talons. La dernière fois que Jack Labinjah m'avait apporté une lettre, il avait dévasté ma vie. Je ne voulais rien d'autre de sa part. Je remontais l'allée qui menait chez moi, mais Céline m'a couru après. J'espérais pouvoir lui fermer la porte au nez, mais elle est arrivée trop vite.

– Écoutez, je ne prends pas plus de plaisir que vous à délivrer ce message.

Elle m'a de nouveau tendu l'enveloppe. Comme une enfant, j'ai caché mes mains derrière mon dos.

– Je ne partirai pas avant que vous l'ayez prise, a-t-elle insisté. Je l'ai promis à mon père.

– Qu'est-ce que c'est ?

– Je ne sais pas, a lancé Céline impatiemment. Mon père m'a seulement raconté qu'un homme du nom de Callum McGrégor avait écrit cette lettre à sa petite amie. C'était vous, sa petite amie ?

Je suis restée silencieuse.

– Quoi qu'il en soit, d'après mon père, cet homme, ce Callum, avait froissé et jeté cette lettre. Puis il en a écrit une autre qu'il a demandé à mon père de vous remettre. Mon père a ramassé la première et l'a conservée.

– Pourquoi ?

– Mon père avait promis de vous donner la deuxième, mais il savait que la première était la vraie.

– Je ne comprends pas. Comment pouvait-il en être sûr ?

– C'est ce que Callum lui avait dit. Mais il avait ajouté que cette lettre était… égoïste. Il avait fait promettre à mon père de vous apporter l'autre.

– Alors, pourquoi a-t-il tenu à ce que vous me donniez celle-ci ? ai-je lâché avec amertume. Je n'en veux pas et apparemment… Callum ne désirait pas non plus que je la lise.

– Mon père affirmait que son âme ne connaîtrait pas la paix si vous n'entriez pas en possession de cette lettre. C'est tout ce que je sais.

Je suis restée immobile. Céline a pris ma main et y a glissé l'enveloppe.

– Elle ira droit dans la poubelle, ai-je dit.

– Vous faites ce que vous voulez. J'ai accompli la dernière volonté de mon père, c'est tout ce qui compte, a rétorqué Céline.

Elle est remontée dans sa voiture et elle est partie. Je suis entrée dans la maison. J'avais les mains moites. Je me suis dirigée vers la cuisine, prête à jeter l'enveloppe à la poubelle.

Mais je n'ai pas pu.

Je n'ai pas pu.

Mon cœur était sur le point d'éclater, à chaque fois que je posais les yeux sur la lettre. Mon estomac était noué. J'ai ouvert l'enveloppe et j'ai sorti une feuille pliée en quatre. Je me méprisais pour cette faiblesse. J'aurais dû la brûler, la déchirer... Pourquoi continuais-je de m'infliger de telles souffrances ?

Un soir, après ma séparation avec Sonny, avant que je rencontre Nathan, je m'étais forcée à me souvenir du couple que nous formions, Callum et moi. Je me suis repassé chaque détail, agréable ou non. Certains m'ont fait rire à voix haute, d'autres m'ont fait pleurer, la plupart m'ont fait sourire. Mais surtout, j'ai recommencé à croire. À être sûre, même, que Callum m'aimait comme je l'aimais. La douleur que j'avais éprouvée en lisant sa lettre s'estompait. Quand je me suis fait voler la lettre, j'ai eu terriblement peur que le passé me saute à nouveau au visage, mais en même temps, j'étais contente d'être débarrassée de ce bout de papier. Au fil des jours et des mois, ma peur a disparu. La lettre ne ressurgirait pas. Et sans elle, j'étais beaucoup plus à même de réfléchir et de distinguer la vérité du mensonge.

Callum m'aimait.

J'en étais aussi sûre maintenant que quand j'étais adolescente. Aussi sûre maintenant que le jour où il était mort, sous mes yeux. Je n'avais pas besoin d'une nouvelle lettre empoisonnant mes souvenirs.

Il y avait deux feuilles. Elles avaient été froissées, puis lissées et pliées. Elles étaient jaunies par le temps. On aurait dit une vieille carte, pleine de traits et d'indications. Ma gorge s'est serrée. L'écriture de Callum, penchée et reconnaissable entre toutes, m'a serré le cœur. J'avais déjà vécu cette scène et je n'avais aucune envie de la vivre à nouveau. Mais les mots de Callum m'ont entraînée. Et puis, je n'avais rien à perdre. Il était impossible que cette lettre me fasse aussi mal que la première.

Impossible.

Alors pourquoi ce poids sur ma poitrine ?

Je me suis assise sur une chaise de la cuisine et j'ai lu.

J'étais plus immobile qu'une statue. Céline Labinjah était-elle partie depuis une seconde ? Une heure ? Une journée entière ? Je ne ressentais plus rien. J'ai attendu. Même d'avoir mal. Mais rien. Pourquoi ? Pourquoi avait-il fait ça ? Pourquoi ne m'avait-il pas tout simplement donné cette lettre que j'avais à présent entre les mains ?

Pourquoi, Callum ? Pourquoi ?

Pensais-tu vraiment qu'une lettre haineuse m'aiderait à avancer ? Pensais-tu réellement que me dire que tu ne m'avais jamais aimée me permettrait de me détacher de toi ? Tu me connaissais si mal ! Mais nous n'étions que des enfants, des jeunes gens qui essaient, sans y parvenir, de se donner tout ce qu'ils possédent. Le monde n'avait que deux couleurs pour nous : le blanc et le noir. Pas de nuances. Nous avions notre amour, nos drames, nos rêves. Nous avons manqué de temps. Le temps de grandir ensemble, de vieillir ensemble.

Mais ces mots que tu as criés quand le bourreau a recouvert ton visage de cette affreuse cagoule.

« Je t'aime, Sephy... »

Je t'ai cru.

Et ta lettre a tout détruit. J'ai passé tant d'années à me demander si ces derniers mots annulaient la lettre ou si la lettre annulait ces mots.

« Je t'aime, Sephy... »

J'ai cessé de croire. Je me suis persuadée que je n'avais entendu que ce que j'avais voulu entendre. Que tu n'avais jamais prononcé ces mots. Comment aurais-tu pu, alors que tu m'avais écrit de telles horreurs ? Comment as-tu pu me tromper ainsi ? Quand j'ai lu cette lettre, cette lettre vénéneuse, c'est comme si tu avais déchiré mon âme de tes propres mains.

Le reste du monde, j'aurais été capable de l'affronter. Je me fichais du reste du monde. Mais toi ? Je t'aimais. Et tant que je pensais que tu m'aimais aussi, personne ne pouvait me faire de mal. J'avais pour moi ton amour et notre fille. Je n'avais besoin de rien d'autre.

Quand j'ai cru t'avoir perdu, je me suis perdue moi-même. Je me suis fermée. Je me suis même fermée à ma fille. Il a fallu qu'elle manque de mourir pour que je revienne à la vie. Et tout ça pour rien. Pour une lettre dont tu ne pensais pas le premier mot. Tu t'es trompé. Tu aurais dû me dire que tu m'aimais.

Tu as appartenu à la Milice de libération pendant trop longtemps, Callum. Comment as-tu pu croire que ta haine me libérerait mieux que ton amour ?

Tu ne m'as pas comprise, Callum, mais je ne t'ai pas compris non plus. J'aurais dû écouter mon cœur. J'ai essayé. J'ai essayé si fort. En vain. M'accrocher à mes souvenirs était comme essayer de retenir la brume dans mes mains. Ta lettre était si concrète. Je la touchais, je passais mes doigts sur les angles, sur les mots tracés à l'encre noire. Lorsque j'avais cette lettre entre les mains, ma mémoire réinventait même ton odeur. Et ma douleur, mêlée à mon imagination, me faisait entendre ton rire de mépris. J'aurais dû avoir foi en toi. Mais la foi devient souvent inaccessible aux moments où on en a le plus besoin. J'ai échoué à avoir foi en toi. Comme j'ai échoué dans tant de domaines.

Et maintenant ?

Oh, Callum ! Je t'ai tellement aimé… mais regarde le chaos que tu as semé dans nos vies.

Oh, Callum…

Sephy contre Callie Rose

Callie Rose

Maman m'a tendu la lettre. Effrayée, j'ai reculé. Je me suis cognée contre des bouteilles qui ont protesté en cliquetant.

– Maman, s'il te plaît. Je n'ai pas envie de la lire.

Je n'avais plus seize ans. J'étais redevenue une petite fille terrifiée à l'idée de souffrir à nouveau.

Maman a souri tristement.

– C'est exactement ce que j'ai ressenti avant de la lire, moi aussi. Mais Callie Rose, c'est à toi de décider si tu préfères vivre avec un mensonge ou avec la vérité.

Dans le sourire de ma mère, j'ai vu… J'ai brièvement détourné la tête. Au cas où ce que j'avais décelé n'aurait été que le fruit de mon imagination. Mais non. J'avais envie de demander à ma mère de remettre la lettre dans sa poche. Ou de me la lire… mais je n'étais plus une enfant.

J'ai pris la feuille. Elle a craqué sous mes doigts. Seulement quelques mots et tant de pouvoir en eux.

– Est-elle… est-elle aussi horrible que l'autre ? ai-je murmuré.

– Lis.

Les mots ont d'abord dansé devant mes yeux…

Callum

Sephy, ma chérie,
C'est la lettre la plus difficile que j'aie jamais eu à écrire de ma vie. J'ai tant à te dire, mais je ne sais pas par quoi commencer.

Je vais mourir. C'est sûr à présent. Je vais mourir et je ne peux pas l'empêcher.

Je me suis réconcilié avec cette idée. Je ne suis pas blanc comme neige, Sephy. J'ai commis des actes terribles, dont je ne suis pas fier. J'ai blessé et tué. Je m'en repens. Je ne suis pas un saint.

Je voulais t'avouer autre chose : je n'étais pas vierge quand nous avons fait l'amour, ma chérie, mais tu es la seule que j'aie jamais aimée. Faire l'amour avec toi a été pour moi comme atteindre le paradis. Rien que pour ça, ma vie valait d'être vécue. Être avec toi, près de toi, en toi… je n'avais jamais osé le rêver. J'espère, je souhaite de tout mon cœur, que jamais tu ne regretteras ces instants, Sephy. Même sous la torture, jamais je ne les regretterai.

Je ne veux pas que tu te fasses le moindre reproche. Ma mort n'a rien à voir avec toi. J'assume mes choix. Ne perds pas ton temps à te culpabiliser. Mais je te connais et j'ai si peur que tu laisses ce qui va m'arriver gâcher ta vie. Ne le fais pas. Ton père et tous ceux qui ont essayé de bâtir un mur entre nous, auraient gagné. Ne les laisse pas gagner, Sephy.

Pour parler franchement, j'ai bien un regret. Un seul. J'aurais dû te suivre quand tu es partie en pension à Chivers. Regarder la voiture de ton père s'éloigner de moi a été un des pires moments de ma vie. J'étais prêt à prendre un train ou un taxi pour te rejoindre, mais j'ai réussi à me convaincre que c'était un signe. Peut-être devions-nous nous séparer. Ma vie n'a été que chaos à partir de ce moment. Je voulais que nos chemins se séparent. Si nous avions réellement essayé, toi et moi, et si ça avait échoué, je n'aurais pas pu continuer de vivre. J'espère que tu es plus courageuse que moi, Sephy. Si l'occasion d'un véritable bonheur se présente, saisis-la à deux mains. Que ce bonheur dure cinq minutes ou cinq ans, ça vaut la peine. Parfois, peut-être, certains te cracheront mon nom au visage.

N'essaie pas de me défendre. Je mérite probablement toutes les insultes que l'on proférera à mon égard. Mais n'oublie jamais : je t'aime plus qu'il y a d'étoiles dans le ciel. Plus que de secondes passées ou à venir, plus que tu ne peux l'imaginer. Je t'aime. Je ne sais pas si notre enfant sera un garçon ou une fille, je ne sais même pas si tu vas garder cet enfant, mais je l'espère. Merci Sephy, tu es mon espoir. Si cet enfant voit le jour, tu n'auras qu'une chose à lui dire : que je l'aime. J'aime l'idée d'avoir un enfant avec toi, un enfant conçu dans l'œil du cyclone. Ma dernière pensée sur cette Terre sera pour toi et notre enfant. Répète-lui souvent combien je l'aime.

Sephy, je te demanderai une dernière chose. Une dernière faveur. Tu dois me promettre de me l'accorder.

Ne parle pas à notre enfant de tous les actes que j'ai commis lorsque je faisais partie de la Milice de libération. Et ne lui raconte pas comment je suis mort.

Je ne veux pas que notre enfant me déteste. Je te fais confiance, Sephy. J'ai toujours attiré la malchance sur ceux qui m'aimaient, je ne veux pas de ça pour notre bébé. Il sera assez difficile pour lui d'affronter le monde en étant métis.

Et mon amour, ne pleure pas pour moi. Je t'aime. Je vis et je meurs en pensant aux moments que nous avons partagés et à l'instant où nous nous retrouverons. Pour l'éternité.

À toi, pour la vie sur cette Terre et celle dans l'autre monde,
Callum

Callie Rose

Je n'étais plus dans la cave de ma grand-mère. J'étais dans une cellule avec mon père. Je le regardais écrire cette lettre que je tenais à présent. Je le voyais déverser son âme et son amour dans ces mots. Je le voyais froisser la lettre et la jeter avant d'en commencer une autre.

Ce n'est qu'à la deuxième lecture que les mots ont réellement pris sens pour moi.

– Pourquoi ne t'a-t-il pas envoyé celle-là ?

– Parce qu'il pensait qu'elle m'empêcherait de me détacher de lui et d'avancer dans la vie. Parce qu'il voulait se faire pardonner pour la manière dont tu avais été conçue. Parce que nous étions tous deux si jeunes. Parce qu'il se sentait plus respectable. Choisis la raison que tu préfères.

– Toi, qu'est-ce que tu penses ?

Maman a souri.

– Un peu tout ça. Il l'a fait aussi parce qu'il m'aimait. Ça lui a semblé une bonne idée à ce moment-là.

Le ton de Maman était léger, presque désinvolte. Mais maintenant que je regardais vraiment les choses, je comprenais. Je commençais à entrevoir où toute cette souffrance avait pris sa source. Je voyais à travers le brouillard que Maman diffusait en permanence autour d'elle, pour se cacher des autres. Même de moi. Surtout de moi. Je découvrais une femme que je ne connaissais pas. Que je devrais apprendre à connaître. Cette idée m'a rendue triste.

– Cette première lettre que tu as reçue de mon père, elle t'a fait beaucoup souffrir ?

Le sourire de Maman s'est évanoui. Son visage s'est figé. Son regard s'est voilé.

– Elle a détruit tout l'espoir que j'avais en moi, a-t-elle soufflé.

– Ton espoir de quoi faire ? ai-je voulu savoir.

– Elle a détruit tout mon espoir, a-t-elle répété.

J'étais perdue. J'avais appris tant de choses aujourd'hui, et j'en
saisissais si peu.

– Quand as-tu retrouvé l'espoir ? ai-je poursuivi. Quand ?

Maman a secoué la tête.

– Quand ? ai-je insisté.

Peut-être que je me faisais des illusions. Peut-être que ma mère
n'avait jamais retrouvé l'espoir.

– Tu avais trois ans et demi. Peut-être quatre, a murmuré
Maman. Je te lisais une histoire. Quand j'ai eu fini, tu m'as fait
un câlin et tu m'as dit : « Je t'aime, Maman. »

Silence.

– Et ?...

Je ne comprenais pas.

– Et, ce jour-là, j'ai eu à nouveau envie de vivre. Pour toi. Tu
étais mon espoir.

– Arrête, Maman. Je sais que tu ne veux pas me faire du mal,
mais je suis grande à présent. Je peux entendre la vérité.

Je me retenais d'éclater en sanglots.

– C'est la vérité.

– Tu ne m'as jamais aimée, Maman. Tu ne supportais pas de
me toucher... J'ai mis des années à m'en apercevoir et des années
à l'accepter.

– J'avais peur, a reconnu ma mère.

Je ne m'étais pas attendue à cette réponse. J'avais joué cette
scène des centaines de fois dans ma tête, prêtant à ma mère toutes
sortes de réponses. Jamais celle-là.

– Peur de quoi ?

– Quand tu étais bébé, j'ai essayé de te protéger du reste du monde, je t'ai serrée si fort que tu as failli mourir. Quand je suis sortie de l'hôpital, j'ai eu peur de recommencer. J'ai passé un marché avec Dieu. Je ne croyais pas en lui, mais j'avais si peur. S'Il te protégeait, jamais, plus jamais, je ne te ferai de mal. J'ai essayé de respecter cette promesse.

Des larmes ont roulé sur mes joues.

– Tu ôtais la terre sur mes genoux écorchés, tu passais mes doigts pincés sous l'eau froide, tu peignais mes cheveux emmêlés, mais sans jamais me câliner.

Elle me prenait les épaules, m'embrassait le front, me caressait la joue, ne me serrait jamais contre elle. Elle ne m'a jamais enveloppée de son amour. Elle restait en périphérie. Je ne me suis jamais sentie protégée.

– Je me suis toujours occupée de toi.

– Je détestais ta manière de le faire.

Maman a hoché la tête tristement.

– Je sais. Je sais.

– Et cette lettre ne change rien.

– Je sais, je sais, a acquiescé Maman.

Callie a quinze ans

– Grand-mère Meggie ! ai-je appelé.

Silence. Les rayons du soleil baignaient le parquet de l'entrée. C'était presque joli. Je me suis immobilisée et j'ai tendu l'oreille. Maman était-elle à la maison ? Apparemment pas. La maison était plus silencieuse qu'une église vide. J'ai fermé la porte derrière moi. Presque aussitôt, la sonnette a retenti. Oncle Jude venait de me déposer mais ça ne pouvait pas être lui. Il ne se serait jamais présenté ici. S'il voulait me parler, il m'appelait sur le portable qu'il m'avait acheté en secret et nous nous donnions rendez-vous. J'ai ouvert. Je n'étais pas d'humeur à recevoir des étrangers.

Surtout pas celui-là.

Tobey.

— Salut, Callie. Je peux entrer ?

J'avais envie de lui claquer la porte au nez, mais Tobey la bloquait de la main.

— Pas plus de deux minutes, ai-je marmonné.

Je ne voulais pas qu'il s'imagine que j'étais contente de le recevoir.

Tobey est entré dans le couloir et a refermé la porte derrière lui. Il s'est placé devant, cachant le soleil. Je me suis dirigée vers le salon. Il m'a suivie.

— Qu'est-ce que tu veux ? lui ai-je demandé avec impatience.

— Qui est l'homme qui vient de te déposer ? m'a interrogée Tobey.

J'ai laissé tomber mon sac de classe à mes pieds.

— Ça ne te regarde pas.

— Si c'est Jude McGrégor, tu vas droit au-devant des problèmes, m'a lancé Tobey. Il est recherché pour meurtre et terrorisme politique. Il est un des cinq dirigeants de la Milice de libération.

— Et t'as lu ça sur quelle boîte de céréales ?

— J'ai fait une recherche sur le Net, à partir d'une photo… une photo que j'ai prise la dernière fois qu'il t'a déposée.

J'étais abasourdie.

— C'est à ça que tu occupes tes journées ! Ta vie doit être bien ennuyeuse pour que tu passes ton temps à fouiner dans la mienne.

Tobey n'a pas répondu.

— Qu'est-ce que tu as, Tobey ? ai-je repris. Pourquoi tu n'arrêtes pas de me suivre partout ? Dès que je me retourne, tu es là, au collège, chez moi... tu m'espionnes ou quoi ? C'est comme ça que tu t'éclates ?

Il est resté silencieux.

– C'est ça, hein ? Le soir, tu éteins ta lumière et tu me mates par la fenêtre ?

J'étais horrible, mais je n'arrivais pas à m'arrêter. Si au moins, il m'avait crié dessus, ou s'il était parti... mais il restait immobile devant moi.

– Dis-moi à quelle heure tu es prêt et j'ouvrirai mes rideaux pour te faire un strip-tease !

– Qu'est-ce qui t'arrive, Callie ?

– J'ai grandi ! ai-je rétorqué.

– Non, tu t'es aigrie. C'est ma faute ?

– Va-t'en, Tobey. Tu m'ennuies.

Il s'est dirigé vers la porte. Avant de l'atteindre, il a lâché sans se retourner :

– Tu comptes beaucoup pour moi, Callie. Plus que qui que ce soit au monde. Mais tu ne me rends pas les choses faciles.

J'ai attendu que la porte se referme pour baisser ma garde. Je me suis assise. Que voulait dire Tobey ? Depuis quand étais-je importante pour lui ? Sans doute sa culpabilité le taraudait-elle... ou peut-être n'étais-je plus capable de distinguer la réalité du faux semblant ?...

Sephy

Ma mère s'éveillait doucement. Elle a finalement gardé les yeux ouverts assez longtemps pour enregistrer ma présence. Elle a penché la tête vers moi et a essayé de sourire. J'ai essayé moi aussi. Je n'y suis pas arrivée.

– Bonjour, Maman. Comment te sens-tu ?

– Fatiguée.

Quel euphémisme. Pour la première fois, ma mère faisait vraiment son âge.

– Tes cheveux sont bien, ai-je tenté.

– Cette perruque m'a coûté assez cher !

– Oh, Maman !

– Est-ce que ça veut dire que tu ne veux pas entendre parler de mes plaies dans la bouche, de mes constantes diarrhées ou du goût de pourriture que prend chaque aliment que j'avale ? a souri Maman.

Je me suis forcée à lui rendre son sourire.

– Contente de voir que tu n'as pas perdu ton sens de l'humour…

– C'est à peu près tout ce qui me reste ! Je pars en petits morceaux, a rétorqué ma mère.

– Est-ce que je peux t'apporter quelque chose ? lui ai-je demandé en m'asseyant sur le bord de son lit.

– Un nouveau corps ?

– Je n'en ai plus en stock. Désolée.

– Alors je crois que je pourrais me contenter d'un câlin…

J'ai haussé les sourcils.

– Tu es sûre que je ne risque pas de te faire mal ?

Ma mère a fait la moue.

– J'ai lu quelque part que les enfants privés de tendresse physique ne grandissent pas aussi bien que les autres et s'ils sont malades, ils guérissent moins vite, a-t-elle lancé. C'est intéressant, n'est-ce pas ?

– Tu n'es plus une enfant, lui ai-je fait remarquer.

– Nous sommes tous des enfants, a riposté ma mère. Du plus jeune au plus vieux d'entre nous.

Elle me dévisageait. Elle voulait me dire quelque chose.

– Sephy, ce qui est arrivé à Callie quand elle était bébé était un accident. Rien de plus, rien de moins. Quand vas-tu enfin te pardonner ?

– Maman, tu t'inquiètes pour rien. Et je ne suis pas venue pour discuter de ça, me suis-je maladroitement défendue. Je voulais savoir comment tu allais.

– Si tu n'ouvres pas les bras à Callie, a poursuivi ma mère, tu vas la perdre.

La perdre… J'avais essayé de lui parler, de m'excuser, de la supplier de m'accorder cinq minutes. J'avais essayé… et j'avais échoué. Ma fille refusait de me pardonner. Je ne pouvais pas lui en vouloir. La perdre… je l'avais déjà perdue.

J'ai pris une longue inspiration. J'ai esquissé un sourire pour éloigner les larmes qui me piquaient les yeux. Mais ma mère n'était pas dupe.

– Maman, je crois… je crois qu'il est trop tard. Callie Rose ne veut plus m'adresser la parole. Elle supporte à peine de se tenir dans la même pièce que moi. J'ai tout gâché… et je n'ai même pas eu besoin de l'aide de Jude.

– Jude ! s'est exclamée ma mère. Que vient-il faire là-dedans ?

– Il a pris contact avec Callie Rose.

– Quoi ?

Ma mère a grimacé de douleur en se redressant sur ses oreillers.

– Qu'est-ce que tu me racontes ?

Je lui ai dit tout ce que je savais. Peu. Mais assez pour décomposer le visage de ma mère.

– Sephy, j'aimerais que tu me rendes un service, m'a-t-elle demandé quand j'ai eu fini.

– Tout ce que tu veux, ai-je promis.

– Je voudrais que tu demandes à Meggie de venir me voir ici.

– Pour quoi faire ? Jude est le seul enfant de Meggie encore en vie. Elle ne veut rien entendre contre lui.

– Je veux juste discuter avec elle en souvenir du bon vieux temps, a tranché ma mère. Demande-lui de venir, s'il te plaît. Je m'occupe du reste.

Callie a quinze ans

Je suis si fatiguée que je tiens à peine debout. Mes muscles me tirent affreusement.

Je reviens d'un entraînement de la Milice de libération. Nous avons commencé par « le champ », ce qui signifie que nous avons couru et escaladé des obstacles. Cette fois, je ne me suis écroulée qu'au milieu du parcours. C'est toujours mieux que les deux premières fois où je n'avais réussi à franchir que cinq ou six obstacles. Nous nous sommes balancés à des cordes pour passer au-dessus de mares boueuses, nous sommes tombés dans les mares, nous les avons traversées à la nage, nous avons plongé dedans pour passer sous des filets... J'ai également appris à démonter un fusil d'assaut et à le remonter. Ces fusils sont incroyablement lourds. Et comme je n'arrêtais pas de me tromper, j'ai dû recommencer trois fois. À la fin, j'arrivais à peine à le soulever. Je ne parle même pas de tirer avec. Je n'en pouvais plus. Oncle Jude m'a juré que c'était pareil pour lui, au début des entraînements. J'ai du mal à le croire, mais c'était gentil de sa part d'essayer de me rassurer.

Ensuite, on nous a montré comment fabriquer des armes d'autodéfense, comme des bombes à gaz ou à clous, et pour finir, on nous a enseigné la manière de piéger un téléphone portable pour espionner les appels.

C'était si étrange d'être assise dans une salle de classe et d'écouter un cours sur la fabrication des bombes au lieu d'algèbre. J'ai dû me pincer plusieurs fois pour être sûre que je ne rêvais pas. Je me demandais pourquoi j'étais venue. Je ne serais jamais capable de prendre une arme et de tirer sur quelqu'un. Oncle Jude me répète que nous n'apprenons toutes ces choses que pour savoir nous défendre mais la simple idée de faire un trou dans le corps d'un être humain... de sang-froid...

Je ne suis pas sûre de pouvoir, c'est tout.

Pas parce que j'ai peur de mes émotions...

Plutôt parce que j'ai peur de n'en ressentir aucune.

Oncle Jude se tenait dans la salle et observait la classe. Notre professeur et tous les adultes du camp s'adressaient à lui avec respect et déférence. Il devait avoir un poste important. Tobey avait peut-être raison en fait.

À plusieurs reprises je l'ai surpris à froncer les sourcils vers moi, mais quand il croisait mon regard, il souriait. C'était la troisième fois que je venais au camp. Au début, c'était excitant. Oncle Jude m'avait demandé de l'appeler « monsieur » devant les autres. J'étais fière de l'appeler ainsi. Fière d'entendre les autres l'appeler ainsi. Ça faisait partie du jeu. Ça m'était même égal d'être appelée par l'instructeur « une recrue issue des deux cultures ».

Ensuite, ça m'a semblé plus difficile. L'instructeur a commencé à énumérer tout ce qui nous attendait dans « le champ ». Pendant l'entraînement, je suis tombée si souvent que j'avais peur d'être bleue des pieds à la tête. Malgré tout, je continuais à me répéter que je participais à une grande aventure. J'étais l'héroïne d'un vieux film, j'apprenais à combattre pour tuer les méchants.

À la fin de la deuxième session, on nous a montré un film.

C'était monstrueux. Des images de Nihils battus par des policiers, le visage en sang, d'un Nihil, cogné à mort pour être entré sur une « zone réservée aux Primas », le corps démantelé d'un Nihil pendu puis tiré par une voiture par deux Primas, un officier de police prima expliquant que les Nihils aimaient la violence et avaient besoin d'être dressés, qu'il suffisait pour s'en convaincre de les regarder à la sortie d'un match de foot ou d'un bar. Cet officier exposait également que les Nihils avaient des cous plus solides que les Primas et que pour cette raison, on devait les frapper plus fort. Du coup, bien sûr, certains mouraient lors des arrestations. Toutes ces images avaient moins de cinq ans. Il avait été question de la plupart de ces faits au journal télévisé.

J'étais révoltée, écœurée devant ces images. Mes yeux et ma gorge me brûlaient. Mon cœur s'est embrasé. Une rage s'est emparée de moi et quand le film a été fini, j'étais emplie de haine.

À ce moment, l'entraînement a cessé d'être un jeu.

Et ce matin, quand l'instructeur nous a indiqué les meilleurs endroits pour poignarder quelqu'un de façon à le tuer instantanément et en silence, j'ai commencé à avoir peur. Peut-être qu'oncle Jude savait ce que je ressentais parce qu'il a très peu parlé en me ramenant à la maison. Une phrase de grand-mère Meggie me revenait en mémoire : « Ne va jamais fourrer ta tête là où tes fesses ne peuvent pas suivre. » C'est exactement ce que j'avais fait.

Et je suis coincée.

Et je suis si fatiguée. Fatiguée de tout.

Je vendrais mon âme contre une issue de secours.

Meggie

En rentrant de son week-end, Callie s'est immédiatement enfermée dans la salle de bains.

Non, elle ne voulait pas d'une tasse de thé.

Non, elle n'avait pas faim.

Et oui, elle allait bien.

Et oui, elle était fatiguée.

Et pour l'amour de Dieu, est-ce qu'on pouvait lui ficher la paix ?

J'ai tout de suite cessé de lui poser des questions. Quand Sephy lui a demandé, à travers la porte de la salle de bains verrouillée, où elle avait passé son week-end, Callie ne s'est même pas donné la peine de répondre. Sephy a presque supplié Callie de lui ouvrir la porte pour qu'elles puissent discuter. Elle avait appuyé son front contre le bois et elle n'a obtenu que du silence. Au moins, Callie Rose avait daigné me parler à moi. Même si ses réponses avaient été brèves. Sephy m'a jeté un regard de mépris avant de descendre l'escalier.

– Meggie, a-t-elle lancé en enfilant son manteau. Ma mère voudrait vous voir. Si ça ne vous dérange pas. S'il se passe quoi que ce soit, je serai chez Nathan.

Sephy rentre à la maison, Callie s'en va. Callie rentre à la maison, Sephy s'en va. C'est comme un jeu de chaises musicales où les chaises sont remplacées par les pièces de la maison et la musique par la haine. C'est un jeu qui n'amuse personne, mais que nous ne pouvons arrêter.

Sephy et Callie font partie de ma famille. Tout autant que mon fils Jude. Jude se tient d'un côté, Sephy et Callie de l'autre. Je suis au milieu.

Sephy pense que j'ai choisi mon camp. Mais c'est faux.

Est-ce faux ?

Je ne sais pas, je ne sais plus.

Nous ne pouvons continuer ainsi.

Nous allons droit à la confrontation. Cette confrontation sera sanglante et brutale. Peut-être qu'aucun de nous n'y survivra.

Sephy

– Alors c'était comment ? m'a demandé Nathan. Sois franche.

– Nathan, je t'ai déjà répondu, ai-je souri. C'était délicieux. Si ton chef cuisinier tombe malade, tu pourras le remplacer sans problème.

– Pas dans cette vie, a ri Nathan.

Il a débarrassé les assiettes à dessert. J'essayais de me concentrer sur lui et d'oublier mes problèmes à la maison.

– Tu es sûre que tu ne veux pas d'aide ? ai-je appelé.

– Certain. Détends-toi.

La cuisine et le salon, chez Nathan, étaient une seule et même grande pièce. La séparation était matérialisée par un bar. Son appartement était très agréable. Un nid de célibataire, mais propre. Meublé de façon neutre, mais avec goût. Le parquet était en érable, les murs peints couleur ivoire et décorés de tableaux post-impressionnistes et quelques œuvres d'art moderne originales. La salle de bains, en revanche, était en marbre noir et contenait une douche et la plus immense baignoire que j'avais jamais vue. On pouvait s'y tenir au moins à trois. Les miroirs qui surmontaient les lavabos étaient dorés. C'était somptueusement décadent et pour le moins surprenant, après l'austérité des pièces à vivre. Mais Nathan affirmait qu'il l'avait fait exprès.

Je me suis laissée tomber sur le canapé, un verre de vin blanc à la main. La chaleur du feu aurait dû me relaxer, j'aurais dû ne penser qu'à Nathan et à notre relation. Mais mon esprit, et surtout mon cœur, étaient restés avec ma fille. La situation entre nous était pire que jamais. Les insultes, et surtout les silences, étaient insupportables. Des silences si intenses qu'ils me terrifiaient. Je ne me rappelais pas la dernière fois où j'avais vu Callie sourire. Où était partie ma petite fille ensoleillée ? Celle qui regardait le ciel et parlait à son père comme s'il se trouvait à côté d'elle. La Callie Rose d'aujourd'hui n'est que l'écorce de celle d'avant. Je dois trouver un moyen de briser cette écorce pour la retrouver.

Mais comment ?

– Tu penses encore à Callie ?

Nathan s'est assis près de moi.

– Désolée, ai-je soupiré. Tu dois en avoir assez. Je ne suis pas une compagnie très agréable en ce moment.

– Comment puis-je t'aider ?

J'ai secoué la tête.

– Callie et moi devons nous débrouiller seules.

– Un changement d'environnement vous aiderait-il ?

– Quel genre de changement ? ai-je demandé.

– Eh bien, a commencé Nathan en prenant mon verre, je me disais seulement que si toi et moi, on se mariait, nous pourrions emménager dans une nouvelle maison…

Mes sens se sont soudain réveillés. J'entendais la machine à café dans la cuisine, je sentais le parfum subtilement citronné de Nathan se mélanger à l'arôme du café. Le vin blanc avait laissé un léger goût sucré sur ma langue. Les mains de Nathan dans les miennes étaient fraîches. Et mes yeux... mes yeux ne voyaient que lui.

– C'est très « Ligue pour l'entente des nations » de ta part, ai-je lancé avec désinvolture. Tu es prêt à m'épouser uniquement pour me donner une occasion de me réconcilier avec ma fille ?

– Je suis prêt à t'épouser pour une seule raison : t'avoir près de moi, a répondu Nathan avec un sérieux inhabituel.

C'était un très mauvais moment pour penser à Sonny et à sa proposition de mariage, pourtant, je n'ai pas pu m'en empêcher. À l'époque, ma peur avait tout gâché. Je ne voulais pas commettre deux fois la même erreur, mais la même peur me rongeait.

– Je... je ne sais pas quoi dire, ai-je balbutié.

J'étais d'une banalité navrante.

– Oui, ça me semble bien, a suggéré Nathan.

– Nathan, je...

Nathan a posé sa main sur ma bouche.

– Si tu veux prononcer un autre mot que « oui », ne dis rien. Du moins pas avant d'y avoir réfléchi.

– Je ne suis pas en train de refuser, Nathan, ai-je précisé.

– Mais tu ne sautes pas de joie non plus, n'est-ce pas ?

Nathan a repris sa main.

– Pas pour la raison que tu imagines, ai-je tenté d'expliquer. Ma vie est confuse en ce moment. Je n'ai aucune envie que tu te retrouves au beau milieu de ce chaos.

– Je veux faire partie de ta vie, Sephy, pas être un tracas de plus.

– Nathan, s'il te plaît, donne-moi encore un peu de temps.

– D'accord.

Nathan s'est levé.

– Je vais chercher les cafés.

Il est parti avant que j'aie le temps de l'arrêter. De toute façon, l'ambiance légère et joyeuse était brisée. Je me suis levée à mon tour et j'ai marché dans la pièce. Je cherchais quelque chose à faire de mes mains et de mes pensées. Je me suis assise au bureau de Nathan et j'ai pris une feuille de papier.

Tu me rappelles un garçon que j'ai aimé
Tu as le même sourire, le même style décontracté
Comme il embrassait bien, comme il savait m'enlacer
Dès la première fois, je me suis laissé embarquer.

Tu me fais penser à lui

Tu me rappelles un garçon que j'ai aimé
Tu as les mêmes yeux, les mêmes bras musclés
Comme il dansait bien, comme il savait m'enlacer
Ses bras autour de moi, je ne pensais qu'à me laisser aller.

Tu me fais penser à lui

J'ai peur de toi, comment m'as-tu trouvée
Pars, ne te retourne pas,
Tu me fais penser à lui

Tu me rappelles un garçon que j'ai beaucoup aimé
Tu as le même rire, les mêmes larmes, les mêmes douleurs
                                        [cachées
Comme il savait m'émouvoir, comme il savait me toucher
Mon âme tout entière lui était dévouée

Tu me fais penser à lui

J'ai peur de toi, comment m'as-tu trouvée
Pars, ne te retourne pas,
Tu me fais penser à lui

– Qu'est-ce que tu écris ? a voulu savoir Nathan, penché sur mon épaule.

Mes joues étaient en feu.

– Rien.

J'ai essayé de cacher la feuille avec mes mains. Nathan a posé les tasses de café et doucement a pris le papier. Sans me regarder, il a commencé à lire.

Callie a quinze ans

Mme Paxton, la directrice, a jeté un coup d'œil à sa montre. Elle, je ne sais pas, mais moi, j'avais hâte que le cours se termine. Habituellement, j'aimais les débats qu'elle organisait, mais pas aujourd'hui. Mme Paxton avait posé une question : « Est-ce qu'une société égalitaire est possible ou même souhaitable ? » Tobey était censé donner les arguments pour et Bliss, les arguments contre. À la fin, nous devions voter.

Tobey avait bien présenté le problème, mais quand il parlait, il ne pouvait s'empêcher de se dandiner d'un pied sur l'autre. Bliss était sûre d'elle. Trop sûre d'elle. Pressée d'arriver à sa conclusion, elle semblait considérer le débat comme une formalité.

– Bliss, il te reste une minute pour résumer ton argumentation, l'a prévenue Mme Paxton.

Comme si on ne l'avait pas déjà assez entendue.

Bliss a adressé un grand sourire à la directrice.

– Merci, madame Paxton.

Puis elle s'est de nouveau tournée vers nous.

– L'égalité, a-t-elle prononcé lentement, ne peut exister, tout simplement parce que les gens ne sont pas égaux entre eux. Nous sommes tous différents, dans notre façon de nous coiffer, dans notre physique. Et c'est très bien ainsi. Ce serait siiiiii ennuyeux si nous nous ressemblions tous. Alors à quoi sert de réclamer l'égalité ? C'est siiiiiii utopique. Nous ne naissons pas non plus égaux : certains sont plus riches, d'autres plus intelligents…

J'ai haussé les sourcils. L'argumentaire de Bliss était stupide, mais au moins elle avait raison sur ce point. Quand les cerveaux avaient été distribués, elle devait être partie se vernir les ongles.

– C'est complètement idiot de dire qu'une personne qui aurait, disons, deux billions de QI, devrait balayer les rues, a poursuivi Bliss, en montrant ses dents blanchies artificiellement. Et c'est tout aussi idiot d'imaginer qu'un Nihil pourrait être, disons, Premier ministre. Je veux dire, c'est sûr que ça n'arrivera jaaaaaamais !

– Ton temps est écoulé, a lancé Mme Paxton.

Enfin !

– Avant, s'est empressée d'ajouter Bliss, je voudrais vous demander à tous de voter pour moi, parce que vous savez que j'ai raison et…

– Merci de nous avoir fait partager ton opinion, l'a interrompue Mme Paxton. À ton tour, Tobey.

Tobey s'est levé lentement, en silence. Il me regardait. C'était la première fois qu'il me regardait depuis le début du cours. Il a esquissé un sourire bref. Machinalement, je lui ai rendu son sourire. Sammi et quelques autres se sont tournées vers moi. Je suis devenue rouge comme une pivoine.

– Tobey, les aiguilles tournent, lui a rappelé Mme Paxton.

– Bliss commet l'erreur de confondre « égal » et « pareil », a commencé Tobey d'une voix douce. Bien sûr nous sommes tous différents, mais nous sommes tous égaux. Du moins, devrions-nous l'être. Du plus pauvre au plus riche, du plus intelligent au plus… comme Bliss.

Certains d'entre nous ont ri. Apparemment Bliss n'a pas compris la plaisanterie.

– Si une éducation décente n'est accessible qu'à ceux qui ont les moyens de se l'offrir, a repris Tobey, si quand je suis malade, moi Nihil, je ne bénéficie pas des mêmes soins que les Primas, si la loi ne protège pas tout le monde de la même manière, que peut-on penser de notre société ? On ne peut pas avoir une loi pour les riches et une autre pour les pauvres. Une loi pour les Nihils, une autre pour les Primas. Égalité doit signifier opportunités égales, chances égales, choix égaux, traitements égaux. Une société égalitaire est-elle souhaitable ? Oui, bien sûr. Est-elle possible ? Chacun d'entre nous en est responsable.

– Ton temps est terminé, Tobey, a lancé Mme Paxton.

– C'est pas juste, s'est plainte Bliss. Je suis sûre qu'il a eu plus de temps que moi.

– Non, Bliss, il n'a juste pas gaspillé de précieuses secondes en siiiiii et en jaaaaamais, a rétorqué Mme Paxton. À présent, passons au vote. Que ceux qui sont d'accord avec Bliss lèvent la main.

Des bras se sont dressés. Mme Paxton a compté.

– Au tour de ceux que Tobey a convaincus.

J'ai levé la main. Je n'étais pas la seule.

Bliss a gagné le débat par trois voix. En principe, nous applaudissions le gagnant, mais je préférais être damnée plutôt que de féliciter Bliss. La sonnerie a retenti, Mme Paxton a tout juste eu le temps de crier :

– La semaine prochaine, nous débattrons de l'expérimentation animale. J'aimerais que vous vous documentiez sur le sujet.

Nous avons fourré nos livres et nos cahiers dans nos cartables et nous nous sommes dirigés vers la sortie. Mais avant… je me suis tournée vers Tobey qui était assis derrière moi.

– Je suis désolée que tu n'aies pas gagné, Tobey.

– Mais j'ai gagné, a-t-il souri.

– Qu'est-ce que tu racontes ?

– Parce que je n'ai perdu que par trois voix.

J'ai froncé les sourcils.

– C'est ce qui s'appelle perdre, Tobey.

– Matthew More, qui est en terminale, m'a raconté que Mme Paxton lance ce débat chaque année…

– Et alors ?

– Quand Matthew était en troisième, comme nous, seulement quatre personnes avaient voté pour l'égalité. J'ai fait nettement mieux.

Je suis restée seule dans la salle.

Je me demandais comment oncle Jude aurait réagi aux propos de Tobey.

Meggie

Des portes qui claquent, du silence. Voilà ce qui remplit cette maison. Callie refuse de dire à sa mère où elle a passé les trois derniers week-ends, et Sephy refuse de laisser tomber. J'essaie de rester en dehors de leur dispute, mais à vrai dire, je suis aussi inquiète que Sephy. À chaque fois, Callie nous a menti, prétendant se rendre chez Audra, puis chez Sammi, et enfin chez Rafyia.

Sephy a appelé la mère de Sammi et celle de Rafyia. Soi-disant pour inviter les filles en retour. Évidemment, elle a appris que Callie n'avait pas mis les pieds chez ses amies depuis des mois. Sephy a juré à sa fille qu'elle avait juste essayé de lui faire plaisir en passant ces coups de fil. Bien sûr, Callie n'en a pas cru un mot.

Maintenant que les cris ont cessé, il ne reste entre Sephy et Callie que la colère et l'hostilité.

Auxquelles s'ajoute beaucoup de tristesse.

Callie a quinze ans

— Je prends ton manteau.

J'ai laissé Lucas s'occuper de moi pendant que je regardais l'immense hall. Une horloge ancienne, accrochée au mur, indiquait l'heure. Près d'un canapé bordeaux, un téléphone trônait sur un guéridon. J'ai avancé. Mes pas ont résonné sur le parquet.

Je n'aurais pas dû venir... je n'aurais pas dû.

La sonnette d'alarme dans ma tête n'avait jamais retenti aussi fort.

Je n'aurais pas dû venir...

J'ai suivi Lucas dans une pièce presque aussi grande que la salle de réception de grand-mère Jasmine.

– Voilà le salon, a annoncé Lucas.

– Je crois que j'avais deviné, ai-je répliqué. Les deux canapés, la cheminée et l'écran de télé ultraplat étaient des indices subtils mais...

– Tu es bien sarcastique ! a ri Lucas.

– C'est juste que je suis un peu nerveuse, ai-je reconnu.

Lucas et moi sortions ensemble depuis plus d'un an. Nous étions allés souvent au cinéma, une fois au théâtre, deux fois au musée d'art moderne, et nous avions partagé quelques repas. Sans oublier un certain nombre de baisers et même des caresses pardessus les vêtements. J'avais envie de plus, mais je me contentais parfaitement de ce que Lucas me donnait. À vrai dire, j'aurais aimé que Lucas me soutienne, soit plus présent, mais je n'aimais pas vraiment qu'il me touche. Je suppose que c'était par manque d'habitude. Nous étions loin du romantisme adolescent, mais de toute façon, ce genre de trucs ne m'intéressait pas. Loin de là. J'étais bien avec Lucas, mais à chaque instant je m'attendais à ce qu'il s'écrie : « Poisson d'avril ! Tu ne crois quand même pas que je m'intéressais sincèrement à quelqu'un comme toi ! »

Que signifiait dans ma tête « quelqu'un comme toi » ? Aucune idée.

Une partie de moi était comme la face cachée de la lune. Lucas n'y avait pas accès. Je ne pouvais donc jamais me détendre entièrement en sa compagnie. Je ne pouvais pas lui parler de la Milice de libération. Il penserait aussitôt que son père avait raison. Il me tournerait immédiatement le dos. Ou peut-être essaierait-il de me comprendre ? Je n'en avais pas la moindre idée. Il était Prima, il n'était pas obligé de se mettre dans la peau d'une Nihil. Il n'avait pas à subir les regards en coin, les chuchotements, les reportages des journaux télévisés montrant toujours les Nihils comme des voyous, et les milliers de détails quotidiens que nous devons supporter. Par mes origines, j'étais au milieu, je devais trouver ma place. Que voyaient les Nihils quand ils me regardaient ? Une Prima à la peau claire ? Et les Primas ? Une Nihil au teint foncé ? Je devais cesser de m'observer à travers les yeux des autres. Mais quand même, je me demandais comment Lucas me voyait. Il ne me l'avait jamais dit. Je ne lui avais jamais demandé.

Le problème était que je l'aimais vraiment beaucoup. C'était un garçon qui savait prendre ses propres décisions. Il avait su aller contre l'opinion de son père en ce qui me concernait. J'aimais passer du temps avec lui. J'aimais sentir ses bras sur mes épaules. J'aimais l'embrasser. Mais… ça me déconcentrait.

– Où est ta famille ? ai-je demandé en m'asseyant à une extrémité du canapé à carreaux.

Lucas s'est assis à l'autre bout.

– Ella est à une fête chez une amie, Audra, je crois.

Tiens donc, mon amie Audra avait organisé une petite fête à laquelle elle ne m'avait pas invitée. C'était amusant. Surtout si l'on considère les mensonges que j'avais servis à ma mère pour les trois derniers week-ends. C'était idiot de ma part. Je n'aurais rien dû dire à Maman.

Audra avait organisé une fête… Pourquoi ne m'en avait-elle pas parlé ? Sans doute parce qu'elle n'avait pas besoin de moi en ce moment.

– Et ton père et ta mère ? ai-je poursuivi.

– Chez des amis à la campagne. Ils ne rentrent que demain soir.

– Je vois.

Lucas avait l'air un peu mal à l'aise.

– J'ai pensé que ça pouvait être sympa de rester à la maison, pour changer. Et tu ne m'invites jamais chez toi...

– Ça me va, l'ai-je rassuré. Sauf que ton père n'apprécierait sans doute pas d'apprendre que j'ai posé mes fesses sur son canapé.

– Qu'il aille se faire foutre ! a riposté Lucas. C'est aussi chez moi, ici !

– Que se passerait-il s'il me trouvait ici ?

– Tu veux vraiment le savoir ?

Lucas avait pris un ton sérieux. J'ai acquiescé.

– Il serait sans doute très poli avec toi, jusqu'à ce que tu partes et ensuite, il m'ordonnerait de ne plus jamais t'adresser la parole.

– Et tu lui obéirais...

– Certainement pas ! a protesté Lucas.

– Tu n'as pas peur que la colère de ton père te prive de ses largesses ? l'ai-je taquiné en prenant une voix mélodramatique.

Mais c'est moi qui ai fait les frais de cette mauvaise plaisanterie. Lucas m'a regardée, les yeux écarquillés pendant quelques secondes, puis il a haussé les épaules. J'avais eu le temps de lire dans son regard que je m'étais dangereusement approchée de la vérité.

Je me suis levée.

– Je crois que je ferais mieux d'y aller.

– Non, s'il te plaît. Non. Reste.

– Lucas, dis-moi la vérité. Ça ne change rien à ma présence ici... Est-ce que je ne te sers qu'à provoquer ton père ?

– Non, a immédiatement répliqué Lucas. Je te le promets.

Je ne le croyais pas. Au moins, maintenant, je savais ce que je lui apportais. Et puis, je pouvais le comprendre, j'étais prête à tout, moi, pour ennuyer ma mère.

– Bon alors, qu'est-ce que tu as prévu ? ai-je lancé. Un petit dîner au micro-ondes, un verre ou deux et hop au lit, ou est-ce que tu comptes me sauter sur ce canapé ?

– Waouh ! Callie, tu sais t'y prendre pour plomber l'ambiance !

J'ai penché la tête sur le côté.

– Tu m'as bien amenée ici pour baiser, non ?

– Eh bien, j'ai pensé... Je me suis dit que si toi et moi... plus tard... mais il n'y a rien d'obligatoire.

– Bon, tu veux qu'on fasse ça tout de suite ? Comme ça, on sera débarrassés...

– Bon sang, Callie !

J'ai enlevé mon pull et je l'ai jeté sur le canapé.

– Tu veux que je me déshabille complètement ?

J'étais en petite chemise et je tremblais. J'espérais que Lucas ne s'en apercevrait pas.

– Callie ! Qu'est-ce que tu fais ?

– C'est ce que tu veux, non ?

Pourquoi faire semblant ? Je ne supportais plus l'hypocrisie ni les mensonges.

– Tu... tu l'as déjà fait ? a bégayé Lucas.

– Non, mais qu'est-ce que ça change ?

Lucas est venu vers moi. Mon bluff l'impressionnait. Mon cœur battait contre ma poitrine. Lucas a pris mes mains dans les siennes, a baissé la tête vers moi et m'a embrassée. C'était différent de d'habitude. Plus lent et plus fort. Ce baiser contenait la promesse de ce qui allait venir. Lucas embrassait formidablement bien. Il ne m'aspirait pas les lèvres, comme Amyas. Il était doux et prévenant, comme s'il était important pour lui que j'y prenne aussi du plaisir. Il m'a lâché les mains et a commencé à déboutonner ma chemise, sans cesser de m'embrasser.

À l'intérieur, j'étais complètement immobile.

Mon esprit s'est échappé de mon corps et a assisté à la scène de plus haut. Lucas en était au deuxième bouton quand il s'est soudain arrêté. Il m'a regardée, puis m'a reboutonnée.

– Tu ne vas pas... tu...

– Merci pour ton offre, mais non.

Lucas avait plissé le front.

– Je vais nous chercher à manger.

Quoi ? J'ai couru après lui jusqu'à la cuisine. Il a sorti deux plats de poulet au riz du réfrigérateur.

– Je peux t'aider ? ai-je proposé.

– Non, merci.

Il m'a montré le poulet.

– Ça t'ira ?

Je me suis approchée de lui.

– Lucas, qu'est-ce que tu as ?

– Je vais mettre les choses au point, a commencé Lucas en posant les deux plats sur le plan de travail. Contrairement à ce que tu crois, je ne sors pas avec toi pour emmerder mes parents et je ne t'ai pas non plus amenée ici pour te sauter vite fait et te mettre à la porte. Tu as compris ?

– Je n'ai pas dit ça...

– Tu n'as pas eu besoin. Ton corps parle pour toi ! m'a interrompue Lucas. Je t'aime beaucoup, Callie. Et même plus que ça. Mais... c'est comme si tu attendais à chaque seconde que je gâche tout entre nous.

– Que veux-tu dire ?

– J'ai l'impression que tu me testes sans arrêt. Tu attends des réponses à des questions que tu ne poses même pas. Je ne peux que me planter !

– Ce n'est pas vrai.

– Tu en es sûre ?

Il m'a tourné le dos et s'est à nouveau occupé du poulet. Je l'ai attrapé par les épaules et je l'ai forcé à me regarder.

– Je tiens à toi, Lucas.

Ce n'est qu'après quelques secondes que le ressentiment s'est effacé de son visage.

– Tu as faim ? a-t-il lancé.

J'ai acquiescé.

– Et après, si tu veux, on peut regarder un film.

– Ce serait parfait.

– Et ensuite, je te raccompagne chez toi.

J'ai voulu protester mais Lucas a secoué la tête.

– Et après, je te ramène chez toi.

J u d e

Callie Rose m'a beaucoup déçu le week-end dernier au camp d'entraînement. J'attendais de meilleures performances de sa part. J'espérais sans doute qu'elle tenait plus de Callum. Après son incorporation dans la Milice de libération, les progrès de mon frère ont été fulgurants. Il était capable de mettre ses émotions de côté et de se concentrer sur la mission à remplir. Ce qui faisait de lui un excellent soldat. Callie Rose n'y arrive pas. Son émotion teinte chaque action qu'elle mène. Ce qui l'empêche de s'y consacrer corps et âme. Je ne dois pas l'oublier. Je l'ai sans doute poussée trop fort et trop vite. Elle m'a téléphoné ce matin pour m'informer qu'elle ne voulait pas retourner au camp d'entraînement. Je vais la laisser souffler un peu. Il est hors de question que je prenne le risque de la perdre maintenant. Pas après tous les efforts qu'elle m'a coûtés. Pas maintenant qu'elle est presque prête à accomplir mon dessein.

Je me suis allongé sur le dos et j'ai fixé le plafond. Tout se mettait parfaitement en place. Voilà presque deux mois que la campagne électorale a été annoncée et tous mes chefs de section travaillent dur. Le pays n'est pas près d'oublier cette période. Dans un coin du plafond, une araignée dormait. Elle avait tissé une toile jusqu'à la baie vitrée. Dehors, le vent soufflait et sifflait. Anna a mis son bras sur ma poitrine et m'a embrassé. Ses cheveux blonds m'ont chatouillé le nez.

Je ne regrettais pas d'avoir accepté son invitation. J'étais mieux chez elle que dans ma chambre d'hôtel. Dans dix minutes, sous un prétexte quelconque, je lèverai le camp. Je n'avais qu'une envie : sortir de ce lit et retourner travailler. Mais pas de précipitation. Ce n'était pas très malin de ma part de coucher avec une de mes chefs de section, mais c'est elle qui avait proposé. Et je n'avais pas couché avec une femme depuis longtemps.

— À quoi tu penses ? a murmuré Anna à mon oreille.

Pourquoi les femmes posent-elles toujours les mêmes questions ? Mes pensées m'appartiennent, ai-je songé avec ennui. Si je voulais les partager, je te le dirais.

Le visage de Cara m'est soudain apparu. Comment ça aurait été de faire l'amour avec elle ? Certainement pas aussi mécanique qu'avec Anna. Elle n'aurait rien attendu de moi, elle n'aurait rien exigé. Elle m'aurait pris comme j'étais. Et elle ne m'aurait pas demandé à quoi je pensais parce qu'elle l'aurait déjà su…

— Tu sembles si loin, a repris Anna d'une voix douce.

Sa voix m'a brutalement ramené à l'instant présent. Je me suis levé.

— J'ai dit quelque chose qui t'a blessé ? a demandé Anna.

Je me suis tourné vers elle.

– Non, non. Je veux juste prendre une douche et repartir au boulot.

Ne pas oublier de sourire.

– Jude, tu travailles trop. J'aimerais tellement pouvoir t'aider.

– Tu fais ta part, ai-je rétorqué. Et j'apprécie.

– Nous trouvons tous fantastique de travailler avec toi sur ce grand projet, a soupiré Anna. Nous retenons notre souffle en attendant ton coup de maître. Tu donnes l'impression d'avoir préparé une manœuvre que l'Histoire retiendra.

– Exact ! Et vois-tu, cette manœuvre géniale, ce plan magistral se réalisera grâce à une gamine ! Quelle ironie, n'est-ce pas ?

– Une gamine ?

Anna a froncé les sourcils.

– Je ne comprends pas.

– Aucune importance !

Je me suis approché d'elle et je l'ai embrassée sur le front, puis, nu, j'ai traversé la chambre jusqu'à la salle de bains.

L'eau a jailli et a eu sur ma peau l'effet de mille aiguilles. Parfait. Je détestais les douches molles. J'allais me laver les cheveux quand la porte s'est ouverte.

– Ça ne t'ennuie pas que je te rejoigne ? a demandé Anna.

Elle est montée dans la baignoire avant que j'aie le temps de refuser.

Mon téléphone a sonné. Sauvé par le gong.

– Excuse-moi.

Anna a fait la moue.

– Tu reviens ?

– Bien sûr, je ne me suis pas encore lavé les cheveux.

J'ai attrapé une serviette et je me suis essuyé les pieds avant de retourner dans la chambre.

– Oui ! ai-je aboyé.

– Monsieur ? C'est Morgan. J'ai une information intéressante à vous communiquer avant la réunion de demain.

J'ai écouté Morgan avec un grand intérêt.

Sephy

J'étais lovée dans les bras de Nathan. J'étais bien. Je n'étais ni en émoi, ni en ébullition, aucun feu d'artifice n'explosait dans ma tête, mais j'étais bien.

Meggie était allée voir ma mère, Callie était sortie… peut-être avec Lucas.

– J'ai décidé que je m'y prenais mal, a déclaré Nathan. Je dois te séduire avec des fleurs et du champagne, te faire l'amour passionnément et ensuite seulement te demander de m'épouser. De cette façon, tu ne seras plus en état de refuser.

– Tu ne doutes de rien, n'est-ce pas ? ai-je souri.

– Est-ce que ça marcherait ?

J'ai levé les yeux au ciel.

– Essaye et tu verras.

– C'est un défi ?

– Peut-être.

– Je le relève, a doucement murmuré Nathan.

– Et si on commençait par le dernier point de ta liste ? ai-je suggéré. Ce serait un début…

Nathan a froncé les sourcils.

– Le dernier point de ma…

Il a compris et écarquillé les yeux. Il a enlevé sa main de mon épaule. Avais-je commis une erreur ? Après tout, Nathan m'avait demandée en mariage, il y a déjà plusieurs semaines et il avait pu changer d'avis. Il ne s'était pas mis en colère en découvrant ce que j'avais écrit. Il avait lu et m'avait demandé si j'avais d'autres chansons en stock. Ses réactions me surprenaient constamment. Et moi qui affirmais détester les surprises, je me rendais compte que lorsqu'elles venaient de lui, elles étaient toujours agréables.

J'ai détourné la tête.

– Ça n'a pas d'importance. Ce n'était qu'une plaisanterie…

Nathan a pris mon visage dans ses mains. Ce que j'ai lu dans ses yeux m'a coupé le souffle.

– Sephy, a-t-il murmuré, Sephy, veux-tu m'épouser ?

J'ai souri.

– Oui. Oui, je crois que j'aimerais t'épouser.

– Tu plaisantes ! s'est écrié Nathan, ébahi.

Il ne s'attendait manifestement pas à gagner la partie aussi facilement, après ces semaines d'attente.

– Qu'est-ce qui t'a fait changer d'avis ?

– Toi.

C'était vrai.

– Mais voilà quinze jours que tu ne m'as pas reformulé ta demande, ai-je ajouté. Je me demandais juste si elle tenait toujours…

– Évidemment !

Il s'est levé.

– Je vais chercher un contrat de mariage avant que tu changes à nouveau d'avis.

– Je ne vais pas changer d'avis. Rassieds-toi et regardons la fin du film.

– Pas question ! J'ai trop de choses à faire. On se voit demain au restaurant.

Il est sorti de la pièce avant même que j'aie le temps de me lever. Il ne m'a même pas embrassée, ai-je songé.

Il a dû lire dans mes pensées car une demi-seconde plus tard, il est revenu, m'a prise dans ses bras et m'a donné un long baiser de cinéma. Si long que je me suis demandé si je n'allais pas mourir étouffée.

– C'est juste un avant-goût de notre lune de miel ! a-t-il lancé avant de disparaître.

Quel drôle d'homme ! Toujours plein de surprises. J'ai entouré mes jambes de mes bras. J'allais me marier avec Nathaniel Ealing. Ma mère allait être ravie. Mais Meggie ? Et Callie ? Mon sourire s'est effacé. La sonnette a retenti. Nathan avait sans doute oublié quelque chose. À moins qu'il ne soit venu chercher un autre baiser. J'ai traversé le couloir et j'ai ouvert la porte.

– Qu'est-ce que tu…

Mais ce n'était pas Nathan, c'était… Sonny.

Jude

J'ai écouté Jonathan Kidd, un de mes chefs de section, crachoter ses excuses, et j'ai explosé :

– Vous appelez ça une réunion de mise à jour ?

J'ai tapé du poing sur la table.

– Je vous avais prévenus : vous n'avez pas le droit d'échouer !

J'ai commencé à faire les cent pas dans la pièce. Je ne parvenais pas à rester assis. Je me suis forcé à ralentir mon allure. L'attention de tous était concentrée sur moi. Je me suis placé derrière Jonathan Kidd et j'ai posé mes mains sur ses épaules.

– J'attendais beaucoup mieux de toi, Jonathan, ai-je déclaré.

Jonathan a essayé de se retourner pour me regarder mais je l'en ai empêché.

– Ce n'est pas seulement moi que tu abandonnes, Jonathan, ce n'est pas seulement moi et tes camarades autour de cette table.

J'ai mis mes mains sur son visage. Je sentais sa respiration sur mes doigts.

– Monsieur, les services secrets ont arrêté la plupart des meilleurs membres de ma section et…

– Tes excuses ne m'intéressent pas, l'ai-je interrompu. Lors de la prochaine réunion, je ne veux entendre que de bonnes nouvelles. C'est clair ?

– Oui, monsieur.

J'ai repris ma marche en écoutant le rapport de Peter MacPhailen. Beaucoup plus satisfaisant. Morgan se tenait dans un coin de la pièce et prenait des notes d'un air sombre. Je lui ai souri sans cesser de marcher. Je me suis arrêté derrière Anna. C'était à son tour de lire son rapport. J'ai posé mes mains sur ses épaules. Exactement comme je l'avais fait avec Jonathan.

– À toi, Anna ! ai-je ordonné.

Elle a essayé de se tourner vers moi. Exactement comme Jonathan.

J'ai posé une main sur son visage, et de l'autre, j'ai caressé ses cheveux pour la mettre à l'aise.

– Nous avons fait de grands progrès, monsieur, a-t-elle commencé.

Ses cheveux étaient si doux sous mes doigts.

– Continue.

– J'ai personnellement…

J'ai pris le menton d'Anna entre mes doigts.

Et j'ai tourné.

Il y a eu un craquement. Je l'ai lâchée. Elle est tombée, inerte, sur la table. Je me suis raidi. Peter était debout. Jonathan semblait horrifié. Il y a eu un cri étouffé et quelques hoquets.

– Anna travaillait pour les services secrets, ai-je lancé.

– Comment l'avez-vous appris, monsieur ? a voulu savoir Jonathan.

– J'ai mis vos téléphones sur écoute.

Quelques nouveaux hoquets se sont fait entendre. Manquaient-ils d'oxygène ? Moi, ça allait. Je suis retourné m'asseoir en bout de table.

– Morgan, s'il vous plaît, enlevez le corps du traître. Sa vue me révulse.

– Oui, monsieur, a acquiescé Morgan.

Les chefs de section m'ont jeté des regards entre la fascination et l'écœurement. Morgan a soulevé le corps sans vie d'Anna. Elle était molle comme une poupée de chiffon.

– C'est mieux ! ai-je souri. Nous pouvons poursuivre.

Callie a quinze ans

– Merci d'être venue, Callie, m'a remerciée Lucas.

– Ça semblait urgent.

Nous étions assis à une table non desservie, au restaurant où nous avions dîné la première fois. Nous ne sortions pas encore ensemble à ce moment-là. Il était tard, et la serveuse nihil n'avait pas sauté de joie en nous voyant entrer. Elle avait sans doute prévu de finir tôt.

– Tu veux manger quelque chose ? m'a proposé Lucas.

J'ai secoué la tête.

– C'est moi qui invite, a-t-il plaisanté.

– Je n'ai pas faim.

– Deux cafés, s'il vous plaît, a-t-il commandé à la serveuse qui approchait.

– Alors que se passe-t-il ? Raconte.

L'expression de Lucas m'a calmée. Il avait manifestement un souci.

– Je ne sais pas par où commencer…

Je n'ai pas répondu. J'avais hâte qu'il en vienne au fait.

– Je sais que tu es la fille de Callum McGrégor… a-t-il repris d'une voix sombre.

– Et alors ?

– Je sais comment il est mort et… pourquoi.

Lucas était très mal à l'aise.

– Qui te l'a dit ? Tobey ou ton père ?

– Mon père, mais…

Soudain, j'ai compris.

– Donc tu veux me larguer ?

– Non, bien sûr que non. Je le sais depuis le primaire.

J'étais sidérée. Je pensais que les réserves de ses parents à mon égard étaient dues à la couleur de ma peau, pas à ma triste ascendance.

– Tu le sais et tu veux toujours sortir avec moi ?

– C'est avec toi que je sors, pas avec ton père, a rétorqué Lucas.

Si seulement il pouvait être sincère ! Mais alors, s'il ne voulait pas me larguer, pourquoi m'avait-il demandé de le rejoindre ici ? Il m'avait quasiment présenté ce rendez-vous comme une affaire de vie ou de mort.

– Tu as entendu parler du frère de ton père ?

– Oncle Jude ? Oui.

Je me serais donné des gifles. Combien de fois m'avait-on répété de ne jamais prononcer son nom et de ne jamais divulguer aucune information sur la Milice de libération ! Je me comportais comme une jeune recrue ignorante.

Lucas a froncé les sourcils.

– Tu l'as déjà rencontré ?

La serveuse a posé nos cafés devant nous. Nous avons attendu qu'elle s'éloigne pour poursuivre. J'en ai profité pour reprendre contenance.

– Lucas, où est-ce que tu veux en venir ?

– J'ai effectué quelques recherches sur ton père et sa famille et…

– Quoi ?

– Ne t'énerve pas, Callie. Je voulais juste en apprendre un peu plus sur toi. Je suis allé à la bibliothèque et j'ai lu tout ce que j'ai trouvé sur ton père et ton oncle.

Je me suis mordu la lèvre. D'abord Tobey, à présent Lucas. Qu'est-ce qu'ils avaient à fouiner dans mes affaires ?

– Pourquoi es-tu allé à la bibliothèque ? Qu'est-ce que tu espérais trouver ? ai-je crié à voix basse.

– Je ne sais pas… ces derniers temps, tu as été si… absente… j'ai pensé que peut-être j'apprendrais à mieux te comprendre et…

– Et ?…

Lucas a haussé les épaules.

– Je ne sais pas. Tu comptes beaucoup pour moi, Callie. Beaucoup.

– Tu as une drôle de façon de me le montrer, ai-je riposté durement.

– Je savais que tu serais furieuse, mais je devais te le dire.

– Bon, accouche ! ai-je craché.

– Ton oncle Jude est recherché par la police. Il est soupçonné d'être à l'origine de nombreux attentats perpétrés par la Milice de libération, ces dernières années.

J'étais sur le point de nier, mais j'ai tenu ma langue. Mieux valait faire croire à Lucas que je ne connaissais pas mon oncle.

– Et qu'est-ce que ça a à voir avec moi ? ai-je lancé.

– Est-ce que tu l'as rencontré ? Est-il entré en contact avec toi ?

– Tu crois que ma mère me laisserait avoir quelque contact que ce soit avec le frère de mon père ?

– Je… je ne savais pas, a répondu Lucas. Je voulais juste te prévenir que si jamais il essayait de te contacter, tu devais refuser de le rencontrer. D'après ce que j'ai lu, c'est un homme dangereux.

– Et si j'avais envie de le rencontrer ?

Lucas a haussé les sourcils.

– Alors je viendrais avec toi.

– Non sans avertir auparavant ma mère et la police…

– Jamais ! s'est exclamé Lucas. Je ne ferai jamais ça. Je t'accompagnerai pour m'assurer que tu es en sécurité.

Comme si Lucas était capable de me protéger d'oncle Jude ! L'idée me donnait presque envie de rire. La première fois que Lucas m'avait adressé la parole, je lui avais donné un coup de poing et il était reparti dans les jupes de sa mère, le nez en sang.

Comme s'il avait lu dans mes pensées, Lucas a repris d'une voix calme :

– Tu sais, Callie, je ne suis plus un petit garçon. Et tu peux me faire confiance, je suis de ton côté.

De mon côté… Un Prima du côté de la Milice de libération ? Jusqu'où était-il prêt à rester à mes côtés ?

– Je ne suis pas sûre que ton père serait très heureux de t'entendre parler ainsi…

Lucas m'a défiée du regard.

– Je te l'ai déjà dit, je ne suis pas un clone de mon père et un de ces jours, je te le prouverai !

— Ne t'inquiète pas, Lucas. Si mon oncle n'est pas encore entré en contact avec moi, c'est qu'il ne le fera jamais.

Lucas a hoché la tête, mais il n'était qu'à moitié convaincu. Ça m'était parfaitement égal. Oncle Jude était la meilleure chose de ma vie et je n'allais certainement pas laisser Tobey ou Lucas m'influencer sur le sujet. Le choix était simple : Tobey, Lucas et une vie ordinaire, ou la possibilité d'agir et de changer le monde.

J'avais déjà essayé de n'être personne. Ça ne m'avait pas réussi. Je voulais que ma vie serve à quelque chose. Travailler avec oncle Jude allait me le permettre. Et c'était nettement mieux que rester chez moi avec une femme qui ne supportait pas de me toucher.

Sephy

— Sonny ? Qu'est-ce que tu fais là ?

Je n'en croyais pas mes yeux.

— Je peux entrer ?

Je me suis écartée pour le laisser passer. Le temps s'était montré généreux avec Sonny. Son pantalon noir était de la meilleure qualité, son T-shirt bordeaux aurait sans doute été ridicule sur n'importe qui d'autre, mais lui allait parfaitement. Et ses cheveux longs mettaient en valeur les traits de son visage.

— Bien sûr. Tu connais le chemin.

Sonny s'est dirigé vers le salon. Que faisait-il ici ? J'ai attendu qu'il choisisse un siège et je me suis installée face à lui.

— Je suis contente de te revoir, ai-je dit en ramenant mes jambes sous moi.

— Moi aussi. J'étais dans le coin, alors, je me suis dit que c'était l'occasion de prendre de tes nouvelles.

J'ai hoché la tête.

– Je vais bien.

– Et Callie Rose ?

– Elle va bien aussi, ai-je menti. Elle est sortie avec un ami à elle.

– Et Meggie ?

– Elle va bien et elle aussi est sortie.

– Et toi, Sephy ?

– Quoi, moi ?

Sonny a troqué sa nonchalance contre un regard amusé.

– Je t'ai menti, a-t-il reconnu. Je ne passais pas par hasard dans le quartier. Je suis venu parce que je voulais te voir.

– Pourquoi ? Qu'y a-t-il ?

Je connaissais suffisamment Sonny pour savoir que quelque chose le troublait profondément.

– Est-ce que je t'ai manqué ?

– Tu es venu pour me demander ça ?

– Je veux juste savoir si je t'ai manqué, a répété Sonny.

– Qu'est-ce que tu veux que je réponde, Sonny ? La première année après notre séparation, tu me manquais tout le temps. Parfois je m'endormais en pleurant.

Je mentais. C'est tous les soirs que je m'endormais en pleurant.

– Callie m'a reproché ton départ. Chaque jour, j'avais envie d'être près de toi, d'écrire avec toi, de parler avec toi, de rire avec toi. J'écoutais tes chansons à la radio et les nôtres, je me demandais sans arrêt ce que tu faisais, où tu étais. Mais c'est passé maintenant. Je vais mieux. Beaucoup mieux.

– Ça veut dire que tu m'aimais ?

– Très fort.

Le visage de Sonny a reflété une douleur intense. Puis plus rien.

– C'est la première fois que tu me le dis.

J'ai penché la tête. La première fois. J'ai cherché dans mes souvenirs, mais il avait raison. C'était la première fois que je prononçais ces mots pour lui. J'avais mal à la tête.

– Je suis désolée. Je le regrette, ai-je murmuré en le regardant droit dans les yeux. Tu méritais de m'entendre dire « je t'aime ». J'étais perdue et confuse à l'époque où nous sortions ensemble. Je pensais que je ne possédais qu'une capacité d'amour limitée. Et que je l'avais déjà partagée entre ma fille et Callum. Je me suis persuadée que ce que je ressentais pour toi n'était pas de l'amour. Je nous ai fait du mal à tous les deux. Quand je l'ai compris, il était trop tard. C'est l'histoire de ma vie : comprendre trop tard.

– Pourquoi n'as-tu jamais essayé de me contacter après notre séparation ?

J'ai froncé les sourcils.

– J'étais censée le faire ?

– J'espérais que tu le ferais, a précisé Sonny.

– Pourquoi ? En partant, tu avais été clair : tu ne voulais plus travailler avec moi, ni passer du temps avec moi. Tu espérais que je te coure après ?

– Tu n'es pas le genre de femme à abandonner facilement, quand tu désires vraiment quelque chose.

– C'est différent pour les gens, ai-je protesté. On ne peut pas obliger quelqu'un à être amoureux. Tu ne m'aimais plus et tu as rencontré Sherona. Que voulais-tu que je fasse ?

– Tu aurais pu te battre pour moi.

– Pardon ?

– Tu aurais pu te battre pour moi, a répété Sonny.

J'avais de plus en plus mal à la tête.

– Sonny, cette discussion me perturbe. Est-ce que Sherona et toi êtes séparés ?

– Sherona et moi n'avons jamais commencé.

– Je ne comprends plus rien, Sonny.

– Nous sommes sortis deux ou trois fois, mais elle m'a quitté peu de temps après nous avoir surpris en train de nous embrasser dans ta loge à la boîte.

– C'est un restaurant, l'ai-je corrigé d'un ton pédant.

Bon sang, mais qui en avait quelque chose à faire que ce soit une boîte ou un restaurant !

– Pourquoi t'a-t-elle quitté ? Ce n'était qu'un baiser et si tu l'aimais, tu aurais pu…

– Ce n'était pas à cause du baiser, m'a interrompue Sonny.

– Je n'arrive pas à croire que Sherona t'a quitté à cause de moi, ai-je protesté. Je n'étais plus dans le décor.

– Mais tu étais toujours dans ma tête, a marmonné Sonny. Un jour, alors que nous faisions l'amour, je l'ai appelée par ton prénom. Les femmes n'apprécient pas ce genre d'erreur.

Je n'étais pas sûre de ce que je ressentais après cette révélation.

– Je suis désolée, ai-je tenté, consciente de l'inanité de mes excuses. Mais pourquoi ne m'as-tu pas dit plus tôt que Sherona et toi étiez séparés ?

Sonny a haussé les épaules.

– Après notre relation, tout ce qui me restait était ma fierté. Je n'avais aucune envie de la brader.

– Alors pourquoi es-tu venu après tout ce temps ?

– Parce que ma fierté ne me rend pas heureux, parce qu'elle ne me tient pas chaud la nuit. Parce que toi et Callie Rose me manquez un peu plus chaque jour. Parce que je veux nous donner une autre chance.

Je n'en croyais pas mes oreilles. Sonny voulait nous donner une autre chance ?

– Et tu as attendu tout ce temps pour me l'annoncer ?

– Trop de temps ? s'est inquiété Sonny.

– Sonny, je viens d'accepter d'épouser Nathan.

– Nathan ?

– Nathan Ealing, mon patron, le propriétaire du *Specimen*.

– Tu l'aimes ?

– Je n'aurais pas dit oui, si ce n'était pas le cas.

– Tu l'aimes autant que tu m'as aimé ?

– Sonny, s'il te plaît, ai-je supplié. Ne fais pas ça. C'est injuste.

– Tout est juste, a rétorqué Sonny.

– Tu ne peux pas réapparaître après tout ce temps et espérer que l'on reprenne là où on s'était arrêtés. Ta vie a changé. La mienne aussi.

– Est-ce que tu m'aimes, Sephy ?

– Sonny...

– Réponds seulement à cette question. Est-ce que tu m'aimes ?

– Sonny, je crois que tu devrais partir.

En soupirant, Sonny s'est levé. J'ai traversé le couloir et j'ai ouvert la porte.

– Au revoir, Sonny.

– Je n'abandonnerai pas, Sephy. Pas sans me battre.

– Au revoir, Sonny, ai-je répété.

– Tu n'as pas répondu à ma question, a lâché Sonny en marchant vers sa voiture.

Il a ouvert la portière et s'est tourné vers moi.

– Je t'aime toujours, Sephy.

J'ai fermé la porte et, les yeux clos, je me suis appuyée contre. Je suis restée immobile jusqu'à ce que la voiture de Sonny démarre. C'était injuste. À chaque fois que je croyais qu'une partie de ma vie se stabilisait, un nouvel élément faisait son apparition et remettait tout en question.

Callie a quinze ans

– Oncle Jude ? C'est moi.

– Allô, Callie. Tu as un problème ?

– Non, monsieur, je voulais seulement vous annoncer que... je suis prête à retourner au camp d'entraînement. Dès que vous m'en donnerez l'ordre.

Silence.

– Monsieur ? Vous êtes toujours là ?

– Oui, bien sûr.

– Je suis désolée d'avoir raté les dernières séances mais je suis prête à reprendre l'entraînement.

– Ce ne sera pas nécessaire. Je pensais te confier une mission spéciale. Une mission que tu es la seule à pouvoir accomplir, soldat.

– Oui, monsieur.

– Quand peut-on se rencontrer ?

– Quand vous le désirez, monsieur, et... monsieur...

– Oui ?

– Je vous promets de ne plus vous décevoir, monsieur.

J'ai raccroché, étrangement calme.

Est-ce que mon père me regardait à cet instant précis ? Était-il triste ? Fier ? Heureux ? Est-ce que j'en avais quelque chose à faire ? Bizarrement et d'une façon un peu perverse, oui. Mon père était un salaud, mais au moins il était engagé dans une voie. Il avait agi comme il le jugeait bon, n'avait laissé personne se dresser sur sa route. Il était prêt à tout sacrifier, il ne s'est posé aucune limite. J'avais beau le détester, je ne pouvais m'empêcher de l'admirer. Pour cette détermination qui lui permettait d'obtenir ce qu'il désirait, par tous les moyens à sa disposition. Je détestais mon père et, en même temps, je le comprenais. Mon esprit était confus, mais je devais mon ambivalence à mon père. Je n'étais plus la même. Je n'étais pas comme mes amis, qui se contentaient d'une vie banale. Je n'étais pas mieux qu'eux, seulement différente. Ils étaient le passé.

Je suis le présent.

Jude

J'ai gagné.

Je sais exactement sur quel bouton appuyer pour faire réagir Callie comme je le désire. J'ai une mission pour elle et cette mission représente l'accomplissement de ma vengeance sur la famille Hadley. J'ai attendu si longtemps. La destruction partielle de deux bâtiments gouvernementaux et la bombe à l'aéroport ne sont rien en comparaison de ce qui va venir. Mon projet d'éliminer le Premier ministre a malheureusement échoué, mais nous l'avons quand même envoyé passer quelque temps à l'hôpital.

Le meilleur est à venir. Les élections auront lieu dans trois jours et nos exigences ont été formulées clairement. Je me suis personnellement assuré que nous ferions partie de l'Histoire. Personne ne doutera plus de nous, ni ne nous sous-estimera à l'avenir.

Callum, nous avons gagné.

Et surtout, Sephy Hadley a perdu.

Callie a quinze ans

Le ciel était gris. Pas le moindre bleu. Le temps convenait parfaitement à mon humeur et mes vêtements. Je venais au parc pour la dernière fois. Je m'asseyais sur ce banc pour la dernière fois. J'étais en vie pour la dernière fois.

Ça ne me rendait pas triste.

Oncle Jude avait raison. J'allais devenir une héroïne, j'allais faire la différence. Le visage d'oncle Jude s'est empli de fierté quand je lui ai répondu que j'étais honorée de pouvoir accomplir cette mission. Il m'a ensuite révélé quelle était sa place dans la Milice de libération. C'était à mon tour d'être fière. Mon oncle est le général en chef de toute la Milice de libération. Il a accédé à ce poste après l'arrestation du dernier général qui a été condamné à la prison à perpétuité, il y a environ trois ans. Oncle Jude m'a rappelé qu'il y avait de nombreux moyens de servir la cause. Il a raison. C'est pourquoi j'ai accepté la mission. Je ne le laisserai pas tomber. Je sais ce que j'ai à faire. Je ne connais pas la cible. Oncle Jude m'a répété que je changerai la face du monde, que je permettrai à des milliers de gens – nihils et primas – de mener une vie meilleure. Voilà qui valait un sacrifice. C'était mieux que tout ce que j'avais osé espérer.

– Callie Rose ? Il me semblait bien que c'était toi.

– Callie. Je m'appelle Callie, Tobey, l'ai-je corrigé sans prendre la peine de lever les yeux vers lui.

Je regardais les feuilles mortes tourbillonner sur le sol.

– Excuse-moi, j'ai oublié.

Tobey s'est assis sur l'accoudoir du banc.

– Qu'est-ce que tu fais ?

– Je profite de la fin de journée, ai-je répondu d'un ton léger.

– Ça t'ennuie si je m'assois près de toi ?

– Ce banc n'est pas à moi, ai-je rétorqué.

Tobey s'est laissé glisser sur l'assise du banc. J'ai tourné la tête vers lui, il m'observait. Comme il avait grandi ! Depuis combien de temps ne l'avais-je pas vraiment regardé ? Il s'était coupé les cheveux. Il était si différent du garçon qui se tenait dans mon jardin, il y a quelques années, les mains pleines de terre.

– À quoi penses-tu ? m'a demandé Tobey.

– Tu te souviens de cette fois, quand nous avions cinq ou six ans… nous nous étions disputés et je t'avais demandé de manger du crottin de cheval pour te faire pardonner.

– Tu avais sept ans, presque huit.

– Tu te souviens de mon âge à cette époque ?

Tobey a haussé les épaules.

– Qu'est-ce que tu voulais dire ?

– Est-ce que tu l'aurais fait ? lui ai-je demandé. Tu aurais vraiment mangé le crottin ?

– Pour que nous redevenions amis ? Bien sûr.

Ça lui semblait naturel. Tobey était vraiment un garçon hors du commun. Il n'était comme personne. À l'école ou dans la rue, où qu'il soit, il déparait. Et il n'essayait pas, comme la plupart des gens, de se fondre dans le décor. Il était toujours en décalage. Comme moi. Mais une fois qu'il avait décidé que vous étiez son ami, il n'en démordait pas. Lucas, c'était tout le contraire. Il était hyper populaire. Il connaissait tout le monde et tout le monde l'appréciait. Sauf peut-être Amyas. Mais Lucas s'en fichait. Il possédait cette assurance que l'on acquiert quand tous les jours, on s'entend répéter qu'on est doué. Son assurance, Tobey se l'était construite tout seul.

Tobey s'est rapproché de moi.

– Que veux-tu que je fasse cette fois pour que nous redevenions amis ?

– Jusqu'où es-tu prêt à aller ? ai-je souri.

– N'importe où, a déclaré Tobey sérieusement.

Si je racontais à Tobey la mission que l'on venait de me confier, que ferait-il ? Resterait-il à mes côtés ? Essaierait-il de me persuader de ne pas agir ? Me trahirait-il ? Lucas et Tobey étaient à l'opposé l'un de l'autre mais ils avaient aussi beaucoup de points communs. Pas seulement physiquement, mais aussi dans leur manière de parler. Lequel des deux étais-je le plus encline à croire ?

– Tu n'as qu'à demander, a repris Tobey.

– Notre amitié est si importante pour toi ?

– Elle l'a toujours été.

Il était sincère. Ma colère m'avait détournée de lui mais je me rendais compte à présent que nous avions encore beaucoup à partager.

– Tobey…

Cette fois, c'est moi qui me suis rapprochée de lui. Je lui ai tendu la main.

– Amis ?

– J'aimerais bien.

Il a posé sa main dans la mienne et s'est penché sur moi. Je ne m'attendais pas à ce qu'il m'embrasse. Je n'ai pas pu m'empêcher de comparer son baiser à ceux de Lucas. Je me suis écartée de lui.

– Pourquoi ? ai-je voulu savoir.

Tobey a souri sans répondre. Nous sommes restés silencieux, à observer les gens qui se promenaient dans le parc, à nous regarder l'un l'autre. Je ne me suis pas rendu compte tout de suite que nous ne nous étions pas lâché la main.

Jasmine

Quel porc ! Il me donne envie de vomir sur la télé ! L'odeur du sang lui chatouille les narines. Et son sourire ! Qui respire l'hypocrisie ! Les élections ont lieu dans deux jours et il sait que le pouvoir est à portée de sa main. Kamal ne changera jamais. Il est prêt à tout pour obtenir ce qu'il désire. Et ce qu'il désire, c'est le pouvoir. Les derniers sondages le donnent favori. Sa politique de la haine a toujours fait la une des journaux.

Notre système ne fonctionne pas ? C'est la faute des autres partis. Ne jamais oublier de rappeler aux électeurs que, bien sûr, nous n'avons pas toujours été parfaits mais que les autres sont pires. Si on ne peut rejeter la faute sur l'opposition, il suffit de trouver un autre bouc émissaire, une partie de la population sans pouvoir, sans argent. Accusons les gens du voyage, les Nihils, les immigrants. Politique de bas étage qui fait appel aux plus vils sentiments humains.

Kamal se régale.

Si je racontais seulement la moitié de ce que je sais sur cet homme… toutes les saletés, les magouilles, les pots-de-vin dont il était responsable en tant que ministre. Je sais où sont cachés ses cadavres.

Les élections approchent et il va reprendre les rênes du pouvoir grâce à ses onctueuses et mensongères promesses.

Il va gagner. Une fois de plus.

Callie a quinze ans

Grand-mère Jasmine a avalé deux cachets contre la douleur et quatre pilules colorées. Elle les a fait passer avec un verre d'eau. Elle a perdu beaucoup de poids. Elle semble épuisée. Sa peau est plus grise que marron. Quand je la regarde, je me sens envahie par la tristesse.

— Grand-mère Jasmine, pourquoi, pourquoi ne m'as-tu pas dit que tu étais si malade ?

— Qu'est-ce que tu aurais pu faire de plus ?

— Je ne sais pas. Je l'aurais su, voilà. Je me sens exclue.

— L'idée n'était pas de t'exclure, ma chérie. Je n'ai parlé de ce cancer à mes filles que le plus tard possible. La première fois, j'ai subi une biopsie, ils ont trouvé une tumeur, ils l'ont enlevée et je pensais que c'était terminé. Mais je n'ai pas eu de chance et la tumeur est revenue.

— Tu aurais dû m'en parler, ai-je répété d'un ton obstiné. J'ai découvert que tu étais malade en entendant Maman et grand-mère Meggie parler de... en parler.

— Callie, m'a reprise grand-mère Jasmine, tu peux prononcer le mot, ça ne va pas te tuer.

Je ne voulais pas le dire. Je ne voulais pas que grand-mère Jasmine soit malade. Il y a tant de choses que je ne voulais pas. Pourquoi est-ce que la vie était si cruelle ?

— Est-ce que je peux t'aider ? ai-je proposé.

— Oui, tu m'aiderais en parlant avec ta mère, a immédiatement rétorqué grand-mère Jasmine. Tu sais, elle t'aime beaucoup.

— Je ne suis pas idiote, Grand-Mère, ai-je grogné avec impatience.

— Je n'ai jamais pensé que tu l'étais, a répliqué Grand-Mère.

Grand-Mère était gentille d'essayer, mais nous savions toutes deux la vérité.

– Pauvre Callie, a-t-elle soupiré.

J'ai froncé les sourcils.

– Pourquoi tu dis ça ?

– Tu n'as pas idée du nombre de gens qui t'aiment.

– Je vois pas qui.

– « Je ne vois pas qui », ma chérie, m'a corrigée Grand-Mère.

– C'est pareil ! ai-je râlé.

– Eh bien, il y a moi, ta grand-mère Meggie, ta mère, ta tante et toute sa famille et ce garçon… comment s'appelle-t-il déjà… Tobey. Et ce n'est qu'un début.

J'ai levé les yeux au ciel.

– De quoi tu parles ? Tobey n'est pas amoureux de moi, on ne sort même pas ensemble. C'est Lucas, mon petit ami.

– Et j'apprécie énormément Lucas, même si tu ne l'as amené ici que deux fois. Mais ça ne change rien à ce que Tobey ressent pour toi. Ça se voit comme le nez au milieu de la figure. Ou comme un lifting raté ! a souri Grand-Mère.

– On parle bien de Tobey Durbridge ? Mon Tobey ?

– Ton voisin, oui.

– Mais il est… il est…

– Il est quoi ?

– C'est juste Tobey, ai-je conclu.

– Et il est fou de toi.

– Tu sais, Grand-Mère, je crois que ces pilules te donnent des hallucinations.

– En fait, mes pilules m'aident à voir clair, a affirmé Grand-Mère. Pourquoi as-tu tant de mal à accepter le fait que des gens t'aiment ?

– Parce que je sais la vérité, ai-je riposté. Je suis allée à la bibliothèque et j'ai lu tout ce que j'ai trouvé sur mon père et ma mère. Tu savais qu'à ma naissance, Maman avait fait publier une annonce précisant que je porterai le nom de mon père ? McGrégor ! Elle me détestait au point qu'elle voulait me faire vivre avec le nom d'un terroriste.

– N'importe quoi. Elle aimait tant Callum qu'elle voulait que le monde entier sache qu'il était ton père.

– Alors pourquoi elle a changé d'avis ? C'est écrit Hadley sur mon certificat de naissance, pas McGrégor.

– Pose-lui la question.

– Je ne veux pas lui adresser la parole. Plus jamais.

– Callie Rose, a soupiré Grand-Mère. Tu es si jeune. Et comme tous les jeunes gens, tu penses que tu as toutes les cartes en mains alors que tu sais à peine compter jusqu'à cinq. Mais en avançant en âge, tu comprendras à quel point on sait peu de choses.

– Oh oui, je sais compter jusqu'à cinq !

– Ah oui ?

– Un, deux, trois, quatre, quatre et demi, cinq ! Tout le monde sait ça !

– Alors Callie, puisque tu sais tout, pourquoi ta mère n'a-t-elle pas épousé Sonny ?

– Parce qu'elle ne s'intéresse qu'à des connards de terroristes ! ai-je lâché.

– Ne parle pas de cette façon devant moi, chérie, a grondé Grand-Mère. Et pourquoi ta mère t'a-t-elle donné naissance ? Elle n'y était pas obligée. Elle aurait pu se faire avorter.

– Elle voulait blesser mon père !

Grand-Mère a haussé les sourcils.

– Blesser ton père ? Et de quelle manière ?

– Ma mère couchait avec mon père depuis des années et ils ont rompu parce qu'elle a changé de collège. Alors, mon père a demandé à ses copains de la Milice de libération de la kidnapper. Après, il l'a violée. C'est comme ça que j'ai été conçue. Si ma mère avait avorté, mon père n'aurait peut-être pas été pendu. Elle me déteste à cause du viol.

Grand-mère Jasmine a secoué la tête.

– Où es-tu allée pêcher ces… bêtises ?

– Ce ne sont pas des bêtises. J'ai lu les archives des journaux à la bibliothèque.

– Oh, a ironiquement lancé Grand-Mère. Si c'était dans les journaux, c'était forcément vrai !

Elle a poussé un profond soupir.

– Callie, les journaux de l'époque ne parlaient des Nihils que pour raconter des horreurs. Et ton grand-père a tout fait pour que la version de Sephy ne soit jamais imprimée.

Mais je me suis soudain souvenue que je n'avais pas trouvé cette information dans les journaux. C'est oncle Jude qui me l'avait rapportée. C'est pour ça que j'étais sûre que c'était vrai.

– Alors il s'est passé quoi ? ai-je défié Grand-Mère.

– Demande à ta mère.

Cette litanie commençait à me porter sur les nerfs.

– Si Sephy avait été violée, elle se serait sans aucun doute fait avorter, a repris Grand-Mère. Qu'est-ce qui l'en aurait empêchée ?

– Je ne sais pas… des raisons morales ? Ou un rayon cosmique qui a pénétré son cerveau ? Ou alors, elle voulait faire du mal à son père ? Je ne sais pas…

– Alors demande-lui.

Cette phrase encore et encore. Grand-Mère m'a pris la main.

– Callie Rose, tu crois connaître la vérité, mais tu te trompes. La seule personne qui la connaît, c'est ta mère.

– Elle n'a pas semblé très pressée de me donner sa version des faits.

– Elle avait ses raisons.

– Lesquelles ?

– Tu n'as qu'à lui demander.

Cette fois, j'avais parlé en même temps que Grand-Mère. J'ai levé les yeux au ciel.

– Grand-Mère, est-ce qu'on peut changer de sujet, maintenant ?

– La vérité ne cesse pas d'être parce que tu te détournes d'elle, a prononcé Grand-Mère sur un ton sentencieux.

– Grand-Mère…

– D'accord, ma chérie, mais écoute-moi. Va parler avec ta mère. Ne tarde pas. Un jour tu te réveilleras et il sera trop tard.

– Il est déjà trop tard, Grand-Mère.

Jude

– Callie Rose, c'est moi.

– Bonjour, oncle Jude.

– J'ai les détails de ta mission, soldat.

Silence.

– La mission que vous m'avez confiée, monsieur ? a demandé Callie.

– Oui.

– Je suis prête, monsieur.

– Tu en es sûre ? Si tu as le moindre doute, tu dois m'en informer.

– Non, monsieur. Je n'ai jamais été aussi sûre de quoi que ce soit de toute ma vie.

– Je suis fier de toi, soldat.

– Merci, monsieur. Je ne vous laisserai pas tomber.

– J'en suis certain. Ton nom sera écrit dans les livres d'histoire. Ton acte de bravoure marquera un tournant définitif dans les relations entre Nihils et Primas.

– Oui, monsieur. Merci, monsieur.

– Retrouve-moi à l'hôtel *Doppel* sur King Street dans exactement une heure. J'ai réservé une chambre au nom d'Allan Springer.

– L'hôtel *Doppel*. Oui, monsieur.

– J'apporterai ton équipement. Une fois que je te l'aurais remis, nous ne nous reverrons plus. Tu resteras dans la chambre et tu assembleras les différentes parties. Tu laisseras la chambre parfaitement vide. Compris ?

– Oui, monsieur.

– Je te donnerai le nom de la cible. Tu devras absolument atteindre cette cible. Par tous les moyens à ta disposition. Compris ?

– Oui, monsieur.

– À dans une heure.

– J'y serai. Au revoir, monsieur.

J'ai attendu que Callie raccroche la première. Et seulement après, j'ai souri. Je revivais. J'étais vraiment heureux pour la première fois depuis longtemps. Une seule journée me séparait de tout ce que j'avais toujours désiré.

Callie a quinze ans

Les gouttes de pluie cognaient sur la vitre. Le vent faisait vibrer l'encadrement de la fenêtre. Je regardais la veste vert olive posée sur le lit. Je me suis aperçue dans le miroir. Les lèvres serrées, les yeux plissés. J'avais passé des heures, la veille, à coudre des poches de différents formats dans la doublure du vêtement. À hauteur de poitrine, à hauteur de taille... partout où je pouvais, j'avais cousu des poches.

– Des questions, soldat ?

– Oui, monsieur, je voulais juste savoir pourquoi je ne pouvais pas tout simplement utiliser un sac ordinaire pour la mission.

– Parce que la sécurité ne te laissera pas entrer chez lui avec ton sac. Une ceinture aurait été trop repérable.

Chez lui. Ma cible était donc un homme.

– Je vois.

– Des inquiétudes ?

– Aucune, monsieur.

Le général pliait et dépliait ses doigts gantés. Il n'était pourtant sûrement pas nerveux. La seule personne nerveuse dans cette pièce, c'était moi. Pas à cause de la mission, à cause du général. Il avait une façon de vous examiner qui vous retournait l'estomac. Il donnait l'impression de toujours savoir ce que vous alliez faire ou dire.

Il m'a tendu un sac de toile.

Après avoir profondément inspiré, je l'ai pris. Le sac était beaucoup plus léger que je ne l'avais cru.

– Il y en aura assez, monsieur ?

– Pour ta mission, oui. Plus qu'assez.

Je me suis retenue de regarder dans le sac devant le général. Ça aurait été un manque de respect. J'ai serré le sac contre moi. J'ai serré la mort contre moi. Quelle sensation étrange. Un grand calme m'envahissait.

– Tu sais ce que tu dois faire ?

– Oui, monsieur.

– Tu es prête ?

– Oui, monsieur. Vous savez que je le suis.

– Très bien. Je compte sur toi.

– Je ne vous laisserai pas tomber, ai-je promis.

– J'en suis sûr.

Il m'a donné une enveloppe cachetée.

– Le nom de la cible se trouve à l'intérieur. Quand tu l'auras lu, tu sais ce que tu dois faire ?

– Oui, monsieur. Je brûle la lettre et l'enveloppe, et j'emporte les cendres avec moi de façon à ne laisser aucune trace.

– Parfait. Dans ce genre de mission, chaque détail est important. Ne l'oublie pas.

J'ai acquiescé.

– Je n'oublierai pas, monsieur.

– Pas d'erreur, soldat.

– Non, monsieur. Pas d'erreur.

J'avais trouvé une raison à ma présence sur Terre. Chaque instant de ma vie m'avait préparée à celui-là.

– Je suis fier de toi, Callie Rose.

– Merci, monsieur. Je ne vous laisserai pas tomber, ai-je répété.

Le général est sorti de la chambre d'hôtel. Il m'a adressé un signe de tête avant de refermer la porte. Je ne lui en voulais pas de partir le plus vite possible. La pièce était plutôt glauque avec son plafond gris et ses murs jaunâtres. Le matelas du lit double avait connu des jours meilleurs. Il était recouvert d'un drap taché et d'une couverture épaisse comme du papier à cigarettes. La pluie incessante ajoutait à l'ambiance.

J'ai ouvert le sac. J'ai glissé une main à l'intérieur mais je me suis immobilisée. Je suis allée fermer la porte à clé. Je ne devais prendre aucun risque. J'étais trop près du but. Assise sur le lit, j'ai sorti les éléments du sac avec délicatesse. Sans me précipiter. Un par un. Pas d'erreur.

Détonateurs.

Connecteurs.

Fils.

Piles.

Interrupteur.

Et deux blocs d'explosifs soigneusement enveloppés.

Pas d'erreur. Le général l'avait répété. J'ai enfilé mes gants en latex et j'ai sorti les explosifs avec précaution. Puis je me suis forcée à les toucher. Ils étaient souples et tièdes sous mes doigts gantés. Ils ne représentaient aucun danger. Tant qu'ils n'étaient pas reliés au détonateur. Pourtant, mon cœur battait à tout rompre. Quels dégâts ces explosifs pouvaient-ils causer ? J'ai pris une longue inspiration. Je pouvais y arriver. Je devais y arriver. Ce n'était pas le moment de trembler.

Une nouvelle inspiration pour me calmer. J'allais le faire. C'est tout ce qui comptait. Le général croyait en moi. Il n'avait aucun doute. Pas question de le décevoir. J'ai coupé un morceau d'explosif. Je l'ai modelé pour lui donner une forme cubique puis je l'ai glissé dans une des poches que j'avais cousues dans la doublure de ma veste. Je me forçais à travailler lentement. La fabrication d'une bombe requiert de la patience. J'agissais comme si j'avais eu la vie devant moi. Rien n'était moins vrai. Dans quelques heures, je serai face à la personne que je devais tuer. L'enveloppe cachetée était posée sur le lit. J'ai tendu la main… non. Je devais d'abord terminer la bombe.

J'ai rempli chaque poche. J'ai enfilé la veste. Les explosifs n'étaient toujours pas reliés à l'interrupteur, pourtant, de grosses gouttes de sueur coulaient le long de mon dos. Allais-je être capable de me camper devant ma victime et calmement, de sang-froid, nous faire exploser tous les deux ? Pas seulement tous les deux. Toutes les personnes autour exploseraient aussi. Que ressentais-je ? J'ai haussé les épaules. Je faisais partie de la Milice de libération. Nous étions en guerre. En temps de guerre, on ne peut éviter les dommages collatéraux. Si la cible était tuée, ma mission serait réussie. C'était aussi simple que ça.

Est-ce ainsi que mon père réfléchissait quand il préparait l'enlèvement de ma mère ? Avait-il peur ? Était-il excité ? Épouvanté ? Écœuré ? Ou se forçait-il à ne rien ressentir ? Oui, c'était sans doute ça. Comme moi. Tel père, telle fille, finalement.

C'est bizarre, il y a quelques années, mes plus gros soucis dans la vie étaient de faire mes devoirs et de ne pas avoir assez de fringues sympas. Quand j'y repense maintenant, c'est comme si je me rappelais un vieux feuilleton télé, ou une histoire que l'on m'aurait racontée.

La veste m'allait parfaitement. Elle était un peu lourde, c'est tout. J'ai passé un manteau deux tailles trop grand pour moi par-dessus et je me suis regardée dans le miroir. Est-ce que je devais boutonner ou pas ? Je me suis décidée pour fermer un seul bouton. Celui du milieu. Même si les explosifs étaient à l'intérieur de la veste, je ne tenais pas à prendre de risques inutiles. J'ai de nouveau vérifié mon apparence. Les explosifs ne se voyaient pas, on aurait juste dit que j'étais un peu enveloppée. *A priori*, ça fonctionnait. J'ai ôté le manteau et la veste.

Les explosifs étaient prêts. Il était temps d'ajouter les autres éléments. Temps de rendre la bombe active.

Il ne m'a pas fallu plus d'une demi-heure pour relier les détonateurs. Ne restait que l'interrupteur.

Et maintenant, la cible.

J'ai ôté mes gants et j'ai ouvert l'enveloppe.

Le nom inscrit sur la carte m'a donné le vertige. Je ne m'attendais pas… et pourtant… c'était évident.

Kamal Hadley : Hewlett House, Croftways. Demain.

J'ai déchiré la carte. Ma cible était Kamal Hadley, membre du Parlement et chef du parti de l'opposition. Kamal Hadley, divorcé, remarié, père de famille.

Kamal Hadley.

Mon grand-père.

Callie a quinze ans

– Maman ? Grand-Mère ? Il y a quelqu'un ?

Silence. Parfait. J'étais rentrée avec mon travail de l'après-midi caché dans le sac qu'avait apporté oncle Jude. J'avais deux coups de fil à passer et un peu de temps à tuer. Dans l'ordre.

J'ai décroché le combiné.

– Allô ?

– Puis-je parler à Mme Hadley, s'il vous plaît ?

– C'est moi.

Je ne m'étais pas attendue à ce qu'elle décroche elle-même. Je pensais avoir à me battre contre une armée de secrétaires et de gardes du corps.

– Madame Hadley, je suis désolée de vous déranger. Je m'appelle Callie Rose Hadley. Je suis la petite-fille de Kamal Hadley… ai-je commencé.

– Oui, je me souviens de toi. Tu peux m'appeler Grace.

Je ne m'attendais pas non plus à ça. Ni à son ton amical.

– Merci, je suis désolée de vous téléphoner comme ça brutalement, mais j'aurais voulu voir mon grand-père. Je sais qu'il est très occupé par les élections, mais je promets que je ne lui prendrai que très peu de temps. J'ai juste besoin de le rencontrer.

Tout en parlant, j'ordonnais mes pensées, prête à contrer ses éventuelles protestations.

– Oui. Bien sûr. Je m'occupe de tout arranger, a répondu Grace. Il est très occupé en ce moment mais il sera à la maison demain en début d'après-midi. Il n'y restera pas longtemps. Tu pourrais venir à ce moment-là.

C'était trop facile.

– Est-ce que… je veux dire… il ne me claquera pas la porte au nez, cette fois ?

– Non, je te le promets. Ça n'arrivera plus jamais. Kamal sait qu'il a mal agi. Ta mère et moi nous sommes chargées de le lui faire comprendre. Mais mon mari se montre parfois particulièrement borné.

Je n'ai pas répondu.

– Callie Rose, a repris Grace, je vais tout faire pour que mon mari et toi ayez la possibilité de vraiment discuter. Et pas sur le pas de la porte. Je t'en donne ma parole.

– Merci.

– Viens avec ta mère, si tu veux. Il est temps que nous laissions le passé derrière nous et que nous avancions.

Grace. Elle portait bien son nom. Trop tard.

– Je suis désolée, ma mère est occupée demain, ai-je menti.

– Est-ce que tu veux que nous choisissions un autre jour de façon à ce qu'elle puisse t'accompagner ?

– Non, merci. J'ai vraiment besoin de voir mon grand-père demain.

– D'accord, a accepté Grace. Peut-être que nous déciderons à ce moment d'une autre date où tu pourrais venir avec ta famille.

– Ce serait chouette, ai-je répondu. À demain, alors.

– J'ai hâte de te revoir. Et au fait, Callie Rose, bon anniversaire pour demain.

Elle se rappelait ma date d'anniversaire ! Même moi je n'y pensais pas. J'ai dû faire un effort pour articuler les derniers mots :

– Merci Grace, à demain.

J'ai raccroché et redécroché immédiatement.

– Allô ?

– Monsieur, c'est moi. J'y serai. Demain vers deux heures.

– Excellent. Bien joué, soldat. Et n'oublie pas, les anges sont avec nous.

– Oui, monsieur.

– C'était un privilège de faire ta connaissance.

– Merci monsieur. Je ne vous laisserai pas tomber.

– J'en suis sûr. Au revoir, soldat.

– Au revoir, monsieur.

J'ai reposé le combiné. Je ressentais le calme qui s'impose devant l'inévitable. Demain, à la même heure, je ne souffrirai plus.

Sephy

L'oreille collée au téléphone, je faisais les cent pas dans ma chambre.

– Qu'est-ce que je dois faire ? Appeler la police ?

– Pour dénoncer ta propre fille ? Tu es folle ?

– Alors quoi ? ai-je crié.

Ma mère a essayé de m'apaiser.

– Sephy, calme-toi.

– Comment veux-tu que je me calme ? Tu n'as pas entendu ce qu'elle disait ! Moi oui !

– Comment es-tu tombée sur cet appel, d'ailleurs ? a voulu savoir ma mère. Est-ce que tu écoutes tous les coups de fil que passe Callie Rose ?

– Bien sûr que non. Je somnolais et un bruit m'a réveillée. J'ai cru avoir entendu la sonnerie du téléphone et j'ai décroché. Callie était en train de parler avec Grace, la nouvelle femme de Papa.

– Nouvelle ! Sephy, ma chérie. Ils sont mariés depuis plus de dix ans.

– Peu importe ! Callie est sur le point de commettre un acte terrible et il n'est pas difficile de deviner qui l'y a poussée. Après Grace, elle a appelé quelqu'un d'autre. Un homme qui l'a félicitée. Maman, j'ai peur… Je crois… Je crois que Callie parlait à Jude. Il l'appelait « soldat ». Oh, mon Dieu. Est-il possible que ma fille soit mêlée à l'attentat du ministère de la Défense ? Ou à celui de l'aéroport ? Non… pas mon bébé… Elle n'aurait jamais fait ça… Maman, je…

– Reprends-toi, Perséphone, m'a coupée ma mère. Est-ce que tu veux que je vienne ?

– Non, dis-moi juste ce que je dois faire.

– Toi et Callie devez vous asseoir et discuter.

– Mais comment ? Callie ne supporte pas d'être dans la même pièce que moi, ai-je gémi. Elle ne veut rien entendre de ce que j'ai à lui dire.

– Nous devons trouver un moyen de l'obliger à t'écouter.

– Comment ? C'est impossible ! À moins de l'enfermer quelque part avec moi.

– C'est exactement ce que nous allons faire. Tu vas venir à la maison demain matin, à neuf heures. Je dirai à Callie de passer vers dix heures. De cette façon, vous pourrez parler.

– Elle partira dès qu'elle me verra.

– Elle ne te verra pas. Pas avant qu'il lui soit impossible de fuir. Tu te cacheras dans la cave et j'y enverrai Callie. Quand elle y sera, je fermerai la porte à clé.

– Dans la cave ? Il y fait un froid de canard, ai-je protesté.

– C'est la seule pièce de ma maison qui possède un verrou extérieur, a répondu ma mère.

– Comment peux-tu être aussi calme ? me suis-je écriée. Callie s'apprête à commettre un acte stupide. Un acte qui va gâcher sa vie. Je le sens. J'en suis sûre.

– C'est pour ça que nous devons nous assurer que ça n'arrivera pas.

– Mais comment ? Jude la tient. Si elle ne fait pas ce qu'il lui a ordonné, demain, elle le fera la semaine prochaine, ou le mois prochain. Il n'abandonnera jamais. Il sait que le seul moyen de m'atteindre est de faire du mal à Callie. Ça lui ressemble tellement d'avoir tout organisé pour le jour de son seizième anniversaire. Ce type ne raterait pas un tel symbole.

À l'autre bout du fil, ma mère était silencieuse.

– Maman ?

– Viens demain, à neuf heures. Je m'occupe du reste.

– Que pourrais-tu bien faire ? ai-je répété sur un ton plus sceptique que je ne l'aurais voulu.

Je me suis reprise :

– Excuse-moi, Maman, je sais que tu es malade et…

– Je suis malade, Sephy, c'est vrai, mais pas gaga ! Fais-moi confiance, d'accord ?

– Je…

– Tu me fais confiance ?

– Oui, Maman.

– Dès que tu auras raccroché, demande à Callie de m'appeler. Je dois lui parler. Et à demain, Sephy.

– Oui, Maman.

– Sephy ?

– Oui ?

– Je t'aime.

Maman a raccroché avant que je puisse lui répondre. « Je t'aime. » Elle ne me l'avait pas dit depuis tellement longtemps. La dernière fois, je devais être adolescente. C'était avant la mort de Callum. La panique qui m'avait envahie s'est un peu calmée. Un tout petit peu. Mais j'avais toujours aussi peur. J'aimais ma mère… je l'aimais beaucoup, mais même si elle trouvait un moyen pour que Callie et moi puissions discuter, ça ne résoudrait pas le problème de Jude. Jude était trop malin, trop puissant. Maman avait une idée derrière la tête. Peut-être voulait-elle téléphoner à Meggie et la persuader de parler à son fils ?

Quoi que ce soit, il était évident que l'anniversaire de Callie allait marquer un virage dans nos vies à tous.

Callie a quinze ans

Mon téléphone portable a sonné pour la deuxième fois en cinq minutes. J'étais bien populaire aujourd'hui…

– Allô ?

– C'est moi.

– Salut toi !

– Tu fais quoi demain pour ton anniversaire ?

– Grand-mère Jasmine vient de m'appeler. Elle reçoit des amis pour déjeuner et elle a besoin d'un coup de main. Elle m'a demandé de passer dans la matinée.

– Je croyais qu'elle avait une cuisinière et une secrétaire personnelle.

– Elles doivent toutes les deux être de sortie.

– Tu vas y aller, alors ?

– Oui. Grand-Mère n'est pas très en forme en ce moment. Elle a demandé à ma mère de passer, mais elle était trop occupée. Il ne restait que moi. Je passerai par la plage avant d'y aller.

– Tu veux que je te retrouve là-bas ?

– Eh bien, je ne sais pas…

– Ne refuse pas. J'ai envie de te voir demain. S'il te plaît ?

Je me suis surprise à accepter.

– D'accord. Mais seulement sur la plage. Et je ne resterai pas longtemps. J'ai… autre chose de prévu dans l'après-midi.

– Ça me va.

– Tu dois contourner la maison de grand-mère Jasmine pour arriver à la plage, tu te rappelles ?

– Bien sûr. À demain.

Il a raccroché. Je me suis demandé pourquoi j'avais accepté. Avais-je vraiment envie de lui parler en ce jour qui sera mon dernier ? Ma raison répondait non, mais mon cœur savait que ma raison mentait. Ce serait notre dernière rencontre et je voulais l'image la plus récente de lui pour l'emmener avec moi dans la nuit. Si l'on m'avait demandé de choisir entre Lucas et Tobey pour passer ma dernière journée sur Terre, j'aurais répondu sans hésitation. Il était étrange que ma raison ne donne pas la même réponse que mon cœur…

Jasmine

Écrire n'a jamais été mon fort, mais peu importe. Cette lettre allait retenir toute l'attention qu'elle méritait. Il m'avait fallu du temps pour la rédiger, mais le ton que j'avais choisi et les informations que j'y divulguais nécessitaient d'être pesés avec soin. Il allait sans doute pouvoir convaincre un ou deux journaux de ne pas la publier mais certainement pas tous ! Un ordinateur et une imprimante, c'est bien pratique pour obtenir de nombreux exemplaires. J'ai pensé envoyer ma missive par Internet aux journaux, mais je ne m'en suis pas sentie capable. Et puis, les e-mails ne sont pas sûrs, il y a trop de pirates en tout genre.

Je ne suis pas une pirate informatique.

Je suis seulement une ex-épouse malveillante et sournoise.

Je m'assure que si jamais le parti de Kamal gagne les élections, lui ne sera pas appelé au gouvernement. Au moment où le contenu de cette lettre sera dévoilé au public, Kamal sera politiquement mort.

J'ai quelques autres détails à régler avant demain matin. En premier lieu, je dois parler à cœur ouvert avec Meggie McGrégor. J'ai besoin qu'elle me révèle où est son fils.

Callie a quinze ans

Je n'arrive pas à m'endormir. Je me doutais que je ne parviendrais pas à me plonger dans le sommeil facilement, mais c'est agaçant. Deux heures et demie du matin. Et je n'arriverai plus à fermer l'œil maintenant. Mon esprit ne veut pas se calmer. Je pense à tout ce qui va me manquer. Mes deux grands-mères, Lucas, Tobey, les glaces au chocolat, la mer, les levers et les couchers de soleil. Et surtout, malgré tout, Maman. Je regrette... je regrette que nous n'ayons pas partagé plus... mieux. À présent, c'est fichu. Mais comme me l'a répété oncle Jude, certains sacrifices sont indispensables.

Et je suis tellement fatiguée de tout ça.

Si je dois m'allonger sur le dos et fixer le plafond jusqu'à l'aube, tant pis.

À cette heure-ci demain, je dormirai pour l'éternité.

Jude contre Jasmine

Jasmine

Je ne tiendrai plus très longtemps. La douleur est si intense que j'ai envie de hurler comme un animal blessé. J'ai envie de me recroqueviller sur ce lit d'hôtel. J'ai envie d'appuyer sur cet interrupteur pour mettre fin à mon tourment.

Mais je ne peux pas.

J'ai promis à Meggie.

J'ai pris deux anti-douleur dans ma poche et je les ai serrés dans la paume de ma main. J'allais les avaler mais j'en avais déjà pris deux peu de temps auparavant et j'avais peur que mes réflexes soient amoindris. Je ne pouvais pas me permettre de laisser la moindre chance à Jude. Une erreur de ma part et ce serait la dernière de ma vie.

– Meggie, que voulez-vous que je fasse ? ai-je demandé calmement.

En parlant à voix basse, je pouvais peut-être cacher ma vulnérabilité.

– Je ne sais pas, Jasmine. Je ne sais plus rien, a répondu Meggie. Je veux rester.

– Maman, non ! s'est écrié Jude. Tu dois partir. Je n'ai pas besoin de toi.

– Tu ne peux pas rester, Meggie, ai-je lancé en ignorant Jude. Sephy est enfermée dans ma cave avec Callie Rose. Tu dois les libérer.

Meggie m'a adressé un sourire triste.

– Vous saviez que je voudrais rester...

– Je pensais que c'était possible, ai-je acquiescé. Tu dois partir.

– Et si je refuse ?

– Alors, nous sortirons tous de cette pièce.

– Et si j'accepte ?

– Tu sortiras seule.

– Je vois.

Meggie s'est tournée vers son fils. Le silence s'est prolongé une bonne minute.

– Jude, a repris Meggie, cite-moi une chose pour laquelle tu es prêt à donner ta vie…

– Je peux te donner des tas d'exemples, Maman, a rétorqué Jude sur un ton cinglant. La Milice de libération, la cause… je sais que tu n'as pas oublié ce qu'ils ont fait subir à Papa et à Callum.

Les yeux de Meggie étaient brillants de larmes.

– À présent, a-t-elle demandé, cite-moi une chose pour laquelle tu es prêt à vivre.

Jude l'a fixée. Il a ouvert la bouche comme un poisson hors de l'eau.

– Je…

Puis il s'est tu.

Meggie a tristement hoché la tête.

– C'est bien ce que je pensais. Tu as volontairement pris contact avec Callie pour la monter contre Sephy. Et s'il te plaît, n'insulte pas mon intelligence en niant.

– Je n'en avais pas l'intention !

– Voilà la première parole franche que tu prononces depuis des années, a poursuivi Meggie. Jude, dis-moi la vérité, as-tu tué Cara Imega ?

Jude s'est adossé à sa chaise. Ses yeux étaient sombres et profonds comme l'océan.

– Nous y revoilà ! Encore ! Tu t'es déjà fait une idée à ce sujet, Maman, alors pourquoi prends-tu la peine de poser la question ?

– J'ai besoin de l'entendre de ta bouche, Jude. As-tu assassiné cette fille ?

Jude a souri d'un air faux.

– Je n'ai assassiné personne, Maman. Le meurtre impliquerait que j'ai illégalement pris la vie d'un être humain et moi... tout ce que j'ai fait, c'est éliminer une Prima.

Je me suis étranglée d'horreur. Meggie aussi. Les larmes coulaient sur ses joues. Pauvre Meggie. J'avais mal pour elle. Pour Sephy, Minerva et pour moi aussi. Pourquoi Jude nous détestait-il tous autant ? La complaisance dont j'avais fait preuve durant tant d'années n'y était sans doute pas étrangère. Je ne pouvais oublier ce jour où j'avais demandé à Sarah, ma secrétaire, de mettre Meggie à la porte parce qu'elle ne m'avait pas fourni l'alibi dont j'avais besoin. Le point de départ de la haine de Jude se trouvait-il là ? Si je n'avais pas renvoyé Meggie, serions-nous assis dans cette chambre aujourd'hui ? La haine de Jude était plus destructrice que le cancer qui me dévorait. Pour lui, pas d'espoir, pas de repos, pas de rémission. Aucune violence ne comblerait jamais cette haine. Elle se nourrissait d'elle-même, elle se nourrissait de lui. Et Jude ne s'en était pas rendu compte. Ou peut-être s'en fichait-il.

J'avais mal aussi pour lui.

J'avais mal pour chacun d'entre nous.

– Cette bombe que tu as donnée à Callie, elle était censée servir à quoi ? ai-je voulu savoir.

Jude m'a dédaigneusement toisée.

– Je n'ai pas donné de bombe à Callie, elle l'a fabriquée toute seule.

– À qui était-elle destinée ? ai-je insisté.

– Ma réponse serait académique puisque c'est vous qui la portez, a reparti Jude.

– Tu visais Kamal Hadley, n'est-ce pas ? Mon ex-mari. Tu voulais en faire un martyr.

Jude a détourné le visage. Il ne voulait plus m'adresser la parole. Peu importait. Je devinais ce qu'il n'avouait pas.

Jude était stupide. Il s'apprêtait à déifier mon mari et sa bande de politiciens vénéneux. Qu'espérait-il de l'exécution de Kamal par la Milice de libération ? Sauf qu'il n'aurait pas été question de la milice… Sa propre petite-fille aurait été le bras armé de cet acte. Et où comptait-il arriver avec ça ?

Meggie s'est levée. Elle semblait épuisée.

– Jude, je veux que tu le saches, je veux que tu ne l'oublies pas : je t'aime. Je t'aime très fort.

Jude n'a pas répondu. Il ne savait sans doute pas quoi dire. Meggie a embrassé son fils sur la joue. Puis elle s'est tournée vers moi :

– Je pars. Seule. Je réponds : oui.

Elle s'est dirigée vers la porte.

– Meggie, l'ai-je appelée, Meggie, dites à Sephy et Callie Rose… Expliquez-leur… je… Dites-leur que je les aime.

Meggie a ouvert la porte. Puis l'a refermée derrière elle.

Jude et moi étions de nouveau seuls.

Jude

Ma mère m'a laissé. Elle est partie. Pour de bon. Elle a d'une certaine manière donné sa bénédiction à cette folle de Hadley.

Maman…

Peu importe. Je n'ai pas besoin d'elle. Je n'ai besoin de personne. Règle de Jude n° 1 : *Ne t'autorise jamais à ressentir quoi que ce soit. Les sentiments tuent.* Je suis venu au monde seul. J'ai vécu seul et je mourrai seul. Mais pas aujourd'hui. Je ne suis pas encore prêt. Il me reste des choses à accomplir.

Prends ton couteau, Jude, c'est maintenant ou jamais.

J'allais le saisir quand la sirène d'alarme de l'hôtel a retenti. Bon Dieu ! J'y étais presque. Et voilà que l'hôtel était en feu... c'était peut-être ma chance. Les pompiers seraient là dans quelques instants et... l'alarme continuait à pousser son gémissement aigu. Dans le couloir, des portes claquaient. Il y a eu des cris, des bruits de pas. Puis la rumeur s'est estompée. Jasmine n'a pas bronché. Elle n'a même pas cligné un œil.

– Il faut qu'on sorte d'ici, ai-je crié à cette salope. À moins que vous n'ayez envie de griller vivante !

Jasmine a poussé un soupir et s'est levée.

– Il n'y a pas d'incendie, Jude. Ta mère a déclenché l'alarme avant de partir. Pour que tout le monde sorte de l'hôtel.

J'ai écarquillé les yeux. Ma mère avait fait ça ?

– Nous avions tout préparé hier soir et ce matin, m'a appris Jasmine. Nous avons décidé que si elle quittait la pièce seule, cela signifiait qu'elle acceptait mon plan. Elle devait en ce cas faire évacuer l'hôtel. Je ne suis pas une meurtrière, je ne veux pas faire de victimes innocentes. Je ne veux tuer que toi.

– Est-ce que ce n'est pas ce que l'on appelle un meurtre ?

– Non, je veux juste sortir ma famille de l'horreur dans laquelle tu l'as plongée.

– Attendez ! Attendez ! Vous voulez dire que ma mère avait la possibilité de me sauver ?

Jasmine a hoché la tête.

– Elle n'avait qu'à dire non. Je n'aurais pas déclenché la bombe si elle était restée. Elle le savait. Et puis, comment ma fille et ma petite-fille seraient sorties de ma cave si elle était morte ?

– Je ne comprends pas.

– Aucune importance. Veux-tu prononcer une dernière parole, Jude ?

Une dernière parole ? Elle se croyait à l'épilogue d'un film de guerre ou quoi ? Une dernière parole ! Qu'est-ce qu'elle pensait de : *On se retrouvera en enfer !* C'était bien, ça !

Sans me quitter des yeux, Jasmine a lentement prononcé :

– Que Dieu me pardonne pour ce geste mais j'agis pour ma fille Sephy, pour ton frère, Callum, et pour leur enfant, Callie Rose.

Jasmine s'est approchée de moi. C'est à ce moment que j'ai réalisé que je passais mes dernières secondes sur cette Terre. La règle de Jude n° 15 dansait dans ma tête : *Si le paradis est plein de Primas, je préfère finir en enfer.*

Et soudain une personne m'est apparue. Une seule. Pas ma mère, ni mon père. Pas Lynette, ni même Callum. C'est la dernière personne à qui j'aurais pensé.

Cara…

J'ai éclaté de rire. Jamais je n'avais ri aussi fort.

CARA…

J'ai levé les yeux au ciel. Cara, je sais que tu me regardes. Viens, prends ma main et emmène-moi…

Meggie

Mon Dieu, je vous en supplie, pardonnez-moi.

J'ai envie de faire demi-tour, de courir à l'hôtel. Je veux… Je veux entrer dans la chambre et crier NON ! Je ne veux pas ! C'est mon fils. Le seul enfant qui me reste ! Ne m'obligez pas à l'abandonner. Je l'aime. Je l'aime tant. Ne me le prenez pas.

Je ne peux pas. Je ne peux pas. Il faut que je retourne à l'hôtel.

Mais c'est impossible. Après être partie si vite, je ne peux plus faire un pas. Je suis immobile sur le trottoir, incapable d'avancer. Incapable de reculer.

Jude, pardonne-moi...

Non, je ne peux pas. Je dois empêcher Jasmine d'agir... si ce n'est pas trop tard. Fais demi-tour, Meggie.

Mais... et ma petite-fille ? Callie Rose représente l'avenir. Et comment pourrait-elle vivre avec la haine de Jude empoisonnant chacun de ses actes ? Je sais qu'il lui raconte des choses, qu'il lui montre des choses que personne ne devrait jamais voir. Et il le fait depuis des années.

Et je me suis voilé la face durant tout ce temps.

Jude veut faire souffrir le monde entier autant que lui souffre. Il aurait pu dépasser cette douleur. Il avait le choix. Oh, comme j'aimerais revenir des années en arrière. Je prendrais Jude dans mes bras et lui caresserais les cheveux comme quand il était petit et je murmurerais à son oreille les mots que je n'ai jamais prononcés à voix haute : *Jude, je t'aime, je ne t'abandonnerai jamais. Je serai toujours là pour toi.*

Mais c'est faux. Je l'ai laissé dans cette chambre d'hôtel avec Jasmine, sachant ce qu'elle avait décidé. Pourquoi suis-je obligée de choisir entre mon fils et ma petite-fille ? Je ne peux pas décider. Je ne peux pas.

Retourner dans le passé.

Aller vers l'avenir.

Que choisir ?

Jude a besoin de moi. Callie Rose aussi. Il n'est pas trop tard pour Callie Rose. Elle est si jeune. Je peux lui dire tout ce que je n'ai pas su dire à mon fils. Je pensais que je devais lui apprendre à être dur, parce que la vie d'un Nihil dans un monde de Primas est dure. Je croyais le préparer à affronter la méchanceté et la cruauté des autres. Mais j'ai compris, aujourd'hui. Chaque jour, je répéterai à Callie combien je l'aime. Chaque jour, chaque seconde. Elle a besoin de moi. Il n'est pas trop tard pour lui montrer que l'amour existe, que rien n'est impossible. J'aiderai Callie Rose et sa mère à se réconcilier. Je ferai tout ce qui est en mon pouvoir. Tout.

Oh, Jude…

Il n'est pas trop tard pour Callie Rose.

Il est trop tard pour mon fils. Il est empli d'amertume et de haine. Il n'a pas foi en l'avenir. Il ne croit pas que la situation peut s'améliorer. Il n'a pas confiance. Il n'a pas d'espoir.

Mais il est quand même mon fils.

Avance, Meggie. Un pas après l'autre. Mais c'est si dur et ça fait si mal.

– Vous vous sentez bien ?

Je lève la tête. Un homme se tient devant moi. Un vieil homme. Un Nihil. Il vend des journaux. Il me regarde avec inquiétude. Ses cheveux sont gris mais ses sourcils très noirs.

– Vous avez besoin d'aide ? reprend-il.

J'ouvre la bouche mais je suis incapable de prononcer un mot.

– Vous voulez vous asseoir un instant ?

J'entends les sirènes hurler. Deux, puis trois voitures de police roulent à tombeau ouvert. Elles se dirigent vers l'hôtel *Isis*.

– Tiens, que se passe-t-il ? demande l'homme d'une voix douce.

Jasmine ne l'a pas fait. Pas encore. Non pas encore… pas déjà… le gyrophare d'une ambulance m'éblouit. Jasmine n'a pas pu déjà… Je n'ai rien entendu. Il n'y a pas eu de déflagration. La rue est pleine de voitures, au loin résonne un marteau piqueur. J'aurais entendu. Forcément. Je ne suis pas si loin. J'ai essayé de fermer mes oreilles et mon cœur en sortant de l'hôtel, mais le regret, la peur, les larmes ne peuvent assourdir à ce point le vacarme d'une explosion. Je lève les yeux vers le ciel. Il ne pleut pas. Pourtant, j'ai entendu le tonnerre. J'en suis sûre. Mais pas de pluie. Peut-être Jasmine a-t-elle changé d'avis. À moins que Jude n'ait réussi à la convaincre ou à l'empêcher…

Jasmine n'a pas eu le temps… pas encore…

Mon Dieu, je vous en prie…

– C'est un beau jour pour nous, dit l'homme, vous ne trouvez pas ?

Je ne comprends pas. Le vendeur sourit. Il brandit l'édition du journal du soir. Je lis les gros titres :

Kamal Hadley n'est plus dans la course.

– Elle l'a bien eu, continue le vendeur, il n'a que ce qu'il mérite…

Je ne comprends toujours pas.

– Son ex-femme, reprend l'homme, Jasmine Hadley. Elle a envoyé aux journaux une lettre accompagnée de preuves de tous les pots-de-vin que Kamal Hadley a distribués pour être élu, de toutes les malversations dont il s'est rendu coupable, de toutes les magouilles et le reste. Il est fini. Il a démissionné en disant qu'il ne voulait pas que son parti souffre de cette lettre pour les élections de demain, mais c'est trop tard. Ils vont perdre. Dieu merci.

La veille au soir, tous les sondages donnaient le parti de Kamal Hadley gagnant. Les jeux étaient faits. Le père de Sephy allait être nommé Premier ministre. Et maintenant…

Grâce à Jasmine.

Une autre ambulance est passée. Moins vite que la première.

Le vendeur de journaux souriait toujours.

– Allons, reprenez-vous ! Tout ira mieux maintenant.

J'ai acquiescé, toujours incapable de parler. Mais la gentillesse de cet homme m'avait réchauffé le cœur.

Avance, Meggie, avance.

Callie Rose a besoin de toi.

Et Sephy aussi.

Callie Rose
et
Sephy

Callie Rose

Est-ce que nous n'allions jamais sortir de cette fichue cave ? J'avais une furieuse envie de faire pipi. J'ai jeté un coup d'œil à ma montre, il était presque quatre heures de l'après-midi. Grand-père Kamal n'était plus chez lui. Ça m'était d'ailleurs complètement égal. J'avais encore tant de questions à poser à Maman. Grand-mère Jasmine avait raison. Elle était la seule à pouvoir m'éclairer.

– Maman, est-ce que... est-ce que Papa et toi aviez fait l'amour avant qu'il t'enlève ?

– Non, ma chérie. Cette nuit dans la cabane a été la première et la seule nuit d'amour que nous avons partagée.

– Et tu es tombée enceinte ?

– Oui, Dieu merci, a répondu Maman d'une voix sincère. Grâce à cela, je t'ai eue, toi.

– Pourquoi... pourquoi est-ce que tu ne t'es pas fait avorter, comme te l'avait demandé grand-père Kamal ? Toi et Papa seriez toujours ensemble.

– Tu ne le devines pas ?

J'ai secoué la tête. J'avais réfléchi à cette question pendant des mois et des mois, mais je n'avais trouvé aucune réponse plausible.

– Callum représentait... le présent. Toi, le futur. Callum représentait l'amour. Toi l'espoir. Callum était une partie de moi-même. Tu étais lui et moi en même temps. Et Callum n'aurait pas accepté de vivre si tu avais dû mourir à sa place. Je le savais. Je connaissais Callum comme moi-même. Ton père nous aimait toutes deux beaucoup trop pour vouloir mettre fin à la vie d'un enfant né de notre amour.

– Alors, Papa ne t'a jamais… violée ?

Maman a pris mon menton dans sa main et m'a levé le visage. Nos regards se sont croisés.

– Non. Ton père ne m'a pas violée. Ton père serait mort plutôt que d'agir de la sorte.

– Et cette lettre que tu m'as montrée ? Elle était vraie ? ai-je demandé. Papa nous aimait vraiment ? Toi et moi ?

– Oui, Callie Rose. Je te le dis et je te le répéterai aussi souvent qu'il te sera nécessaire de l'entendre. Si tu doutes encore, tu peux relire la lettre.

C'est ce que j'ai fait, m'arrêtant sur chaque mot, sur chaque expression de l'amour de mon père. Je me suis sentie soudain aussi légère qu'une plume. Comme si un poids me quittait. Un poids composé de malveillance, de cruauté, de haine. C'était comme si une fenêtre avait été ouverte dans mon cœur et laissait passer un grand courant d'air. La lumière m'emplissait à présent. J'en avais le souffle coupé. C'était merveilleux. J'ai regardé Maman et j'ai ressenti quelque chose qui a balayé mon angoisse, quelque chose d'aussi fort que l'amour… Il m'a fallu quelques secondes pour l'identifier.

C'était l'espoir.

Pour la première fois depuis si longtemps, j'avais foi en l'avenir. J'espérais que grand-mère Jasmine allait guérir, je recommençais à croire en Tobey, en Lucas, en l'école, en mes amis. Je souhaitais que Maman et moi soyons capables d'apprendre à mieux nous connaître, à mieux nous comprendre, à devenir amies…

Mais au milieu de cette flambée d'espoir, un doute me tenaillait toujours.

– Maman ?

– Oui, ma chérie ?

– Qu'est-ce qui te fait croire que la deuxième lettre que tu as reçue de Papa est la bonne ?

– Parce que je le sais, parce que je le sens, a répondu Maman avec emphase.

J'avais besoin de plus que des mots. J'avais besoin de la conviction absolue de Maman.

Alors j'ai demandé à nouveau :

– Oui, mais comment peux-tu en être sûre ?

Sephy

– Callie Rose, j'en suis sûre parce que mon cœur en est sûr. J'ai mes souvenirs, je connais Callum mieux que moi-même. Et puis, quand j'ai été enlevée, il m'a aidée à m'échapper. Il m'aimait.

J'ai fermé les yeux et je me suis retrouvée dans cette pièce nue, dans une cabane au milieu des bois. Je vivais à nouveau un des plus beaux moments de ma vie. La première et la seule fois où Callum et moi avons fait l'amour.

Les baisers de Callum sur mon corps étaient brûlants, ses mots, son souffle sur ma peau étaient brûlants. Il m'embrassait comme un homme qui se noie. J'étais son oxygène. Il m'a caressée, embrassée partout, puis il s'est allongé sur moi, ses jambes ont écarté les miennes…

– Sephy, je te désire si fort.

Ses yeux gris brillaient.

– Je suis à toi, Callum, entièrement à toi, ai-je murmuré. Maintenant et pour toujours.

Nous nous sommes regardés pendant une seconde infinie. J'ai souri sans chercher à cacher l'amour que j'éprouvais pour lui. Il a posé sa bouche sur la mienne, sa langue a forcé le barrage de mes lèvres et son sexe est entré en moi. J'ai retenu mon souffle. Non parce qu'il me faisait mal, mais parce que son corps et le mien joints ainsi, c'était comme... c'était comme atteindre le paradis. Callum avait raison. Il n'y avait pas d'autre mot pour décrire cette sensation. C'était comme atteindre le paradis.

– Sephy...

Callum m'a regardée, se méprenant sur la cause de mon immobilité. Il a fait le geste de se retirer, je l'ai serré contre moi et j'ai pris son visage dans mes mains.

– N'arrête pas, ai-je murmuré.

Callum a pris une de mes mains dans la sienne, nos doigts se sont entremêlés. J'aimais le contraste de nos peaux, brune et rose, prima et nihil, Callum et moi. J'ai embrassé ses doigts et Callum est entré plus profondément en moi. Je sentais chaque parcelle de son corps et c'était comme si je n'étais née que pour cet instant. Comme s'il était moi, comme si j'étais lui, comme si nous n'allions plus jamais être deux personnes séparées.

Tout doucement, Callum a bougé en moi. C'était une torture merveilleuse presque insupportable.

– Je t'aime, Perséphone, a chuchoté Callum avant de m'embrasser profondément.

J'ai repris mon souffle.

– Je t'aime, a répété Callum. Je n'aime et je n'aimerai que toi.

Mais je l'ai à peine entendu. Ma peau était brûlante, mon sexe était plus chaud encore. Je voulais que ce moment ne s'arrête jamais tout en désirant que cette tension dans mon corps se relâche.

– Embrasse-moi, l'ai-je supplié.

Callum a posé ses lèvres sur ma bouche, puis sur mon cou, puis sur mon oreille et encore sur ma bouche. Je le serrais contre moi. Il me serrait contre lui. Quelque chose en moi se tendait, mais ne se brisait pas. Et soudain, un feu d'artifice a explosé dans mon ventre. Un seul feu en fait, qui s'est transformé en mille étincelles. Je tenais Callum contre moi comme si ma vie en dépendait, les yeux grands ouverts. Écarquillés. Je me suis abandonnée à cette sensation nouvelle qui envahissait mon corps. Ça ne ressemblait à rien de ce que j'avais connu auparavant. À rien de ce que j'avais pu imaginer. Et Callum semblait aussi émerveillé que moi. Il a fermé les yeux et laissé échapper un gémissement.

Nous avions atteint ensemble le paradis.

Mais le paradis s'est enflammé et nous sommes redescendus sur terre. Dans la réalité. Je me suis accrochée à Callum, essayant de me fondre en lui pour toujours, en vain... jusqu'à ce que Callum recommence à me faire l'amour doucement, tendrement. Et cette fois, j'étais si sûre que plus rien ne pourrait nous séparer que quand nous sommes à nouveau descendus sur cette terre je me suis mise à pleurer.

– Maman, où es-tu ? Maman ? Maman ?

J'ai levé les yeux, émergeant de mes souvenirs. J'ai rougi. Callie Rose a souri.

– Bon, en fait, ne me dis rien, Maman, je crois que je n'ai pas l'âge d'entendre ça.

J'ai ri.

– Mes pensées étaient donc si évidentes ?

– Pas avant que tu rougisses.

– Comment sais-tu que j'ai rougi ? Ma peau est trop sombre pour que ça se voie.

– L'extrémité de tes oreilles est devenue écrevisse ! À quoi pensais-tu ?

– À ton père, ai-je souri. Et pour répondre à ta question, on ne peut jamais être sûr de rien à cent pour cent dans la vie. Il faut parfois seulement écouter son cœur. Sa foi. Je sais que Callum nous aimait, toi et moi, plus que sa propre vie.

Je me suis soudain souvenue d'autre chose. J'ai souri. Callie Rose a froncé les sourcils.

– Qu'est-ce qu'il y a ? a-t-elle demandé.

– Il y avait un gardien de prison, il s'appelait Jack Labinjah. Il était devenu ami avec ton père et il était avec lui le jour de sa mort.

Mon sourire s'est effacé mais je me sentais toujours étrangement sereine.

– Ton père a expliqué à Jack qu'il m'aimait mais qu'il avait écrit cette deuxième lettre pour que je ne m'accroche pas à lui, pour que je continue mon chemin. C'était idiot.

Callie a hoché la tête. Elle ressemblait tant à son père. Elle a lancé :

– Tu aimais vraiment Papa ?

J'ai acquiescé.

– Oui, et encore plus que ça. Pendant très longtemps, il m'a été impossible d'aimer qui que ce soit d'autre.

– Tu as aimé Sonny ?

– Oui… j'ai un moment pensé que notre relation était surtout pratique mais je me trompais. Sonny m'aimait et si je n'avais pas eu aussi peur, j'aurais pu l'aimer comme il le méritait.

– De quoi avais-tu peur ?

– Tout simplement d'aimer quelqu'un d'autre que Callum. Je ne voulais pas être déloyale envers lui et donner mon cœur à quelqu'un d'autre. Et puis, j'étais convaincue de porter malchance à ceux qui me côtoyaient, ai-je ajouté sombrement. J'ai été incapable de mettre toute mon âme et tout mon cœur dans notre relation. Sonny le savait.

– Tu aimes toujours Papa ?

– Je l'aimerai toujours.

– Comment peux-tu l'aimer lui et quelqu'un d'autre en même temps ?

– Ah, Callie, ton père aura toujours une place spéciale dans mon cœur. Une place que personne ne lui prendra. Mais il est utopique de penser qu'il n'existe dans le monde qu'une et une seule personne que l'on peut aimer. Certains chanceux rencontrent tout de suite la personne avec qui ils passeront le reste de leur vie. Mais ils sont finalement peu nombreux.

Callie a secoué la tête.

– Je ne comprends pas.

Comment lui expliquer ?

– Callum et moi étions comme un feu, notre amour était une passion brûlante. Si nous avions eu la chance de rester ensemble, nous aurions sans doute béni le ciel à chaque instant de notre vie. Mais ça n'est pas arrivé. Et quand j'ai reçu cette première lettre, j'ai pensé que personne, jamais, ne pourrait m'aimer. Sonny a essayé de me démontrer que je me trompais, mais il n'y a pas réussi.

– Et Nathan ?

– Nathan et moi nous nous comprenons. Il ne s'agit pas de passion cette fois, mais d'attention, de partage. C'est très agréable.

Callie a froncé les sourcils. J'ai ri.

– Ne crois pas que ce soit ennuyeux. Ce n'est pas le cas. Nathan et moi avons le même sens de l'humour, les mêmes valeurs et je l'estime énormément. C'est important d'estimer la personne que l'on aime. N'oublie jamais cela, Callie Rose.

Callie Rose

Tant d'idées tournaient dans ma tête. Beaucoup trop. Mais voici certaines choses dont je pouvais être sûre :

Mon père était Callum McGrégor.

Mon père aimait ma mère.

Ma mère est Perséphone Mira Hadley.

Ma mère aimait mon père.

J'ai été conçue dans l'amour, non dans la haine.

Mon père m'aimait.

Voilà.

C'est un bon début.

– Que fait-on à présent ? ai-je demandé à Maman.

– Je ne sais pas, a-t-elle répondu d'une voix douce. Que veux-tu que l'on fasse ?

Je voulais rendre le monde meilleur d'un simple claquement de doigts. Mais ce n'était pas si facile. J'ai songé que rien ne valait l'instant présent.

– Toi et moi, ai-je soupiré, il nous reste beaucoup de problèmes à régler.

– Nous en avons résolu une partie, mais nous n'avons pas encore fait tout le tour, a acquiescé Maman.

– J'aurais aimé apprendre la vérité sur Papa de ta bouche, ai-je repris.

– Je sais, ma chérie, je sais.

– Plus de mensonges ?

– Plus de mensonges, a promis Maman.

Pourtant, le passé me collait encore à la peau comme un T-shirt sale. J'aurais aimé pouvoir m'en débarrasser, mais Maman et moi allions encore devoir beaucoup parler. Nous sommes restées silencieuses un moment.

– Maman… ai-je demandé soudain, comment fait-on pour oublier le passé ?

– En vivant le présent et en regardant l'avenir, a répondu Maman. C'est ce que ton père voulait pour nous, plus que tout au monde. C'est pour ça qu'il est mort, pour nous offrir un avenir.

J'ai hoché la tête. Maman pensait beaucoup de bien de mon père. Elle s'accrochait à cette partie de lui. J'essaierai de l'imiter. J'avais seulement besoin d'un peu de temps.

– En quoi crois-tu, Maman ?

– Je crois en l'amour, je crois au pardon. Il me suffit de poser les yeux sur toi pour croire en Dieu. Je crois en l'amitié, à la famille. Je crois que nous avons tous une seconde chance. Je crois en tant de choses…

Il y avait quelque chose à propos du présent que je devais savoir.

– Maman, est-ce que tu vas épouser Nathan ?

– Pourquoi poses-tu cette question ?

– Grand-mère Meggie dit que vous êtes très proches l'un de l'autre et que tu sembles heureuse avec lui.

– Je le suis.

– Alors tu vas l'épouser ?

– Il me l'a demandé, mais il y a un problème.

– Lequel ?

Maman a soupiré.

– Sonny est revenu et lui aussi m'a demandée en mariage.

– Sonny est revenu ? Quand ?

– Il y a peu de temps.

– Lequel des deux vas-tu choisir ?

Maman a souri.

– Lequel crois-tu que je dois épouser ?

– Celui que tu aimes !

– C'est un excellent conseil, a dit Maman. Et toi, entre Tobey et Lucas ? Lequel choisiras-tu ?

– Toi aussi, tu es au courant pour Tobey ?

– Callie, tout le monde sait que Tobey est amoureux de toi. Tout le monde sauf toi.

– J'ai compris maintenant. Ils m'ont tous les deux demandé de sortir avec eux.

– Alors, quel est ton choix ?

– Qu'en penses-tu ?

– Tu les aimes tous les deux ?

J'ai fait la moue.

– Je ne le croyais pas, mais ce matin, j'étais avec un des deux sur la plage et...

– Et ?

– Et quand j'ai songé que je ne le verrais plus jamais, j'ai compris à quel point je tenais à lui...

J'ai senti mes joues s'embraser. Je me suis tue. J'ai pensé que Maman aurait ri ou affiché un sourire indulgent... mais non. Elle a pris mes mains dans les siennes et elle s'est assise près de moi. Nous nous sommes regardées. Je n'avais pas regardé ma mère depuis si longtemps. Elle était belle et ses yeux étincelaient de l'amour qu'elle me portait.

Pour la première fois depuis longtemps, je ne savais plus que dire, ni que faire. Je ne savais plus compter jusqu'à cinq. Je cherchais mes mots en vain. Comme si elle me comprenait, Maman m'a souri et a ouvert ses bras. Il y avait tant de calme et de bienveillance dans ses yeux que je me suis blottie contre elle. Elle m'a serrée dans ses bras, doucement, tendrement et fermement. Sans m'oppresser. Je pouvais me dégager quand je le voulais, mais je sentais son amour passer en moi. Tout à coup, un souvenir a effacé les derniers doutes qui me taraudaient.

– Maman, tu te rappelles quand tu m'as dit que si nous nous écrasions en avion contre une montagne, je pouvais te manger ?

Maman a acquiescé.

– Eh bien, j'ai compris à présent, ai-je murmuré.

Maman m'a caressé les cheveux. Mon cœur semblait sur le point d'exploser d'amour et de bonheur.

– Bon anniversaire, Callie Rose, a chuchoté Maman. Je t'aime de tout mon cœur.

Mais je l'ai à peine entendue. Mes joues étaient mouillées. Je pleurais et mes larmes se mêlaient à celles de ma mère. Maman m'a serrée contre elle, comme personne ne m'avait jamais serrée. Je respirais le parfum de son savon, je sentais les hoquets de ses sanglots. J'entendais les battements de son cœur. Et les battements du mien.

La porte de la cave s'est ouverte. Meggie est apparue. Elle a semblé surprise puis nous a souri. Maman et moi lui avons rendu son sourire. Maman. Maman qui m'aimait plus que tout au monde. Qui m'aimait si fort qu'elle avait abandonné son premier amour pour moi. Qui m'aimait si fort qu'elle était prête à tout pour moi.

– Callie Rose, je t'aime, a répété Maman.

– Moi aussi, je t'aime, ai-je murmuré.

Je ne serai jamais fatiguée d'entendre ma mère me répéter ces mots. Je ne cesserai jamais de les lui répéter. Personne ne pourra nous prendre cet amour. Je n'avais pas besoin que la porte de la cave s'ouvre pour savoir que j'étais libre. La lettre de Papa n'avait pas résolu tous les problèmes entre Maman et moi. Pour le reste, nous allions devoir travailler ensemble. Nous avions fait les premiers pas et à présent nous étions deux, main dans la main, face à l'adversité. La lettre de Papa nous avait ouvert la voie.

Est-ce que tu nous vois, Papa ? Est-ce que tu vois comme Maman m'aime ? Est-ce que tu vois comme elle me serre contre elle ? Est-ce que tu nous vois, Papa ?

Et j'ai senti, autour de Maman et moi, les bras de Papa. Et dans mon cœur, Papa souriait.

Entre chiens et loups
de Malorie Blackman

Traduit de l'anglais
par Amélie Sarn

Imaginez un monde. Un monde où tout est noir ou blanc.
Où ce qui est noir est riche, puissant et dominant. Où ce qui
est blanc est pauvre, opprimé et méprisé. Un monde où les
communautés s'affrontent à coups de lois racistes et de
bombes.
C'est un monde où Callum et Sephy n'ont pas le droit de
s'aimer. Car elle est noire et fille de ministre. Et lui blanc et
fils d'un rebelle clandestin …
Et s'ils changeaient ce monde ?

Extrait :
*Callum m'a regardée. Je ne savais pas, avant cela, à quel point
un regard pouvait être physique. Callum m'a caressé les
joues, puis sa main a touché mes lèvres et mon nez et mon
front. J'ai fermé les yeux et je l'ai senti effleurer mes paupières. Puis ses lèvres ont pris le relais et ont à leur tour
exploré mon visage. Nous allions faire durer ce moment. Le
faire durer une éternité. Callum avait raison : nous étions
ici et maintenant. C'était tout ce qui comptait. Je me suis laissée aller, prête à suivre Callum partout où il voudrait m'emmener. Au paradis. Ou en enfer.*